Wenn die Nacht dich küsst
von Teresa Medeiros

Caroline ist die älteste und damit notgedrungen auch die vernünftigste der Schwestern Cabot. So hält sie es auch für Unsinn, als man ihr zuträgt, einer der Verehrer ihrer Schwester, der berühmt-berüchtigte Adrian Kane, Viscount Trevelyan, sei in Wahrheit ein Vampir. Um dennoch den letzten Zweifel auszuräumen, reist sie selbst nach London, um sich diesen Herrn mal näher anzusehen.

Der geheimnisumwitterte Adelige bewohnt eine düstere Burg und wird nie bei Tageslicht gesehen. Vom ersten Moment, in dem Caroline den gut aussehenden und faszinierenden Viscount trifft, fühlt sich die sonst so vernünftige Miss Cabot heftig zu ihm hingezogen – was nur eines heißen kann: Da müssen übernatürliche Kräfte im Spiel sein.

Entschlossen, die Geheimnisse des Viscounts aufzudecken, gerät die wissbegierige Schöne immer weiter in die Schattenwelt … bis sie sich der Anziehungskraft des geheimnisvollen Lords ergibt. Wird er ihr Untergang sein oder ihr Glück bringen?

Wenn die Nacht dich küsst

von

Teresa Medeiros

Aus dem Amerikanischen von
Ute-Christine Geiler

AMBER HOUSE BOOKS

Wenn die Nacht dich küsst

Originaltitel: *After Midnight* © 2005 Teresa Medeiros, alle Rechte
vorbehalten
Copyright für die deutsche Übersetzung: *Wenn die Nacht dich küsst*
© 2006 und 2014 Ute-Christine Geiler, Agentur Libelli

ISBN-10: 1939541719
ISBN-13: 978-1-939541-71-0

Überarbeitete Neuauflage
Deutsche E-Book-Erstveröffentlichung

Die Ereignisse in diesem Buch sind frei erfunden. Die Namen,
Charaktere, Orte und Ereignisse entspringen der Fantasie der Autorin
oder wurden in einen fiktiven Kontext gesetzt und bilden nicht die
Wirklichkeit ab. Jede Ähnlichkeit mit lebenden oder toten Personen,
tatsächlichen Ereignissen, Orten oder Organisationen ist rein zufällig.

Cover: © Control Freak Productions
Cover-Foto: © Period Images
Cover-Grafik: ©Oxana Zuboff (unter Lizenz von Shutterstock.com)
Buchdesign und Satz: Teresa Medeiros

Eine Veröffentlichung von Amber Books, LLC
Für mehr Informationen wenden Sie sich bitte an:
publisher@amberhousebooks.com
529 Country Club Lane, Hopkinsville, KY 42240
http://www.amberhousebooks.com

Pressestimmen

„Teresa Medeiros ist meine absolute Lieblingsautorin." – Sherrilyn Kenyon, *New York Times*-Bestsellerautorin

„Wenn Jane Austen Dracula geschrieben hätte, es wäre ‚Wenn die Nacht dich küsst' gewesen." – Christina Dodd, *New York Times*-Bestsellerautorin

„‚Wenn die Nacht dich küsst' mischt geschickt Romance mit Vampirmythen. Medeiros' fröhliche Verspieltheit bricht erfrischend mit der Düsterkeit des Üblichen im Bereich Vampir-Fiktion." – *Publishers Weekly*

„Eine faszinierende Geschichte, betörend, sinnlich und aufregend. Medeiros hat einen Vampirroman mit Herz erschaffen." – *Romantic Times*

„Ein köstlich respektloser Regency-Vampirroman mit Biss." – *The Best Reviews*

„Fünf Sterne. Eine sinnliche Vampirliebesgeschichte, zum Sterben schön! Medeiros beweist, dass sie eine Meisterin ihres Faches ist. Düster, sinnlich und wunderbar geheimnisvoll." – *Historical Romance Club*

Weitere Romane der Autorin

Geheimnis der Liebe
Eine skandalöse Nacht
Sündiger Engel
Wenn die Nacht dich küsst
Wenn der Wind dich ruft
Die Lady und der Rächer
Verführerischer Hinterhalt
Unwiderstehliche Küsse
Eine verlockende Braut
Gefangene der Leidenschaft
Ungezähmtes Verlangen
Wilder als ein Traum
Teuflische Küsse
Rebellin der Liebe
Verführt
Magie der Liebe
Verzauberte Herzen
Süßes Feuer
Geliebte Rächerin

Brief an meine deutschen Leserinnen

Liebe Leserinnen,
ich bin in Deutschland in Heidelberg geboren, während mein Vater dort als Soldat stationiert war. Als Kind war ich von den romantischen Geschichten fasziniert, wie er und meine Mutter auf Schloss Heidelberg hinaufgefahren sind und von diesem verzauberten Ort aus die Wolken beobachtet haben.

Da Deutschland immer einen besonderen Platz in meinem Herzen eingenommen hat, hat es mich sehr gefreut, dass die deutschen Leserinnen international die ersten waren, die meine Bücher mit solcher Begeisterung aufgenommen haben. Ich glaube, die Sprache der Liebe ist universell. Das ist niemals deutlicher zu erkennen, als wenn Herz und Verstand bei einer wunderbaren Geschichte eins werden.

Dank Facebook und des Internets zähle ich nun viele von Ihnen nicht nur zu meinen Lesern, sondern zu persönlichen Freunden. Ich hoffe, die Erde wird durch diese Verbindungen zu einem herzlicheren Ort.

Willkommen in meiner Welt und danke, dass Sie mich, wann immer Sie eines meiner Bücher zur Hand nehmen, ein paar kostbare Stunden lang an Ihrem Leben teilhaben lassen.

Möge Ihr Leben voller Happy Ends sein.

Liebe Grüße
Teresa Medeiros

Widmung

Dem Gedenken an Hellen Chism gewidmet.
Es war eine Ehre und ein Privileg,
ein Segen Gottes, Dich „Oma" nennen zu dürfen.
Ich werde die Erinnerung an Dich in meinem Herzen tragen,
bis wir uns dereinst wiedersehen.

Ich möchte Richard und Eleanor Morris danken, wo auch immer
sie sind. Drayton und Linda Hatcher möchten Ihnen auch danken,
dass Sie Ihr Herz und Ihr Zuhause einem kleinen Mädchen
geöffnet haben, als es Sie am nötigsten brauchte.

Meinem Liebsten Michael,
der so großherzig ist,
seine Liebe, sein Leben
und seine „Oma" mit mir zu teilen.

Prolog

ᢒᡒᢙᡒᢙᡒᢙᢁᡒᢙᢁ

London, 1820

Er streifte durch die nebelverhangenen Straßen auf der Suche nach Beute. Seine Schritte waren kaum lauter als ein Flüstern auf den Pflastersteinen, während er mit wehendem Mantel von einem Schatten zum anderen huschte. Obwohl er im Vorübergehen mehr als einen hungrigen Seitenblick von den Halsabschneidern, Taschendieben und Huren auf sich zog, die in den Hauseingängen herumlungerten, schenkte er ihnen keine Beachtung. Für ihn enthielt die Nacht keine Schrecken. Wenigstens keine, die von Lebenden ausgingen.

In letzter Zeit war die Dunkelheit seine Geliebte und zugleich seine Feindin geworden, das, wonach er sich verzehrte und dem er sich gleichermaßen zu entkommen sehnte. Als ein Windstoß durch die schmale Gasse fuhr, Nebel und Wolken vor sich hertrieb, hob er sein Gesicht zum Mond; seine Sinne verzehrten sich nach Licht. Aber selbst die fahlen Silberstrahlen boten keine Linderung mehr für den Hunger nach Blut, der seine Seele infiziert hatte. Vielleicht war es zu spät. Vielleicht wurde er bereits zu genau dem, was er jagte. Ein Raubtier ohne Gnade oder Reue.

Da hörte er es – ein leises Frauenlachen, gefolgt von dem Murmeln eines Mannes, rauchig und beschwörend. Sich in die Schatten zurückziehend, fuhr er mit einer Hand unter seinen Mantel und wartete darauf, dass seine Beute näher kam.

Der Mann hätte irgendein beliebiger junger Geck sein können, frisch von einem Sieg in den Spielhöllen von Covent Garden oder einem Erfolg in einem der vielen Bordelle dort. Sein

Biberhut saß in keckem Winkel auf seinen modisch frisierten Locken. Die Frau, die an seinem Arm stolperte, war kaum mehr als ein Mädchen. Ihre schäbig elegante Kleidung und ihre rot geschminkten Wangen wiesen sie als eines der Freudenmädchen aus, die sich meist vor den übleren Spielhöllen herumtrieben, in der Hoffnung, einen Beschützer für länger als eine Nacht zu finden.

Trunken ein Liedchen summend, wirbelte der Mann sie in einer Parodie eines Walzers herum, ehe er sie gegen den nächsten Laternenpfosten drängte. Ihr schrilles Kichern enthielt eine Note von Verzweiflung und Trotz. Während der Schuft eine Hand in ihr Oberteil schob und eine nackte Brust umfasste, wickelte er sich ihr dickes kastanienbraunes Haar um seine andere Hand und drückte ihren Kopf nach hinten, sodass ihr bloßer, zart geschwungener Hals im Mondlicht blass schimmerte.

Der Anblick dieses Halses – so zart, so anmutig und so erbärmlich verletzlich – weckte einen unnatürlichen Hunger in ihm selbst.

Er verließ den Schatten und trat zu dem Mann, packte ihn an der Schulter und wirbelte ihn herum. Als sie das wilde Funkeln in seinen Augen sah, verzog sich das hübsche Gesicht des Mädchens vor Angst. Sie stolperte ein paar Schritte fort und ließ sich auf die Knie fallen, ihren klaffenden Ausschnitt mit einer Hand haltend.

Während er seine Finger um die Kehle seines Opfers legte, schleuderte er den Mann gegen den Laternenpfosten. Er hob ihn mühelos an, verstärkte seinen Griff, bis die in Stiefeln steckenden Füße des anderen in der Luft baumelten und seine eisblauen Augen hervorzutreten begannen. In diesen Augen erblickte er sowohl Furcht als auch Wut. Aber am besten war das trostlose Erkennen, das einen Moment zu spät kam, um noch von Nutzen zu sein.

„Verzeih, Kumpel", knurrte er, und ein trügerisches Lächeln spielte um seine Lippen. „Ich hasse es, dich zu belästigen, aber ich glaube, die Dame hatte diesen Tanz mir versprochen."

Kapitel 1

ભ૰ઙ૰ભ૰ઙ૰80૰ઙ૰80

„Unsere Schwester wird einen Vampir heiraten", verkündete Portia.

„Das ist schön, Liebes", murmelte Caroline geistesabwesend und trug eine weitere Zahl ordentlich in das auf dem Schreibtisch vor ihr liegende Rechnungsbuch ein.

Sie hatte schon vor Langem gelernt, der überschäumenden Phantasie ihrer siebzehnjährigen Schwester und ihrem Hang zur Theatralik weiter keine Beachtung zu schenken. Sie konnte es sich nicht leisten, jedes Mal ihre Pflichten zu vernachlässigen, wenn Portia einen Werwolf am Abfallhaufen herumschnüffeln gesehen hatte oder sich halb bewusstlos auf das Sofa fallen ließ und verkündete, sie habe sich mit dem Schwarzen Tod angesteckt.

„Du musst unverzüglich Tante Marietta schreiben und darauf bestehen, dass sie Vivienne nach Hause schickt, ehe es zu spät ist. Wir sind ihre einzige Hoffnung, Caroline!"

Caroline schaute von der Zahlenkolonne auf und stellte überrascht fest, dass ihre kleine Schwester aufrichtig besorgt aussah. Portia stand in der Mitte des staubigen Salons, einen Brief in der zitternden Hand. In ihren dunkelblauen Augen war ein bestürzter Ausdruck, und ihre gewöhnlich rosigen Wangen waren so blass, als hätte irgendein umhangschwingender Schurke ihr alles Blut aus dem jungen Leib gesaugt.

„Was um alles in der Welt ist denn jetzt schon wieder los?" Mit wachsender Sorge legte Caroline ihren Stift zur Seite und glitt vom Stuhl. Sie hatte fast drei Stunden gebückt über dem Schreibtisch gesessen und nach einem neuen Weg gesucht, die monatlichen Ausgaben ihres Haushaltes von den Einkünften abzuziehen, ohne dass am Ende eine Zahl unter Null herauskam. Achselzuckend, um die Anspannung aus ihren Schultern zu vertreiben, nahm sie ihrer Schwester den Brief aus der Hand. „Es kann doch gewiss nicht so schlimm sein. Lass mich mal sehen."

Caroline erkannte sogleich die verschnörkelte Schrift ihrer mittleren Schwester. Sich eine lästige Strähne ihres blonden Haares aus der Stirn streichend, überflog sie rasch den Brief, übersprang die endlosen Beschreibungen von tüllverzierten Ballkleidern und flotten Ausfahrten auf der Rotten Row im Hyde Park. Sie brauchte nicht lange, um die Stelle zu finden, die Portia hatte erblassen lassen.

„Himmel", sagte sie leise vor sich hin und zog eine Augenbraue in die Höhe. „Nach nur einem Monat in London scheint unsere Vivienne bereits einen Verehrer gefunden zu haben."

Caroline weigerte sich, den vertrauten Stich des Neides in ihrem Herzen zur Kenntnis zu nehmen. Als ihre Tante Marietta angeboten hatte, Vivienne in die Gesellschaft einzuführen, war es Caroline nicht einmal in den Sinn gekommen, einzuwenden, dass ihre eigene Saison ins Ungewisse verschoben worden war, nachdem ihre Eltern durch einen Kutschenunfall am Vorabend ihrer Vorstellung bei Hofe umgekommen waren. Und Caroline hatte ebenso alle etwa aufkommenden Neidgefühle resolut beiseitegeschoben, als Vivienne nach London aufgebrochen war mit all den schönen Sachen, die ihre Mutter einst für ihr dann aufgeschobenes Debüt ausgesucht hatte. Es war eine Verschwendung von kostbarer Zeit, um etwas zu trauern, das in der Vergangenheit lag und nicht mehr zu ändern war, einen Traum, der nie Wirklichkeit werden konnte. Außerdem war Caroline inzwischen mit ihren vierundzwanzig Jahren so endgültig eine alte Jungfer, dass eine Naturkatastrophe nötig wäre, um daran etwas zu ändern.

„Einen Verehrer? Ein Ungeheuer, meinst du wohl!" Portia spähte über Carolines Schulter, sodass eine ihrer schwarzen Locken Caroline an der Wange kitzelte. „Ist dir etwa der Name des Schuftes entgangen?"

„Oh, nein, ganz im Gegenteil. Vivienne hat ihn schließlich in ihrem kühnsten Schriftzug aufgeschrieben und sogar liebevoll verziert." Caroline verzog das Gesicht, als sie sich die zweite Seite ihres Briefes anschaute. „Ach du liebe Güte, hat sie wirklich statt des i-Punktes ein Herzchen gemalt?"

„Wenn die bloße Nennung seines Namens in dir weder Angst noch Schrecken weckt, dann musst du völlig ahnungslos sein, in welchem Ruf dieser Mann steht."

„Das bin ich nun nicht mehr." Caroline fuhr fort, den Brief zu lesen. „Unsere Schwester hat umsichtigerweise eine ausführliche Aufzählung all seiner Vorzüge angefügt. Aus ihren glühenden Worten kann man nur schließen, dass die Liste der Tugenden des Gentlemans allein von der des Erzbischofs von Canterbury übertroffen wird."

„Obgleich sie wortreich auf den Schnitt seines Rockes und die Eleganz seines Halstuches eingeht sowie seine Freundlichkeit Witwen und Waisen gegenüber beschreibt, nehme ich nicht an, dass sie sich die Mühe gemacht hat zu erwähnen, dass er ein Vampir ist."

Caroline drehte sich zu ihrer Schwester um, mit ihrer ohnehin knappen Geduld am Ende. „Ach, Portia! Seit du dieses lächerliche Buch von Dr. Polidori gelesen hast, meinst du hinter jedem Vorhang und jeder Zimmerpalme einen Vampir zu entdecken. Hätte ich geahnt, dass ‚Der Vampir' dich so gnadenlos fesseln und deine Phantasie derart beflügeln würde, ich hätte das Werk auf den Müll geworfen, sobald es ankam. Vielleicht hätte einer der Werwölfe, die du im Abfall wühlen gesehen hast, es weggeschleppt und irgendwo verbuddelt."

Sich zu ihrer vollen Größe von fünf Fuß und zwei Zoll aufrichtend, rümpfte Portia die Nase und erklärte: „Jedermann weiß, dass Dr. Polidori die Geschichte nicht geschrieben hat. Er selbst hat sogar zugegeben, sie im Auftrag seines berühmtesten Patienten zu veröffentlichen – eines gewissen George Gordon, Lord Byron daselbst."

„Eine bloße Behauptung, die Lord Byron abstreitet, wenn ich dich daran erinnern darf."

„Kannst du ihm daraus einen Vorwurf machen? Wie kann er auch anders, wenn der rücksichtslose, brütende Charakter Ruthven nicht mehr als eine kaum verschleierte Version seiner selbst ist? Er kann es so oft und so lange abstreiten, wie er will, aber ‚Der Vampir' hat sein wahres Wesen allen enthüllt, die es sehen wollen."

Caroline seufzte, und an ihrer Schläfe begann ein Muskel zu zucken. „Sein wahres Wesen soll dann wohl das eines blutsaugenden Geschöpfes der Nacht sein, nehme ich an?"

„Wie kann man daran zweifeln, wenn man ‚Der Ungläubige'
gelesen hat?" In Portias Augen trat ein entrückter Ausdruck, den
Caroline nur zu gut kannte. Eine Hand hebend und eine
dramatische Pose einnehmend, begann Portia auswendig
aufzusagen:

„Erst aber soll dein Leib auf Erden,
der Gruft geraubt, Vampir gar werden
und in geisterhafter Wut
aussaugen all der Deinen Blut.
Bei Weib und Kind, ein Nachtphantom,
saugst du des Lebens warmen Strom."

Als Portias Stimme mit einem passend geheimnisvollen Ton
verklang, rieb sich Caroline mit zwei Fingern die schmerzenden
Schläfen. „Das beweist doch nicht, dass Byron ein Vampir ist. Es
zeigt nur, dass er wie jeder andere große Dichter gelegentlich auch
einmal bedeutungsschwangeren Schwachsinn von sich gibt. Ich
kann bloß hoffen, dass du stichhaltigere Beweise hast, um
Viviennes neuen Verehrer zu belasten. Wenn nicht, dann muss ich
davon ausgehen, dass es wieder genau dasselbe ist wie damals, als
du mich vor Sonnenaufgang geweckt und darauf bestanden hast,
dass eine Elfenfamilie unter den Fliegenpilzen im Garten lebt. Du
kannst dir sicher meine heftige Enttäuschung vorstellen, als ich,
nachdem ich barfuß durch das taufeuchte Gras gestolpert war,
feststellen musste, dass deine Elfen nur eine Raupenfamilie waren,
ohne durchsichtige Flügel oder Elfenstaub."

Portias Gesicht wurde zwar rot, sie schob aber dennoch
schmollend die Unterlippe vor. „Damals war ich erst zehn Jahre alt.
Und ich kann dir versichern, dass ich mir das nicht allein
ausgedacht habe. Erinnerst du dich nicht mehr an die Gerüchte in
den Klatschblättchen während seines letzten Londonaufenthaltes?
Nicht ein einziges Mal in all diesen Monaten in der Stadt wurde
Viviennes Verehrer je im Tageslicht gesehen."

Caroline ließ ein wenig damenhaftes Schnauben hören. „Das
ist wohl kaum ein Verhalten, das irgendwelchen Untoten
vorbehalten ist. Die meisten jungen Gecken in der Stadt
verbringen ihre Tage damit, die Nachwirkungen ihrer nächtlichen
Exzesse auszuschlafen. Sie tauchen erst wieder auf, nachdem die

Sonne untergegangen ist, auf dass sie mit Trinken, Kartenspielen und Frauen wieder von vorn anfangen können."

Portia packte sie am Arm. „Aber findest du es nicht ein wenig merkwürdig, dass er im Schutz der Dunkelheit in seinem Stadthaus angekommen und genauso wieder gegangen ist? Dass er darauf bestanden hat, jeden Vorhang im Haus tagsüber zuziehen und alle Spiegel mit schwarzem Krepp verhängen zu lassen?"

Caroline zuckte die Achseln. „Er kann doch schlicht in Trauer gewesen sein. Vielleicht hat er erst kürzlich jemanden verloren, der ihm lieb war."

„Oder etwas, das ihm lieb war. Wie zum Beispiel seine unsterbliche Seele."

„Ich denke, so ein Ruf würde ihn nicht unbedingt zu einem begehrten Gast bei Abendgesellschaften machen."

„Ganz im Gegenteil", informierte Portia sie, „die gute Gesellschaft liebt nichts mehr als Hinweise auf einen Skandal und Rätsel. Erst letzte Woche habe ich im Tatler gelesen, dass er diese Saison einen Maskenball auf seinem Familiensitz gibt und halb London versucht, eine Einladung zu ergattern. Nach dem, was ich erfahren habe, ist er einer der begehrtesten Junggesellen der Stadt. Was genau der Grund ist, weshalb wir Vivienne aus seinen Klauen befreien müssen, ehe es zu spät ist."

Caroline schüttelte Portias verkrampften Griff ab. Sie konnte es sich kaum leisten, den düsteren Phantasien ihrer Schwester Beachtung zu schenken. Sie war die Älteste, die vernünftige große Schwester, die, die durch die Umstände dazu gezwungen war, nach deren frühen Tod vor acht Jahren in die Fußstapfen ihrer Mutter und ihres Vaters zu treten. Die, die zwei schluchzende, todtraurige kleine Mädchen trösten musste, auch wenn ihr eigenes Herz gebrochen in ihrer schmerzenden Brust lag.

„Ich will nicht gemein sein, Portia, aber du musst deine Phantasie wirklich allmählich zu zügeln lernen. Schließlich geschieht es nicht jeden Tag, dass ein Viscount einem Mädchen ohne Mitgift den Hof macht."

„Also stört es dich nicht, wenn Vivienne einen Vampir heiratet, solange er nur ein Viscount ist? Dich kümmert es nicht, dass er vermutlich die Salons der Gesellschaft durchstreift auf der Suche nach einer unschuldigen Seele, um sie zu stehlen?"

Caroline kniff ihre Schwester sanft in die Wange, sodass sie wieder rosa wurde. „Wenn es nach mir geht, wird er Viviennes

Seele für nicht weniger als tausend Pfund im Jahr in seinen Besitz bekommen."

Portia keuchte auf. „Sind wir eine so schreckliche Last für dich geworden? Bist du so sehr darauf erpicht, uns loszuwerden?"

Carolines neckendes Lächeln verschwand. „Natürlich nicht. Aber du weißt so gut wie ich, dass wir uns nicht für immer auf Cousin Cecils Großzügigkeit verlassen können."

Nach dem Tod ihres Vaters hatte dessen Cousin zweiten Grades keine Zeit verschwendet, sein rechtmäßiges Erbe für sich zu fordern. Cousin Cecil hatte es als Gipfel christlicher Mildtätigkeit dargestellt, die Mädchen aus ihrem Elternhaus Edgeleaf Manor in das Cottage in der ödesten, feuchtesten Ecke des Besitzes umzusiedeln. Dort hatten sie die letzen acht Jahre verbracht, mit einer kümmerlichen Apanage und nur einem Paar älterer Dienstboten zur Unterstützung.

„Als er uns letzte Woche besuchte", erinnerte Caroline ihre Schwester, „ist er im Salon auf und ab gegangen und hat fast die ganze Zeit Andeutungen fallen lassen, dass er das Cottage gerne in eine Jagdhütte umbauen wollte."

„Du weißt, er wäre großzügiger uns gegenüber, wenn du vor all den Jahren seinen Antrag weniger unmissverständlich und nicht derart entschieden abgelehnt hättest."

An die Nacht denkend, da der achtundfünfzigjährige Junggeselle sie großmütig eingeladen hatte, ins Herrenhaus zurückzuziehen, vorausgesetzt, sie mit ihren siebzehn Jahren würde seine Braut, erschauerte Caroline. „Da überlasse ich lieber meine Seele einem Vampir, ehe ich den alten gichtigen Lustmolch heirate."

Portia ließ sich auf eine Ottomane aus verschlissenem Chintz sinken, die schon viele Jahre, bevor sie hier eingezogen waren, begonnen hatte, die Baumwollfüllung zu verlieren. Sie stützte ihr Kinn in die Hand und schaute Caroline vorwurfsvoll an. „Nun, du hättest auch höflich ablehnen können. Du hättest ihn nicht zur Tür hinaus- und in die nächste Schneewehe schubsen müssen."

„Aber das hat wirksam die Glut seiner Leidenschaft gekühlt, oder? Unter anderem", bemerkte Caroline halblaut. Nachdem er versucht hatte, sie mit Worten davon zu überzeugen, was für einen aufmerksamen Gemahl er abgeben würde, hatte Cousin Cecil sie mit seinen dicken Wurstfingern gepackt und an sich gerissen, in der Absicht, sie mit einem Kuss umzustimmen. Es muss nicht eigens erwähnt werden, dass seine heiße, gierige Zunge auf ihren fest zusammengepressten Lippen zu spüren in ihr Ekel geweckt hatte, keine Zuneigung. Bei der Erinnerung daran verspürte sie selbst jetzt noch jedes Mal den Drang, sich den Mund mit Seife zu waschen.

Sie ließ sich schwer neben Portia auf die Ottomane sinken. „Ich wollte weder dich noch Vivienne damit beunruhigen oder belasten, aber als Cousin Cecil letztes Mal kam, seine Aufwartung zu machen, hat er auch angedeutet, wir hätten seine Großzügigkeit allmählich überstrapaziert. Wenn ich ihm nicht gewisse …" Sie schluckte und schaute weg, unfähig, Portias unschuldigen Blick zu erwidern. „… Freiheiten gewährte, freilich ohne die Vorzüge eines priesterlichen Segens, dann könnte es sein, dass wir uns nach etwas anderem umsehen müssten."

„Was für ein widerlicher Kerl", keuchte Portia empört. „Jagdhaus, in der Tat! Du hättest seinen aufgedunsenen Kopf ausstopfen und an der Wand im Salon aufhängen sollen!"

„Selbst wenn das uns ermöglicht, auf Edgeleaf zu bleiben, weiß ich nicht, wie lange ich noch jedes Pfund unserer Apanage bis auf den letzten Penny auswringen kann. Erst letzte Woche musste ich mich entscheiden, ob ich eine Gans zum Abendessen kaufe oder neue Sohlen für deine Stiefel. Unsere Wintermäntel sind fadenscheinig, und uns gehen langsam die Töpfe aus, um sie unter die Löcher im Dach zu stellen." Caroline ließ ihren hilflosen Blick von dem entrüsteten Gesicht ihrer Schwester zu ihrem Kleid gleiten. Den verblassten Popelinestoff hatte erst sie getragen, dann Vivienne und schließlich Portia. Das gerüschte Oberteil spannte sich über Portias vollem Busen, und der ausgefranste Saum schleifte auf dem abgestoßenen Leder ihrer Stiefel. „Fehlen dir eigentlich nicht manchmal die überflüssigen Kleinigkeiten, die du und Vivienne so geliebt habt, als Mama und Papa noch am Leben waren? Die Wasserfarben, das Klavierspielen, die Seidenbänder und die Perlenkämme für dein schönes Haar?"

„Ich denke, es ist mir nicht schwergefallen, darauf zu verzichten, solange wir drei nur zusammenbleiben konnten." Portia lehnte ihren Kopf gegen Carolines Schulter. „Aber ich habe bemerkt, dass deine Portionen beim Essen kleiner werden, während unsere gleich bleiben."

Caroline strich mit der Hand durch Portias weiche Locken. „Eines Tages wirst du eine umschwärmte junge Frau sein, Liebes.

Doch wir wissen alle, dass Vivienne die Schönheit in unserer Familie ist, die am ehesten eine vorteilhafte Verbindung eingehen kann, die uns von Cousin Cecils Schikanen befreit und ihre sowie unsere Zukunft sichert."

Portia hob den Kopf und schaute zu ihr empor, unvergossene Tränen glitzerten in ihren dichten dunklen Wimpern. „Aber begreifst du denn nicht, Caroline? Wenn Vivienne unter den Bann dieses Teufels fällt, dann hat sie vielleicht gar keine Zukunft. Wenn sie ihm ihr Herz schenkt, wird sie für uns auf ewig verloren sein!"

Caroline konnte einen Schatten ihrer eigenen Sorgen in Portias flehentlichem Blick erkennen. Wenn es Vivienne gelang, einen Ehemann an Land zu ziehen, wäre es nur eine Frage der Zeit, ehe er unter seinen infrage kommenden Freunden einen Mann für Portia fand. Vielleicht wäre er sogar großmütig genug, seine altjüngferliche Schwägerin einzuladen, bei ihnen zu wohnen. Aber wenn nicht, dann würde sie den Rest ihrer Tage in diesem zugigen Cottage verbringen, Cousin Cecils unzuverlässiger Barmherzigkeit ausgeliefert. Der Gedanke sandte ihr einen neuerlichen Schauer über den Rücken. Sie war alt genug zu wissen, dass es Männer gab, die wesentlich entsetzlicher waren als Ungeheuer.

Ehe sie versuchen konnte, ihre Sorgen zu beschwichtigen, kam Anna in den Salon geschlurft, das weißhaarige Haupt gesenkt. „Was ist?", fragte Caroline die alte Dienerin und stand von der Ottomane auf.

„Das hier ist gerade für Sie gekommen, Miss."

Caroline nahm aus Annas faltigen Händen den Brief entgegen, ohne zu fragen, von wem er kam. Die Augen der Alten hatten einen trüben Schimmer.

Mit der Fingerspitze fuhr Caroline vorsichtig über das elfenbeinfarbene Büttenpapier, bewunderte die teure Prägung. Das zusammengefaltete Schreiben war mit einem einzelnen roten Wachsklecks versiegelt, der auf dem weißen Papier wie ein Tropfen frisches Blut schimmerte. Sie runzelte die Stirn. „Ich dachte, die Morgenpost sei schon durch?"

„Das stimmt, Miss", bestätigte Anna. „Ein privater Bote hat das hier gebracht. Ein strammer junger Bursche in scharlachroter Livree."

Als Caroline das Siegel brach und den Brief auffaltete, erhob sich Portia. „Was ist es? Ist er von Tante Marietta? Ist Vivienne krank geworden? Wird sie mit jedem Tag schwächer und schwächer?"

Caroline schüttelte den Kopf. „Nein, nicht von Tante. Der Brief ist von ihm."

Portia zog eine Augenbraue hoch, wartete, dass sie weiterredete.

„Adrian Kane – Viscount Trevelyan." Als Carolines Lippen den Namen zum ersten Mal formten, meinte sie, ein Schauer ginge durch ihre Seele.

„Was will er von uns? Verlangt er eine Art Lösegeld für Viviennes Seele?"

„Ach, um Himmels willen, Portia. Hör auf, so ein Gänschen zu sein. Es ist keine Lösegeldforderung", erklärte sie, während sie die Nachricht überflog. „Es ist eine Einladung, nach London zu kommen und seine Bekanntschaft zu machen. Das sollte deine lächerlichen Befürchtungen beschwichtigen, nicht wahr? Wenn dieser Viscount andere als ehrenwerte Absichten mit Vivienne verfolgt, würde er sich doch nicht die Mühe machen, unseren Segen einzuholen, ehe er ihr den Hof macht, oder?"

„Warum kommt er nicht her nach Edgeleaf und spricht bei uns vor, wie es ein anständiger junger Gentleman tun würde? O nein, warte. Ich hatte vergessen! Ein Vampir kann das Haus seines Opfers nicht betreten, es sei denn, er ist eingeladen." Portia legte den Kopf schief und sah einen flüchtigen Augenblick älter und weiser als ihre siebzehn Jahre aus. „Wozu genau hat uns der Viscount eingeladen?"

Caroline studierte die kühne Männerschrift mehrere Sekunden lang, dann hob sie den Kopf und schaute ihre Schwester an, obwohl sie eigentlich das triumphierende Glitzern in ihren Augen gar nicht sehen wollte, das sie unweigerlich dort entdecken würde.

„Zu einem Mitternachtsdinner."

Kapitel 2

⊗⇜⊗⇜ℰℑ⇜ℰℑ

„Was, wenn es gar keine Einladung ist, sondern eine Falle?", flüsterte Portia Caroline ins Ohr, während die altersschwache Kutsche ihrer Tante Marietta über Londons verlassene Straßen holperte.

„Dann, nehme ich an, werden wir uns an eine Kerkerwand gefesselt wiederfinden, den dunkelsten Gelüsten des Schurken ausgeliefert", flüsterte Caroline zurück. Von der merkwürdigen Hitze überrascht, die ihre eigenen Worte in ihr auslösten, klappte sie ihren Fächer auf und fächelte sich kühle Luft auf ihre geröteten Wangen.

Portia schaute weiter schmollend zum Kutschenfenster hinaus. Ihre jüngste Schwester war der einzige Mensch, den Caroline kannte, der, ohne einen Muskel zu rühren, die gleiche Wirkung erzielte, als sei sie wütend aus dem Raum gestürmt. Caroline wusste, dass Portia immer noch eingeschnappt war, weil sie ihr das Versprechen abgenommen hatte, die Gerüchte, die den geheimnisvollen Viscount Trevelyan umgaben, mit keinem Wort zu erwähnen. Wenn Vivienne nichts von ihnen wusste, sah Caroline keinen Grund zuzulassen, dass solcher Unfug einen Schatten auf das Glück ihrer Schwester warf oder gar ihre Hoffnungen für die Zukunft gefährdete.

Tante Marietta warf Caroline und Portia einen missbilligenden Blick zu. „Ist es nicht der Gipfel der Höflichkeit von Lord Trevelyan, deine Schwestern in seine Einladung einzuschließen, Vivienne?" Sie zog ein Taschentuch aus ihrem Ausschnitt und betupfte sich die vollen Wangen, die unter der dicken Schicht Reispuder zu glänzen begannen. Mit ihren üppigen Löckchen und ihren gepuderten Fleischbergen hatte Tante

Marietta Caroline immer ziemlich unschön an ein nicht gares Gebäckstück erinnert. „Es ist ein weiteres leuchtendes Beispiel für die Großzügigkeit des Gentlemans. Wenn du ihn weiter fesseln kannst, Liebes, dann mache ich mir Hoffnungen, dass wir vielleicht sogar eine Einladung zu dem Maskenball ergattern können, den er auf seinem Landsitz abhält."

Tante Marietta musste nicht eigens darauf hinweisen, dass das wir Caroline und Portia nicht einschloss. Die flatterhafte Schwester ihrer Mutter hielt seit jeher Portia für anstrengend und Caroline für zu langweilig und zu belesen, um angenehme Gesellschaft abzugeben. Nie hatte sie mit einem Wort angeboten, die Schwestern nach dem Tod ihrer Eltern bei sich aufzunehmen, und ohne die Einladung des Viscounts wäre sie nie auf die Idee gekommen, ihr Haus in Shrewsbury, das ihr verstorbener Mann ihr hinterlassen hatte, mit ihnen zu teilen, noch nicht einmal eine erbärmliche Woche lang.

Ihre Tante fuhr unbeeindruckt fort, die offenbar endlose Liste der Tugenden des Viscounts aufzuzählen. Caroline hatte den Mann inzwischen herzlich satt, und dabei hatte sie ihn noch nicht einmal kennengelernt.

Sie schaute zu Vivienne, die ihr in der Kutsche gegenübersaß. Ein heiteres Lächeln spielte um die Lippen ihrer Schwester, während sie pflichtschuldigst Tante Mariettas mit schriller Stimme vorgetragenen Ausführungen lauschte. Es wäre mehr als ein schlichter Schatten nötig, um Viviennes Strahlen zu dämpfen, dachte Caroline reuig, und ihre Miene wurde weicher, während sie ihre Schwester betrachtete.

Mit dem hochfrisierten goldblonden Haar und der hellen sahnigen Haut, die die gute Gesellschaft so lobte, strahlte Vivienne praktisch von innen heraus. Schon als Kind war es beinahe unmöglich gewesen, sie aus der Fassung zu bringen. Im Alter von gerade einmal fünf Jahren war Vivienne eines Tages zu ihrer Mutter gekommen, die gerade im Garten von Edgeleaf Rosen schnitt, und hatte an ihrem Rock gezupft.

„Nicht jetzt, Vivi", hatte ihre Mutter tadelnd gesagt, ohne ihre Arbeit zu unterbrechen. „Kannst du nicht sehen, dass ich beschäftigt bin?"

„Gut, Mama. Dann komme ich später noch einmal."

Von dem seltsam flachen Ton in der Stimme ihrer Tochter gewarnt, hatte ihre Mutter sich umgedreht und entsetzt gesehen, wie Vivienne forthinkte, der Pfeil eines Wilderes noch in ihrem Bein. Von den Armen ihres Vaters schützend gehalten, hatte das kleine Mädchen blass, aber schweigend still gehalten, während der Dorfarzt den Pfeil herausholte. Portias hysterisches Schreien dagegen drohte alle Anwesenden taub zu machen.

Da ihr eigenes Temperament eher aufbrausend war, hatte Caroline Vivienne immer schon um ihre Gelassenheit beneidet. Und um ihre glänzenden goldenen Locken. Caroline berührte mit der Hand ihr eigenes blass weizenblondes Haar. Verglichen mit Viviennes schien es fast farblos. Da die feinen Strähnen sich einfach nicht locken wollten, blieb ihr nichts anderes übrig, als sie nach hinten zu bürsten und zu einem festen Knoten aufzustecken. Für sie gab es keine neckischen Löckchen, die ihr eher kantiges, unauffälliges Gesicht umschmeicheln konnten.

„Ich glaube nicht, dass ich dich je dein Haar so tragen gesehen habe", sagte sie Vivienne. „Es sieht sehr hübsch aus."

Vivienne hob eine Hand zu der schimmernden Lockenkaskade. „Seltsamerweise war es Lord Trevelyan, der die Frisur vorgeschlagen hat. Er hat gesagt, es würde meinen Augen schmeicheln und betone meine klassisch geformten Wangenknochen."

Caroline runzelte die Stirn und überlegte, wie merkwürdig es war, wenn ein Gentleman solches Interesse an der Frisur einer Dame bekundete. Vielleicht war der Verehrer ihrer Schwester ein Dandy wie Brummell, der sich mehr für die Qualität des Spitzenbesatzes am Kragen einer Dame begeistern konnte als für männlichere Betätigungen wie Politik oder Jagd.

„Wie genau hast du eigentlich Lord Trevelyan kennengelernt?", fragte sie. „Du hast in deinem Brief geschrieben, du habest ihn auf Lady Norberrys Ball getroffen, aber du bist leider auf keine der sicher ergötzlichen Einzelheiten eingegangen."

Viviennes Lächeln wurde weicher. „Der Tanz war gerade zu Ende gegangen, und alle machten sich bereit, zum Supper zu gehen." Sie rümpfte die zierliche Nase. „Ich glaube, die Uhr hatte gerade Mitternacht geschlagen."

Caroline stöhnte leise vor Schmerz, als ihr Portia einen Ellbogen in die Rippen stieß.

„Ich habe über meine Schulter gesehen und entdeckte den außergewöhnlichsten Mann, der lässig gegen den Türrahmen lehnte. Ehe ich recht begriff, wie mir geschah, hatte er meinen

Begleiter für das Essen zur Seite gedrängt und darauf bestanden, mich in den Speisesaal zu führen." Vivienne senkte schüchtern den Kopf. „Es war niemand da, uns einander offiziell vorzustellen, daher denke ich, alles war reichlich unziemlich."

Tante Marietta lachte trillernd hinter vorgehaltener Hand. „Unziemlich, in der Tat. Er konnte seine Augen gar nicht von dem Mädchen abwenden. Ich habe noch nie einen Mann so schnell so vernarrt gesehen! Als er Vivienne das erste Mal erblickte, wurde er so blass, man konnte meinen, er habe ein Gespenst gesehen. Seitdem sind die beiden Turteltäubchen nahezu unzertrennlich. Mit mir als Anstandsdame natürlich", fügte sie mit einem gezierten Naserümpfen hinzu.

„Und habt ihr beide auch Ausflüge am Tage unternommen?" Portia lehnte sich auf ihrem Sitz vor, ein künstliches Lächeln auf den Lippen. „Eine Kutschfahrt durch den Hyde Park? Den Elefanten im Tower besucht? Tee in einem sonnigen Garten genossen?"

Vivienne schaute ihre Schwester verwundert an. „Nein, aber er hat uns in die Royal Opera begleitet, zu zwei musikalischen Abenden und einem Mitternachtsdinner von Lady Twickenham in ihrem Stadthaus in der Park Lane. Ich fürchte, Lord Trevelyan führt ein städtisches Leben. An den meisten Tagen steht er gar nicht vor Sonnenuntergang auf."

Dieses Mal war Caroline vorbereitet. Ehe Portia sie mit dem Ellbogen anstoßen konnte, packte Caroline sie am Arm und kniff zu.

„Au!"

Bei Portias unwillkürlichem Aufschrei hob Tante Marietta ihr Lorgnon und betrachtete das junge Mädchen missfällig. „Um Himmels willen, Kind, beherrsch dich. Man könnte meinen, jemand sei einem Hund auf den Schwanz getreten."

„Tut mir leid", murmelte Portia betreten, zog die Schultern hoch und warf Caroline einen verärgerten Blick zu. „Eine der Stecknadeln in meinem Kleid muss mich gestochen haben."

Caroline drehte sich zum Fenster und schaute auf die ruhigen Straßen von Mayfair, und ihr gelassenes Lächeln glich dem Viviennes. Die Kutsche bog auf den Berkeley Square ein, und im sanften Schein der Straßenlaternen kam eine Reihe eleganter Stadthäuser aus Backstein ins Blickfeld.

Als die Kutsche langsamer wurde und schließlich stehen blieb, reckte Caroline den Hals, um das Ziel ihrer Fahrt besser sehen zu können. Es gab nur wenig, worin sich das vierstöckige, im gregorianischen Stil erbaute Haus von den anderen um den Platz unterschied – keine fratzengesichtigen Wasserspeier auf dem Schieferdach, keine Gestalten in schwarzen Umhängen auf den Balkonen mit dem schmiedeeisernen Geländer, keine gedämpften Schreie aus dem Kohlenkeller.

Statt von dunklen Vorhängen verhüllt, erstrahlten die großen Fenster in hellem Licht und hießen die Gäste willkommen.

„Ah, wir sind da!“, verkündete Tante Marietta, nahm ihr Retikül und ihren Fächer. „Wir sollten uns beeilen, Vivienne. Ich bin sicher, dein Lord Trevelyan wartet schon ungeduldig.“

„Er ist wohl kaum mein Lord Trevelyan, Tante“, stellte Vivienne richtig. „Schließlich hat er sich noch nicht erklärt oder wenigstens Andeutungen bezüglich seiner Absichten gemacht.“

Die zarten Wangen ihrer Schwester überzog ein rosa Schimmer, und Caroline seufzte. Wie konnte sich jemand nicht Hals über Kopf in sie verlieben?

Sie streckte die Hand aus und drückte Viviennes voller Zuneigung. „Tante Marietta hat recht, Liebes. Wenn du das Herz dieses Gentlemans erobert hast, dann ist es nur eine Frage der Zeit, ehe er dir auch seinen Namen anträgt.“

Sie stiegen nacheinander aus der Kutsche, von den wartenden Lakaien unterstützt. Als Portia an der Reihe war, ließ sie sich Zeit. Der Lakai am Schlag räusperte sich und hielt seine ausgestreckte Hand tiefer in die Kutsche.

Schließlich griff Caroline einfach an ihm vorbei und zerrte ihre Schwester heraus. Als Portia stolpernd in ihren Armen landete, flüsterte Caroline ihr zwischen zusammengebissenen Zähnen zu: „Du hast Vivienne gehört. Es ist kaum ungewöhnlich für einen Gentleman, zu einem Mitternachtssupper einzuladen.“

„Besonders nicht, wenn er ein …“

„Sprich es nicht aus!“, warnte Caroline sie. „Wenn ich das Wort noch einmal heute Nacht von deinen Lippen höre, dann beiße ich dich höchstpersönlich.“

Da ihre Tante und Vivienne schon im Haus verschwunden waren, drängte Caroline allein eine schmollende Portia über den Gehweg zur Tür. Kurz bevor sie an den Eingangsstufen angekommen waren, löste sich eine dunkle Gestalt aus den Schatten und entfernte sich mit leise schlagenden Flügeln.

Portia zog den Kopf ein und stieß einen ohrenbetäubenden Schrei aus. „Hast du das gesehen?", keuchte sie und bohrte ihre Fingernägel in Carolines ellbogenlange Handschuhe. „Das war eine Fledermaus!"

„Sei nicht albern. Ich bin sicher, es war einfach nur eine Nachtschwalbe oder ein anderer Nachtvogel." Während Caroline so die Befürchtungen ihrer Schwester zu zerstreuen suchte, musterte sie verstohlen die Dachrinne und zog sicherheitshalber die Kapuze ihres Umhanges über ihr Haar.

Bald schon standen sie in der hell erleuchteten Eingangshalle. Das melodische Klirren von Gläsern, gedämpftes Lachen und die vollen, süßen Töne einer Haydn-Sonate erfüllten die Luft. Der Parkettboden war so glänzend gebohnert, dass sie praktisch ihr Spiegelbild darin bewundern konnten. Darum bemüht, nicht zu offensichtlich zu starren, reichte Caroline ihren Umhang einem apfelbäckigen Dienstmädchen.

Es drehte sich erwartungsvoll zu Portia um.

„Nein, danke", sagte Portia leise. „Ich glaube, ich bekomme eine Erkältung." Den Kragen ihres Umhanges fester um ihren Hals zusammenziehend, gelang ihr ein wenig überzeugendes Hüsteln, um ihre Behauptung zu bekräftigen.

Mit einem entschuldigenden Lächeln für das Dienstmädchen streckte Caroline ihre Hand aus. „Sei keine Närrin, Liebes. Wenn dir zu heiß wird, könnte sich deine Erkältung sehr gut als tödlich erweisen."

Das stählerne Glitzern in den Augen ihrer Schwester nur zu gut als Warnung erkennend, legte Portia zögernd den Umhang ab. Darunter trug sie einen dicken Wollschal, den sie sich sorgsam um den schlanken Hals geschlungen hatte. Caroline zog daran, aber Portia hielt ihn fest. Schließlich gewann Caroline das würdelose Tauziehen, nur um darunter einen Seidenschal zu entdecken.

Sie band den Schal auf und bekämpfte den Drang, ihre Schwester damit zu erdrosseln, als ihr plötzlich ein stechender Geruch in die Nase stieg. Sie lehnte sich vor und schnupperte an Portias Haut. „Was um Himmels willen ist das für ein Gestank? Ist das Knoblauch?"

Portia reckte die Schultern. „Ganz bestimmt nicht. Es ist einfach mein neues Parfum." Mit hocherhobener Nase ging sie an Caroline vorbei, eine Wolke des Knoblauchduftes hinter sich herziehend. Caroline reichte den Schal dem mit offenem Mund dastehenden Dienstmädchen und folgte ihrer Schwester in den Empfangssalon.

Während sie die elegante Versammlung betrachtete, wünschte sich Caroline fast, sie hätte sich geweigert, ihren eigenen Umhang abzulegen. Vivienne war eine liebliche Vision in himmelblauem Popelin, und Portia sah in ihrem besten Sonntagskleid reizend mädchenhaft aus. Da die Säume kürzer getragen wurden und die neuste Mode überquellende Ausschnitte verlangte, wagte Caroline zu hoffen, niemandem würde auffallen, dass Portias Kleid mehr als zwei Jahre alt war.

Caroline war gezwungen gewesen, ihre gesamte Londoner Garderobe aus den Truhen ihrer Mutter zu bestreiten. Sie konnte nur dankbar sein, dass Louisa Cabot so hochgewachsen und schlank wie sie gewesen war und sich ebenfalls keines besonders großen Busens hatte rühmen können. Das Abendkleid aus blasser indischer Seide, das sie trug, war in seiner Schlichtheit fast im griechischen Stil geschnitten, besaß einen geraden Ausschnitt, eine hoch angesetzte Taille und keines der schmückenden Kinkerlitzchen, die im letzten Jahrzehnt allmählich wieder modern geworden waren.

Sich schmerzlich der neugierigen Blicke bewusst, die ihr von den etwa einem Dutzend Anwesenden im Empfangssalon zugeworfen wurden, setzte sie ein gezwungenes Lächeln auf. Nach den selbstzufriedenen Mienen und den Diamanten, die an den Händen von Frauen wie Männern funkelten, zu schließen, schien es, dass Portia recht gehabt hatte. Adrian Kanes Ruf hatte seinem gesellschaftlichen Ansehen offensichtlich nicht geschadet. Einige der Frauen musterten Vivienne rachsüchtig.

Vivienne und Tante Marietta glitten durch den Raum, tauschten gemurmelte Begrüßungen oder neigten freundlich den Kopf. Portia hielt sich hinter ihnen, die Hand auf dem Hals.

Der Konzertflügel in der Ecke verstummte. Eine dunkle Gestalt erhob sich von der Klavierbank. Beim Anblick des jungen Mannes ging ein erwartungsvolles Raunen durch die Versammlung. Es schien, dass Caroline und ihre Familie gerade rechtzeitig erschienen waren für eine Art Vortrag. Erleichtert, dass sie nicht länger im Mittelpunkt der Aufmerksamkeit stand, begab sich Caroline in eine Nische an der Rückseite des Raumes, von wo aus sie die Vorgänge beobachten konnte, ohne angestarrt zu werden. Ein nahes französisches Fenster ging auf den Garten hinaus, versprach ein rasches Entkommen, falls es nötig würde.

Einfach dadurch, dass er zum Kamin schritt und sich davor aufstellte, verwandelte der schwarz gekleidete Fremde wundersamerweise die Stelle in eine Bühne und die Besucher im Salon in sein gebanntes Publikum. Seine modische Blässe betonte seine seelenvollen dunklen Augen und die schwarzen Locken, die ihm verwegen in die Stirn fielen. Er hatte breite Schultern, schmale Hüften, eine elegante Adlernase und volle Lippen, die Sinnlichkeit verhießen. Aus Viviennes liebevollem Lächeln schloss Caroline, dass er ihr Gastgeber sein musste.

Ehrfürchtiges Schweigen legte sich über den Salon, als er einen Fuß auf das Kamingitter stellte. Caroline merkte es erst nach einer Weile, dass sie den Atem anhielt, als er in einem Bariton zu sprechen begann, so melodisch, dass die Engel vor Neid weinen würden.

„Erst aber soll dein Leib auf Erden,
der Gruft geraubt, Vampir gar werden
und in geisterhafter Wut
aussaugen all der Deinen Blut.
Bei Weib und Kind, ein Nachtphantom,
saugst du des Lebens warmen Strom."

Carolines Augen wurden groß, als sie die Worte aus Byrons legendärem türkischem Fragment wiedererkannte, Worte, die sie Portia erst vor ein paar Tagen mit vergleichbarer Dramatik hatte aufsagen hören. Sie schaute ihre kleine Schwester an. Portias Hand war von ihrem Hals auf ihr Herz gerutscht, während sie den jungen Adonis anstarrte, und in ihren Augen glomm ein bewunderndes Funkeln auf. Ach du meine Güte, dachte Caroline. Es wäre für Portia nicht gut, eine unerwiderte Vernarrtheit in den Verehrer ihrer Schwester zu entwickeln.

Mit seinem mürrischen Mund und der Kerbe in seinem Kinn hätte man den jungen Sprecher leicht mit Lord Byron selbst verwechseln können. Aber ganz London wusste, dass der fesche Dichter derzeit in Italien und in den Armen seiner neuen Mätresse Gräfin Guiccioli weilte.

Als er mit einer weiteren Strophe begann, dabei den Kopf so drehte, dass alle im Salon sein klassisches Profil bewundern konnten, musste sich Caroline die Hand vor den Mund halten, um nicht zu laut zu lachen. Das hier also war der berüchtigte Viscount! Kein Wunder, dass er Caroline Vorschläge machte, wie sie ihr Haar frisieren sollte. Und kein Wunder, dass ihn die Gesellschaft für einen Vampir hielt. Das war ein Ruf, den er offenbar ebenso sorgfältig pflegte wie die en cascade arrangierten Falten seines Halstuches oder seine glänzenden Wellington-Stiefel. Ein derart affektierter Dandy mochte ihrer Schwester das Herz stehlen können, ihrer Seele jedoch drohte augenscheinlich keine ernsthafte Gefahr.

Vor Belustigung und Erleichterung schwindelte ihr gleichermaßen. Caroline kämpfte immer noch mit ihrer Heiterkeit, als irgendwo im Haus eine Uhr Mitternacht schlug.

„Verzeihen Sie."

Caroline zuckte erschreckt zusammen, als ihr ein Taschentuch unter die Nase gehalten wurde.

„Ich versuche stets vorbereitet zu sein. Es ist kaum das erste Mal, dass sein Auftritt eine Dame zu Tränen gerührt hat. Die empfindsameren Damen fallen sogar manchmal in Ohnmacht."

Die belustigte Männerstimme, kaum lauter als ein Brummen, ging ihr durch und durch. Wie hatte sie nur so närrisch sein können, sich wegen Vampiren Sorgen zu machen, wenn eine so rauchige, verführerische Stimme doch nur dem Teufel persönlich gehören konnte?

Sie nahm vorsichtig das angebotene Taschentuch, ehe sie unter gesenkten Lidern dem Mann einen Blick zuwarf, der neben ihr lässig an der Wand lehnte. Er schien aus dem Nichts aufgetaucht zu sein, musste aber durch das französische Fenster gekommen sein, als sie abgelenkt gewesen war. Auch dann war es keine leichte Aufgabe für einen so groß gewachsenen Mann.

Obwohl sie hätte schwören können, dass sie seinen Blick noch vor einer Sekunde auf sich ruhen gespürt hatte, schaute er jetzt zum Kamin, wo ihr Gastgeber eine weitere Strophe von Byrons Meisterwerk vortrug.

„Ihre Ritterlichkeit ehrt Sie, Sir", erwiderte sie leise und betupfte ihre überlaufenden Augen mit dem erlesenen Leinen. „Aber ich kann Ihnen versichern, es besteht keine Gefahr, dass ich von meinen Gefühlen überwältigt und in Ihren Armen ohnmächtig werde."

„Schade", bemerkte er, weiter geradeaus schauend.

Überrascht entfuhr Caroline: „Wie bitte?"

„Hübsche Ballade", sagte er und nickte zu dem jungen Mann.

Mit zusammengekniffenen Augen nutzte Caroline den Umstand schamlos aus, dass seine ganze Aufmerksamkeit dem Geschehen am Kamin galt, und musterte ihn. Sein dichtes Haar war von einem dunklen Honigblond, durchzogen von helleren goldenen Strähnen und gerade lang genug, um seine beeindruckenden Schultern in dem rostroten Rock zu berühren. Stünde er aufrecht, statt mit überkreuzten Knöcheln und verschränkten Armen an der Wand zu lehnen, würde er sie um fast einen Fuß überragen. Trotzdem schien er sich völlig wohlzufühlen mit seiner Größe, schien es nicht für nötig zu befinden, sie dazu einzusetzen, andere einzuschüchtern oder seinem Willen zu beugen.

„Was ich sagen wollte, Sir", flüsterte sie, nicht ganz begreifend, warum es ihr so wichtig war, dass dieser Fremde sie nicht für ein rührseliges Dummerchen hielt, „war, dass ich nicht von meinen Gefühlen überwältigt war, sondern von Erheiterung."

Er warf ihr unter seinen dichten Wimpern einen unergründlichen Blick zu. Seine Augen waren weder grün noch blau, sondern ein fesselnder Farbton dazwischen. „Sie sind also keine von Byrons Bewunderinnen?"

„Oh, es ist nicht der Dichter, der mich amüsiert, sondern der junge Herr, der seine Verse vorträgt. Haben Sie jemals schon ein so unverhohlenes Posieren gesehen?"

Eine der Frauen vor ihnen drehte sich um, schaute Caroline böse an und legte sich einen Finger auf die Lippen, zischte: „Pst!"

Während Caroline sich um eine angemessen betretene Miene bemühte, erklärte der Mann neben ihr mit gesenkter Stimme: „Sie scheinen die einzige Frau im Zimmer zu sein, die seinem Charme gegenüber immun ist."

Dem war zweifelsfrei so. Portia starrte immer noch wie in Trance zum Kamin. Mehrere der anwesenden Damen hatten ihre Taschentücher gezückt und betupften sich die Augen. Selbst einige Herren verfolgten die Vorstellung mit offenem Mund und glasigem Blick.

Caroline verkniff sich ein Lächeln. „Vielleicht hat er sie mit seinen übernatürlichen Kräften verhext. Sagt man das nicht Wesen seiner Art nach – die Fähigkeit, Menschen mit schwachem Geist zu hypnotisieren und ihrem Willen zu unterwerfen?"

Jetzt drehte sich der Mann zu ihr um und schaute sie an. Seine

Züge konnten nicht jungenhaft genannt werden, das verhinderten die gerunzelte Stirn, die einmal gebrochene Nase und die Furche an seinem kantigen Kinn. Er besaß einen für ein so raues Gesicht seltsam fein gezeichneten, ausdrucksvollen Mund. „Und was für eine Art Wesen sollte das sein?"

Es passte eigentlich nicht zu ihr, so deftigen Klatsch einem völlig Fremden zu erzählen, aber er hatte etwas an sich, sein direkter Blick vielleicht, das dazu einlud, sich ihm anzuvertrauen.

Sie lehnte sich vor und flüsterte hinter vorgehaltener Hand: „Wissen Sie das etwa nicht? Unserem Gastgeber sagt man nach, ein Vampir zu sein. Sicherlich haben Sie doch auch schon Gerüchte über den geheimnisvollen und gefährlichen Adrian Kane gehört. Dass er erst nach Sonnenuntergang sein Bett verlässt. Dass er nachts die Straßen und Gassen der Stadt durchstreift und nach Opfern sucht. Dass er unschuldige Frauen in seine Lasterhöhle lockt, sie dort mit seinen dunklen Künsten verführt und willenlos macht."

Es war ihr gelungen, ein belustigtes Funkeln seine Augen zu bringen. „Hört sich nach einem reichlich hinterhältigen Schuft an. Was hat Sie dann dazu bewegen können, sich in einer dunklen Nacht in seine Höhle zu wagen? Ist Ihnen Ihre Unschuld nicht wichtig?"

Caroline zuckte lässig die Achseln. „Wie Sie sehen können, stellt er keine Bedrohung für mich dar. Ich bin romantisch brütenden, Byron zitierenden jungen Herren gegenüber völlig unempfänglich, die zudem unangemessen lange Zeit vor dem Spiegel verbringen, wo sie ihre Posen einstudieren und ihre Stirnlocken kämmen."

Er musterte sie eindringlich. „Ich muss gestehen, dass Sie meine Neugier geweckt haben. Was für eine Sorte Gentleman könnte Ihnen denn gefährlich werden? Welche dunklen Kräfte muss ein Mann besitzen, um eine so besonnene junge Dame wie Sie zu verführen? Wenn ein hübsches Gesicht und eine gewandte Zunge Sie nicht ohnmächtig in die Arme eines Herrn sinken lassen, was dann?"

Caroline blickte zu ihm auf, und ein Reigen unmöglicher Bilder wirbelte ihr durch den Sinn. Was, wenn dies ihre statt Viviennes Saison wäre? Was, wenn sie träumerische neunzehn wäre statt vernünftige vierundzwanzig? Was, wenn es nicht zu spät wäre zu glauben, dass ein Mann wie er sie in den mondlichtdurchfluteten Garten zu locken versuchte, um einen Moment lang ungestört mit ihr zusammen zu sein – oder vielleicht sogar einen Kuss zu stehlen? Von einer Welle der Sehnsucht überwältigt, riss Caroline ihren Blick von seinem herrlichen Mund los. Sie war eine erwachsene Frau. Sie konnte es sich kaum leisten, den närrischen Phantasien eines jungen Mädchens nachzuhängen.

Sie neigte den Kopf und lächelte, beschloss, dass es am klügsten sei, seine Worte als den Scherz zu betrachten, als der sie zweifellos gemeint waren. „Sie sollten sich schämen, Sir. Wenn ich Ihnen so etwas verriete, dann wäre ich Ihrer Gnade hilflos ausgeliefert, nicht wahr?"

„Vielleicht sind es aber Sie", murmelte er und beugte sich zu ihr herab, seine Stimme so tief und rauchig wie ein verbotener Schluck schottischen Whiskys, „deren Gnade ich ausgeliefert wäre."

Carolines Kopf ruckte auf, sie sah fasziniert das unerwartet in seinen Augen aufflammende Sehnen. Es schien eine atemlose Ewigkeit zu vergehen, ehe sie begriff, dass der Vortrag geendet hatte und die anderen Anwesenden im Salon in begeisterten Applaus ausgebrochen waren.

Der Mann neben ihr stieß sich von der Wand ab, richtete sich zu seiner vollen Höhe auf. „Wenn Sie mich nun entschuldigen, Miss … Ich fürchte, die Pflicht ist eine harte und mitleidlose Herrin."

Er kehrte ihr schon den Rücken zu, als sie ihm nachrief: „Sir! Sie haben Ihr Taschentuch vergessen!"

Sie merkte, dass sie das Leinentuch schwenkte wie eine weiße Flagge, als er sich umdrehte und sich sein Mundwinkel zu einem lässigen Lächeln verzog. „Behalten Sie es bitte. Vielleicht finden Sie, ehe der Abend um ist, noch etwas anderes, das einen ähnlichen Heiterkeitsausbruch wie eben bei Ihnen hervorruft."

Während sie ihm nachschaute, wie er sich seinen Weg durch die Gäste bahnte, strich sie das Taschentuch über ihrer Hand glatt. Sie musste den albernen Drang bekämpfen, es an ihre Wange zu heben, herauszufinden, ob dem Stoff der männliche Duft von Sandelholz und Lorbeer anhing, den sie eben noch gerochen hatte.

Mit den Fingerspitzen fuhr sie blindlings die Initialen nach, die in die Ecke des Leinens gestickt waren, als seine tiefe, gebieterische Stimme über die Menge hinweg zu ihr drang. „Bravo! Bravo, Julian! Das war ein hervorragender Auftritt. Dürfen wir auf eine Zugabe nach dem Essen hoffen?"

Der schlanke, elegante Satyr, der immer noch mit lässiger Anmut vor dem Kamin stand, grinste. „Nur, wenn mein Bruder und Gastgeber es verlangt."

Carolines Finger erstarrten.

Langsam hob sie das Taschentuch, aber noch bevor sie den Satyr ihm auf die Schulter klopfen sah, ehe sie eine strahlende Vivienne zu ihm treten und den Platz an seiner Seite einnehmen sah, als gehörte sie dorthin, wusste Caroline schon, was sie in das kostbare Leinen gestickt entdecken würde.

Ein kunstvoll geschwungenes A neben einem verschnörkelten K.

„Caroline!", rief Vivienne. Ein glückliches Lächeln ließ ihr Gesicht aufleuchten, während sie ihre schlanke Hand auf den Arm des Mannes neben sich legte. „Warum versteckst du dich da hinten in der Ecke? Komm her und lass dich unserem Gastgeber vorstellen."

Caroline spürte, wie ihr alles Blut aus dem Gesicht wich, als sie den Blick hob und die gleiche Bestürzung, die sie empfand, in den Augen von Adrian Kane, Viscount Trevelyan, widergespiegelt sah.

Kapitel 3

୧୫ଽ୧୫ଽ୫ଽ୫ଽ

„Hätten Sie gerne etwas Port, Miss Cabot?"

Obwohl die Frage völlig unschuldig war, galt das ganz bestimmt nicht für das neckende Funkeln in den Augen ihres Gastgebers. Oder für die Art und Weise, wie er das blutrote Getränk in dem bauchigen Kelch schwenkte, ehe er ihn an die Lippen hob.

Das Glas Port hätte wesentlich besser zu blassen, aristokratischen Fingern gepasst. Seltsamerweise besaß Adrian Kane aber die Hände eines Mannes, der körperliche Arbeit verrichtete – breit, kräftig und stark. Seine Zähne waren gerade und weiß und bar jeder Spitzen, die auf Reißzähne hingedeutet hätten. Da sie an dem langen, damastbedeckten Tisch auf dem Ehrenplatz zu seiner Rechten saß, hatte Caroline ausreichend Gelegenheit, sie jedes Mal aus nächster Nähe anzuschauen, wenn er ihr eines seiner geheimnisvollen Lächeln schenkte.

Es war schwer sich vorzustellen, dass jemand so närrisch sein könnte zu glauben, dieser Mann ergäbe sich bereitwillig Dunkelheit und Tod. Wenn überhaupt, dann schien er ungewöhnlich lebendig und kraftvoll. Dem Gerücht zum Trotz, dass er das Tageslicht mied, hätte sie schwören können, dass die goldenen Strähnen in seinem Haar von der Sonne gebleicht waren. Sie hatte sogar den völlig absurden Eindruck, dass sie, wenn sie sich vorlehnte, sein Herz Blut durch seinen Körper pumpen hören konnte.

Ehe Caroline sein Angebot ablehnen konnte, hielt Portia, die ihr gegenüber zu seiner Linken saß, ihr Glas hoch und erklärte:

„Aber gewiss, Mylord. Danke. Ich hätte liebend gerne Port.“

Caroline betrachtete ihre Schwester von der Seite. Portia schien ihre Angst, Kane könne sich vorbeugen und sie in den Hals beißen, vollkommen vergessen zu haben. Sie war zu sehr damit beschäftigt, eben diesen Hals zu recken und Kanes Bruder mit den Augen zu verschlingen, der neben Vivienne saß. Gleichgültig, was sie von seinem theatralischen Gehabe und seinen Posen beim Gedichtvortrag vorhin auch halten mochte, so musste Caroline doch zugeben, dass es eine Tragödie war, dass Julian Kanes Profil nie auf eine römische Münze geprägt worden war.

Ihr Gastgeber winkte einen Lakaien von der Anrichte aus Walnussholz zu sich, warnte den Mann aber mit einem kaum merklichen Kopfschütteln, dem jungen Mädchen mehr als einen Schluck Wein einzugießen.

Tante Marietta war an das untere Ende des Tisches verbannt worden, wo sie einem unglücklich aussehenden Baron mit schriller Stimme ihren letzten Triumph am Spieltisch schilderte. Da er sich schlecht mit seiner zweizinkigen Gabel die Handgelenke aufschlitzen konnte, um ihr zu entkommen, blieb dem armen Mann als einziger Ausweg, sich langsam, aber sicher bis zur Bewusstlosigkeit zu betrinken. In der letzten halben Stunde war er immer weiter auf seinem Stuhl zusammengesunken. Zu dem Zeitpunkt, da Dessert aufgetragen wurde, wäre er vermutlich unter dem Tisch angekommen. Nicht, dass Tante Marietta das auffallen würde. Wahrscheinlich würde sie sich einfach zu der einfältig lächelnden Marchioness auf ihrer anderen Seite umdrehen, ohne einmal Luft zu holen.

Caroline fragte sich, ob ihre Tante absichtlich verbannt worden war. Vielleicht hatte Kane genauso wenig Geduld wie sie selbst mit Tantes unablässigem Geschwätz. Nach dem Unsinn, den sie ihm selbst vorhin im Empfangssalon erzählt hatte, musste er sie allerdings für doppelt so beschränkt wie Tante Marietta halten.

Jedes Mal, wenn sie an ihre achtlos gesprochenen Worte dachte, wollte sie sich am liebsten vorbeugen und mit ihrer Stirn mehrmals auf die Tischplatte schlagen. Sie wusste nicht, ob es ihr peinlicher sein sollte, dass sie seinen Bruder beleidigt oder dass sie die albernen Gerüchte über seine nächtlichen Aktivitäten wiederholt hatte. Sie hätte sich vielleicht diese beiden Indiskretionen verzeihen können, hätte sie sich nicht einem schamlosen Flirt mit dem Verehrer ihrer Schwester hingegeben.

„Miss?"

Dankbar für die Ablenkung wandte Caroline den Kopf. Ein Lakai stand neben ihr und bot ihr ein silbernes Tablett an, voller Scheiben halb gegarten Roastbeefs, die im roten Bratensaft schwammen. Da sie spürte, dass sich ihr ohnehin schon gereizter Magen umzudrehen drohte, schluckte sie schwer und murmelte: „Nein danke."

„Oh, ich nehme davon." Statt darauf zu warten, dass der Lakai mit dem Bratenteller zu ihm kam, griff Julian über den Tisch und stach mit seiner Gabel in eine Scheibe. Dann steckte er sich das Stück Fleisch direkt in den Mund und begann genussvoll zu kauen.

Plötzlich hielt er inne, schnupperte und rümpfte angewidert seine aristokratische Nase. „Du musst Gaston sagen, dass er weniger Knoblauch nehmen soll, Adrian. Heute Abend ist es einfach zu viel."

Caroline war die Einzige, die bemerkte, wie Portia eine Ecke ihrer Serviette in das kristallene Wasserschälchen vor sich tunkte und sich verstohlen damit über den Hals rieb.

Wenigstens glaubte sie, sie sei die Einzige, bis sie zu ihrem Gastgeber blickte und ihn dabei ertappte, wie er nicht Portia, dafür aber sie mit unverhohlener Belustigung anschaute. „Sie müssen meinem Koch verzeihen", sagte er. „Er ist Franzose, und man weiß ja, wie sehr Franzosen Knoblauch lieben."

Caroline konnte ihm das nicht ungesühnt durchgehen lassen. „Was ist mit Ihnen, Mylord? Mögen Sie ihn auch?"

„Ziemlich. Ich finde, er sorgt für ein aufregendes Überraschungsmoment, und das selbst bei den einfachsten Speisen."

Sie warf ihm einen hochmütigen Blick zu. „Ah, aber anders als Sie mögen manche Menschen Überraschungen nicht sonderlich. Es gibt sogar welche, die sie als eine lästige Plage ansehen, die man tunlichst meiden sollte."

Kane lehnte sich in seinem Stuhl zurück, und das nachdenkliche Glitzern in seinen Augen wurde stärker. „Das hinge natürlich von der Art der Überraschung ab, nicht wahr?"

„Ja, in der Tat", antwortete sie und erwiderte seinen Blick offen. „Und davon, ob die Überraschung auf einem einfachen Missverständnis beruht oder auf bewusster Täuschung."

Er nahm noch einen Schluck von dem Portwein. „Ich muss

zugeben, Miss Cabot, dass Sie für mich so etwas wie eine Überraschung sind. Seit Vivienne mir anvertraut hat, dass Sie praktisch im Alleingang sie und Portia aufgezogen haben, hatte ich eigentlich mit jemandem gerechnet, der wesentlich …"

„Älter ist?", schlug sie vor.

„Erfahrener", verbesserte er sie taktvoll.

„Dann tut es mir leid, Sie zu enttäuschen, Mylord. Hätte ich geahnt, dass Sie eine gebrechliche alte Frau zu treffen erwarteten, hätte ich mir nicht die Mühe gemacht, meine hölzernen Zähne hervorzusuchen."

„Caroline war erst sechzehn, als Mama und Papa starben", erklärte Vivienne und warf ihrer Schwester einen liebevollen Blick zu. „Seitdem ist sie für uns Mutter und Vater gewesen. Wenn sie nicht gewesen wäre, hätte uns Cousin Cecil in ein Waisenhaus verfrachtet."

Caroline spürte, wie sie rot wurde, als Kane den Kopf neigte, um sie anzuschauen. „Es kann keine leichte Aufgabe gewesen sein, die Verantwortung für zwei junge Mädchen zu übernehmen, als Sie selbst kaum mehr als eines waren."

Julian hob seine Gabel. „Ich denke, es muss doch entsetzlich öde gewesen sein, auf dem Land festzusitzen mit zwei Backfischen zum Aufziehen. Das soll keine Beleidigung sein, Kleines", sagte er und lehnte sich zurück, um Portia hinter Viviennes Rücken zuzuzwinkern. Sie verschluckte sich an einem Bissen Wachtel und lief bis zu den Haarwurzeln dunkelrosa an.

Caroline erinnerte sich an zahllose Tage, die sie über den Haushaltsbüchern gehockt hatte, die Finger steif vor Kälte und Müdigkeit; schlaflose Nächte, in denen sie Bilder von ihren Schwestern quälten, wie sie in irgendeinem Arbeitshaus vegetierten oder als Gouvernanten in irgendeinem Haushalt mit einem lüsternen Herrn und einer grausamen Herrin schufteten. Bilder, die immer noch wahr werden konnten, wenn sie keinen passenden Ehemann für eine von ihnen fand.

Aber sie sagte nur: „Im Gegensatz zu dem, was die Gesellschaft glaubt, hat das ruhige Landleben, das ganz den Freuden von Herd und Familie gewidmet ist, viele Vorteile zu bieten."

Obwohl sie halb damit rechnete, dass ihr Gastgeber eine spöttische Erwiderung darauf hätte, war seine Stimme weicher, fast sehnsüchtig. „Das kann ich mir durchaus vorstellen."

„Ach, Miss Cabot", fragte Julian und richtete die ganze Wucht seines Charmes auf sie, „stimmt es, dass man auf dem Lande allgemein erwartet, ‚mit den Hühnern', wie man so sagt, aufzustehen und abends zu Bett zu gehen?"

„Wären wir auf Edgeleaf, läge ich schon seit Stunden im Bett", erklärte sie.

„Wie interessant", murmelte Kane.

Caroline stellte fest, dass sie ihm mit einem Mal nicht mehr in die Augen sehen konnte. Wie war es nur möglich, dass die bloße Erwähnung eines Bettes in Anwesenheit dieses Mannes sie erröten ließ wie ein junges Mädchen?

Sein Bruder erschauerte. „Dann fürchte ich, dass ich es dort nicht länger als zwei Wochen aushielte."

Kane lachte leise. „Nicht mehr als eine Nacht, würde ich sagen. Sie müssen meinem kleinen Bruder vergeben, Miss Cabot", bemerkte er, und seine heisere Stimme gab ihr das Gefühl, mit ihm allein im Raum zu sein. „Der arme Julian hier sieht unserer Rückkehr aufs Land nächste Woche mit wenig Begeisterung entgegen. Wenn ich ihm keinen Ball zur Unterhaltung versprochen hätte, dann bezweifle ich, dass es mir gelungen wäre, ihn von seiner bevorzugten Spielhölle wegzulocken. Ich fürchte, die Freuden des Landlebens sind nichts für ihn. Er zieht eine erstickende Wolke Zigarrenrauch oder Kohlenstaub frischer Landluft vor. Und er meidet schon lange die Sonne aus Angst, sie würde seine modische Blässe ruinieren."

Julian lehnte sich zurück und grinste, nicht im Geringsten beleidigt. „Du weißt so gut wie ich, lieber Bruder, dass grundsätzlich nichts Interessantes vor Mitternacht geschieht."

Wie um seine Behauptung zu untermauern, waren plötzlich vor dem Speisesalon erhobene Stimmen zu hören und Geräusche wie bei einem Handgemenge.

Obwohl der Viscount mit keinem Muskel zuckte, füllte mit einem Mal Gefahr die Luft um ihn, die unausgesprochene Bedrohung stark genug, dass sich die Härchen auf Carolines Unterarmen aufstellten.

Die Türen zum Salon flogen auf, und ein Mann erschien auf der Türschwelle, schüttelte einen keuchenden Lakaien ab. Die gepuderte Perücke des Dieners war verrutscht und gab den Blick auf kupferrotes Haar frei. Seine derangierte Erscheinung legte beredtes Zeugnis von seinen tapferen, wenn auch vergeblichen

Bemühungen ab, den Eindringling aufzuhalten.

Die erschreckten Gäste erstarrten, die Gabeln oder Gläser erhoben, und schauten den Fremden mit offenem Mund an.

Seine Weste glatt ziehend, warf der Lakai dem Fremden einen finsteren Blick zu. „Es tut mir leid, Mylord", sagte er, immer noch außer Atem. „Ich habe versucht, diesem Herrn zu erklären, dass Sie keine Besucher empfangen, aber er hat die Nachricht nicht gut aufgenommen."

Trotz Kanes lässiger Haltung und seines kühlen Blickes spürte Caroline, dass das Auftauchen des Fremden für ihn eine Überraschung war. Und keine angenehme.

„Guten Abend, Konstabler", begrüßte er den Mann und erhob sich nur so weit von seinem Stuhl, um eine spöttische Verbeugung zu machen. „Hätten wir geahnt, dass Sie uns heute Abend mit Ihrer Anwesenheit beehren würden, hätten wir mit dem Supper auf Sie gewartet. Ihre Grußbotschaft muss in der Post verloren gegangen sein."

„Komm, Trevelyan", entgegnete der Mann und strich übertrieben sorgfältig seinen Ärmel glatt, die Stelle, wo ihn der Lakai festzuhalten versucht hatte. „Ich stelle mir gerne vor, dass gute alte Bekannte wie wir uns mit solchen gesellschaftlichen Feinheiten nicht aufhalten müssen. Schließlich haben wir sie auch nicht beachtet, als wir noch zusammen in Oxford waren."

Mit seinem langen, schlaksigen Körper, dem schlecht sitzenden und zudem zerknitterten Rock und dem unordentlichen hellbraunen Haarschopf, überlegte Caroline, würde der Fremde sogar an einem Abend, an dem sich kein Lüftchen regte, irgendwie windzerzaust aussehen. Was sein Gesicht an Charme vermissen ließ, machte es mit Charakter mehr als wett. Er mochte einen schmallippigen Mund haben und eine Hakennase, aber in seinen toffeebraunen Augen glitzerten Humor und Intelligenz.

Mit diesen Augen überflog er die am Tisch Versammelten, bis er fand, wonach er suchte.

„Miss Vivienne", sagte er, und sein Ton wurde weicher, als er Carolines Schwester zunickte.

„Konstabler Larkin", erwiderte sie leise und rührte mit ihrem Löffel ihre Hummercremesuppe um, ohne ihn eines Blickes zu würdigen.

Caroline zuckte zusammen, als Portia ihr unter dem Tisch gegen das Schienbein trat. Keine von ihnen hatte je gesehen, dass ihre herzensgute Schwester jemals jemanden so offen geschnitten hatte.

Der Austausch entging auch ihrem Gastgeber nicht. In seiner Stimme schwang leise Belustigung mit, während er eine schwungvolle Handbewegung zu den Damen rechts und links von sich machte. „Ich glaube, Sie haben noch nicht die Bekanntschaft von Miss Viviennes Schwestern gemacht – Miss Cabot und Miss Portia. Meine übrigen Gäste sollten Sie kennen. Ich bin sicher, Sie haben sie zu irgendeinem Zeitpunkt schon einmal mit Ihren Fragen belästigt."

Die Gäste des Viscounts starrten den Eindringling weiter an, manche neugierig, andere feindselig. Julian Kanes wohlgeformte Lippen waren verächtlich verzogen, und dieses eine Mal fehlten sogar Tante Marietta die Worte.

Unbeeindruckt von ihrem Willkommen oder besser dessen Fehlen ließ sich Larkin auf einem leeren Platz etwa in der Mitte des Tisches nieder und warf dem Lakaien über seine Schulter einen auffordernden Blick zu.

Der Lakai machte mit verbissener Miene einen Schritt vor, doch dann seufzte der Viscount laut. „Biete dem Konstabler etwas von unserem Dinner an, Timothy. Wenn wir dem Mann nichts zu essen geben, fürchte ich, werden wir ihn nie los. Das Einzige, was er mehr liebt, als uneingeladen irgendwo hineinzuplatzen, ist Essen."

Unter dem finsteren Blick des Lakaien bewies Larkin die Richtigkeit von Kanes Behauptung, indem er sich großzügig von der gebratenen Wachtel und dem Gemüsepudding bediente. Caroline dachte unwillkürlich, dass er mehr als eine solche Mahlzeit bräuchte, damit sich seine hageren Wangen füllten oder seine schmalen Schultern breiter würden. Sie konnte nicht anders, als sich zu fragen, was einen Oxford-Absolventen dazu bewegen konnte, eine Karriere bei den Ordnungshütern zu wählen, statt einer einträglicheren Beschäftigung in der Kirche oder beim Militär nachzugehen.

Larkin verzehrte seine Portion Wachtel mit einem halben Dutzend Bissen, spülte den letzten mit einem großen Schluck Wein herunter und seufzte zufrieden. „Was auch immer deine Fehler sind, Trevelyan, ich muss zugeben, dass du eine der besten Tafeln in ganz London hast. Ich nehme an, dass mich das nicht wundern sollte, da man dir nachsagt, dass du ein Mann von solch vielen und vielfältigen … Gelüsten bist."

Bei dem Wort lief Caroline ein Schauer über den Rücken.

„Führt Sie heute Nacht dieser Grund hierher?", erkundigte sich Kane. „Um mich zu beleidigen und meinen Koch mit Lob zu überschütten?"

Der Konstabler lehnte sich zurück und wischte sich mit seiner Serviette den Mund. „Ich bin heute Nacht hier, weil ich dachte, du seiest daran interessiert zu erfahren, dass es einen weiteren merkwürdigen Vermisstenfall in Charing Cross gibt."

Adrian Kane zuckte mit keiner Wimper. Wenn überhaupt, dann wurde sein Blick nur noch schläfriger und unbeteiligter. „Und warum sollte mich diese Nachricht interessieren? Bedenkt man die unglückselige Armut der Gegend, verschwinden sicher Schuldner, die ihren Gläubigern tunlichst aus dem Weg gehen, jeden Tag. Und jede Nacht."

Larkin hielt sein Glas auffordernd hoch, damit der Lakai ihm nachfüllte, was er auch widerwillig tat. „Das mag schon wahr sein, aber wie du vielleicht weißt, hat es mehr als ein halbes Dutzend Fälle von mysteriösem Verschwinden gegeben, seit du und dein Bruder von euren Reisen in Übersee heimgekehrt seid." Er warf Kane einen unverkennbar bedeutungsvollen Blick zu. „In den meisten dieser Fälle gibt es passenderweise keine Zeugen. Aber gestern, in den frühen Morgenstunden, kam eine junge Frau mit einer außergewöhnlichen Geschichte zu uns."

„Sicherlich geboren aus Hysterie und billigem Gin", bemerkte Julian und legte seinen langen, elegant gekleideten Arm über Viviennes Rückenlehne.

Larkin zuckte mit den Achseln. „Vielleicht. Ich müsste lügen, wenn ich sagte, das Mädchen sei moralisch über jeden Zweifel erhaben. Aber ich kann versichern, dass sowohl ihre Geschichte als auch ihre Furcht sehr überzeugend waren."

„Sprechen Sie weiter", verlangte Kane und unterdrückte ein Gähnen. „Meine Gäste hatten nach dem Mahl auf einen weiteren von Julians Vorträgen gehofft, aber ich bin sicher, Ihre Erzählung wird sich als ebenso unterhaltsam herausstellen, wenn nicht sogar mehr."

Der Konstabler ignorierte den Seitenhieb. „Dem Mädchen zufolge ereignete sich der Zwischenfall kurz nach Mitternacht, als sie und ihr Begleiter durch Charing Cross spazierten."

„Darf man davon ausgehen, dass der Begleiter ein alter

Bekannter war?", fragte Kane milde.

„Genau genommen", musste Larkin einräumen, „hatte sie ihn erst am selben Abend kennengelernt, vor einer der Spielhöllen in der Pickpocket Alley. Die beiden waren unter einer Laterne stehen geblieben, um …" Er zögerte, schaute verstohlen zu Vivienne. „… um sich zu unterhalten, als sie von einem Fremden in einem langen schwarzen Umhang angegriffen wurden."

„Angegriffen?", wiederholte Julian. „Wie das? Hat er sie mit einem Knüppel bedroht oder einem Messer? Oder vielleicht mit einer Pistole?"

„Das Mädchen konnte keine Waffe sehen. Es behauptet, ihr Angreifer hätte außergewöhnliche Kraft besessen. Er riss den Mann einfach von ihr weg und presste ihn gegen den Laternenpfosten, hob ihn mit einer Hand um die Kehle in die Höhe."

Caroline stocherte mit ihrer Gabel in ihrer Wachtel herum, um nicht zu Kanes breiten Schultern zu blicken.

„Das Mädchen war derart außer sich vor Angst, dass es auf die Knie fiel und das Gesicht hinter den Händen verbarg. Als sie schließlich den Kopf zu heben wagte, war ihr Begleiter fort."

„Fort?", wiederholte Tante Marietta schrill, sich eine Hand auf den fleischigen Hals legend.

Larkin nickte. „Verschwunden. Als hätte er sich in Luft aufgelöst."

„Verzeihen Sie, Konstabler Larkin, aber wenn Sie keine Leiche haben, um irgendeine Art von üblen Vorgängen zu beweisen, woher wissen Sie dann, dass der Mann nicht einfach weggegangen ist?" Caroline konnte nicht sagen, was sie zum Sprechen bewegte. Sie wusste nur, dass sich angespannte Stille über die Gesellschaft gelegt hatte und alle sie anstarrten.

Ihr Gastgeber eingeschlossen.

Der Konstabler räusperte sich, und er musterte ihr Gesicht, als nähme er sie zum ersten Mal wahr. „Eine berechtigte Frage, Miss Cabot, aber da dieser Vorfall sich so kurz nach einer ganzen Reihe von plötzlichem Verschwinden in dieser Gegend ereignet hat, haben wir keine andere Wahl, als ihn mit demselben Verdacht zu behandeln. Besonders nach dem, was der Angreifer danach getan hat."

„Und was war das?", fragte sie zögernd, überlegte, ob es zu spät war, sich über den Tisch zu werfen und Portia die Ohren zuzuhalten.

Die Gäste hielten alle den Atem an, während sie auf seine Antwort warteten. Selbst Viviennes Lippen zitterten, und sie warf ihm einen verstohlenen Blick zu.

Larkin senkte den Kopf, sein langes Gesicht ernst. „Nach der Schilderung der jungen Frau ging er zu ihr und half ihr auf die Füße. Sein Gesicht lag im Schatten, aber sie beschrieb ihn als jemanden mit dem Benehmen und den Manieren eines ‚Gents‘. Er drückte ihr einen Goldsovereign in die Hand und trug ihr auf, nach Hause zu gehen zu ihrer Mutter, da schlimmere Monster als er in der Nacht unterwegs seien. Dann drehte er sich um und verschwand mit wallendem Umhang in der Dunkelheit.“

Kane stand auf und machte so deutlich, dass seine Geduld und auch seine Gastfreundschaft ihre Grenze erreicht hatten. „Danke, Konstabler. Es war sehr freundlich von Ihnen, vorbeizukommen und uns Ihre fesselnde Geschichte zu erzählen. Ich kann Ihnen versichern, dass wir uns Ihre Warnung zu Herzen nehmen werden und uns bemühen, Charing Cross nach Sonnenuntergang zu meiden.“

Larkin erhob sich ebenfalls und schaute ihn über den Tisch hinweg an. „Das ist sicher ratsam.“ Als zwei kräftige Lakaien in der Tür erschienen, kräuselte ein trockenes Lächeln seine Lippen. „Ich bedanke mich für das umsichtig angebotene Geleit, aber ich denke, ich kann selbst meinen Weg nach draußen finden.“ Er blieb auf der Türschwelle stehen, als hätte er irgendetwas Unwichtigeres vergessen, vielleicht einen Handschuh oder ein Taschentuch. „Beinahe wäre mir entfallen zu erwähnen, dass ich erst neulich zufällig einen weiteren Freund aus unserer Zeit in Oxford getroffen habe, und zwar in Covent Garden. Es war Victor Duvalier.“

Obwohl Julian sichtlich blasser wurde, blieb Kanes Miene wie versteinert.

„Dem Anschein nach ist er gerade erst von einer ausgiebigen Reise durch die Karpaten nach London zurückgekommen. Er bat mich, dir seine Grüße auszurichten und zu sagen, dass er hoffe, deine und seine Wege würden sich bald schon kreuzen.“

„Ich auch“, murmelte Kane, und etwas in seinem unergründlichen Gesichtsausdruck sandte einen weiteren Schauer über Carolines Rücken.

Ehe er sich zum Gehen wandte, machte Larkin eine

angedeutete Verbeugung zu Vivienne. „Miss Vivienne."

„Mr Larkin", erwiderte sie und rührte ihre mittlerweile geronnene Cremesuppe um, als hinge Englands ganze Zukunft davon ab.

Flankiert von zwei Lakaien ging der Konstabler dann, eine unangenehme Stille hinterlassend.

„Statt uns der Freude der Gesellschaft der Damen zu berauben, damit wir unseren Portwein genießen können, warum gehen wir da nicht lieber gemeinsam für das Dessert in den Salon zurück?", schlug Kane vor. Er beugte sich zu Portia vor. „Wenn Sie Ihr hübsches Lächeln aufsetzen könnten, meine Liebe, dann sollte es Ihnen gelingen, Julian dazu zu überreden, Ihnen weitere Verse von Byron vorzutragen."

Portia stand eifrig auf, während die übrigen Gäste sich ebenfalls erhoben und zum Salon zurückschlenderten, ihre Unterhaltungen wieder aufnehmend.

„Dürfte ich kurz mit Ihnen sprechen, Miss Cabot?", fragte Kane, als Caroline von ihrem Stuhl wegtrat.

„Gewiss, Mylord." Sie drehte sich um und erschrak ein wenig über seine Größe. Sie selbst war nicht klein und es daher nicht gewohnt, so weit nach oben zu schauen, wenn sie einem Mann ins Gesicht sehen wollte. Es hatte ihr immer insgeheim gut gefallen, auf Cousin Cecil herabblicken zu können.

Sie wusste nicht genau, wie es geschehen konnte, aber plötzlich waren sie beide allein im Speisesalon. Selbst die Dienstboten schienen verschwunden zu sein. Wie auch alle Belustigung aus den klaren Augen des Viscounts.

„Ich wollte Ihnen nur sagen, dass ich bestens in der Lage bin, mit Larkin und seinen Verdächtigungen allein fertigzuwerden. Ich brauche Sie nicht zu meiner Verteidigung."

Wegen des Tadels verärgert, hob sie ihr Kinn. „Ich habe niemanden verteidigt. Ich habe einfach nur eine Frage gestellt, die jeder mit einem Funken Verstand gefragt hätte."

Er beugte sich vor, und sein rauchiger Bariton war kaum lauter als ein Brummen. „Wenn Sie auch nur einen Funken Verstand besitzen, Miss Cabot, dann mischen Sie sich besser nicht in meine Angelegenheiten ein."

Ihr blieb der Mund offen stehen, aber ehe ihr eine angemessene Erwiderung auf diese Unverschämtheit einfiel, hatte er schon eine knappe Verbeugung angedeutet, auf dem Absatz kehrtgemacht und war aus dem Zimmer geschlendert.

Caroline schloss den Mund. Konstabler Larkin mochte seine Warnung höflich verbrämt haben, aber Kanes unverblümte Worte ließen keinen Raum für Zweifel.

Sie war gewarnt worden.

Kapitel 4

❧❧❧❧❧❧

Der Mond stand schon tief am Himmel, als sich die Schwestern Cabot schließlich verabschiedeten und das Stadthaus des Viscounts verließen. Feiner Nebel hing über dem Gras und in den Bäumen, nahm der vergehenden Nacht alle scharfen Ecken und Kanten. Sogar die Schritte der unbezähmbaren Portia wurden langsamer. Caroline nahm an, dass ihre kleine Schwester an ihrer Schulter einschlafen würde, ehe die Kutsche losgefahren war. Sie unterdrückte ein Gähnen, als Tante Marietta die Hand des Lakaien nahm und sich in die wartende Kutsche helfen ließ.

„Miss Cabot?" Alle drei Schwestern drehten sich um, als sich ein Mann von einer niedrigen Steinmauer am Gehweg löste. Doch es war Caroline, die er aus seinen braunen Augen anschaute. „Verzeihen Sie bitte, wenn ich Sie erschreckt habe, aber ich frage mich, ob Sie vielleicht einen Augenblick Zeit für mich hätten?"

Konstabler Larkin stand vor ihr, den Hut in der Hand. Er musste auf der Mauer gesessen und beinahe drei Stunden darauf gewartet haben, dass sie kamen. Von den Schatten unter seinen Augen her zu schließen, war es nicht seine erste durchwachte Nacht, und sicherlich würde es nicht seine letzte sein.

Zu Carolines Überraschung ergriff Vivienne das Wort. „Ich an deiner Stelle würde nicht mit ihm reden, Caroline. Es ist wohl kaum ziemlich, wenn ein Mann eine junge Dame auf der Straße anspricht."

„Er ist ein Polizist, Liebes, kein Serienmörder", entgegnete Caroline. „Warum wartet ihr beide nicht einfach mit Tante Marietta hier in der Kutsche? Es wird nicht lange dauern."

Vivienne zögerte, gerade lang genug, um dem Konstabler einen wütenden Blick zuzuwerfen, ehe sie einstieg, ihren weichen rosa Mund missbilligend zusammengekniffen.

Caroline ging mit Larkin ein paar Schritte, sodass sie außer Hörweite ihrer Schwestern waren. Portia war immer schon in der Lage gewesen, interessante Neuigkeiten, die besser nicht für ihre Ohren bestimmt waren, auf hundert Schritt zu belauschen. „Ich wäre Ihnen dankbar, wenn wir dies hier kurz halten könnten, Konstabler. Ich muss meine Schwestern zurück zum Haus meiner Tante bringen. Wir sind solche Zeiten nicht gewohnt."

Obwohl er sich große Mühe gab, konnte Larkin nicht die Sehnsucht in seinen Augen verbergen, als er flüchtig zur Kutsche blickte. „Ich kann erkennen, dass Sie Ihre Verantwortung für ihr Wohlergehen sehr ernst nehmen. Was genau der Grund ist, warum ich mit Ihnen reden muss. Ich wollte Sie inständig bitten, sorgfältig auf Miss Vivienne zu achten." Immer noch Carolines Blick ausweichend, drehte er seinen Hut in den Händen, und seine kräftigen Finger strichen fast zärtlich über die Krempe. „Obwohl ich Ihre Schwester erst kurze Zeit kenne, genießt sie meine höchste Achtung, und ich würde es mir nie verzeihen, sollte ihr ein Leid geschehen."

„Ebenso wenig wie ich, Konstabler. Was genau der Grund dafür ist, dass Sie mit diesen abenteuerlichen Andeutungen aufhören müssen und mir einfach sagen, ob Sie Beweise haben, die zweifelsfrei belegen, dass Lord Trevelyan eine Gefahr für meine Schwester oder irgendeine andere Frau darstellt."

Er hob den Kopf mit einem Ruck, offensichtlich von ihrer unverblümten Rede aus dem Konzept gebracht. „Vielleicht sollten Sie ihn fragen, was mit der letzten jungen Frau geschehen ist, der er den Hof gemacht hat. Eine Frau, die übrigens eine erstaunliche Ähnlichkeit mit Ihrer Schwester besaß."

Als er Vivienne zum ersten Mal erblickte, wurde er so blass, als habe er ein Gespenst gesehen.

Als sie im Geiste wieder Tante Mariettas schrille Stimme hörte, spürte Caroline, wie ein kalter Schauer sie durchlief. „Vielleicht sollte ich Sie fragen."

„Ich weiß die Antwort darauf nicht. Eloisa Markham verschwand spurlos vor mehr als fünf Jahren. Das Rätsel um ihr Verschwinden wurde nie gelöst. Ihre Familie entschied schließlich, dass sie Kanes Werbung abgeneigt war und mit irgendeinem mittellosen Tunichtgut nach Gretna Green durchgebrannt ist."

Es war schwierig sich vorzustellen, dass irgendeine Frau Kanes

Zuneigung nicht erfreut erwiderte. „Aber Sie glauben das nicht?"

Das Schweigen des Konstablers war Antwort genug.

Caroline seufzte. „Haben Sie irgendeinen Beweis, dass Lord Trevelyan mit ihrem Verschwinden in Verbindung steht oder mit einem der anderen Vermisstenfälle?"

Larkin wurde ganz still, und sein Blick ruhte fest auf ihrem Gesicht. „Statt mich auszufragen, Miss Cabot, sollten Sie sich vielleicht selbst fragen, warum Sie sich genötigt fühlen, ihn zu verteidigen."

Caroline richtete sich auf. Das war das zweite Mal innerhalb nur weniger Stunden, dass ihr das vorgeworfen wurde. „Ich verteidige ihn nicht. Ich weigere mich einfach nur, die Hoffnungen meiner Schwester auf eine frohe und sorgenfreie Zukunft zunichtezumachen, wenn Sie nicht den Hauch eines Beweises für Ihre Verdächtigungen haben."

„Wie soll ich gegen ein Phantom Beweise sammeln?" Carolines besorgten Blick zur Kutsche auffangend, senkte Larkin seine Stimme. „Wie kann ich einen Mann jagen, der sich wie ein Schatten in der Nacht bewegt?"

Caroline lachte, versuchte sich weiszumachen, dass es nur Müdigkeit war, die dem Laut einen hysterischen Unterton verlieh. „Was wollen Sie damit sagen, Konstabler? Dass Sie – ein Mann, der offenbar beschlossen hat, sein Leben und Wirken der unangreifbaren Logik und der Suche nach der Wahrheit zu widmen – ebenfalls glauben, der Viscount sei ein Vampir?"

Larkin schaute hoch zu einem der dunklen Fenster im dritten Stock des Hauses, sein Gesicht grimmig. „Ich weiß nicht genau, was er ist. Ich weiß nur, dass ihm der Tod auf dem Fuße folgt, wo auch immer er hingeht."

Unter anderen Umständen hätten seine Worte ihr mehr Gelächter entlockt. Aber wo sie nun in einer unbekannten Stadt in der Kälte der frühen Morgenstunden vor dem Haus eines Fremden stand, war Caroline gezwungen, sich fester in ihren Umhang zu hüllen. „Das war eine Äußerung, die eher zu Byrons phantastischer Feder passt, oder?"

„Vielleicht will Byron schlicht zeigen, dass nicht jedes Rätsel allein mithilfe der Logik gelöst werden kann. Wenn Ihnen wirklich das Wohlergehen Ihrer Schwester am Herzen liegt, dann rate ich Ihnen dringend, dasselbe zu tun."

Er setzte seinen Hut auf und wandte sich zum Gehen, als sie

sagte: „Ich kann nicht anders, als mich zu fragen, ob hinter Ihren Verdächtigungen nicht ein persönlicheres Motiv steckt, Konstabler. Sie erwähnten, dass Sie und Lord Trevelyan zusammen die Universität besucht haben. Vielleicht ist dies einfach Ihre Methode, einen Groll gegen einen alten Feind zu befriedigen."

„Feind?", wiederholte Larkin und drehte sich wieder zu ihr um. Während sich seine Mundwinkel zu einem wehmütigen Lächeln verzogen, trat unsagbare Traurigkeit in seine Augen. „Ganz im Gegenteil, Miss Cabot. Ich habe Adrian wie einen Bruder geliebt. Er war mein bester Freund."

Damit tippte er sich an den Hut und ging, sie allein im Nebel stehen lassend.

„Zur Hölle mit Larkin!", fluchte Adrian und sah zu, wie der Konstabler fortschlenderte, als habe er keine Sorge in der Welt.

Caroline Cabot stand in der Mitte der Straße und sah beinahe wie ein verlassenes kleines Mädchen aus. Nebel waberte um sie, leckte hungrig an dem Saum ihres Mantels.

Während Adrian sie von den Schatten auf dem Dach aus beobachtete, drehte sie sich um und richtete ihren besorgten Blick auf das Stadthaus. Ihre grauen Augen waren so klar, so scharf, dass er sich beinahe hinter einen Ziegelschornstein geduckt hätte, ehe ihm noch rechtzeitig einfiel, dass ihn die Dunkelheit einhüllte – wie sie es immer tat.

Sie wandte sich ab und stieg in die wartende Kutsche, die Schultern vor Erschöpfung gebeugt. Während die Kutsche fortrollte, ging Adrian zum Rand des Daches und schaute ihr nach, bis sie um die nächste Ecke bog.

Es war genau so, wie er es befürchtet hatte. Larkin hatte ihr wie eine heimtückische Spinne aufgelauert, hatte gehofft, dass sie sich in ihrem Netz verhedderte. Indem sie zu seiner Verteidigung gesprochen hatte, hatte sie sich mit demselben hässlichen Makel der Verdächtigungen befleckt, der alles verdarb, was er tat. Schon vor langer Zeit hatte er sich an das nervöse Geflüster und die Seitenblicke gewöhnt, die ihn überall begleiteten. Es gab keinen Grund, dass sie das auch lernte.

„Da bist du ja!", rief Julian und schwang sich wie ein trunkener Springteufel aus einem der Dachfenster. Sein Schwanken fand seine Erklärung in der halb leeren Karaffe mit Adrians bestem Whisky, die er in einer Hand hielt. „Ich dachte, du seiest ausgegangen.“

„Wozu?“ Adrian blickte zum Horizont. In den letzten paar Jahren war er ein Experte darin geworden, den leisesten Wechsel von Schwarz zu Grau wahrzunehmen. „Die Sonne wird in weniger als zwei Stunden aufgehen.“

Julian kam wankend zu ihm und setzte sich auf einen halb verfallenen Schornsteinabsatz. Seine Bewegungen ließen die Anmut vermissen, die Adrians Gäste vor wenigen Stunden noch sprachlos gemacht hatte. „Und keinen Augenblick zu früh, soweit es mich betrifft“, sagte er und gähnte. „Ich weiß nicht, was erschöpfender war – gezwungen zu sein, stundenlang und ohne Ende schwülstige Verse von mir zu geben oder mich die ganze Zeit von dem Mädchen anhimmeln zu lassen, als hielte ich den Mond.“

Ein trockenes Lächeln spielte um Adrians Lippen. „Tust du das nicht?“

„Nein“, erwiderte Julian und hob die Karaffe in einem spöttischen Toast zum Himmel. „Nur die Sterne.“

Über ihren Köpfen verblassten die allerletzten dieser Sterne allmählich, einer nach dem anderen. Die schwindenden Schatten verstärkten Julians Blässe nur und betonten die dunklen Flecken unter seinen Augen. Die Hand, die die Karaffe hielt, zitterte sichtbar.

Adrians Herz zog sich vor Sorge zusammen, eine Sorge, die ihm allzu vertraut war. Er deutete mit dem Kinn auf den Whisky. „Denkst du wirklich, das ist klug?“

„Es ist auf jeden Fall der Alternative vorzuziehen“, versetzte Julian knapp und nahm noch einen Schluck. „Man kann in einer Nacht nur eine gewisse Menge halb garen Roastbeefs herunterwürgen. Außerdem habe ich genau das gleiche Recht wie du zu feiern. Hast du Larkin nicht gehört? Nachdem wir Duvalier durch jedes verderbte Höllenloch auf allen sieben Kontinenten gefolgt sind, haben wir den Bastard endlich vor Augen. Er geht uns geradewegs in unsere sorgfältig ausgelegte Falle.“

Adrian schnaubte. „Oder er legt selbst eine Falle aus.“

Julian lehnte sich auf seine Ellbogen und überkreuzte seine langen Beine an den Fußknöcheln. „Denkst du, er hat sie mittlerweile gesehen? Oder waren es nur die Gerüchte um dein junges Glück, die ihn schließlich nach London gelockt haben?“

„Ich bin sicher, die bloße Vorstellung, ich könnte Glück in den Armen irgendeiner Frau finden, macht ihn verrückt vor Wut.

Ich habe versucht, es so einzurichten, dass er bis zum Ball nicht mehr als einen flüchtigen Blick auf sie erhaschen kann. Das ist der Grund, weshalb wir dunkle Theater und private Abendgesellschaften besucht haben. Ich möchte ihn reizen, um ihn dann so fest in unser Netz zu ziehen, dass ein Entkommen unmöglich ist."

„Was verleitet dich zu dem Glauben, dass er den Köder schlucken und uns nach Wiltshire folgen wird?"

„Weil halb London uns nach Wiltshire folgt. Du weißt so gut wie ich, dass ein Maskenball des geheimnisvollen Viscount Trevelyan die begehrteste Einladung der Saison sein wird. Und Duvalier konnte noch nie der Aussicht auf ein großes Publikum widerstehen."

Julian bückte sich, um einen Rußfleck von seinem Stiefel zu wischen, und wählte seine nächsten Worte mit großer Sorgfalt. „Ich habe vollstes Vertrauen in deine Fähigkeit, Vivienne vor Duvaliers Klauen zu bewahren, aber machst du dir nicht auch ein bisschen Sorgen, dass du dem Mädchen das Herz brechen könntest?"

Adrian lächelte reuevoll. „Das könnte sein, wenn sie es mir geschenkt hätte." Julian runzelte verständnislos die Stirn, aber ehe sein Bruder nachfragen konnte, fuhr Adrian fort: „Wo wir gerade von Vivienne sprechen, ich glaube nicht, dass ihre älteste Schwester ebenso von dir eingenommen war wie die kleine Portia."

Julian schnitt eine Grimasse. „Sie war total unnachgiebig und bissig."

„Ganz im Gegenteil", erwiderte Adrian und bemühte sich um eine ausdruckslose Miene. „Ich fand die älteste Miss Cabot ausgesprochen faszinierend."

Vivienne hatte von ihrer älteren Schwester mit solch ehrfürchtiger Liebe gesprochen, dass Adrian eine vertrocknete alte Jungfer erwartet hatte, keine schlanke Schönheit mit grauen Augen, die sich wie Aphrodite selbst kleidete. Wenn Vivienne Sonnenschein war, dann war Caroline Mondlicht – silberblond, kühl und schwer fassbar. Wenn er es gewagt hätte, sie zu berühren, so fürchtete Adrian, wäre sie ihm wie Mondlicht durch die Finger geglitten.

Julian leerte den Whisky, dann wischte er sich mit dem Handrücken über den Mund. „Sie schien auch nicht sonderlich eingenommen von dir. Wenn du ihren Segen suchst, dann denke ich, steht dir eine Enttäuschung bevor."

„Ich habe schon vor Langem aufgehört, nach Segen zu suchen. Alles, was ich benötige, ist die Gewissheit, dass sie sich nicht in die Angelegenheiten ihrer Schwester einmischt. Aber dank Larkins erbärmlicher Wahl des Zeitpunktes für seinen Auftritt, befürchte ich, habe ich heute Nacht höchstens erreicht, ihre Neugier zu wecken."

Julian setzte sich mit besorgt gerunzelter Stirn auf. „Jetzt, da wir wissen, dass unser Plan aufgeht, können wir es uns nicht leisten, uns Duvalier wieder durch die Finger schlüpfen zu lassen. Du denkst doch wohl nicht, sie könnte ein Problem werden?"

Adrian erinnerte sich an die unbewachten Augenblicke, ehe Caroline begriffen hatte, wer er war. Er war von dem unartigen Funkeln in ihren Augen geblendet gewesen, den nur schwach zu erkennenden Sommersprossen auf ihren Wangen, der einladenden Fülle ihrer Lippen und dem Aufblitzen der Grübchen, die so überraschend im Ebenmaß ihrer hohen Wangenknochen und der spitzen kleinen Nase erschienen. Er hatte nicht vorgehabt, dass seine neckende Bemerkung sich zu einem ausgewachsenen Flirt entwickelte. Aber all seine edlen Vorsätze waren geradewegs zum französischen Fenster hinausgeflogen, als sie zu ihm aufgeschaut hatte, als wolle sie, dass er sie verschlänge.

Er richtete seinen Blick auf den allmählich heller werdenden Horizont, wünschte sich, das Sonnenlicht voller Freude zu begrüßen, statt es zu fürchten. „Nicht, wenn ich es irgendwie verhindern kann."

Kapitel 5

„Trotz der Tatsache, dass er ein Vampir ist, war Lord Trevelyan meiner Meinung nach gestern die Seele der Freundlichkeit", bemerkte Portia.

„Ich dachte, Vampire hätten keine Seelen", erwiderte Caroline, während sie im achteckigen Salon ihrer Tante auf und ab ging, als sei er ein Käfig.

Tante Marietta und Vivienne hatten eine Einladung zu Lady Marlybones Kartengesellschaft angenommen und Caroline und Portia sich selbst überlassen. Die Dienstboten hatten sich zurückgezogen, froh, den tyrannischen Forderungen ihrer Herrin wenigstens vorübergehend entkommen zu sein.

Caroline änderte abrupt die Richtung und stolperte beinahe über einen üppig gepolsterten Hocker. Die Räume ihrer Tante erstreckten sich über drei Stockwerke und nahmen ziemlich genau die Hälfte des schmalen Stadthauses ein. Der Salon war genauso übertrieben und planlos wie Tante Marietta. Caroline konnte kaum die Hand nach ihrer Teetasse ausstrecken, ohne mit ihrem Ärmel an dem Hütestab einer einfältig lächelnden Porzellanschäferin hängen zu bleiben oder mit einem anderen dekorativen Hindernis in Kontakt zu kommen. Die unzähligen Sofas waren mit einer verwirrenden Vielfalt von blumenbedrucktem Chintz und unruhig gemusterten Brokaten bezogen. Die unmotiviert dazwischenstehenden Tische zierten üppig bestickte Decken.

Portia saß zusammengerollt auf einem der gepolsterten Stühle, die bloßen Füße unter den Saum ihres Leinennachthemdes gesteckt. Ein Buch mit Byron-Gedichten ruhte auf ihrem Schoß. Ihre dunklen Locken lugten unter einem Rüschenhäubchen hervor.

„Denkst du nicht, Julian gäbe einen viel schöneren Vampir ab als sein Bruder? Er hat so elegante Hände und so seelenvolle Augen." Sie drückte den Lederband an ihre Brust, ein verträumtes Lächeln auf den Lippen. „Er ist nicht zu alt für mich, weißt du. Er ist erst zweiundzwanzig, fünf Jahre jünger als der Viscount. Wenn Vivienne Lord Trevelyan heiraten sollte, meinst du, sie könnte Julian dazu überreden, dass er mir einen Antrag macht?"

Caroline drehte sich um und schaute ihre Schwester von oben herab an. „Soll ich das so verstehen, dass jetzt, da du seinen ach so schönen und o wie begehrten Bruder kennengelernt hast, du bereit bist, über die Tatsache hinwegzusehen, dass du Lord Trevelyan für einen Vampir hältst?"

Portia blickte blinzelnd hoch. „Bist du es nicht, die mich ständig drängt, praktischer zu sein?"

Während Portia ihre Nase wieder in ihr Buch steckte, schüttelte Caroline den Kopf und begann erneut auf und ab zu laufen. Vermutlich hatte sie kein Recht, Portia wegen ihrer albernen Verdächtigungen zu schelten, wenn sie selbst allmählich das Gefühl beschlich, dass Adrian Kane eine Art Zauberbann über sie geworfen hatte. Sie hatte an nichts und niemand anderen gedacht, seit dem Moment, da er ihr sein Taschentuch angeboten hatte. Sie konnte Portia gegenüber ganz bestimmt nicht zugeben, dass sie das verräterische Stück Leinen unter ihr Kissen gesteckt hatte, nachdem sie vom Haus des Viscounts heimgekehrt waren. Oder dass sie es beim Aufwachen hervorgeholt hatte, um zu sehen, ob dem erlesenen Stoff noch immer der schwache Duft von Lorbeer und Sandelholz anhaftete.

Obwohl Kane den größten Teil des Abends der perfekte Gentleman gewesen war, wurde Caroline von dem Augenblick im Speisesalon verfolgt, als seine höfliche Maske verrutscht war und enthüllt hatte, dass er am Ende noch gefährlicher war, als Portia argwöhnte. Glaubte man Konstabler Larkin, gefährlich genug, um eine junge Frau, die eine verblüffende Ähnlichkeit mit ihrer Schwester besaß, vom Angesicht der Erde verschwinden zu lassen.

Sie versuchte tief Luft zu holen, aber die erstickende Süße des Lavendelparfums ihrer Tante schien bis in jede Ecke des vollgestopften Stadthauses gedrungen zu sein.

Was, wenn diese Eloisa Markham wirklich Vivienne ähnlichsah? War es so schrecklich, sich vorzustellen, dass ein Mann sich zu einer Frau hingezogen fühlte, die ihn an seine verlorene

Liebe erinnerte? Besonders wenn er sie an einen anderen Mann verloren hatte?

Caroline hatte den Abend damit verbracht, nach einem Hinweis auf große Leidenschaft zwischen dem Viscount und Vivienne Ausschau zu halten – lange, bedeutungsvolle Blicke, eine verstohlene Berührung ihrer Hände, wenn sie glaubten, niemand sähe hin, der Versuch, sich in eine versteckte Ecke hinter einer Zimmerpalme zu schleichen und sich zu küssen. Aber sie hatten sich wie ein Musterbeispiel für Anstand und Sitte benommen. Kane hatte über die witzigen Bemerkungen ihrer Schwester gelacht, ihr eher mittelmäßiges Harfenspiel überschwänglich gelobt und hatte sich gerade noch davon abgehalten, ihr den Kopf zu tätscheln, wenn sie etwas besonders Kluges sagte. Er schien Vivienne mit derselben freundlichen Zuneigung zu behandeln, wie man sie einer geliebten Cousine entgegenbrachte.

Oder einem Schoßhund.

Caroline rieb sich die Stirn. Was, wenn Viviennes Gefühle tiefer gingen als Kanes? Anders als Portia war Vivienne nie jemand gewesen, der seine Empfindungen offen zur Schau stellte. Caroline konnte den Gedanken nicht ertragen, dass ihr das sanfte Herz gebrochen würde, wenn ihre einzigen Anhaltspunkte Gerüchte und unbewiesene Anschuldigungen waren. Sie wusste auch genau, dass Viviennes Herz nicht allein in Gefahr war. Nicht wenn Cousin Cecil ihnen drohte, sie auf die Straße zu setzen, wenn Caroline nicht versprach, zukünftig „freundlicher" zu ihm zu sein.

Sie unterdrückte ein Erschauern. Sie war noch nicht bereit, Kane ohne Beweise zu verurteilen. Nicht wo sie doch sicher wusste, dass Cousin Cecil ein Monster war.

Aber sie konnte nicht anders, als sich zu fragen, welche Sünde so schlimm sein konnte, um seinen besten Freund zu seinem geschworenen Feind zu machen. Und wer war eigentlich dieser geheimnisvolle Victor Duvalier? Der Konstabler hatte den Namen ganz offensichtlich als Hieb benutzt. Kanes versteinerte Miene hatte ihn nur noch schuldiger erscheinen lassen, nicht weniger. Besonders als sein Bruder bei der bloßen Erwähnung des Namens leichenblass geworden war.

Caroline ging zum Fenster. In nur wenigen Tagen würden sie und Portia wieder in ihr zugiges Cottage auf Edgeleaf zurückgeschickt werden. Aber wie konnte sie London verlassen, in dem Wissen, ihre Schwester vielleicht der Gnade eines Bösewichtes auszuliefern?

Während sie in die nächtlichen Schatten schaute und überlegte, welch dunkle Geheimnisse sie bargen, ging ihr Larkins Warnung durch den Sinn: Ich weiß nicht genau, was er ist. Ich weiß nur, dass ihm der Tod auf dem Fuße folgt, wo auch immer er hingeht.

„Der Tod wird nicht das Einzige sein, was ihm heute Nacht folgt", murmelte sie. Wenn Konstabler Larkin ihr nicht den Beweis liefern konnte, den sie brauchte, um Kane entweder zu entlasten oder zu verurteilen, würde sie eben eigene Nachforschungen anstellen.

„Hast du etwas gesagt?", erkundigte sich Portia und schaute von ihrem Buch auf.

„Allerdings", antwortete Caroline und wandte sich vom Fenster ab. „Zieh dich an und hol dir deinen Umhang. Wir gehen aus."

Spürend, dass ihre Schwester etwas wunderbar Abenteuerliches vorhatte, schlug Portia ihr Buch zu und sprang mit vor Aufregung funkelnden Augen auf. „Wohin gehen wir?"

Als Carolines Blick auf ein Paar staubiger Halbmasken aus Pappmaschee fiel, die auf dem Kaminsims lagen, Andenken an eine lange vergangene Maskerade, spielte ein grimmiges Lächeln um ihre Lippen. „Auf Vampirjagd."

Als sie und Portia aus der Mietdroschke stiegen, musste selbst Caroline zugeben, dass es ein idealer Abend für Vampire und andere Geschöpfe der Nacht war, um unterwegs zu sein – es war windig und für die Jahreszeit ungewöhnlich warm. Ein Regen verheißendes Lüftchen regte sich, fuhr in die Zweige der Bäume und ließ die knospenden Maiblätter erzittern. Ein schüchterner Halbmond spähte zwischen den Wolkenfetzen am Himmel hindurch. Wenigstens sind wir vor Werwölfen sicher, dachte Caroline.

Sie hatte fast jede letzte Münze ihres knapp bemessenen Haushaltsgeldes dazu verbraucht, ein Gefährt zu mieten. Jetzt würden sie nach Edgeleaf zurückkehren und Cousin Cecil um Geld bitten müssen, damit sie sich bis zum Monatsende über Wasser halten konnten. Er würde behaupten, sie hätten ihre Apanage für ein flottes Leben in London verschwendet. Stattdessen hatten sie eine Stunde in einer Mietdroschke gehockt, die nach abgestandenem Zigarrenrauch und billigem Parfum roch, während sie darauf warteten, dass Lord Trevelyan sein Haus verließ.

Caroline war schon bereit gewesen, aufzugeben, als die Kutsche mit dem Familienwappen des Viscounts aus dem Weg zu den Ställen auf der Hinterseite der Häuserreihe um die Ecke bog. Sie stieß ihre eingedöste Schwester an und bedeutete dem Kutscher, dem Viscount in diskretem Abstand zu folgen. Nachdem sie das Ziel des Viscounts erreicht hatten, blieben sie und Portia nur so lange sitzen, bis sie ihre Umhänge geschlossen und die vergoldeten Masken aufgesetzt hatten, die nur die obere Gesichtshälfte verbargen. Dann verließen sie ohne Bedauern das stickige Innere der Kutsche und traten in die warme, windige Nacht.

„Oh!", hauchte Portia andächtig und schaute sich bewundernd um.

Caroline war versucht, es ihr nachzutun. Sie hatte eigentlich damit gerechnet, dass Kane sie in eine dunkle Gasse führte, aber stattdessen hatte er sie zu einem von Portias Märchenkönigreichen gebracht, von einer Prise Feenstaub und der Berührung durch den Zauberstab zum Leben erweckt.

Während sie die flackernden Laternen in den Zweigen der Ulmen bestaunte und aus einiger Entfernung die Töne von Violinen und Mandolinen hörte, erkannte Caroline, dass sie sich vor den Toren von Vauxhall Gardens befanden, dem berühmtesten – und berüchtigtsten – Lustgarten Londons.

Ihr Herz setzte aus, als sie Adrian Kane aus einem der Wagen vor ihnen in der Reihe aussteigen sah. Anders als in einem von Portias Phantasiereichen lauerte neben dem Zauber auch Gefahr.

Der Viscount trug keinen Hut, und der warme Honigton seines Haares schimmerte im Licht der Lämpchen. Der hüftlange Schulterkragen seines Umhanges ließ seine Schultern breiter und einschüchternder erscheinen. Er schaute in ihre Richtung, und sein durchdringender Blick glitt suchend über die Menge. Caroline fasste Portia am Ellbogen und duckte sich rasch mit ihr hinter eine stämmige Matrone, von der lachhaften Vorstellung getrieben, dass er geradewegs auf sie zugehen und sie am Ohr packen würde.

Aber als sie um die Schulter der Frau herumspähte, hatte er sich umgedreht und schlenderte nun zu den Toren, seinen Gehstock in der Hand.

„Schnell! Da vorne ist er." Portia an der Hand nehmend, begann Caroline rascher zu gehen, um ihn nicht aus den Augen zu verlieren.

Trotz Konstabler Larkins Andeutungen besaßen Kanes Bewegungen nichts Verstohlenes. Er schritt durch die Nacht, als gehörte sie ihm, überragte die zu dem Eingang strömenden Besuchermassen um mehr als Haupteslänge.

„Ich hatte eigentlich gehofft, Julian würde ihn begleiten", gestand Portia, außer Atem vom Laufen.

„Soweit ich es weiß, jagen die meisten Raubtiere doch allein", bemerkte Caroline gedankenlos.

Portia blieb jäh stehen, sodass auch Caroline nicht weitergehen konnte. Caroline drehte sich um und sah, dass ihre Schwester sie mit ungläubig aufgerissenen großen Augen anstarrte.

„Ich dachte, wir seien nur zum Spaß hier", erklärte Portia. „Willst du wirklich sagen, dass du keinen Scherz gemacht hast, als du sagtest, wir gingen auf Vampirjagd? Glaubst du ehrlich, der Viscount könnte ein Vampir sein?"

„Ich bin mir nicht mehr sicher, was ich noch glauben soll", erwiderte Caroline grimmig und zog an der Hand ihrer Schwester, damit sie weiterging. „Aber ich will das heute Nacht herausfinden."

Sie waren schon fast durch das Tor gegangen, als ein Mann mit Halbglatze und einfach geschneiderten Wollhosen und Hemd den Arm aus seiner Holzbude streckte und ihnen den Weg versperrte. „Halt, meine Damen."

Obwohl er sie als „Damen" bezeichnete, war das skeptische Glitzern in seinen Augen nicht misszuverstehen. Caroline konnte ihm kaum einen Vorwurf daraus machen, das Schlimmste von zwei unbegleiteten jungen Frauen zu denken, die zu dieser Stunde in der Stadt unterwegs waren. Sie war sich schmerzlich der Tatsache bewusst, dass sie ihrer beider Ruf aufs Spiel setzte. Aber wie konnte ihr Ruf schwerer ins Gewicht fallen als Viviennes Zukunft? Sie konnte nur beten, die Masken würden verhindern, dass sie von jemandem aus Tante Mariettas gesellschaftlichen Kreisen erkannt wurden.

Den Mann kaum eines Blickes würdigend, wippte sie auf ihren Zehenspitzen auf und ab, um Kane nicht zu verlieren. „Wir haben es sehr eilig, Sir. Können Sie bitte den Weg frei machen?"

„Nicht, ehe ich vier Schilling pro Nase bekommen habe."

Als sie ihn verständnislos anstarrte, seufzte er und verdrehte die Augen. „Als Eintritt in den Garten."

„Oh!" Caroline wich zurück. Das waren Kosten, die sie nicht bedacht hatte, die sie mit nur noch ein paar Pennys in der immer leerer werdenden Börse zurücklassen würden. Aber wenn sie nicht unverrichteter Dinge zu Tante Marietta zurückkehren wollten, blieb ihr kaum etwas anderes übrig. Kane tauchte bereits in der Menge unter.

Sie nahm ihr Seidentäschchen aus dem Umhang, zählte die Münzen ab und drückte sie dem Mann in die ausgestreckte Hand.

Hand in Hand betraten sie und Portia den Park. Nachtschwärmer drängten sich auf dem Grand Walk. Laternen funkelten wie Sterne zwischen den majestätischen Ästen der Ulmen, die den kiesbestreuten Weg säumten. Liebespärchen schlenderten Arm in Arm in der nach Nachtjasmin und gerösteten Kastanien duftenden Luft.

Eine vollbusige Dame rauschte an ihnen vorbei, gefolgt von einem livrierten Pagen mit einer Perücke, weiß wie Schnee gepudert, seine Haut schwarz wie poliertes Ebenholz. Eine Handvoll Kinder eilte mit glänzenden Augen durch die Menge wie muntere Elfen, in ihren kleinen Händen Zuckertörtchen oder wozu auch immer sie ihre Eltern als Letztes überredet hatten, es für sie zu kaufen. Ein dunkeläugiger Mann mit einer Violine am Kinn stand neben einem Marmorspringbrunnen und spielte eine süße, wehmütige Melodie.

Während sich Portia fasziniert umsah, wurden ihre Schritte immer langsamer. Caroline konnte ihr kaum einen Vorwurf daraus machen. Sie befand sich selbst in größter Gefahr, dem Zauber der Gärten zu erliegen. Aber sie wurde aus dem Bann wach gerüttelt durch eine Gruppe betrunkener junger Männer, die ein bisschen zu lange und zu unverhohlen auf Portias Busen starrten. Erst vor ein paar Tagen hatte sie Tante Marietta mit ihren Busenfreundinnen darüber flüstern gehört, dass ein unglückseliges junges Mädchen von seiner Mutter getrennt und von einem Paar junger Tunichtgute in einen der vielen dunkleren Seitenwege gezerrt worden war, die Übles mit ihm vorhatten.

„Beeil dich, Portia", drängte Caroline und zog ihre Schwester dichter zu sich. „Wir dürfen ihn nicht zu weit vor uns gelangen lassen." Sie hielt ihren Blick fest auf Kane gerichtet, und seine mächtigen Schultern schienen ihr mit einem Mal mehr tröstend als bedrohlich.

Sie waren erst wenige Schritte weitergegangen, als Portia sie erneut zum Anhalten zwang. „Sieh nur, Caroline! Hier gibt es Eiscreme."

Caroline drehte sich um. Ihre Schwester schaute sehnsüchtig zu einem italienischen Verkäufer, der einer elegant gekleideten jungen Dame etwa in Portias Alter gerade eine Papiertüte mit Zitroneneis reichte.

„Bitte, Portia! Wir haben im Augenblick weder die Zeit noch das Geld für solchen Unsinn." Caroline zog ihre Schwester weiter, aber als sie mit den Augen den Weg vor ihnen absuchte, erkannte sie, dass es zu spät war. Kane war verschwunden.

„O nein!", hauchte sie und ließ Portias Hand los.

Ihre Schwester stehen lassend, bahnte sie sich rasch einen Weg durch die Menschenmenge und zerrte sich die Maske vom Gesicht, um den Viscount besser finden zu können. Aber es war zwecklos. Kane war fort, untergetaucht in den Besuchermassen.

Besucher oder Beute?, überlegte sie unwillkürlich, und plötzlich war ihr kalt.

Die Kälte wurde zu Eiseskälte, als sie hinter sich ein vertrautes Lachen hörte und herumwirbelte. Tante Marietta und Vivienne spazierten über den Weg, kamen geradewegs auf sie zu. Sie waren an Portia vorübergegangen, zu sehr in ihre Unterhaltung vertieft, um die maskierte junge Frau zu bemerken, die wie erstarrt in der Mitte des Weges stand.

Einen entsetzten Blick mit Portia tauschend, begann Caroline verzweifelt mit den Bändern ihrer Maske zu hantieren. In wenigen Sekunden wären die beiden bei ihr.

„Tante Marietta!", rief Portia und nahm hastig ihre Maske ab.

Die beiden Frauen drehten sich augenblicklich um. Caroline wusste nicht, ob sie in Tränen der Erleichterung oder der Angst ausbrechen sollte.

„Portia? Bist du das?", fragte Vivienne verwundert.

Portias Miene trübte sich. „Oh, Vivienne, Tante Marietta, ich hatte solche Angst. Ich bin so froh, dass ihr gekommen seid!" Sie warf sich gegen ihre Tante und schlang ihre Arme um deren üppige Taille, barg ihr Gesicht an dem rüschenverzierten Busen.

Hinter dem Rücken ihrer Tante winkte sie Caroline heftig zu. Ihre Schwester zögerte nicht und versteckte sich rasch hinter der anmutigen Säule eines Lusttempelchens am Rand des Weges.

„Was um Himmels willen hast du hier zu suchen, Kind?",

erkundigte sich Tante Marietta mit dröhnender Stimme und befreite ihre Rüschen mit leicht angewiderter Miene aus Portias Griff. „Du solltest doch zu Hause im Bett liegen."

Portia richtete sich auf, aber nicht ohne sich mit einer der Rüschen ihrer Tante die Nase abzuwischen. „Ich fürchte, ich bin sehr unartig gewesen", gestand sie unter mitleiderregendem Schniefen. „Ich habe mich ganz schrecklich über euch geärgert, dass ihr mich allein zu Hause gelassen habt, wo ich doch wusste, in wenigen Tagen würde ich wieder aufs Land zurückfahren müssen. Ich wollte immer schon Vauxhall sehen, darum habe ich gewartet, bis Caroline eingeschlafen war, habe mir ein paar Münzen aus ihrer Tasche genommen und bin aus dem Haus geschlichen. Aber sobald ich hier war, wurde mir klar, dass ich einen entsetzlichen Fehler gemacht habe. Ich hatte solche Angst, und jetzt will ich nur noch nach Hause!" Portias Stimme brach und ging in Schluchzen über.

Caroline verdrehte die Augen, zum ersten Mal dankbar, dass ihre kleine Schwester eine so überzeugende Lügnerin war. Man musste schon ein Herz aus Stein besitzen, um von ihren tränenfeuchten Augen und zitternden Lippen ungerührt zu bleiben.

„Himmel, du dummes Mädchen! Ich sollte dich gleich als Erstes morgen früh zurück nach Edgeleaf schicken." Als Tante Marietta eine fleischige Hand hob, als wollte sie Portia ohrfeigen, spannte sich Caroline, bereit, aus ihrem Versteck zu springen.

„Was tut ihr beide eigentlich hier?", fragte Portia, und ihr Tonfall war gerade vorwurfsvoll genug, um Tante Marietta so zu überraschen, dass sie ihre Hand sinken ließ. „Warum seid ihr nicht auf eurer Kartengesellschaft?"

„Lady Marlybone ist plötzlich erkrankt, sodass uns eine vierte Spielerin fehlte", erklärte Tante Marietta.

„Es war eine so wunderschöne Nacht, dass Tante einen Spaziergang durch die Gärten vorgeschlagen hat, ehe wir nach Hause fahren." In Viviennes Stimme schwang schlecht verborgene Belustigung mit. „Ich kann dir versichern, es hat nichts mit der Tatsache zu tun, dass wir Lord Trevelyans Wappen auf einer der wartenden Kutschen draußen gesehen haben."

Tante Marietta seufzte. „Jetzt lässt sich nichts mehr ändern, nicht wahr? Du kannst genauso gut mitkommen. Ich weigere mich, mir von einem ungehorsamen jungen Ding einen so schönen Abend verderben zu lassen. Vermutlich ist es nicht deine

Schuld, dass meine dumme Schwester dir keine Manieren beigebracht hat. Es war immer mein Glück, dass ich das gute Aussehen und den Verstand in der Familie geerbt habe."

Ihre Mops-Nase in die Luft streckend, hakte sich Tante Marietta bei Vivienne unter und setzte sich wieder in Bewegung. Portia blieb keine andere Wahl, als ihr zu folgen. Sie ließ sich etwas zurückfallen und blinzelte Caroline verschwörerisch zu, ihr ihren Segen gebend, die Mission des heutigen Abends ohne sie zu Ende zu führen.

Langsam richtete sich Caroline auf, das Herz vor Dankbarkeit übervoll. Der Auftritt ihrer kleinen Schwester hatte ihr die dringend benötigte Zeit und Gelegenheit verschafft.

Nachdem sie ihre Maske wieder aufgesetzt hatte, zog sie die Bänder fest und eilte den Weg weiter, auf dem Kane verschwunden war, entschlossen, ihn zu finden, ehe es den anderen gelang.

Caroline war vorher nicht bewusst gewesen, dass man sich einsam fühlen konnte unter so vielen Menschen. Während sie über die überfüllten Wege der Gärten spazierte, betrachtete sie forschend die Gesichter und Figuren aller Gentlemen, die ihr entgegenkamen – doch vergeblich. Zweimal hätte sie schwören können, sie hätte den vertrauten Schulterkragen vor sich entdeckt, aber wenn sie sich einen Weg durch das Gedränge gebahnt hatte, fand sie sich wieder nur umgeben von Fremden.

Während die Nacht voranschritt, nahmen die Massen ab. Eine Gruppe kichernder junger Frauen und ihrer Bewunderer lief vorüber, sie waren ebenfalls alle maskiert. In den gesprenkelten Schatten unter den Bäumen sahen ihre tief liegenden Augen und grinsenden Lippen unheimlich aus. Einer von ihnen hielt ihr einen Zweig mit Glöckchen vors Gesicht und lachte irr.

Sie zuckte zurück und biss die Zähne zusammen. Sie begann sich gerade zu wünschen, dass sie diejenige gewesen wäre, die Tante Marietta in die Arme gelaufen war und unter Tränen um Verzeihung gebeten hätte, als sie einen einsamen Mann zwischen den Bäumen erspähte, der einen Weg parallel zu ihrem entlangging.

Ihr Puls beschleunigte sich. Caroline duckte sich hinter einen Zedernzweig und schlich zwischen den Bäumen hindurch. Auf der anderen Seite fand sie sich auf einem verlassenen Stück Weg wieder. Von dem Mann, den sie zuvor erblickt hatte, war nichts zu sehen.

Der Weg hier war schmaler, die Lampen hingen in größerem Abstand, die Bäume standen dichter beieinander. Ihre Äste formten einen düsteren Baldachin über ihrem Kopf und verwehrten dem letzten fahlen Mondlicht den Weg zum Boden. Mit sinkendem Mut erkannte Caroline, dass sie auf dem berüchtigten Lover's Walk gelandet sein musste, dem legendärsten Verabredungspunkt für Liebespaare in ganz London.

Der Ruf dieses Weges war sogar bis nach Edgeleaf gedrungen. Man flüsterte, dass hier, auf diesen gewundenen Pfaden und schattigen Lichtungen, jene Damen Liebe fanden, die um des Geldes willen geheiratet hatten. Hierher kamen Gentlemen, die aus den kühlen Betten ihrer Ehefrauen verbannt worden waren, um wärmere und willigere Arme zu suchen. Hierher kamen Wüstlinge wie angesehene Mitglieder des Oberhauses, um ihren Appetit auf derart verbotene und delikate Vergnügungen zu stillen, dass niemand von ihnen zu wispern wagte.

Caroline erschrak, als ein leises Stöhnen aus dem Dunkel vor ihr erklang. Unwillkürlich machte sie einen Schritt auf das Geräusch zu, fürchtete, dass jemand in Bedrängnis sein könnte. Wie es sich herausstellte, war genau das der Fall, allerdings handelte es sich um eine andere Form von Bedrängnis, als sie zunächst angenommen hatte.

Nur wenige Schritte abseits des Weges hatte ein Mann eine Frau gegen den glatten Stamm eines Holunderbaumes gedrängt. Dass sie ohne Rücksicht auf ihre Umgebung nur halb bekleidet waren, war irgendwie noch schockierender, als wären sie nackt gewesen. Der Rock des Mannes und sein Hemd hingen von seinen sonnengebräunten Schultern, und die Röcke der Frau waren hochgeschlagen, gaben den Blick frei auf Seidenstrümpfe und einen milchweißen Schenkel. Der Mann überschüttete die volle Brust, die aus dem Ausschnitt des Kleides gerutscht war, mit Zärtlichkeiten und Küssen. Seine andere Hand war unter den Röcken der Frau verschwunden.

Caroline konnte sich nicht im Entferntesten vorstellen, was er mit ihr dort anstellte, dass sie sich derart schamlos wand und stöhnte.

Gegen ihren Willen beschleunigte sich ihr Atem, und ihr

wurde seltsam heiß. Die glasigen Augen der Frau öffneten sich langsam, und sie schaute Caroline über die Schulter ihres Gefährten an. Ihre vom Küssen geschwollenen Lippen verzogen sich zu einem selbstzufriedenen Lächeln, als wüsste sie um ein erlesenes Geheimnis, das Caroline nie erfahren würde.

Die Kapuze ihres Umhanges hochziehend, um ihre flammend roten Wangen zu verbergen, eilte Caroline an dem Liebespaar vorüber. Am liebsten hätte sie kehrtgemacht und wäre zurückgegangen, aber sie ertrug die Vorstellung nicht, noch einmal an dem Liebespaar vorbeizukommen. Wenn sie einfach weiterging, konnte sie sicherlich aus diesem verwirrenden Labyrinth aus Wegen herausfinden.

Mehrere Minuten begegnete ihr keine Seele. Ihr Unbehagen wuchs mit jedem Schritt, so wie auch das rhythmische Rascheln der Blätter hinter ihr.

„Das ist nur der Wind", sagte sie sich, marschierte aber trotzdem schneller.

Ein Zweig knackte im Gebüsch zu ihrer Rechten. Sie fuhr herum, die Hand auf dem heftig pochenden Herzen. Obwohl sie ihre Augen anstrengte, gelang es ihr nicht, auch nur die kleinste Bewegung auszumachen, dennoch konnte sie das Gefühl nicht abschütteln, dass jemand – oder etwas – sie aus den Schatten heraus beobachtete. Sie spürte eine bösartige Gegenwart, die abwartete, bis sie in ihrer Wachsamkeit nachließ. So rasch war die Jägerin zur Gejagten geworden.

Sie wirbelte herum, um zu rennen. Sie hatte kaum drei Schritte gemacht, als sie gegen eine Männerbrust prallte. Wenn der Aufprall ihr nicht die Luft geraubt hätte, der Atem des Mannes hätte es bestimmt. Offensichtlich hatte er mehr als seinen Teil von dem gehaltvollen Vauxhall-Punsch getrunken, den die regelmäßigen Besucher der Gärten so lobten. Die Alkoholschwaden in seinem Atem waren stark genug, ihr die Augen tränen zu lassen.

Sie blinzelte, um klarer sehen zu können, und konnte erkennen, dass er schlaksig, hellhaarig und kaum alt genug für einen Bart war. Seine Nase zierten Sommersprossen. Von seinem hohen Biberfellhut her zu schließen und dem exquisiten Schnitt seines Abendrockes, war er auch ein Gentleman.

„Verzeihen Sie, Sir", sagte sie und Erleichterung erfasste sie, während sie um Atem rang. „Ich scheine mich verlaufen zu haben.

Vielleicht könnten Sie so freundlich sein, mir den Rückweg zum Grand Walk zu beschreiben?"

„Nun, was haben wir denn hier?", säuselte er undeutlich und stützte sie mit einer Hand, während er mit der anderen ihre Kapuze zurückschlug. „Rotkäppchen auf dem Weg zum Haus der Großmutter?"

Ein zweiter Mann schwang sich hinter ihm aus den Bäumen und landete mit katzengleicher Anmut federnd auf seinen Fußballen. Sein Hut saß schief auf seinen dunklen Locken. „Hat Ihnen niemand gesagt, dass diese Wälder voll sind mit großen bösen Wölfen, die nur darauf warten, kleine Mädchen wie Sie zu verschlingen?"

Während Carolines erschreckter Blick vom einen zum anderen flog, bemerkte sie, dass diese beiden keine Masken brauchten. Ihre unheimlichen Mienen waren echt.

Sie versetzte dem Mann, der sie hielt, einen kräftigen Stoß gegen die Brust, sodass er sie losließ. „Ich bin mitnichten auf dem Weg zum Haus meiner Großmutter, und ich bin wohl kaum ein kleines Mädchen." Sich darum bemühend, dass ihre Stimme ruhiger war als ihre Hände, fügte sie hinzu: „Ich kann sehen, dass Sie beide Gentlemen sind. Ich hatte gehofft, Sie wären bereit, einer jungen Dame zu helfen."

Seine Daumen in die Taschen seiner Weste hakend, schnaubte der dunkelhaarige junge Mann abfällig. „Keine junge Dame würde sich allein auf diesen Weg wagen, wenn sie nicht auf der Suche nach Spaß ist."

„Ich habe einen Mann gesucht", platzte Caroline heraus in dem verzweifelten Versuch, sie verstehen zu machen.

Das Grinsen des hellhaarigen jungen Mannes war umso schauerlicher, weil es echt war. „Dann werden zwei davon gewiss doppelt so viel Spaß bringen."

Als sie langsam auf sie zukamen, ihr Gang nicht gerade sicher, begann Caroline rückwärts zu gehen. Durch einen Schleier der Angst erinnerte sie sich an das unglückselige Mädchen, das von ihrer Mutter getrennt worden war. Tante Mariettas Schilderung nach hatte niemand auf die Schreie geachtet, bis es zu spät war.

Im Bewusstsein, dass sie es trotzdem versuchen musste, öffnete Caroline gerade den Mund, um einen markerschütternden Schrei auszustoßen, als sie in die Arme eines dritten Mannes trat.

Ein mächtiger Arm legte sich von hinten um ihre Schultern,

Fingerspitzen streiften die Schwellung ihres Busens. „Tut mir leid, euch enttäuschen zu müssen, Jungs", sagte eine tiefe, rauchige Stimme, „aber heute Nacht sind noch andere Geschöpfe als Wölfe auf der Pirsch."

Kapitel 6

༶❧༶❧༐❧

Caroline sackte vor Erleichterung zusammen, sicher gehalten in der nach Sandelholz und Lorbeer duftenden Wärme von Adrian Kanes Umarmung. Sie hatte verkündet, sie sei nicht der Typ, ohnmächtig zu werden und in die Arme eines Mannes zu sinken, aber seine unleugbare Kraft ließ eine solche Vorstellung merkwürdig verlockend erscheinen. Besonders gepaart mit seiner zerstörerischen Selbstsicherheit. Sie konnte sich des Eindrucks nicht erwehren, dass er zu den Männern gehörte, die genau wussten, was sie mit einer Frau anstellen sollten, die zufällig in ihren Armen lag.

„Wer zum Teufel sind Sie?", verlangte ihr hellhaariger Peiniger zu wissen, dessen Grinsen einem beleidigten Stirnrunzeln gewichen war.

Kanes Stimme klang sachlich, beinahe jovial. „Ich bin der, der den großen bösen Wolf gefressen und nichts als ein paar Knochen übrig gelassen hat."

Der Junge warf seinem Begleiter einen unsicheren Blick zu. Der Dunkelhaarige trat vor, bis sie beide Schulter an Schulter standen. „Wir sind in dieser schönen Frühlingsnacht bloß auf der Suche nach ein wenig Spaß", beteuerte er und nahm seinen Hut ab. „Wir möchten keinen Streit mit Ihnen, Sir."

„Wenn das so bleiben soll, dann schlage ich vor, dass Sie und Ihr Freund sich trollen und vergessen, dass Sie jemals diesen Weg betreten haben."

„Das ist aber ungerecht!", rief der andere Junge und plusterte sich mit der närrischen Tollkühnheit der Jugend auf. „Wir haben sie zuerst gefunden. Sie gehört uns."

Ehe Caroline auch nur zu einer Erwiderung ansetzen konnte,

antwortete Kane glatt: „Nicht mehr. Jetzt gehört sie mir.“

Diese besitzergreifende Erklärung von Kanes Lippen, mit so unerschütterlicher Überzeugung ausgesprochen, sandte unwillkürlich einen Schauer durch Caroline. Sein Griff festigte sich, warnte sie, dass er ihn gespürt hatte.

„Sie können sie nach uns haben, wenn Sie wollen“, schaltete sich der dunkelhaarige Junge wieder ein, der offenbar eine Karriere als Diplomat im Innenministerium plante. „Wir beide wissen, wie man eine Dame behandelt.“ Er fuhr sich mit der Zunge über die Lippen und musterte dabei Caroline anzüglich. „Sie fleht am Anfang vielleicht um Gnade, aber wenn wir mit ihr fertig sind, wird sie um mehr betteln.“

Kanes Körper spannte sich, als setzte er zum Sprung an. Aber er sagte nur: „Nein danke. Ich hatte schon immer eine Vorliebe für frisches Fleisch.“

Von seiner absichtlichen Grobheit abgestoßen, versteifte sich Caroline. Sie versuchte sich umzudrehen, damit sie sein Gesicht sehen konnte, aber er verhinderte das mit seinem gnadenlosen Griff.

„Das ist doch alles Quatsch“, erklärte der Hellhaarige. „Wir sind zu zweit, und er ist allein. Ich sage, wir holen sie uns zurück.“

Als die beiden einen trotzigen Blick tauschten, murmelte Kane: „Entschuldigen Sie mich, meine Liebe. Es wird nicht lange dauern“, und schob sie sanft, aber bestimmt zur Seite.

Er hatte recht. In der einen Minute stürzten sich ihre beiden Peiniger auf ihn, in der nächsten lagen sie auf dem Boden und stöhnten. Blut strömte aus der sommersprossigen Nase des jungen Mannes mit den blonden Haaren. Der andere spuckte einen ausgeschlagenen Zahn aus, und seine aufgeplatzte Lippe war schon auf ihre doppelte Größe angeschwollen.

Kane stand über ihnen in der Mitte des Weges und schlug sich mit seinem Spazierstock leicht in die offene Hand. Auf seiner Stirn war kein einziger Schweißtropfen zu sehen.

Er machte einen unmerklichen Schritt in ihre Richtung. Die beiden Herren rutschten sogleich auf Hintern und Ellbogen rückwärts, wie an Land gespülte Krabben. „Das nächste Mal, wenn euch beiden jungen Hunden der Sinn nach Jagd steht, dann schlage ich vor, ihr besorgt euch eine Hundemeute und tretet einem Fuchsjagdclub bei. Anderenfalls findet ihr am Ende eure eigenen Felle als Trophäe an der Wand in meinem Arbeitszimmer wieder."

Ihm immer noch bohrende Blick zuwerfend, rappelten sie sich auf und stolperten zwischen den Bäumen davon, leise vor sich hin fluchend.

Kane drehte sich zu Caroline um. Obwohl er mit keiner Wimper zuckte, war seine Absicht klar.

Mit den Jungen war er fertig. Nun kam sie an die Reihe.

Sie zog ihre Maske gerade und wagte gegen alle Wahrscheinlichkeit zu hoffen, dass er sie nicht erkannt hatte. „Vielen Dank, Sir. Ihre Ritterlichkeit war meine Rettung."

„Ach ja?"

Wegen des unergründlichen Ausdruckes in seinen Augen beunruhigt, begann sie langsam rückwärts zu gehen. „Ich weiß nicht, was ich getan hätte, wenn Sie nicht genau im richtigen Augenblick des Wegs gekommen wären."

„Richtig für uns beide, scheint es", antwortete er und folgte ihr Schritt um Schritt.

Bildete sie es sich nur ein oder ruhte sein Blick auf ihrem blassen Hals? Auf dem Puls, der unter ihrer zarten Haut unruhig schlug? Unwillkürlich legte sie eine Hand auf die Stelle, aber es schien eine wenig überzeugende Abwehr.

Ich hatte schon immer eine Vorliebe für frisches Fleisch.

Seine Worte gingen ihr wieder durch den Sinn, klangen immer unheilvoller. Was, wenn er von einem völlig anders gearteten Hunger gesprochen hatte?

Sich darum bemühend, die alberne Vorstellung abzuschütteln, machte sie einen Schritt nach hinten und landete direkt in einem Fleck Mondschein. Der diesige Schimmer hielt ihn nicht auf. Er ging immer weiter, jeder Schritt genau bemessen nach den Schlägen einer Kirchturmuhr in der Ferne, die das Nahen von Mitternacht verkündete.

„Ich sollte jetzt wieder zu meiner Gesellschaft zurückgehen", erklärte sie, mit jedem Schritt atemloser werdend. „Wir wurden getrennt, und sie sind vermutlich inzwischen außer sich vor Sorge."

„Zu Recht, meine teure …"

Sie wirbelte herum, um zu fliehen, rechnete halb damit, dass sich sein kräftiger Arm erneut um sie legen würde. Dass eine seiner großen warmen Hände ihr Kinn umfangen, ihren Kopf sachte nach hinten drücken und ihre verletzliche Halsbeuge entblößen würde, sodass er sich darüber beugen und seine …

„… Miss Cabot", schloss er.

Caroline erstarrte, dann drehte sie sich um und schaute ihn an, ungerechtfertigterweise wütend, dass er ihre alberne kleine Maskerade durchschaut hatte. „Woran haben Sie mich erkannt?"

Seinen Gehstock gegen einen nahen Baum lehnend, überwand er die kurze Entfernung, die sie trennte, mit wenigen Schritten. „An Ihrem Haar. Ich denke nicht, dass irgendeine andere Frau in London Haar in genau diesem Farbton besitzt." Er streckte eine Hand aus und zupfte eine Strähne aus ihrem festgesteckten Chignon, ließ das feine Haar so behutsam durch seine Finger gleiten, als sei es aus der seltensten Seide. „Es ist wie flüssiges Mondlicht."

Von der unerwarteten Liebkosung überrascht, hob Caroline langsam den Blick. Trotz der Zärtlichkeit seiner Berührung funkelten seine Augen zornig.

Seine Berührung und seine Worte sandten ein verräterisches Prickeln durch ihren Körper. Bestürzt entzog sie ihm die verirrte Strähne, dann schlug sie ihre Kapuze hoch, um ihr Haar zu bedecken.

Die unausgesprochene Zurechtweisung akzeptierend, verschränkte er die Arme vor der Brust. „Vielleicht würden Sie mir gerne erklären, warum Sie mir gefolgt sind und wie es Ihnen gelungen ist, Ihre kleine Schwester zu verlieren und in so eine Klemme zu geraten? Ich dachte, Sie seien die vernünftige Schwester in Ihrer Familie."

„Aber das bin ich doch! Oder ich war es wenigstens. Bis ich …" Sie brach ab, biss sich auf die Unterlippe. „Wie lange wussten Sie, dass ich Ihnen folge?"

„Seit dem Augenblick, da Ihre Kutsche sich am Berkeley Square hinter meine setzte. Ich rate Ihnen dringend davon ab, je eine Stelle im Kriegsministerium anzunehmen. Ihnen scheinen die erforderlichen Fähigkeiten in Bezug auf Heimlichtuerei und Vertuschung völlig abzugehen, die für eine Karriere im Spionagegeschäft unerlässlich sind."

„Wie ist es Ihnen gelungen, so rasch zu verschwinden?", fragte sie. „Ich habe nur einen Augenblick nicht hingesehen, und schon waren Sie fort."

Er zuckte mit seinen breiten Schultern. „Ich weiß nie, wann mir Larkin und seine Männer nachschleichen. Daher habe ich schon vor langer Zeit gelernt, dass in einer Menge unterzutauchen der beste Weg ist, etwaige Verfolger abzuschütteln." Er legte den Kopf schief. „Ist das der Grund, weswegen Sie mir gefolgt sind? Hat der Konstabler Ihnen eine Stelle angeboten?"

Caroline senkte den Kopf, um seinem durchdringenden Blick auszuweichen. Es war eine Sache, in einem überfüllten Empfangssalon zu stehen und lachend zu bemerken, dass es Menschen in London gab, die ihn für einen Vampir hielten, und etwas vollkommen anderes, ihm auf einem verlassenen Pfad gegenüberzustehen, während seine weißen Zähne im Mondlicht unheimlich schimmerten, und ihm sagen zu müssen, dass sie sich in einer entlegenen Ecke ihres Verstandes zu fragen begann, ob sie recht hatten.

„Da waren Gerüchte", flüsterte sie.

„Die gibt es immer, nicht wahr?"

Sie schluckte laut, wünschte sich verzweifelt, dass sie eine ebenso geschickte Lügnerin wäre wie Portia. „Diese Gerüchte waren der Grund, weswegen ich an Ihrer Ergebenheit für meine Schwester zu zweifeln anfing. Heute Nacht bin ich Ihnen gefolgt, weil ich glaubte, Sie hätten ein Stelldichein mit einer anderen Frau."

„Ich habe ein Stelldichein mit einer anderen Frau." Er hob ihr Kinn mit zwei Fingern an, gestattete ihr nicht länger, seinem Blick auszuweichen. „Mit Ihnen."

Die unverhohlene Herausforderung in seinen Augen weckte in ihr die Frage, was gewesen wäre, wenn sie sich auf diesem dunklen und versteckten Weg unter anderen Umständen, in einer anderen Zeit getroffen hätten.

Sie erwiderte seinen Blick kühn, die Lügen und Halbwahrheiten gingen ihr nun schon viel leichter über die Lippen. „Jetzt begreife ich, wie dumm es war, auf den Klatsch zu hören. Ich hätte Ihre Zuneigung für meine Schwester nie anzweifeln dürfen. Und ich hätte niemals meinen Ruf aufs Spiel setzen sollen, um Ihnen nachzuspionieren."

Sein ausdrucksvoller Mund verhärtete sich zu einer grimmigen Linie. „Wenn ich nicht umgekehrt wäre, um nach Ihnen zu sehen, hätten diese jungen Schufte dafür gesorgt, dass Sie weit mehr verloren hätten als Ihren Ruf."

Sie konnte spüren, wie ihr die Röte heiß in die Wangen stieg. „Das wissen wir nicht mit Sicherheit. Hätte ich mehr Zeit gehabt, hätte ich sie gewiss zur Vernunft bringen können. Schließlich waren sie nicht irgendwelche Verbrecher, sondern Gentlemen."

„Vielleicht ist es Zeit, dass Sie, Miss Cabot, lernen, dass unter der seidenen Weste eines jeden Gentleman das Herz einer Bestie schlägt."

Wie er so im Mondlicht über ihr aufragte, seine Stimme ein rauchiges Knurren, fiel es ihr nicht schwer, ihm diese Behauptung zu glauben.

„Selbst unter Ihrer, Lord Trevelyan?"

Er beugte sich noch näher, und sein schwach nach Brandy riechender Atem strich über ihre Lippen. „Besonders unter meiner."

Ganz bestimmt hätte er sich weiter vorgebeugt, wäre noch näher gekommen, wenn nicht drei nur zu vertraute Frauenstimmen zu ihnen gedrungen wären.

„Müssen wir weitergehen? In diesen verflixten Schuhen habe ich mir schon an beiden Fersen Blasen gelaufen."

„Arme Tante! Ich verstehe das nicht. Ich war mir ganz sicher, dass ich den Viscount diese Richtung habe einschlagen sehen."

„Du kannst nicht immer recht haben, weißt du? Ich habe euch beiden zu sagen versucht, dass ich ihn vor beinahe einer Viertelstunde nahe des Hermit's Walk erspäht habe."

„Warum sollten wir dir glauben? Einmal hast du auch geschworen, du habest ein Krokodil auf dem Dachboden von Edgeleaf entdeckt. Und was ist mit den vielen Jahren, die du herumgelaufen bist und behauptet hast, du seiest ein Wechselbalg, das unter einem Kohlblatt in Mamas Garten ausgesetzt wurde?"

„O nein!", flüsterte Caroline entsetzt. „Das sind Tante Marietta und meine Schwestern!"

Kane betrachtete sie finster. „Ist da noch jemand aus Ihrer Familie, der mir heute Nacht nachsteigt? Ein altersschwacher Großonkel oder ein verschwägerter Cousin dritten Grades vielleicht?"

Sie umklammerte seinen Arm, ohne es recht zu merken. „Pst! Wenn wir ganz still sind, machen sie unter Umständen kehrt und gehen zurück."

Doch die Stimmen wurden lauter, näherten sich der Wegbiegung. Es schien, als gäbe es kein Zurück. Für keinen von ihnen.

„Bist du dir ganz sicher, das hier ist der richtige Weg?" Tante

Mariettas quengelige Klage warnte sie, dass es nur noch eine Sache von Sekunden wäre, ehe sie auf ihren Seidenabsätzen um die Kurve biegen würde, Carolines zankende Schwestern im Schlepptau.

„Würden Sie Ihrer Schwester gerne erklären, warum wir uns ein Stelldichein auf dem Lover's Walk gönnen?", erkundigte sich Kane mit grimmiger Miene. „Oder soll ich das übernehmen?"

Plötzlich erinnerte sich Caroline an ein anderes Rendezvous und einen sinnlichen Blick, so voller Lust und Leidenschaft, dass sie hastig wie ein aufgeschrecktes Kaninchen das Weite gesucht hatte. Gerade als der rüschenverzierte Busen ihrer Tante in ihr Blickfeld geriet, packte sie Kanes Rockaufschläge und schob ihn rückwärts in die Schatten unter den Bäumen.

Ihn flehentlich anschauend, flüsterte sie drängend: „Lieben Sie mich!"

Kapitel 7

„Wie bitte?", stieß Kane heiser aus und versuchte sich aus Carolines verzweifeltem Griff zu befreien.

Sie bohrte ihre Fingernägel in seinen Rock. „Wenn sie glauben, wir seien ein Liebespaar, dann besteht wenigstens die Möglichkeit, dass sie weitergehen, ohne uns zu erkennen. Sie müssen so tun, als liebten Sie mich gerade. Rasch!"

Er schüttelte den Kopf, und sein Atem ging abgehackt und schnell. „Miss Cabot, ich glaube wirklich nicht, dass das das Klügste …"

Da sie genau wusste, es war keine Zeit mehr, lange nachzudenken, holte Caroline tief Luft, nahm allen Mut zusammen und stellte sich auf die Zehenspitzen, drückte ihre Lippen auf seine. Mehrere Herzschläge lang stand er steif wie ein Stein, widerstand ihrer unbeholfenen Umarmung. Dann stieß er einen unterdrückten Fluch aus und schlang seine Arme um sie. Sein Mund, eben noch so unnachgiebig, wurde weich, schloss sich zärtlich um ihre vollen Lippen. Plötzlich spielte keiner mehr von ihnen dem anderen etwas vor.

Durch einen Schleier köstlichster Gefühle hörte sie Vivienne herausplatzen: „Ach du liebe Güte!", und wie ihre Tante Portia scharf zurechtwies: „Halt dir augenblicklich die Augen zu! Und spähe ja nicht durch deine Finger!"

Auf Portias erschrecktes Aufkeuchen folgte das unmissverständliche Klatschen einer Hand auf Fleisch.

„Aua!", schrie Portia empört. „Zieh mir nicht die Kapuze über den Kopf. Ich kann ja gar nicht mehr sehen, wo ich hintrete."

Dann zuckte Kanes Zunge zart über Carolines Lippen, lockte sie, sie zu öffnen, und das Rauschen in ihren Ohren übertönte alles außer dem verzückten Pochen in ihren Adern und ihrem unsteten Herzschlag.

Als Cousin Cecil versucht hatte, die Verteidigungslinien ihrer zusammengepressten Lippen zu durchbrechen, hatte sie nur Widerwillen verspürt. Aber Kane bestürmte dieselben Tore mit unendlicher Zärtlichkeit, verführte sie zum Nachgeben. Sie mochte nichts vom Küssen wissen, doch er war nur zu bereit, ihr alles beizubringen. Er strich mit seinen Lippen über ihre, vor und zurück, und löste damit ein prickelndes Reiben aus, das sie beide zu entflammen drohte. Seine Zunge drang tiefer in die jungfräuliche Süße ihres Mundes vor, streichelte und liebkoste und verlockte ihre eigene Zunge, selbst seinen Mund zu kosten.

Als sie ihm folgte, schlossen sich seine Arme fester um sie, drückten sie an sich, bis ihr weicher Busen flach gegen seine Brust gepresst wurde. Er vertiefte den Kuss, trank von ihren Lippen, als würde er nicht zufrieden sein, bis er ihr Innerstes gekostet hatte. Caroline klammerte sich an ihn, und ihr wurde ganz schwindelig vor Verlangen.

Alle hatten sich so lange auf sie verlassen und bei ihr Halt gesucht, dass es sich einfach himmlisch anfühlte, sich auf ihn zu stützen, an ihm festzuhalten und einfach in seiner Hitze dahinzuschmelzen, in seiner Stärke aufzugehen. Ohne es zu merken, seufzte sie in seinen Mund – ein süßer, hilfloser Laut der Selbstvergessenheit.

Mit einem zitternden Stöhnen zwang er sich, von ihr abzulassen. Während er stumm auf sie herabschaute, in seinen Augen ein primitiver Hunger, begriff sie, dass ihre Tante und ihre Schwestern weitergegangen und sie beide in dem mondbeschienenen Paradies längst wieder allein waren.

Zum ersten Mal in ihrem Leben verstand sie, warum ein Mann und eine Frau einen solchen Ort aufsuchen sollten. Verstand das Verlangen, den forschenden Augen der Gesellschaft zu entkommen, sich in den Schatten zu verstecken und die unwiderstehliche Verlockung des Verbotenen zu erforschen. Sie hatte ihren Willen für einen Kuss aufgegeben. Was wäre sie bereit für andere, noch aufreizendere Erfahrungen zu opfern? Ihre Selbstachtung? Das Glück ihrer Schwester? Wenn sie noch länger in den Armen dieses Mannes blieb, dann, so fürchtete sie, würde sie das herausfinden.

Mit gesenktem Blick stieß sie ihn gegen die Brust. „Ich glaube, sie sind jetzt weg. Wir können mit dem Täuschungsmanöver aufhören."

Zuerst rührte er sich nicht, ließ sie wissen, wie nutzlos ihre Gegenwehr angesichts seiner Kraft sein könnte. Aber dann ließ er langsam die Arme sinken, befreite sie aus seiner Umarmung.

Als er sich einen Schritt von ihr entfernte, fuhr ihm ein nach Regen riechender Windstoß ins Haar und hob die Schulterkragen seines Mantels an. Sein Blick war noch unergründlicher als zuvor. „Das war eine sehr überzeugende Vorstellung, Miss Cabot. Haben Sie je eine Karriere auf der Bühne in Erwägung gezogen?"

„Da Sie mir versichert haben, dass ich nicht zur Spionin tauge, sollte ich das vielleicht." Sie zog ihre Maske gerade und hoffte, die Schatten würden das unruhige Zittern ihrer Finger verbergen. „Wenn ich nicht in meinem Bett liege, bis Tante Marietta nach Hause kommt, dann bin ich am Ende wirklich gezwungen, Banbury-Kuchen an irgendeiner Straßenecke zu verkaufen."

„Ich hoffe, so weit wird es gar nicht erst …"

Das Knacken eines Zweiges in der Nähe schnitt Kanes Antwort ab. Caroline zuckte zusammen, fürchtete, ihre Tante und ihre Schwestern seien umgekehrt und zurückgekommen. Mit einer blitzschnellen Bewegung von lautloser Anmut nahm Kane seinen Spazierstock und schob sie hinter sich, eine Geste, die deutlich sagte, dass er keinen Widerstand dulden würde. Sie mit seinem Körper schützend, schaute er sich suchend um; seine Wachsamkeit schien angesichts eines derart harmlosen Geräusches übertrieben.

Sich mit einer Hand an seinem Mantel festhaltend, spähte Caroline um seine Schulter herum und musste wieder an das überwältigende Gefühl einer Bedrohung denken, das sie vorhin gehabt hatte. Sie hatte angenommen, dass es Kane war, der ihr folgte, aber was, wenn sie sich geirrt hatte? Was, wenn da draußen in der Dunkelheit noch etwas anderes lauerte, wartete und sie beobachtete? Etwas Gefährliches? Etwas Hungriges?

Sie erschauerte und wunderte sich, wo ein solch unmöglicher Gedanke herkam. „Was ist?", flüsterte sie. „Glauben Sie, die Kerle von eben sind wieder da?"

Statt ihr zu antworten, erschreckte Kane sie, indem er sie mit sich weiter in die Schatten unter den Bäumen zog, ihr eine Hand fest über den Mund legte. Ihre Augen weiteten sich, als ein Mann um die nächste Wegbiegung geschlendert kam. Sie hörte auf, sich in seinem Griff zu winden, als sie Konstabler Larkins schlecht sitzenden Mantel und seinen schlaksigen Gang erkannte. Begleitet wurde er von einem Quartett Männer in unauffälligen Hüten und Mänteln. Auf ein leises Zeichen von Larkin hin zerstreuten sie sich in verschiedene Richtungen und verschmolzen mit den Bäumen. Einer von ihnen kam Kane und ihr bis auf wenige Meter nahe, bemerkte sie aber nicht.

Als sie alle außer Hörweite waren, ließ Kane sie los. Es mochte an ihrer überreizten Phantasie liegen, aber sie hatte den Eindruck, als ob seine Hand einen Augenblick länger auf ihren Lippen liegen blieb als nötig.

„Was tun Larkin und seine Männer hier?", flüsterte sie.

„Offenbar dasselbe wie alle anderen in Vauxhall heute Abend", erwiderte Kane leise und warf ihr einen spöttischen Blick zu. „Sie sind auf der Suche nach mir."

Indem er ihre Hand ergriff, zog er sie mit sich zum Weg und in die entgegengesetzte Richtung, immer wieder über die Schulter sehend. Caroline musste sich beeilen, um mit ihm und seinen langen Beinen Schritt zu halten.

Immer noch im Ungewissen, ob sie vom Regen in die Traufe geraten war, platzte sie heraus: „Wohin bringen Sie mich?"

„Wohin wohl, Miss Cabot?" Er schaute sie von der Seite an, gestattete sich nur ein angedeutetes Grinsen. „Ins Bett."

„Bist du wach? Caroline, wach auf. Psst!"

Das aufgeregte Zischeln ignorierend, so wie sie auch das leise Quietschen der Tür und das verräterische Knarren der Dielenbretter ignoriert hatte, zog sich Caroline das Kissen über den Kopf und kuschelte sich tiefer unter die Decken. Es war immer schon unmöglich gewesen, sich bei Portia schlafend zu stellen. Sie begann einen in die Rippen zu stoßen, sich eine Feder vom nächsten Hut zu besorgen und einen an den Füßen zu kitzeln. Einmal, als sie ihr unbedingt ihre neusten Theorien bezüglich der Nixe, die sie am Grunde des Brunnens im Garten entdeckt zu haben meinte, hatte mitteilen wollen, hatte sie Caroline den Inhalt ihrer Waschschüssel über den Kopf gekippt. Caroline war aufgefahren und hatte Portia eine so schallende Ohrfeige gegeben, dass sie sich noch eine Woche später beklagt hatte, ihr Ohr würde klingeln.

Aber dieses Mal entschied sich Portia für eine Strategie, die wesentlich hinterhältiger war.

Sie fasste den Zipfel ihres Kopfkissens, hob es an und brachte ihren Mund dicht an Carolines Ohr. Ihre Stimme zu einem spöttischen Bariton senkend, säuselte sie: „Seien Sie nicht so schüchtern, Miss Cabot. Kommen Sie, geben Sie uns einen Kuss."

Caroline setzte sich so hastig auf, dass sie beinahe mit den Köpfen zusammenstießen. „Himmel, was bist du für eine schreckliche Göre! Du hast uns erkannt, nicht wahr?"

Portia krabbelte rückwärts und rollte sich an dem schmalen Eisengitterfußende des Bettes wie ein zufriedenes kleines Kätzchen zusammen. Tante Marietta hatte sie beide in ein Zimmer unter dem Giebel gesteckt, das ein besserer Dachboden war. Die Kammer war mit zwei schmalen Eisenbetten und mehreren angeschlagenen und zerkratzten Überbleibseln aus anderen Wohnräumen möbliert, die zu unmodern waren, um unten geduldet zu werden. Eine Talgkerze brannte auf dem Waschtisch, in deren Licht Portias Augen übermütig funkelten.

Sie schüttelte die Schuhe von den Füßen und wackelte mit den bestrumpften Zehen. „Glaub mir – es war nicht leicht, dich zu erkennen, schließlich hat mir Tante Marietta die Augen zugehalten und mir alle paar Sekunden mit ihrem Fächer einen Klaps gegeben. Ich bin beinahe gegen einen Baumstamm gerannt und hätte fast das Bewusstsein verloren."

Caroline lehnte sich in ihre Kissen zurück und betrachtete ihre Schwester finster. „Schade, dass du das nicht wirklich getan hast. Dann hätte ich vielleicht eine Nacht ungestört schlafen können."

Ihre Handschuhe Finger für Finger ausziehend, beugte sich Portia vor und vertraute ihr an: „Zuerst dachte ich, der Viscount beißt dich. Ich konnte nicht verstehen, warum du dich nicht gewehrt hast. Ich hatte schon Luft geholt, um zu schreien, als ich plötzlich begriff, dass er … dich küsste." Sie flüsterte die letzten beiden Worte, als sei es irgendein uralter Ritus, dunkel und verboten und wesentlich unanständiger als alles, was ein Vampir je tun könnte.

„Er hat nur so getan, als ob er mich küsst", klärte Caroline sie auf und versuchte verzweifelt nicht daran zu denken, wie sich seine Lippen auf ihren angefühlt hatten, das zärtliche Streicheln seiner Zunge.

Portias skeptisches Schnauben war alles andere als damenhaft. „Dann muss er ein sehr ausgeprägtes Vorstellungsvermögen haben, weil er sich der Sache mit allergrößter Hingabe gewidmet hat."

„Ihm blieb nichts anderes übrig", entgegnete Caroline, sich überdeutlich der Tatsache bewusst, dass ihre eigene Hingabe noch mehr zu verurteilen war. „Wenn Tante Marietta uns beide erkannt hätte, hätte das katastrophale Folgen für alle gehabt – besonders aber für Vivienne."

Ihr Gewissen schrie bei dem Gedanken an ihre Schwester gequält auf. Sie wünschte sich fast, sie könnte glauben, dass Kane sie irgendwie verhext hatte. Dann hätte sie eine Entschuldigung dafür, sich in seinen Armen so schamlos aufgeführt zu haben. Dafür, dass sie willens gewesen war, alles aufzugeben, was sie stets hoch gehalten hatte – Viviennes Vertrauen eingeschlossen – für ein so flüchtiges Vergnügen wie einen Kuss.

„Du musst dir wegen Vivienne keine Sorgen machen", versicherte ihr Portia. „Sie hegt nicht den geringsten Verdacht. Tante Marietta war zu sehr damit beschäftigt, uns so schnell wie möglich von dem Ort der Schande wegzubringen und deinen Charakter schlecht zu machen. Nun, natürlich nicht deinen Charakter, sondern den Charakter der schamlosen Schlampe in den Armen des Viscounts. Sie dachte …" Portia fegte mit einer Handbewegung ihr gesponnenes wirres Netz aus Erklärungen weg. „Ach, egal. Wie um Himmels willen bist du nach Hause gekommen? Hat die Kutsche noch auf dich gewartet?"

„Lord Trevelyan hat mich in seiner Kutsche heimbringen lassen."

Er hatte sie mit nicht mehr als einem knappen Befehl für den Kutscher in das luxuriöse Gefährt gesteckt und dem Fahrer aufgetragen, sie vor der Tür ihrer Tante abzusetzen. Genau vor der Tür.

„Er hat dich nicht begleitet?"

Caroline schüttelte den Kopf, dankbar, dass sie nicht die geschlossene Kutsche mit ihm hatte teilen müssen. „Ich bezweifele, dass er auch nur eine Minute länger in meiner Gesellschaft verbringen wollte, nachdem ich mich derart lächerlich gemacht hatte."

Portia lauschte gebannt, während Caroline ihr von den beiden jungen Tunichtguten, die sie belästigt hatten, und der Rettung durch den Viscount erzählte.

Als sie fertig war, lehnte sich Portia gegen das Fußende und seufzte verwundert. „Wie merkwürdig. Ich frage mich, warum ein Vampir seinen Abend in Vauxhall Gardens verbringen sollte, um junge Mädchen zu retten."

„Wenn es nicht so völlig unmöglich wäre, wäre ich beinahe geneigt zu glauben, dass er wirklich ein Vampir ist. Du hättest sehen sollen, wie er mit den beiden Rüpeln umgesprungen ist. Ich habe noch nie einen Mann sich so schnell bewegen oder über solche Kraft verfügen sehen." Caroline schüttelte den Kopf, erschauerte bei der Erinnerung. „Das hatte etwas beinahe ... Übernatürliches."

Portia betrachtete ihr Gesicht einen Moment, ehe sie leise fragte: „Und sein Kuss? Hatte der auch etwas Übernatürliches?"

Caroline neigte den Kopf, verfluchte ihren hellen Teint. „Es ist nicht so, als hätte ich einen Vergleich", log sie steif und spürte, wie ihr die Röte in die Wangen stieg. „Ich bin sicher, es war ein vollkommen gewöhnlicher Kuss."

Ein vollkommen gewöhnlicher Kuss, der sie vor Verlangen schwindelig gemacht hatte. Ein vollkommen gewöhnlicher Kuss, der sie mitsamt ihrer Zweifel hatte dahinschmelzen lassen und jeden vernünftigen Gedanken aus ihrem Kopf vertrieben hatte, den eingeschlossen, dass der Mann, der sie küsste, ihrer Schwester gehörte.

Sie hielt Portias wissenden Blick nicht länger aus. Caroline glitt unter die Decke und drehte sich zur Wand. „Warum gehst du nicht in dein eigenes Bett und lässt mich in Ruhe, damit ich zu meinen vollkommen gewöhnlichen Träumen zurückkehren kann?"

Die Glocken schlugen Mitternacht.

Sie stand mit den Füßen wie festgewachsen auf den Pflastersteinen, als er aus dem Nebel zu ihr kam, sein Haar schimmerte im Mondlicht, sein langer Umhang wehte um seine Knöchel. Sie wusste, er kam ihretwegen, doch sie konnte keinen Schrei über ihre gelähmten Lippen zwingen, konnte keinen Muskel bewegen.

Das Mondlicht verschwand, ließ sie verloren in seinem Schatten stehen. Er zog sie in seine Arme, seine Sanftheit so unwiderstehlich wie seine Kraft.

Seine Zähne glänzten, als er seinen Kopf senkte. Zu spät

erkannte sie, dass nicht ihre Lippen sein Ziel waren, sondern ihr Hals. Trotzdem konnte sie nicht anders, als den Kopf zur Seite zu neigen, ihn einzuladen – nein, ihn darum anzuflehen – sie zu nehmen, seinen Durst an ihr zu stillen, ihren Lebenssaft zu trinken, der unter der zarten Seide ihrer Haut pulste.

Er bot ihr an, was sie wollte, was sie immer schon insgeheim ersehnt hatte.

Sich zu ergeben.

Als seine Zähne diesen dünnen Schleier durchstachen, sandte das eine Welle unseliger Ekstase durch sie. Die Glocken klangen weiter, kündeten von der Ankunft einer ewigen Mitternacht, in der sie immer ihm gehören würde.

Caroline fuhr aus dem Schlaf auf, setzte sich im Bett aufrecht, kämpfte gegen den Griff um ihren Hals. Sie benötigte einen entsetzlichen Augenblick, bis sie begriff, dass es ihre eigene Hand war. Ihr Herz klopfte wie verrückt unter ihren Fingerspitzen. Langsam ließ sie die Hand sinken, schaute auf ihre zitternden Fingerspitzen, als gehörten sie einer anderen.

Noch erschreckender als ihr Entsetzen war die unerklärliche Hitze, die vom Rest ihres Körpers Besitz ergriffen zu haben schien. Ihr Mund war trocken, ihre Haut prickelte, und ihr Busen schmerzte leicht. Zwischen ihren Beinen war ein merkwürdiges Ziehen, mehr Lust als Schmerz.

Sie schaute sich in dem Zimmer um, versuchte die Benommenheit des Traumes abzuschütteln. Portias schmales Bett war leer, und die Dachkammer lag im Dämmerlicht, sodass unmöglich zu sagen war, welche Tageszeit es war. Carolines unruhiger Schlaf war immer wieder von Bruchstücken anderer Träume gestört worden, in denen sie auf düsteren Wegen vor maskierten Angreifern mit lüstern grinsenden Mündern floh.

Sie rieb sich die müden Augen. Was, wenn die ganze Nacht nicht mehr als ein Traum gewesen war – ihr und Portias verrückter Ausflug in die Vauxhall Gardens; die köstlichen Momente in den Armen des Viscounts, der berauschende Geschmack seines Kusses. Was, wenn sie alle nicht mehr als eine Fieberphantasie waren, geboren aus einer Mischung von schlechtem Gewissen und überreizter Phantasie?

Sie war halb geneigt zu glauben, dass sie in Wahrheit noch träumte, denn die Mitternachtsglocken läuteten immer noch.

Sie runzelte die Stirn, erkannte schließlich den grellen Ton der

Klingel an der Haustür. Die Decken zurückschlagend, kletterte sie aus dem Bett und eilte zum Fenster. Eine elegante Chaise, von einem schneidigen Gespann Brauner gezogen, stand wartend auf der Straße. Wenn sie den Hals reckte, konnte sie einen flüchtigen Blick auf einen Mann erhaschen, der auf der ersten Stufe der Eingangstreppe stand. Obwohl die gerollte Krempe seines Biberfellhutes seine Züge verdeckte, ließen die mächtige Gestalt und der Mantel mit den langen Schulterkrägen keinen Zweifel daran, um wen es sich handelte.

Adrian Kane war gekommen, seine Aufwartung zu machen. Und noch dazu bei Tageslicht.

Carolines Knie gaben nach, so erleichtert war sie. Bis zu diesem Augenblick hatte sie gar nicht gemerkt, wie fest Portias Phantastereien in ihren Träumen und ihrem Denken Fuß gefasst hatten.

Den Kopf über ihre Dummheit schüttelnd, warf sie einen Blick zum Himmel. Regen fiel beständig aus Wolken, die so bleiern aussahen, als würde die Sonne nie wieder scheinen.

Sie kniff die Augen zusammen, während sie diese Unheil verkündenden Wolken betrachtete. War es Tageslicht, das Vampire umbrachte?

Oder Sonnenlicht?

Sie rieb sich die Stirn, plötzlich von dem Wunsch beseelt, sie hätte besser auf Portias Geschwätz geachtet. Die Klingel ertönte erneut. Tante Marietta war kein Vampir, aber sie stand nur selten vor Mittag auf und empfing Besucher meist nicht vor zwei Uhr nachmittags. Dennoch konnte Caroline hören, wie ein Stockwerk tiefer jähe Geschäftigkeit ausbrach. Hastig erteilte Aufträge drangen zu ihr, und es klang ganz so, als liefen Tante Marietta und Vivienne gleichzeitig durch ihre geräumigen Zimmer und versuchten sich präsentabel zu machen.

Als sie wieder zu der Stufe hinunterspähte, schob Kane seinen Hut in den Nacken und schaute nach oben, genau zu dem Fenster, an dem sie stand. Caroline duckte sich rasch hinter die Vorhänge. Die Macht seines Blickes war nicht zu leugnen. Nicht einmal die staubige Spitzengardine konnte sie vor seinem bezwingenden Bann beschützen.

Die Glocke hörte auf zu läuten. In der ohrenbetäubenden Stille, die darauf folgte, schoss Caroline ein Satz aus Portias Vampirregeln durch den Sinn.

Ein Vampir darf das Haus seines Opfers nicht uneingeladen betreten.

Caroline versuchte die alberne Vorstellung abzuschütteln, aber der Traum war noch zu lebendig. Was, wenn sie Portias Warnruf aus Gewohnheit abtat, und dabei war dieses Mal wirklich der Wolf gekommen und stand dort draußen auf den Stufen vor dem Haus ihrer Tante?

Da sie nicht in ihrem Nachthemd nach unten laufen konnte, sich vor die Tür werfen und behaupten, sie habe irgendeine schrecklich ansteckende Krankheit wie Cholera oder Beulenpest, spähte sie noch einmal vorsichtig aus dem Fenster.

Die Eingangstür war geöffnet worden. Aber anstelle des ältlichen Lakaien ihrer Tante war es eine strahlende Portia, die den Viscount aus dem Regen ins Haus bat.

Caroline blieb der Mund offen stehen. „Auch du, Brutus?", flüsterte sie und schüttelte ungläubig den Kopf.

Eine Weile später schlich Caroline die Treppe hinab, nachdem sie ein schlichtes blaues Morgenkleid angezogen hatte, das ihrer schlanken Figur nicht schmeichelte. Die gestärkten Rüschen, die als Kragen dienten, hätten genauso gut zu Queen Elizabeth gepasst. Sie hatte rücksichtslos jede Strähne ihres Haares streng zurückgebürstet und im Nacken zu einem festen Knoten aufgesteckt. Zum Schluss hatte sie sich ein Spitzenhäubchen übergestülpt. Sie war wild entschlossen, alle Spuren des liederlichen Geschöpfes zu tilgen, das sich mit solch schamloser Hingabe an den Verehrer ihrer Schwester geklammert hatte.

Auf dem Treppenabsatz blieb sie stehen, die Hand auf dem Geländer. Der rauchige Bariton des Viscounts mochte alle Vorbehalte von Frauen dahinschmelzen lassen, aber er erschwerte es einem sehr, ihn zu belauschen. Sie strengte sich an, etwas zu verstehen, aber alles, was sie aufschnappen konnte, waren Gesprächsfetzen. Portias beständiges Geschnatter wurde durch gelegentliches Klirren von Teetassen, Viviennes höfliche Bemerkungen und Tante Mariettas schrilles Kichern unterbrochen.

Plötzlich legte sich ehrfürchtiges Schweigen über den Salon. Sogar Portia verstummte.

Als der Viscount zu reden begann, schlich Caroline eine weitere Stufe nach unten. Aber alles, was sie hören konnte, war „…

bin heute gekommen … anmaßend, Ihre Zuneigung vorauszusetzen … eine sehr wichtige Frage …"

Ihre Hand umklammerte das Geländer, dass die Knöchel weiß hervortraten. Kane wollte seinen Antrag machen. Er würde Vivienne fragen, ob sie seine Frau werden wollte, und wenn sie das erst einmal war, würde nichts mehr so sein wie zuvor. Sie verspürte einen seltsamen Druck in der Gegend ihres Herzens, als ob eine bis dahin unbekannte Ader ein tödliches Leck bekommen hatte.

Ohne sich die Zeit zu geben, diese Empfindungen näher zu erforschen, lief sie eilig die letzten Stufen hinab. „Auf gar keinen Fall!", rief sie, während sie in den Salon stürmte. „Ich verbiete es!"

Kapitel 8

⁂

Alle im Salon drehten sich zu ihr um und starrten sie an, als habe sie den Verstand verloren. Obwohl sich in der feuchten Luft Portias Locken fröhlich um ihr Gesicht ringelten und noch eine dünne Wolke frischer Gesichtspuder Tante Marietta einhüllte, sah Vivienne mit ihrem hochgekämmten Haar so frisch aus wie ein Frühlingsmorgen. Ihre zierlich gerundete Figur steckte in einem Kleid aus zart gemustertem weidengrünem Seidenkrepp, der aufs Vollkommenste Carolines graue Augen betont hätte, hätte sie je die Gelegenheit erhalten, ihn zu tragen.

Seine Teetasse bedächtig auf die Untertasse stellend, erhob sich Kane. Da er über das Chaos in dem überfüllten Salon ihrer Tante aufragte, wirkte er noch größer und doppelt so robust wie sonst. Wäre er ein Vampir, könnte er vermutlich das Blut von ihnen allen trinken und trotzdem noch nicht zu satt für Tee und Gebäck sein.

„Ich hoffe, Sie verzeihen mir meine Vermessenheit, Miss Cabot", erklärte er, und Belustigung und Misstrauen rangen in seinem Blick miteinander. „Ich hatte keine Ahnung, dass Sie so leidenschaftlich dagegen eingenommen sein könnten, wenn ich Ihre Schwester auf den Landsitz meiner Familie einlade."

Sie blinzelte verwundert. „Ihren Landsitz?"

Er blinzelte zurück. „Natürlich. Was haben Sie denn gedacht, habe ich gefragt?" Seine unschuldige Miene narrte sie keinen Augenblick. Er wusste genau, was sie gedacht hatte.

Ihre Beine gaben vor Erleichterung unter ihr nach. Sie sank auf einen Ohrensessel, der mit Brokat in einem grässlichen

Blumenmuster bezogen war, wäre fast von der Kante gerutscht. „Ich dachte, Sie wollten vielleicht … eine Ausfahrt in diesem schrecklichen Wetter vorschlagen. Vivienne hatte schon immer eine eher zarte Konstitution, sodass ich mich um ihre Gesundheit gesorgt habe."

Vivienne verdrehte die Augen. „Sie müssen meiner Schwester verzeihen, Lord Trevelyan. Man könnte meinen, sie sei eine Glucke und Portia und ich ihre Küken."

Wie Caroline setzte sich Kane wieder und nahm seine Teetasse, wobei das zarte Porzellan in seinen kräftigen Händen doppelt zierlich aussah. „Ich kann Ihnen versichern, Miss Cabot, dass ich die Gesundheit Ihrer Schwester nie aufs Spiel setzen würde." Es war möglich, dass sie sich das spöttische Glitzern in seinen Augen nur einbildete, aber nicht wahrscheinlich. „Wie Sie vielleicht schon gehört haben, will ich nächste Woche auf Trevelyan Castle einen Maskenball geben. Mit all den nötigen Vorbereitungen, die getroffen werden müssen, dachte ich, es sei am besten, ein paar Tage eher aufs Land zu fahren. Ich bin gekommen, Ihre Schwester einzuladen, mich zu begleiten." Er nickte Tante Marietta zu. „Mit Ihrer Tante als Anstandsdame, selbstverständlich."

Natürlich besaß er eine Burg. Eine Burg, deren Herrin Vivienne eines Tages sein würde. Der Druck in Carolines Brust verstärkte sich zu einem dumpfen Schmerz.

„Und wo liegt diese Burg, Mylord?", fragte sie. „In Transsilvanien?"

Portia verschluckte sich an ihrem Tee, was ihr einen kräftigen Schlag von Tante Marietta auf den Rücken einbrachte. Alle Welt wusste, dass das osteuropäische Land mit Unmengen unheimlicher Geschichten über Werwölfe, Vampire und andere entsetzliche Geschöpfe der Nacht aufzuwarten hatte. Es konnte sich sogar echter Monster rühmen wie Vlad Dracula, dem berüchtigten Fürsten, dessen Schreckensherrschaft zur Legende und zum Stoff für Albträume geworden war.

Kane nahm ihre Anspielung mit dem Aufflackern eines Lächelns zur Kenntnis. „An einem wesentlich langweiligeren Ort, fürchte ich. Trevelyan Castle liegt in Wiltshire, westlich von Salisbury."

Caroline wunderte sich, ob sein plötzlicher Wunsch, London zu verlassen, irgendetwas mit dem zu tun hatte, was zwischen ihnen letzte Nacht vorgefallen war. Wollte er Vivienne ihrem Einfluss entziehen? Oder sich selbst? Was auch immer seine Absichten waren, sie konnte nicht zulassen, dass er Erfolg damit hatte. Sie brauchte mehr Zeit, um sicherzugehen, dass er keine Bedrohung für ihre Schwester darstellte.

Sie nahm eine randvolle Teetasse von dem erstaunten Dienstmädchen, selbst verwundert, dass ihre Hand kein bisschen zitterte. „Es ist ganz reizend von Ihnen, Tante Marietta in Ihre Einladung einzuschließen, Mylord, aber es wird nicht nötig sein, ihr mehr Umstände zu machen, als wir es schon getan haben. Ich bin bestens in der Lage, die Rolle der Anstandsdame für meine Schwester zu übernehmen."

Nun war Tante Marietta an der Reihe, sich an ihrem Tee zu verschlucken. Mit unverkennbarer Schadenfreude schlug Portia ihr mit der flachen Hand zwischen die Schulterblätter, etwas mehr Kraft aufwendend, als nötig gewesen wäre.

Während sie noch hustete, verengten sich die Augen des Viscounts kaum merklich. „Verzeihen Sie, Miss Cabot. Ich stand unter dem Eindruck, dass Sie und Miss Portia in wenigen Tagen nach Edgeleaf zurückzukehren vorhatten."

Caroline nippte geziert an ihrem Tee. „Es besteht kein Grund zur Eile. Cousin Cecil wird uns kaum vermissen, und ich habe gehört, dass die Luft in Wiltshire zu dieser Jahreszeit äußerst belebend sein kann."

„Ich kann mir nicht vorstellen, was dich zu so einer absonderlichen Vorstellung verleitet, liebes Kind", antwortete Tante Marietta scharf und tupfte mit ihrem Taschentuch Teetropfen von ihrem Kleid. „Das ist ja, als ob ein Blinder dem anderen über die Straße helfen will."

„Ich fürchte, Ihre Tante hat recht. Ich sollte Sie nicht daran erinnern müssen, dass Sie ebenfalls eine junge unverheiratete Frau sind." Der neckende Unterton in Kanes Stimme machte sich irgendwie über sie beide lustig. „Es ziemte sich wohl kaum für Sie, sich der zweifelhaften Gnade eines so eingefleischten Junggesellen, wie ich es bin, auf Gedeih und Verderb auszuliefern."

Seine Einwände mit einer Handbewegung beiseiteschiebend, lachte Caroline. „Ich kann Ihnen versichern, dass Sie sich deswegen keine Gedanken machen müssen. Ich bin weit über das Alter hinaus, in dem ich glaube, jeder Mann, den ich treffe, sei darauf aus, mich zu verführen oder mir seine Aufmerksamkeiten aufzudrängen.“

„Caroline!“, rief Vivienne entsetzt und lief bis zu den Haarwurzeln rot an.

„Ja, ich habe mich auch schon gefragt, wie Sie jetzt Ihre Kekse essen wollen, da Sie das Greisenalter erreicht haben“, bemerkte Kane trocken, als Caroline sich ein gezuckertes Gebäckstück vom Teetablett gönnte.

Sie knabberte ein winziges Stückchen ab. „Ich habe keine Lust, den Titel ‚alte Jungfer‘ zu tragen, ohne die Vorteile nutzen zu können. Als eine Frau, die vermutlich niemals unter dem Schutz eines Ehemannes stehen wird, sollte es mir möglich sein, mich in der Gesellschaft zu bewegen, wie es mir gefällt, so wie es auch Tante Marietta tut.“ Sie warf ihm unter gesenkten Lidern einen Blick zu, unfähig, der Versuchung eines spöttischen Augenaufschlages zu widerstehen. „Und ich bin mir sicher, dass ich mich auf Ihren tadellosen Charakter verlassen kann. Glaubt man Viviennes Brief, dann sind Sie ein Heiliger unter den Männern – ein selbst erwählter Retter von Witwen und Waisen und verirrten Straßenkätzchen.“

„Und von leichtsinnigen jungen Frauen, die darauf beharren, dorthin zu gehen, wo sie nichts verloren haben.“

Als sie seinen herausfordernden Blick erwiderte, hatte sie plötzlich das Gefühl, wieder mit ihm im mondbeschienenen Garten von Vauxhall zu stehen, einen Kuss davon entfernt, einander in die Arme zu sinken. Obwohl Kanes freundliches Lächeln nicht wankte, warnte sie das frostige Glitzern. Er war es nicht gewohnt, dass sich jemand seinem Willen widersetzte. Und es gefiel ihm auch nicht.

Tante Mariettas Proteste gingen unter in Portias begeistertem Händeklatschen. „Oh, ein Maskenball! Was für eine aufregende Entwicklung! Ich kann es kaum erwarten, die Koffer zu packen. Bitte, Mylord, sagen Sie, gesellt sich Ihr Bruder von Beginn an zu uns?“

„Sobald Julian erfährt, dass ich von einem ganzen Reigen reizender junger Misses Cabot begleitet werde, dann werde ich ihn, da bin ich sicher, noch nicht einmal mit meinem Spazierstock zurückhalten können.“ Damit stand Kane auf. „Wenn Sie mich nun bitte entschuldigen wollen, meine Damen, ich glaube, ich habe lange genug Ihre Gastfreundschaft in Anspruch genommen. Ich muss gehen und Arrangements für die Reise treffen.“

Während Tante Marietta der Dienstmagd ein Zeichen gab, seinen noch feuchten Mantel und seinen Hut zu holen, erhob sich auch Vivienne. „Ich bin so froh, dass Sie heute vorgesprochen haben, Mylord. Es ist ein ungeahntes Vergnügen gewesen, Sie hier zu haben."

„Das Vergnügen liegt ganz auf meiner Seite", erwiderte er leise und hob Viviennes Hand an seine Lippen.

Dieselben Lippen, die ihre so zärtlich liebkost hatten. Dieselben Lippen, die gestreichelt, gerieben und geneckt hatten, bis Caroline der besitzergreifenden Hitze seiner Zunge Einlass gewährt hatte. Dieselben Lippen, die sie für ihn gefordert hatten, als gehörte sie ihm für immer und ewig.

„Ein ungeahntes Vergnügen, allerdings", erklärte Caroline steif, und ihr Tonfall deutete an, dass sie das Gegenteil meinte. „Ich hatte eigentlich geglaubt, Sie verließen das Haus nur sehr selten tagsüber."

Während Kane Viviennes Hand sinken ließ und sich zu ihr umdrehte, musste selbst Caroline seine Selbstbeherrschung bewundern. „Das tue ich nur selten, es sei denn, es gibt einen starken Anreiz, wie zum Beispiel die Gesellschaft von vier bezaubernden jungen Damen." Seine Handbewegung schloss Tante Marietta ein, die daraufhin wie ein Schulmädchen kicherte. Caroline wand sich innerlich.

Er nahm Hut und Mantel von dem Dienstmädchen entgegen, als Caroline unschuldig bemerkte: „Ich hoffe, Ihr Mantel ist Ihnen nicht zu warm, Mylord. Während ich mich anzog, war ich mir sehr sicher, dass ich die Sonne hinter einer Wolke hervorspähen sehen konnte."

Einen langen Augenblick stand Kane stocksteif. Kein Muskel zuckte in seinem Gesicht. Dann, ohne auf das Dienstmädchen zu warten, schritt er zur Haustür und riss sie auf. Regen fiel stetig in einem silbernen Vorhang aus dem grauen Himmel.

Er drehte sich um, seine beeindruckende Gestalt scharf umrissen vor den Regenschleiern draußen, und schenkte Caroline ein mildes Lächeln. „Ich weiß Ihre Sorge zu schätzen, Miss Cabot, aber es scheint, als habe der Regen vor, länger zu bleiben."

Adrian stürmte in das Stadthaus, warf die Haustür krachend hinter sich ins Schloss. Da war kein Lakai, ihn zu begrüßen, keine Dienstmagd, die herbeieilte, um seinen tropfenden Hut und seinen

Mantel zu nehmen. Die Dienstboten waren es nicht gewohnt, dass sich jemand im Haus regte, solange Tageslicht herrschte. Die meisten von ihren waren vermutlich selbst zu Bett gegangen oder hatten sich zu einem Nachmittag in der Stadt davongeschlichen. Jeder Vorhang und jeder Fensterladen im Haus war geschlossen, so wie der Hausherr es angeordnet hatte. Selbst der niedrigste Lakai und die einfachste Spülmagd wussten, dass ein einziger Verstoß gegen diese besondere Regel zur sofortigen Entlassung führen würde.

Einen verräterischen Augenblick erlaubte sich Adrian die Frage, wie es sein würde, eine Frau zu haben, die auf ihn wartete. Ein liebreizendes Geschöpf, das aus den Schatten zu ihm käme, um ihm aus den nassen Sachen zu helfen und ihm eine heiße Tasse Tee anzubieten und einen zärtlichen Kuss, während sie ihn die ganze Zeit ausschimpfte, dass er an einem so grässlichen Tag das Haus verlassen hatte. Aber als sich dieses Geschöpf als ein schlankes, grauäugiges Mädchen herausstellte mit einem Wasserfall aus blassblondem Haar, das ihr über den Rücken fiel, verbannte er sie entschlossen in die hinterste Ecke seiner Phantasie.

Daran gewöhnt, im Dämmerlicht durchs Haus zu gehen, legte er seinen nassen Mantel ab und warf seinen Hut auf den Garderobenständer. Er fuhr sich mit einer Hand durchs feuchte Haar, als Julian auf unsicheren Beinen die Treppe herunterkam. Seine dunklen Locken standen wirr in alle Richtungen, wie als sie beide noch Kinder gewesen waren und Adrian nachts aufwachte, weil ein verschreckter Julian am Fuße seines Bettes stand. Obwohl er dann murrte und leise schimpfte, hatte er doch stets sein eigenes warmes Bett verlassen, um das eingebildete Ungeheuer unter Julians zu erschlagen.

„Gütiger Himmel, Mann!", rief Julian und zerrte an dem Knoten in dem Gürtel seines schwarzen Morgenmantels. „Was soll der Krach? Du bist laut genug, um Tote zu wecken."

Adrian warf ihm einen finsteren Blick zu, ehe er über den marmorgefliesten Boden zur Anrichte im Salon ging und sich eine großzügige Portion Brandy einschenkte. Er betrachtete stirnrunzelnd die fast leere Karaffe, während er sie zurückstellte. Er hätte schwören können, dass der Butler sie erst gestern aufgefüllt hatte.

Sein Bruder sank auf eine der unteren Stufen, gähnte und rieb sich die Augen. Sie weiteten sich, als er die Regenpfütze bemerkte, die sich um den Ständer bildete. Ungläubig betrachtete er das Fenster. Unverkennbar war ein schmaler Streifen Tageslicht durch den Spalt in den schweren Vorhängen zu erkennen. „Bist du etwa draußen gewesen?"

Adrian drehte sich um und lehnte sich gegen die Anrichte. Er rieb sich seinen Nacken und versuchte, nicht daran zu denken, wie viele Stunden vergangen waren, seit er geschlafen hatte. „Ja."

„Und was hat von dir Besitz ergriffen, dass du das Haus zu einer derart unchristlichen Stunde verlassen hast? Hattest du eine schlechte Nacht? War deine Jagd erfolglos?"

„O nein, ganz im Gegenteil. Meine Jagd war sogar sehr erfolgreich." Adrian kippte den Brandy hinunter und musste daran denken, wie herrlich sich Caroline in seinen Armen angefühlt hatte. „Ich habe mir nur etwas eingefangen, was ich nicht erwartet hatte."

Julian musterte ihn spöttisch. „In Anbetracht deiner Pflichtversessenheit bin ich sicher, dass es auf keinen Fall die Franzosenkrankheit ist, oder? Obwohl es deine Laune sicher heben würde, wenn du einmal in eines der Freudenhäuser in den düsteren Gassen gehen würdest, die du des Nachts heimsuchst."

Aus irgendeinem Grund wirkte die Vorstellung, Erleichterung in den Händen einer vollbusigen Dirne zu finden, kein bisschen verlockend auf Adrian. Nicht solange Carolines unwiderstehlich süßer Mund noch so frisch in seiner Erinnerung war.

Den Rest des Brandys trank er in einem Zug, aber noch nicht einmal dessen Hitze konnte ihren Geschmack von seinen Lippen brennen. „Das Einzige, was im Augenblick meine Stimmung aufhellen könnte, ist der schnelle Rückzug einer gewissen Miss Cabot in ihr Heim auf dem Land."

„Ich entnehme deiner finsteren Miene, dass Miss Cabots Abreise in eine ländlichere Umgebung nicht unmittelbar bevorsteht."

„Ganz im Gegenteil. Es scheint, dass sie und ihre reizenden Schwestern uns später in dieser Woche nach Wiltshire begleiten werden."

Julian setzte sich auf und blinzelte. „Diese Woche? Bist du sicher, dass es nicht zu früh ist? Ich dachte, wir würden nicht vor nächster Woche fahren. Was ist mit Duvalier? Wie kannst du sicher sein, dass er uns folgt?"

„Ich denke, wir können sagen, dass wir erfolgreich sein

Interesse geweckt haben." Adrian schaute seinem Bruder in die Augen, weigerte sich vor dem Hieb zurückzuweichen, den er ihm versetzen würde. „Er war da. Heute Nacht. In Vauxhall."

Julian wurde so reglos, dass sich seine Lippen kaum bewegten, als er flüsterte: „Hast du ihn gesehen?"

Sich an die schier überwältigende Furcht erinnernd, die er empfunden hatte, als er Duvalier gefolgt war, der wiederum die völlig ahnungslose Caroline verfolgte, schüttelte Adrian den Kopf. „Das musste ich nicht. Ich konnte ihn spüren. Ich konnte ihn wahrnehmen. Aber in der Minute, in der ich dem Bastard zu nahe kam, verschmolz er mit den Schatten."

Adrian hatte erst später begriffen, dass Duvaliers Verschwinden ein Segen war. Wenn der andere Zeuge von Adrians und Carolines Kuss geworden wäre, wären all ihre Pläne in Gefahr geraten.

„Ich habe die Sorge, uns bleibt nichts anderes übrig, als London so rasch wie möglich zu verlassen", erklärte Adrian grimmig. „Duvalier war nicht der Einzige heute Nacht in Vauxhall. Larkin wird hartnäckiger, aufdringlicher. Wenn ich ihn nicht von unserer Fährte abbringen kann, landen wir beide noch vor dem Ball in Newgate. Und ich muss dir sicher nicht erst sagen, was für eine Katastrophe das wäre." Er fuhr sich müde mit der Hand übers Kinn. „Ich muss ohnehin geschäftlich nach Wiltshire. Ich habe heute Morgen eine Nachricht von Wilbury erhalten. Jemand – oder etwas – terrorisiert die Dorfbewohner und reißt Vieh in Nettlesham", erklärte er, ein kleines Dorf in der Nähe ihres Landsitzes erwähnend.

„Ich war es nicht", entgegnete Julian halb im Scherz. „Mir hat Schaf noch nie geschmeckt." Er wandte den Blick ab, aber nicht ehe Adrian den Schatten des Zweifels darin entdeckte. „Ich weiß, wie schwierig das hier für dich sein muss. Aber du gibst mich nicht auf, nicht wahr?", fragte er, um einen leichten Tonfall bemüht, damit er nicht merkte, was es ihn kostete, diese Frage zu stellen.

Adrian durchquerte die Halle zur Treppe. Auch wenn sein erster Impuls war, seinem Bruder die dunklen Locken zu zausen, legte er ihm nur eine Hand auf die Schulter und drückte sie sanft, bis Julian ihn anschaute. „Ich werde dich niemals aufgeben, Julian. Nicht dich. Und Gott möge dem beistehen, der sich mir in den Weg zu stellen versucht."

Julian hob eine Augenbraue. „Miss Caroline Cabot

eingeschlossen?"

Den Stich der Enttäuschung nicht weiter beachtend, antwortete Adrian: „Besonders Miss Caroline Cabot."

Kapitel 9

Regen prasselte gegen die Fensterscheiben der Kutsche, verwischte alles außer Carolines nachdenklichem Spiegelbild. Sie strengte ihre Augen an, um wenigstens einen flüchtigen Blick auf die vorüberziehende Landschaft Wiltshires werfen zu können, aber vergebens. Was der Regen nicht verhüllte, verbarg die Nacht.

Blitze zuckten grell, fluteten die Landschaft mit übernatürlichem Licht, blendeten Carolines unvorbereitete Augen. Einen erschreckten Augenblick lang hätte sie schwören können, eine unförmige Gestalt neben der Kutsche reiten gesehen zu haben. Dann hüllte Dunkelheit wieder alles ein, ließ sie mit ihrem entsetzten Spiegelbild allein.

Beunruhigt zog sie die Mahagoni-Läden vor das Fenster und lehnte sich in die Polster aus Saffianleder zurück. Die elegante Kutsche des Viscounts roch nicht nach billigem Parfum oder abgestandenem Zigarrenrauch, sondern nach Leder, Lorbeer und irgendwie männlich. Die glänzenden Messingbeschläge und die kugelförmigen Milchglaslampen der Kutsche vervollständigten die zurückhaltende Eleganz der Ausstattung.

Portia lag zusammengerollt auf dem Sitz ihr gegenüber, ihren Kopf an Viviennes Schulter. Das Klopfen der stetig aufs Dach fallenden Regentropfen und das leichte Schaukeln der gut gefederten Kutsche hatten sie in den Schlaf gewiegt.

Wenigstens hatten es ihre Schwestern und sie warm und trocken. Caroline konnte sich gut vorstellen, wie unangenehm es für die Vorreiter und den Kutscher sein musste. Seit die Kutsche des Viscounts heute am frühen Nachmittag vor Tante Mariettas Haus vorgefahren war, um sie abzuholen, hatte es unaufhörlich geregnet. Zu Viviennes Enttäuschung und Carolines Erleichterung war Kane einen Tag früher nach Wiltshire aufgebrochen, um die

Dienerschaft von ihrer Ankunft zu unterrichten.

Sie hatten zweimal angehalten, um die Pferde zu wechseln, und waren einmal durch knöcheltiefen Schlamm auf dem Hof einer Poststation gewatet, um sich vor einem rauchenden Kaminfeuer mit einer Tasse Tee aufzuwärmen. Wenn sie in diesem Tempo weiterreisten, würden sie auf Trevelyan Castle vermutlich nicht vor Mitternacht eintreffen.

Vielleicht hatte ihr Gastgeber das so geplant.

Caroline schüttelte die alberne Vorstellung ab. Adrian Kane mochte aus jeder Pore Autorität verströmen, aber sicherlich reichte sein Einfluss nicht aus, auch das Wetter zu bestimmen.

Sie schaute zu Vivienne, die geduldig im fahlen Licht der Kutschenlampe an einem Mustertuch stickte. Das war vielleicht ihre einzige Gelegenheit, herauszufinden, inwieweit Kane das Herz ihrer Schwester erobert hatte. Portias Mund stand offen, und ihr gleichmäßiger Atem ging in ein leises Schnarchen über.

„Du musst dich auf unseren Besuch und den Ball des Viscounts sehr freuen“, begann Caroline zögernd.

„O ja, sehr.“ Vivienne zog die Nadel durch den Stoff, ohne sich die Mühe zu machen aufzublicken.

Carolines Ausatmen endete in einem Seufzen. Vivienne Informationen zu entlocken konnte so schwierig sein, wie zu versuchen, Portia davon abzuhalten, mit allem herauszuplatzen, was ihr gerade durch den Sinn ging. „Lord Trevelyan scheint sehr von dir angetan zu sein.“

Ein bescheidenes Lächeln kräuselte die Lippen ihrer Schwester. „Dann kann ich mich glücklich schätzen, nicht wahr? Er ist alles, was sich ein Mädchen von einem Verehrer wünschen sollte – höflich, intelligent, gebildet und gut.“

Und ein wunderbarer Küsser.

Caroline biss sich auf die Lippe, wurde von Gewissensbissen geplagt, als sie an die verlockende Hitze von Kanes Mund auf ihrem denken musste.

Sie warf Portia einen weiteren Blick zu, um sicherzugehen, dass ihre kleine Schwester nicht unter ihren Wimpern hervorspähte. „Sag mal, Vivienne, – ich kann meine Neugier leider nicht bezähmen – hat der Viscount in der ganzen Zeit, die ihr zusammen verbracht habt, jemals versucht, sich … äh … unangemessene Freiheiten bei dir herauszunehmen?“

Vivienne hob schließlich doch den Blick von ihrer Stickerei.

Röte stieg ihr in die Wangen, ein auffälliger Kontrast zu der weißen Rose, die hinter ihrem Ohr steckte. Sie beugte sich vor und erntete einen leisen Schnarcher des Protests von Portia, als deren Kopf in die Polster zurückrollte.

O nein, jetzt kommt es, dachte Caroline. Sie würde gleich erfahren, dass Kane seine gesamte freie Zeit damit verbrachte, unerfahrene junge Frauen um den Verstand zu küssen.

„Einmal", gestand Vivienne fast flüsternd und mit weit aufgerissenen blauen Augen, „als wir aus seiner Kutsche stiegen, bin ich gestolpert, und Lord Trevelyan hat seine Hand auf meinen Rücken gelegt, um mich zu stützen. Unter den Umständen hatte ich allerdings das Gefühl, dass ich keine andere Wahl hatte, als ihm diese Vertraulichkeit zu verzeihen."

Von einem Gefühl überwältigt, das sich gefährlich wie Erleichterung anfühlte, schloss Caroline den Mund. „Das war sehr großmütig von dir." Sie wählte ihre nächsten Worte mit noch mehr Sorgfalt. „Hat er je dir gegenüber frühere romantische Affären erwähnt?"

Vivienne war entsetzt. „Ganz sicher nicht! Dafür ist er zu sehr Gentleman."

Caroline zerbrach sich den Kopf nach einer weniger Protest auslösenden Formulierung, als sie ein goldenes Glitzern bemerkte. Sie beugte sich vor und zog an der Kette um den Hals ihrer Schwester. Eine zierlich gearbeitete Kamee mit dem Profil einer Frau, gerahmt mit kunstvoll verschnörkeltem Golddraht, tauchte aus Viviennes Oberteil auf. Caroline betrachtete das Schmuckstück verwundert. Bei ihrer Ausquartierung aus dem Haupthaus hatte Cousin Cecil Anspruch auf alle wertvollen Schmuckstücke erhoben – selbst auf die Perlenohrringe, die Carolines Vater ihr zu ihrem sechzehnten Geburtstag geschenkt hatte. Seitdem hatten die Mädchen nichts als billigen Tand getragen.

„Das ist aber ein schönes Stück", bemerkte Caroline und hielt es in das Licht einer der Kutschenlampen. „Ich habe es dich nie zuvor tragen sehen. War es in der Reisetruhe von zu Hause?"

Vivienne senkte den Blick, sah so schuldbewusst aus, wie Caroline sich gefühlt hatte, als sie an den Kuss des Viscounts gedacht hatte. „Wenn du es genau wissen willst, es ist ein Geschenk von Lord Trevelyan. Ich habe es Tante Marietta nicht erzählt, weil ich Angst hatte, sie würde mich zwingen, es zurückzugeben." Sie schaute Caroline flehend an. „Bitte schimpf nicht! Ich weiß, es gehört sich nicht, ein so persönliches Geschenk von einem Gentleman anzunehmen, aber es schien ihn so zu freuen, als ich ihm versprach, es zu tragen. Er ist sehr großzügig."

„In der Tat", antwortete Caroline leise. Sie betrachte die Kamee mit gerunzelter Stirn, ihr Blick wurde von dem aus schimmerndem Elfenbein gearbeiteten, eleganten Hals wie magisch angezogen.

Ein scharfer Donnerschlag war zu hören, weckte Portia jäh auf. Die Kamee entglitt Carolines Fingern. Vivienne steckte sie rasch wieder in ihren Ausschnitt, wo sie vor anderen neugierigen Augen sicher war.

„Was is'?", fragte Portia schlaftrunken. Sie rieb sich die Augen und sah sich hoffnungsvoll um. „War das ein Pistolenschuss? Werden wir überfallen? Haben uns Straßenräuber aufgelauert? Werden wir entführt und geschändet?"

„Ich fürchte nein, Kleines", erwiderte Caroline. „Dieses Abenteuer werden wir uns für ein andermal aufheben müssen."

Portia gähnte und reckte sich, stach dabei Vivienne aus Versehen beinahe mit dem Ellbogen ins Auge. „Ich bin halb verhungert. Habt ihr vielleicht etwas von den Zuckergusstörtchen aus dem letzten Gasthof aufgehoben?" Als sie sich bückte, um in dem kleinen brokatbezogenen Koffer auf dem Boden vor Caroline nachzuschauen, schob ihn ihre Schwester rasch mit dem Fuß weg, hob ihn selber hoch und stellte ihn auf ihren Schoß.

Portia richtete sich auf und blickte sie gekränkt an. „Es besteht kein Grund, so selbstsüchtig zu sein, Caroline. Ich wollte sie nicht alle aufessen."

„Ich glaube, wir werden langsamer", erklärte Vivienne, als die Kutsche an Fahrt verlor und schließlich anhielt. „Denkt ihr, wir sind angekommen?"

Dankbar für die Ablenkung setzte Caroline den Koffer vorsichtig auf der Bank neben sich ab. „Ich hoffe es wenigstens. Wenn wir noch weiter reisen, landen wir am Ende im Fluss Avon."

Viviennes Frage wurde beantwortet, als ein livrierter Lakai den Kutschenschlag öffnete. „Willkommen im sonnigen Wiltshire!"

Niemand konnte an seinem Hang zur Ironie zweifeln. Regenströme ergossen sich unbeirrt weiter aus dem Himmel, wurden vom Wind in Böen gepeitscht, ihr unregelmäßiges Prasseln begleitet von fernem Donnergrollen.

Als zögerten sie, das gemütliche Innere der Kutsche zu

verlassen, benötigten die Schwestern unangemessen viel Zeit, ihre Handschuhe, Bücher und Sticksachen zu suchen und die Kapuzen ihrer Umhänge gerade zu ziehen. Als wirklich nichts mehr einzupacken war, stieg Caroline aus, den Koffer unter den Arm geklemmt.

Ein zweiter Lakai trat vor, um ihn ihr abzunehmen. „Nein danke! Ich schaffe das schon!", schrie sie über das Heulen des Windes hinweg. Wenigstens hoffte sie, es war der Wind.

Portia und Vivienne verließen hinter ihr die Kutsche. Trevelyan Castle ragte in der Dunkelheit vor ihnen auf. Die hohe Festung aus verwittertem Stein mochte gemessen an den Standards der berühmteren Burgen Wiltshires bescheiden erscheinen, aber es war nicht dem Verfall anheimgestellt worden wie Old Wardour Castle, ganz in der Nähe. Über die Jahrhunderte waren zahllose Neuerungen so geschickt vorgenommen worden, dass die Bauten aus Mittelalter, Gotik und Renaissance miteinander verschmolzen. Die Burg rühmte sich all der Wasserspeier und Strebebögen, die das Stadthaus des Viscounts so schmerzlich vermissen ließ. Sie machte den Eindruck, als besäße sie auch einen voll ausgestatteten Kerker, komplett mit in der Wand verankerten Ketten und einer eisernen Jungfrau.

Als Caroline ihren Blick zum Burgwehr emporwandern ließ, ergoss sich ein Schwall Regenwasser aus dem Maul eines Wasserspeiers, der bedrohlich die Zähne fletschte. Eine düstere Vorahnung erfasste sie. Was, wenn sie sich geirrt und einen gewaltigen Fehler gemacht hatte, indem sie ihre Schwestern hergebracht hatte? Einen Fehler, der sich nicht dadurch korrigieren ließ, dass sie die Zahlen im Haushaltsbuch neu zusammenrechnete?

Ehe sie ihnen auftragen konnte, wieder in die Kutsche zu steigen, und vom Kutscher verlangen, sie so schnell wie möglich nach London zurückzufahren, schwang die eisenbeschlagene Eichentür der Burg weit auf, und sie wurden ins Innere des Hauses geführt.

Sie standen tropfnass auf dem Steinboden einer riesigen Eingangshalle. Jahrhundertealte Kälte schien die Luft zu erfüllen, ließ Caroline erschauern. Der ausgestopfte Kopf eines Hirsches starrte sie von der gegenüberliegenden Wand an, einen wilden Glanz in seinen glasigen Augen.

Portia schob ihre schmale Hand in Carolines und flüsterte: „Ich habe gehört, ein Haus spiegelt das Wesen seines Eigentümers wider."

„Das ist es, was ich fürchte", flüsterte Caroline mit einem Blick auf die uralten Wandbehänge mit ihren wüsten Bildern von Blutvergießen und Mord.

Manche zeigten alte Schlachten in ihrer ganzen gewalttätigen Pracht, während andere die Jagd verherrlichten. Auf dem Wandteppich neben Caroline setzte ein zähnefletschender Jagdhund gerade zum Sprung an, um einer anmutigen Hirschkuh die Kehle zu zerfleischen.

Selbst Vivienne schaute sich zweifelnd um, erklärte aber: „Ich bin sicher, bei Tageslicht sieht es gleich viel anheimelnder aus."

Sie alle erschraken, als ein Butler mit einem leichten Buckel und schlohweißem Haar aus den Schatten auftauchte, einen Kerzenleuchter in der gichtigen Hand. Er war so alt, dass Caroline meinte, sie könnte seine Knochen knirschen hören, als er auf sie zuschlurfte.

„Guten Abend, meine Damen", rief er, seine Stimme war beinahe so rostig wie die alte Rüstung in der Nische rechts von Caroline. „Ich nehme an, Sie sind die Schwestern Cabot. Wir haben Sie erwartet. Ich hoffe, Sie hatten eine angenehme Reise."

„Einfach himmlisch", log Portia und knickste vergnügt.

„Ich bin Wilbury und stehe Ihnen zu Diensten während Ihres Aufenthaltes auf der Burg. Ich bin sicher, Sie möchten gerne Ihre nassen Kleider ablegen. Wenn Sie mir folgen wollen, zeige ich Ihnen Ihre Zimmer."

Der Butler drehte sich um und ging mit schleppenden Schritten zu der breiten Steintreppe, die nach oben ins ungewisse Dunkel führte. Caroline war nicht bereit, ihm einfach so zu folgen. „Verzeihen Sie, Sir, aber wo ist Lord Trevelyan? Ich hatte gehofft, er würde bei unserer Ankunft hier sein, um uns zu begrüßen."

Wilbury wandte sich zu ihr um und warf ihr unter zusammengezogenen Brauen einen säuerlichen Blick zu. Aus seinen schneeweißen Augenbrauen standen einzelne längere Haare wie die Schnurrhaare bei einer Katze hervor. „Der Herr ist ausgegangen."

Caroline blickte verstohlen zu dem riesigen Bogenfenster über der Tür, gerade als ein wild gezackter Blitz den Himmel erhellte und ein Windstoß an den Scheiben rüttelte.

„Ausgegangen?", wiederholte sie zweifelnd. „Bei diesem Wetter?"

„Der Herr hat eine sehr robuste Konstitution", erwiderte der Diener und sah irgendwie beleidigt aus, dass sie etwas anderes anzudeuten gewagt hatte. Ohne ein weiteres Wort begann er die Treppe emporzugehen.

Vivienne schickte sich an, ihm zu folgen, aber Caroline berührte sie am Arm, um sie zurückzuhalten. „Was ist mit Master Julian? Ist er auch ausgegangen?"

Wilbury drehte sich noch einmal um und erklärte mit einem so tiefen Seufzer, dass Caroline halb damit rechnete, eine Staubwolke aus seinen knarzenden Lungenflügeln aufsteigen zu sehen: „Master Julian wird erst morgen Nacht kommen." Enttäuschung malte sich auf Portias Züge. „Wenn Sie nicht in der Halle warten wollen, bis er eintrifft, schlage ich vor, dass Sie mir folgen."

Caroline schaute an dem Butler vorbei zum ersten Treppenabsatz. Er hatte vermutlich recht. Wenn sie nicht die ganze Nacht hier stehen und in ihren feuchten Umhängen zittern wollten und auf das Ausbrechen von Lungenfieber warten, blieb ihnen nichts anderes übrig, als ihm in die Schatten zu folgen.

Wilbury führte Portia und Vivienne zu nebeneinanderliegenden Zimmern im ersten Stock. Als Caroline dem flackernden Licht seiner Kerze drei weitere gewundene Treppen nach oben gefolgt war, begannen ihre Beine zu schmerzen und ihre Lebensgeister zu sinken. Die Stufen endeten schließlich vor einer schmalen Tür. Offenbar hatte Kane vor, sie dafür zu bestrafen, dass sie sich praktisch selbst eingeladen hatte, indem er sie in eine stickige Dachkammer verbannte, noch ungemütlicher und freudloser als ihr Zimmer bei Tante Marietta.

Als der Butler die Tür öffnete, wappnete sie sich für das Schlimmste.

Ihr blieb der Mund offen stehen. „Das muss ein Fehler sein", protestierte sie. „Vielleicht war dieser Raum für meine Schwester Vivienne vorgesehen."

„Mein Herr macht keine Fehler. Und ich genauso wenig. Seine Anweisungen waren unmissverständlich." Wilbury senkte die Stimme zu einer glaubwürdigen Nachahmung von der Adrian Kanes. „,Miss Caroline Cabot wird im Nordturm untergebracht.' Und Sie sind Miss Caroline Cabot, oder etwa nicht?" Er betrachtete sie aus zusammengekniffenen Augen von oben herab.

„Auf mich machen Sie nicht den Eindruck einer Hochstaplerin."

„Natürlich bin ich keine Hochstaplerin", erwiderte sie entsetzt. Es war unmöglich zu sagen, ob das Glitzern in den Augen des Butlers Übermut oder Bosheit verriet. „Ich habe nur einfach nicht damit gerechnet … mit dem hier." Caroline machte eine allumfassende Handbewegung.

Während die Zimmer ihrer Schwestern zwar behaglich und charmant eingerichtet waren, besaßen beide wenig Ähnlichkeit mit diesem luxuriös eingerichteten Nest auf dem höchsten Punkt der Burg.

Ein Feuer knisterte im Kamin, der von einer Umrandung aus weißem Marmor eingefasst war, und sein fröhlicher Schein spiegelte sich in den Sprossenfenstern aus Bleiglas. Schlanke Wachskerzen in schmiedeeisernen Wandhaltern säumten den runden Raum. Die Steinwände waren weiß getüncht und rundum mit einer Bordüre aus verschlungenen Efeuranken verziert. Ein großes Himmelbett beherrschte die eine Wand, die anmutig gerafften Vorhänge waren aus saphirfarbener Seide.

Als Wilbury gegangen war, nachdem er versprochen hatte, einen Lakaien mit ihrem Gepäck zu schicken und eine Zofe, um ihr bei ihrer Abendtoilette zu helfen, betrat Caroline das Turmzimmer, ihren abgestoßenen Handkoffer immer noch unter dem Arm. Unter einem der Fenster standen auf einem halbrunden Tischchen mit einer Einlegearbeit aus Zitronenholz eine Waschschüssel und ein Krug mit dampfendem Wasser. Ein üppig gepolsterter Ohrensessel war vor den Kamin gestellt worden, wo ein Tablett mit Fleisch und Käse wartete. Ein smaragdgrüner Morgenmantel aus weichem Samt lag auf dem Bett ausgebreitet, lud sie ein, ihre kalten, nassen Kleider gegen ihn einzutauschen.

An keiner Bequemlichkeit für müde Reisende war gespart worden. Alles im Zimmer war darauf ausgerichtet, dass sein Bewohner sich willkommen und geschätzt fühlte – ein Gefühl, das Caroline seit dem Tod ihrer Eltern nicht mehr gekannt hatte.

Ihr Blick wanderte zu den französischen Türen auf der gegenüberliegenden Seite des Zimmers. Nachdem sie den Koffer sicher unter dem Bett verstaut hatte, nahm sie eine der Kerzen aus ihrem Halter und ging, um die Türen zu öffnen. Genau wie sie es erwartet hatte, öffneten sie sich auf einen regennassen Steinbalkon. Obwohl der Fluss nirgends zu sehen war, trug der Wind einen Hauch seines metallischen Geruchs.

Ihr Blick glitt suchend über den wolkenverhangenen Himmel. War Kane irgendwo dort draußen, ganz allein und bis auf die Haut durchweicht? Und wenn, welche verzweifelte Aufgabe würde einen Mann dazu treiben, einer so wilden, gefährlichen Nacht zu trotzen?

Die Kerzenflamme flackerte im Wind und unter ihrem Seufzer. Sie hielt schützend ihre Hand darum und zog die Türen wieder zu, brachte sich in dem behaglichen Nest in Sicherheit, das ihr Gastgeber ihr zur Verfügung gestellt hatte.

Adrian trieb sein Pferd durch die stürmische Nacht. Sein Wachstuchumhang konnte gegen den eisigen Regen nichts ausrichten, den ihm der Wind immer wieder ins Gesicht peitschte, oder gegen die feuchte Kälte, die ihm langsam in die Knochen drang.

Er war den ganzen Weg nach Nettlesham geritten, nur um herauszufinden, dass das geheimnisvolle Wesen, das die Dörfler in Angst und Schrecken versetzt hatte, indem es ihr Vieh riss, bloß ein räudiger Köter – halb Wolf, halb Hund – war, der durch Grausamkeit und Hunger übergeschnappt war. Adrian war nichts anderes übrig geblieben, als das arme Tier zu erlösen. In dem letzten Augenblick, bevor er ihm eine Pistolenkugel in den Kopf jagte, hatte er in seine wilden, einsamen Augen gesehen und ein erschreckendes Aufflackern von Verbundenheit empfunden.

Als er eine steile, mit Ginster überwucherte Anhöhe erklomm, kam Trevelyan Castle in Sicht. Er wünschte, sein Herz könnte bei dem Anblick schneller schlagen, so wie früher, aber seit er und Julian begonnen hatten, die Welt zu bereisen, immer Duvalier dicht auf den Fersen, war die Burg für ihn kaum mehr als ein kalter Steinhaufen, bar aller Wärme und Wiedersehensfreude.

Er hatte gerade die äußere Mauer erreicht, als ihm auffiel, dass die Burg nicht länger so aller Wärme beraubt war, wie er geglaubt hatte. Den Regen aus seinen Augen blinzelnd, schaute er hoch zum Nordturm. Das Fenster ihm gegenüber erstrahlte im Kerzenlicht. Dieses Strahlen schien ihm zuzuwinken, ihn willkommen zu heißen, ihm eine Erholungspause in der wilden, einsamen Nacht zu versprechen.

Das Pferd zügelnd, saß er unter einer alten knorrigen Eiche ab. Die Stute warf ihren Kopf hoch und riss ihm fast die Zügel aus der Hand. Trotz ihrer Erschöpfung tänzelte sie schnaubend seitwärts, verriet eine Unruhe, die Adrian nur zu vertraut war.

Solange er als Gentleman lebte, gebunden an die engen Grenzen der Londoner Gesellschaft, konnte er sie unterdrücken. Aber hier, auf dieser uralten Burg, wenn ihm der Wind durch die Haare fuhr und ihm der Geruch des Flusses in die Nase stieg, drohte diese Unruhe ihn zu überwältigen.

Er verspannte sich, als Caroline Cabot im Fenster des Turms erschien, ihr apartes Gesicht von der Flamme einer einzelnen Kerze beleuchtet. Ihr Haar war offen und fiel ihr auf die Schultern. Sie hatte den Morgenrock angezogen, den er ihr hatte hinlegen lassen. Der Samt schmiegte sich an ihre schlanke Gestalt, enthüllte die Weichheit, die sie mit so viel Mühe unter ihrem gestrengen Äußeren zu verbergen suchte.

Adrian seufzte. Es schien, als könne er ihr nicht entkommen. Nicht in dem Gedränge von Vauxhall und hier auch nicht, in dem einzigen sicheren Hafen, der ihm geblieben war. Noch nicht einmal in seinen Träumen, bis in die sie ihn seit ihrem Kuss verfolgte.

Lieben Sie mich, hatte sie erst letzte Nacht geflüstert, als er sich im Bett unruhig von einer auf die andere Seite warf und in seinen Bettlaken verhedderte. Ihre Stimme klang nicht länger verzweifelt, sondern verlangend. Sie hatte zu ihm aufgeschaut, ihre grauen Augen feucht vor Sehnsucht. Ihre Hände hatten sein Gesicht zärtlich gestreichelt, während sich ihre seidenzarten Lippen einladend öffneten.

Adrian fluchte, verfluchte sich und seine verräterische Phantasie. Sein Leben wäre so viel einfacher, wenn es Vivienne wäre, die seine Träume beherrschte. Vivienne, die an dem Fenster dort oben stünde und wehmütig in die Nacht blickte, als suchte sie nach etwas. Oder nach jemandem.

Nach ihm.

Eine Hand vor die Flamme haltend, wandte sich Caroline vom Fenster ab, nahm das Licht mit sich.

Adrian hatte sich immer etwas auf seine Selbstbeherrschung eingebildet, aber es gab einen Hunger, der einfach zu heftig war, um unbeachtet zu bleiben. Die Zügel des Pferdes um seine Faust schlingend, schritt er zur Burg, verließ die schützenden Arme der Nacht.

Caroline öffnete die Augen, glitt von Schlafen zu Wachsein innerhalb eines Atemzuges. Ein paar benommene Augenblicke glaubte sie, sie sei wieder in Tante Mariettas Dachkammer, zusammen mit Portia, die in dem anderen Bett schnarchte. Aber es war nicht so sehr ein Laut, der sie geweckt hatte, sondern vielmehr das völlige und absolute Fehlen von Geräuschen. Der Regen hatte aufgehört, und dadurch schien die Stille noch ohrenbetäubender.

Sie setzte sich auf, kam sich in dem riesigen Himmelbett winzig vor. Das Zimmer war so behaglich warm gewesen, als sie zu Bett gegangen war, dass sie sich nicht die Mühe gemacht hatte, die Bettvorhänge zuzuziehen. Aber jetzt verglühte das Feuer im Kamin allmählich, und die Luft war kühl.

Sie griff nach den Vorhängen, aber dann erstarrte ihre Hand mitten in der Bewegung. Eine der französischen Türen auf der anderen Seite des Turmes stand offen und ließ einen schmalen Streifen Mondlicht und zarte Nebelschwaden ins Zimmer.

Sie zog ihre Hand zurück, und ihre Finger begannen zu zittern. Nervös blickte sie sich suchend im Zimmer um. Alle Kerzen waren verloschen, hatten das Turmzimmer in Dunkelheit getaucht.

Der schwache Nachhall eines Geräusches lenkte ihre Aufmerksamkeit zurück zum Balkon. War es nur der Wind?, fragte sie sich. Oder ein heimlicher Schritt? Aber wie konnten es Schritte sein, wenn sie sich mindestens vier Stockwerke über der Erde befand?

Sie befeuchtete ihre trockenen Lippen, überrascht, dass sie außer dem lauten Pochen ihres Herzens überhaupt etwas hören konnte. Sie wollte nichts lieber tun, als sich ihre Decken über den Kopf zu ziehen und darunter zu verstecken, bis der Morgen anbrach.

Aber sie hatte den Luxus, den Kopf unter die Decke stecken zu dürfen, in der Nacht verloren, als ihre Eltern gestorben waren. Portia und Vivienne mochten sich unter ihre Decken verkriechen, wenn Schwierigkeiten drohten, aber sie war diejenige, die in stürmischen Nächten ihr warmes Bett verlassen musste, um lose Fensterläden zu verriegeln oder ein Holzscheit in den Kamin nachzulegen.

All ihren Mut zusammennehmend, schlug sie die Decken zurück, schwang ihre Beine aus dem Bett und ging langsam über die Steinfliesen zu dem Mondlichtstreifen. Sie war auf halbem

Weg zur Tür, als ein Schatten über den Balkon flackerte. Sie wich zurück, ein entsetztes Aufstöhnen in der Kehle.

„Hör auf, so eine dumme Gans zu sein", schalt sie sich selbst mit klappernden Zähnen. „Es war vermutlich nur eine Wolke, die sich vor den Mond geschoben hat." Sie machte einen weiteren zögernden Schritt zur Tür. „Du hast einfach nur vergessen, die Tür zu verriegeln, und der Wind hat sie aufgestoßen."

Sie bemühte sich, sich nicht auszumalen, dass einer der Wasserspeier vom Wehrgang seine steinernen Flügel ausbreiten und sich auf ihre Kehle stürzen würde, holte tief Luft und überquerte die restliche Strecke mit drei entschlossenen Schritten. Sie riss beide Türen weit auf und marschierte geradewegs auf den Balkon, forderte ein unsichtbares Monster auf, sie aus der Dunkelheit anzuspringen.

Der Balkon lag verlassen da.

Dunst stieg von den nassen Steinen auf, und im Mondlicht schimmerten die Schwaden silbern. Caroline ging zu der Brustwehr, die den Balkon umschloss, stützte sich mit zitternden Händen auf den rauen Steinen ab. Hin- und hergerissen zwischen Erleichterung und Ärger über ihre albernen Ängste, spähte sie über das Geländer, versuchte abzuschätzen, wie weit es zum Boden war. Wer auch immer sie hier belästigen wollte, müsste gewiss Flügel zum Fliegen besitzen.

„Guten Abend, Miss Cabot."

Als die spöttische Stimme aus den Schatten hinter ihr erklang, von einer Schwefelwolke begleitet, wirbelte Caroline herum und stieß einen erschreckten Schrei aus.

Kapitel 10

Caroline stolperte rückwärts. Als der raue Stein der Brustwehr sich in ihren Rücken drückte, kippte die Welt um sie herum auf den Kopf, und sie verlor das Gleichgewicht. Plötzlich schlossen sich Kanes Arme um sie, hielten sie erst grob, dann sanfter, als er ihren bebenden Körper an seinen zog.

Mit einer seiner großen Hände strich er ihr beschwichtigend übers Haar, drückte ihre Wange an seine breite, warme, herrliche Sicherheit versprechende Brust. „Himmel, Frau", sagte er heiser. „Was soll das? Wollen Sie mich zu Tode erschrecken?"

Als die Welt langsam wieder in ihre richtige Position zurückkehrte und ihr Zittern nachließ, wollte Caroline nichts lieber, als in seiner Kraft und Wärme zu versinken. Zu glauben, dass ihr kein Unbill geschehen würde, solange er sie in den Armen hielt. Zu vergessen, nur einen flatterigen Herzschlag lang, dass eine so alberne Vorstellung die verführerischste Gefahr überhaupt war.

Sie stemmte ihre Hände gegen seine Brust, löste sich aus seiner Umarmung mit einer Verzweiflung, die sie selbst überraschte. „Sie zu Tode erschrecken? Sie sind es doch, der sich aus den Schatten auf mich gestürzt hat! Wenn ich über die Brüstung gefallen wäre und der arme Wilbury den halben Vormittag damit hätte verbringen müssen, meine Überreste vom Pflaster im Hof zu kratzen, wäre das nicht mehr, als Sie dafür verdienen, dass Sie sich so an mich heranschleichen." Argwöhnisch wich sie weiter zurück. „Wie sind Sie eigentlich hier heraufgekommen?"

Er verfolgte ihren Rückzug, ohne einen Muskel zu bewegen. Seine Augen funkelten in unmissverständlicher Belustigung. „Zu Fuß."

Caroline blieb stehen, runzelte verwundert die Stirn. Sie folgte seinem ausgestreckten Arm und erkannte zum ersten Mal, dass das, was sie in dem schwachen Licht für einen Balkon gehalten hatte, in Wahrheit ein Wehrgang war, der um den ganzen Turm herumlief. Es gab vermutlich eine Treppe oder einen Übergang auf der anderen Seite, der zum nächsten Turm oder ein Stockwerk nach unten führte.

Kane verschränkte seine Arme über der Brust, ehe er sich leise erkundigte: „Was dachten Sie denn, wie ich hier heraufgelangt bin, Miss Cabot?"

Caroline schluckte. „Nun, ich …" Sie war sich nicht sicher, was genau sie gedacht hatte. Schließlich hatte er sich ja wohl nicht in eine Fledermaus verwandeln und zum Balkon fliegen können, um in ihr Schlafzimmer zu schlüpfen und an ihr Bett zu treten, sodass sein Schatten über sie fiel …

Als sie sich vorstellte, wie er in der Dunkelheit über ihrem Bett aufragte, kam ihr ein anderes Bild in den Sinn, eines, das wesentlich besorgniserregender war – und auch herausfordernder. Sie blinzelte heftig, versuchte es wegzuwünschen. „Mm, ich – nun, ich hatte angenommen, dass vielleicht … äh …"

Er erbarmte sich ihres Gestammels. „Ich wollte Sie nicht erschrecken. Ich dachte, Sie seien längst zu Bett gegangen. Ich fürchte, ich habe mich noch nicht an die Zeiten des Landlebens gewöhnt. Ich konnte nicht schlafen, also kam ich nach draußen zu einem Spaziergang und auf eine Zigarre."

Caroline bemerkte jetzt erst die schlanke, immer noch qualmende Zigarre auf den Steinen. Er musste sie fallen gelassen haben, als er vorsprang, um sie von dem Abgrund fortzureißen. Jetzt begriff sie auch, warum sie Schwefel gerochen hatte, kurz bevor er erschien.

Nachdem sie die Zigarre gesehen hatte, fielen ihr auch andere Dinge auf. Zum Beispiel das ziemlich skandalöse Fehlen von Rock, Weste und Halstuch bei ihrem Gastgeber. Sein dünnes Leinenhemd hatte er sich in seine rehledernen Reithosen gesteckt, die seine schlanken Hüften eng umschlossen und jeden Muskel seiner kräftigen Schenkel betonten. Das Hemd stand am Hals offen, enthüllte goldene Haut und honigfarbenes Haar. Obwohl er seine Haare im Nacken zu einem lockeren Zopf zusammengefasst hatte, hingen ihm ein paar regenfeuchte Strähnen ins Gesicht.

Seine Erscheinung diente nur dazu, sie an ihre eigene unzureichende Bekleidung zu erinnern. Sie hatte sich nicht die Zeit genommen, sich den Morgenmantel überzuwerfen, den er ihr so großzügig zur Verfügung gestellt hatte. Sie stand barfuß und in ihrem verblichenen Nachthemd vor ihm, das Haar hing ihr lose auf den Rücken wie bei einem Schulmädchen. Der fadenscheinige Stoff des Nachthemdes schmiegte sich an die Schwellung ihres Busens.

Unbeholfen verschränkte sie die Arme davor, zum ersten Mal in ihrem Leben dankbar, dass die Natur sie an dieser Stelle nicht ebenso üppig ausgestattet hatte wie Portia. „Ich hoffe, mein Schrei hat nicht den ganzen Haushalt aufgeweckt."

„Die Dienerschaft im Haus hat gewiss weitergeschlafen", versicherte ihr Kane, und sein Blick ruhte nicht auf ihrer Brust, sondern auf ihrem anmutig geschwungenen Hals. „Schließlich müssten sie hier solche Geräusche gewohnt sein – markerschütternde Schreie, Flehen um Gnade und das gequälte Stöhnen der Gefolterten."

Er tat es schon wieder. Machte sich über sie beide lustig mit nicht mehr als dem Hochziehen einer hellbraunen Augenbraue.

Caroline konterte mit einem kühlen Lächeln. „Das überrascht mich nicht. Ich hatte angenommen, so ein schöner Besitz müsse einfach einen funktionstüchtigen Kerker aufzuweisen haben."

„Ganz sicher. Dort halte ich all die vermissten Jungfrauen aus dem Dorf gefangen. Vielleicht können wir eine Besichtigungstour ansetzen, ehe Sie wieder abreisen."

„Das wäre reizend."

Er lehnte sich gegen die Brüstung. „Ich fürchte, ich habe meine Pflichten als Gastgeber schrecklich vernachlässigt. Hoffentlich können Sie mir verzeihen, dass ich nicht hier war, um Sie und Ihre Schwestern bei Ihrer Ankunft zu begrüßen."

„Wilbury hat uns davon unterrichtet, dass Sie ausgegangen seien." Ihr Blick wanderte zu seiner Brust, wo sein feuchtes Hemd an den beeindruckenden Muskeln und Sehnen klebte. Bei dem Anblick fühlte sie sich merkwürdig leicht. Sie fasste sich mit einer Hand an die Stirn. Vielleicht war ihr von ihrem Beinahe-Sturz vom Balkon noch schwindelig. „Es muss in der Tat ein sehr dringendes Anliegen gewesen sein, das Ihre Aufmerksamkeit in einer so schlimmen Nacht erforderte."

„Ganz im Gegenteil. Ich fand den Sturm wesentlich weniger beängstigend, als in einem überfüllten Ballsaal oder verrauchten Theater zu stecken. Ich stelle mich viel lieber den Elementen als den nimmermüden Zungen der Klatschbasen in der Gesellschaft. Aber es tut mir leid, dass ich nicht da war, Sie willkommen zu heißen."

Sich der Tatsache nur zu bewusst, dass er ihrer unausgesprochenen Frage geschickt ausgewichen war, deutete sie auf die französischen Türen, die immer noch einen Spaltbreit offen standen und ihnen einen Blick auf ihr mondbeschienenes Bett mit den zerwühlten Laken gewährten. „Ich kann Sie kaum für die Vernachlässigung Ihrer Gastgeberpflichten zurechtweisen, wenn Sie mich so luxuriös untergebracht haben."

Er schnaubte, und seine Kiefermuskeln arbeiteten. „Luxuriöser als Ihre Tante, ohne Zweifel. Ich bin überrascht, dass Sie sie nicht im Kohlenkeller einquartiert hat."

Caroline runzelte die Stirn. „Woher wissen …" Doch dann erinnerte sie sich wieder daran, wie er im Regen auf den Eingangsstufen zum Haus ihrer Tante gewartet und zu ihrem staubigen Dachkammerfenster hochgeschaut hatte. Sie musste eine Sekunde zu spät hinter die Vorhänge getreten sein.

Unerklärlicherweise verlegen, dass er genau wusste, wie wenig Achtung ihre Tante für sie empfand, hob sie das Kinn. „Als Ihr Ehrengast hätte Vivienne ihr eigenes Zimmer erhalten sollen. Portia und ich sind es gewöhnt, uns einen Raum zu teilen."

„Ich dachte, Ihnen würde dieses Arrangement zusagen. Schließlich kann man mir kaum nachsagen, ich hätte versucht, in das Schlafzimmer Ihrer Schwester zu schleichen und ihr die Tugend zu rauben, solange Portia Wache hält, nicht wahr?"

Wer aber wacht über meine Tugend?

Caroline wagte es nicht, ihm diese Frage zu stellen. Nicht wenn sie so nachdrücklich erklärt hatte, sie sei über das Alter hinaus, in dem sie glaubte, jeder Mann, der ihr begegnete, wolle sie verführen oder schänden. Selbst einer, der mitten in der Nacht vor der offenen Tür ihres Schlafzimmers auftauchte, halb bekleidet, und nach Wind, Regen und einer unwiderstehlichen Mischung aus Lorbeer und Tabak roch.

„Ich fürchte, Portia hat mehr etwas von einem Terrier als einer Dogge", sagte sie.

Er tat so, als erschauerte er. „Dann halte ich sie für eine noch furchtbarere Gegnerin. Ich würde wesentlich lieber von einer Dogge angefallen, als einen kläffenden Terrier an meinem Bein hängen zu haben."

Caroline musste wider Willen über diese passende Beschreibung ihrer kleinen Schwester lächeln. „Gewöhnlich reicht es, ihr mit der Morgenpost einen Klaps zu geben."

„Das werde ich mir merken." Er legte den Kopf schief, warf ihr einen seiner durchdringenden Blicke zu, die sie gleichermaßen zu ersehnen und zu scheuen begann. „Also, sagen Sie, Miss Cabot, was halten Sie von meinem bescheidenen Heim? Gefällt es Ihnen?"

Sie zögerte. „Ihre Gästezimmer sind sehr schön, Mylord, aber ich muss gestehen, dass ich die Eingangshalle ein bisschen … einschüchternd finde. Da gibt es für meinen Geschmack zu viele ausgestopfte Tiere und blutrünstige Kampfszenen."

„Ich vermute, es lässt die Wärme vermissen, die nur die Hand einer Frau einem Haus verleihen kann", erwiderte er, und seine heisere Stimme schien die Worte zu liebkosen.

„Ah, aber das ist ein Mangel, der sich leicht beheben lässt, nicht wahr?"

Einen Augenblick lang trafen sich ihre Blicke, verfingen sich, und Caroline hatte das verwunderliche Gefühl, dass keiner von ihnen Vivienne meinte.

Das Gefühl brachte sie derart aus der Fassung, dass sie rückwärts in ihr Schlafzimmer zu gehen begann. Beinahe erwartete sie, dass er ihr Schritt für Schritt folgte, so wie auf dem mondbeschienenen Weg in Vauxhall. „Wenn Sie mich entschuldigen wollen, Mylord, ich sollte wirklich wieder zurück in mein Bett. Das Morgengrauen zieht auf, ehe wir wissen, wie uns geschieht."

„Ja, nicht wahr?" Statt zu ihr zu gehen, drehte Kane sich um und stützte sich mit beiden Händen auf der Brüstung ab. Sein Blick wanderte zu dem fernen Horizont, wo noch immer gelegentlich ein zuckender Blitz die Bäuche der über den Himmel jagenden Wolken erhellte. „Miss Cabot?"

Sie hielt inne, die Hand hinter ihrem Rücken schon zum Türgriff gehoben. „Ja?"

Er sprach, ohne sich zu ihr umzuwenden, er schaute weiter in die Nacht. „Von jetzt an sollten Sie diese Türen besser verriegeln. Sie können sich nicht immer darauf verlassen, dass eine Naturgewalt so launisch wie der Wind stets sein bestes Urteilsvermögen zeigt."

Caroline schluckte, ehe sie leise antwortete: „Wie Sie

wünschen, Mylord.“

Damit ging sie in ihr Zimmer zurück und zog sachte die Türen hinter sich zu. Sie zögerte einen winzigen Moment, dann legte sie ihre Hand auf den eisernen Riegel und ließ ihn einrasten. Als sie aufblickte, war Kane verschwunden. Der Balkon war leer.

Sie war allein.

„Himmel! Wer ist gestorben und hat dich zur Königin von England gemacht?“

Caroline konnte nicht sagen, was schlimmer war: Am nächsten Morgen von Portias lauter, fröhlicher Stimme geweckt zu werden oder dass die Bettvorhänge rücksichtslos zurückgezogen wurden, sodass ein breiter Strahl grellen Sonnenlichts ihr ins Gesicht fiel. Sie hielt sich eine Hand vor die Augen und hatte das Gefühl, als finge sie tatsächlich gleich an zu brennen.

Noch lange, nachdem Adrian Kane von ihrem Balkon verschwunden war, hatte sie sich im Bett hin und her gewälzt und sich gefragt, ob es nun der Wind gewesen war – oder eine urtümlichere und gefährlichere Naturgewalt –, was die Tür aufgestoßen hatte. Sie hatte sich die Frage gestellt, warum eigentlich jedes Zusammentreffen mit Kane entweder mit ihr in seinen Armen begann oder endete. Und was für ein verdorbenes Geschöpf sie sein musste, dass es ihr in seinen Armen so beunruhigend gut gefiel, obwohl sie kein Recht hatte, dort zu sein.

Als Portia auf der Federmatratze wie ein übermütiger junger Hund zu hüpfen begann, stöhnte Caroline und zog sich die Damastbettdecke über den Kopf. „Geh weg! Ich weigere mich zu glauben, dass es schon Morgen ist.“

„Morgen?“, wiederholte Portia. „Himmel, es ist fast Mittag! Bloß weil du wie eine Königin im Turm untergebracht bist, heißt das nicht, dass du wie ein Mitglied des Königshauses den ganzen Tag im Bett faulenzen kannst. Wenn du von mir erwartest, dass ich deine Hofdame spiele und nach der Zofe mit einer Tasse heißer Schokolade läute, dann solltest du besser noch einmal nachdenken, Hoheit.“

„Mittag?“ Caroline setzte sich auf und schlug die Decke zurück, warf sie dabei aus Versehen Portia über den Kopf. „Wie um alles auf der Welt kann es schon Mittag sein? Ich hätte schwören können, es sei noch früher Morgen, kurz nach der Dämmerung.“

Doppelt verlegen wegen dieses frischen Beweises für ihren moralischen Verfall, kletterte Caroline hastig aus dem Bett. Sie hatte bis zum Ball nur eine Woche Zeit, um herauszufinden, ob Kane Freund oder Feind war, und sie hatte schon einen halben Tag vergeudet.

Sich von der Decke über ihrem Kopf befreiend, schmiss sich Portia mit einem hingerissenen Seufzer in die warme Kuhle, wo eben noch Caroline gelegen hatte. „Ich vermute, ich kann dir keinen Vorwurf machen, hier zu faulenzen. Wenn ich ein so herrliches Zimmer besäße, würde ich mein Bett nie verlassen wollen."

Als Caroline die Schnallen ihrer Truhe öffnete und den Deckel hochschlug, versuchte sie, nicht an andere, wesentlich verlockendere Gründe zu denken, das Bett nicht zu verlassen.

Portia rollte sich von der Matratze und begann das Zimmer und seine vielen Schätze zu erkunden. „Jetzt weiß ich, warum Vivienne immer behauptet, der Viscount sei so großzügig. Sag mir bitte – was hast du getan, um eine solche Belohnung zu verdienen?"

„Nichts!", entfuhr es Caroline mit mehr Nachdruck als nötig. Sie schlug die Hände vors Gesicht, um die verräterische Röte in ihren Wangen zu verbergen. „Gar nichts!"

Sie nahm mehrere abgetragene Hemden und Unterröcke aus der Truhe, ehe sie schließlich das schlichte, hochgeschlossene und langärmelige Morgenkleid aus Musselinbatist gefunden hatte.

Um keine Zofe rufen zu müssen, kam Portia und half ihr, das Korsett zu schnüren. Ihre Haare anhebend, damit sie sich nicht mit den Bändern verhedderten, fragte Caroline: „Wo ist Vivienne heute Morgen?"

Portia verdrehte die Augen. „Wahrscheinlich hat sie sich eine gemütliche Ecke gesucht und stickt einen Bibelvers auf ein Mustertuch. Du weißt doch, sie braucht nicht viel, um sich zu unterhalten."

„Wären wir doch alle so gesegnet." Immer noch entschlossen, die letzten Minuten des Morgens bestmöglich zu nutzen, eilte Caroline zu der Waschschüssel, um sich Wasser ins Gesicht zu spritzen und sich die Zähne mit einem Tuch und Minzepulver abzureiben.

„Ich weiß nicht, warum du es so eilig hast", bemerkte Portia. „Dem sauertöpfischen Butler zufolge kommt Julian auf keinen Fall vor heute Abend an. Und du weißt, Lord Trevelyan wird sich nicht vor Sonnenuntergang zeigen können."

„Meinst du nicht, es ist an der Zeit aufzuhören, solche albernen Phantasien zu nähren?" Caroline ließ sich auf der gepolsterten Bank vor der Frisierkommode nieder, hob deren Deckel an und suchte nach dem Briefchen mit Haarnadeln, das die Zofe gestern Abend ausgepackt hatte. Während sie ihre langen glatten Haare im Nacken zusammenfasste, sagte sie: „Ich glaube dir genauso wenig, dass Lord Trevelyan ein Vampir ist, wie damals, als du dir in den Kopf gesetzt hattest, du seiest Prinnys illegitime Tochter und die rechtmäßige Erbin des Throns von …" Sie brach ab und starrte gebannt auf die Innenseite des Deckels der Kommode.

„Was ist?", wollte Portia wissen und kam näher. „Du siehst wirklich nicht so schrecklich aus. Wenn du willst, kann ich meine Hasenpfote holen gehen und Reispuder auf die dunklen Schatten unter deinen Augen auftragen."

Als Caroline immer noch nicht antwortete, spähte ihr Portia über die Schulter. Sie brauchte eine Minute, um zu erkennen, was Caroline sah. Oder besser nicht sah.

Langsam drehten sich die Schwestern um und schauten einander an, die Wahrheit spiegelte sich in den Augen der anderen. Obwohl das knotig gemaserte Eichenholz der Kommode eindeutig einen ovalen Rahmen besaß, gab es keinen Spiegel.

Es gab in Trevelyan Castle keine mit Tüchern verhangenen Spiegel. Es gab überhaupt keine Spiegel. Die plumpen Hände vergoldeter Putten hielten keine zierlichen Ovale. Keine hohen Wandspiegel hingen zwischen zwei Fenstern im Ballsaal. Kein Spiegel zierte die Wand über dem Kamin im Salon, um dem Gast zu erlauben, so zu tun, als starrte er ins Feuer, während er in Wahrheit sein Spiegelbild bewunderte. Keine eleganten Ankleidespiegel warteten in den Schlafzimmerecken, um Damen oder Herren die Möglichkeit zu geben, davor zu posieren, Gesten einzustudieren oder einfach nur Kleidung oder Frisur zu kontrollieren.

Caroline und Portia verbrachten den größten Teil des Nachmittags damit, Lakaien und Dienstmädchen aus dem Weg zu gehen, sodass sie unbemerkt in die verlassenen Zimmer der Burg hinein- und wieder hinausschlüpfen konnten. Ihre Suche brachte noch nicht einmal einen blinden Handspiegel zutage, der vergessen in irgendeiner Schublade lag.

„Vielleicht bist du nächstes Mal eher geneigt, mir zu glauben, wenn ich dir weiszumachen versuche, dass ich die rechtmäßige Erbin des Throns von England bin", bemerkte Portia mit selbstzufriedener Miene auf ihrem Weg zum Südflügel.

„Ich bin sicher, es gibt eine vollkommen vernünftige Erklärung", beharrte Caroline. „Vielleicht sind alle Spiegel abgenommen worden, um sie für den Ball zu polieren. Oder vielleicht sind die Kanes einfach nur kein bisschen eitel."

Portia seufzte wehmütig. „Wenn ich so schön wie Julian wäre, säße ich praktisch ständig vor dem Spiegel und bewunderte mich."

„Das tust du jetzt doch auch schon", erinnerte sie Caroline.

Sie zuckten beide schuldbewusst zusammen, als Viviennes wohlklingende Stimme hinter ihnen ertönte. „Wo um alles auf der Welt seid ihr den ganzen Nachmittag gewesen?"

Sie drehten sich um. Ihre Schwester stand unter dem Gewölbeträger am anderen Ende des breiten steingefliesten Flures.

„Ich habe zwei Mustertücher fertig gestickt, ein Dutzend Taschentücher gesäumt und allein meinen Tee getrunken", beschwerte sie sich. „Mr Wilbury ist nicht unbedingt der fesselndste Gesprächspartner, den man sich denken kann. Langsam werde ich meiner eigenen Gesellschaft überdrüssig."

„Wir wollten dich nicht im Stich lassen", rief ihr Caroline zu. „Wir haben nur eine kleine Erkundungstour gemacht." Verstohlen über ihre Schulter zur massiven Holztür blickend, die den Südflügel bewachte, gab sie Portia einen kleinen Schubs in Viviennes Richtung. „Warum gehst du nicht mit Vivienne und leistest ihr ein wenig Gesellschaft, meine Liebe? Ich komme dann gleich nach."

Portia gehorchte zögernd, warf Caroline dabei aber einen neugierigen Blick zu. „Sei vorsichtig, ja, meine Liebe? Man weiß nie, auf welche Kreaturen man in alten, staubigen Zimmern stößt."

Caroline wischte Portias Warnung mit einer Handbewegung weg. Es war ihnen nicht nur versagt geblieben, irgendwelche Spiegel zu finden, sie hatten auch keine Spur von ihrem Gastgeber entdeckt. Trotz Portias düsterer Prophezeiungen weigerte sich Caroline zu glauben, dass er in einem Sarg in der Familiengruft schlief.

Während sie ihren Schwestern hinterherschaute, die sich Arm in Arm entfernten, runzelte sie die Stirn. Es passte gar nicht zu Vivienne, so quengelig zu sein. Und hatte ihr Teint nicht ein wenig blasser ausgesehen als sonst? Caroline schüttelte den Gedanken ab. Vielleicht waren es nur die langsam länger werdenden Schatten, die die Farbe aus den Wangen ihrer Schwester vertrieben. Durch die Butzenglasscheiben des schmalen Fensters am Ende des Korridors konnte sie das lavendelfarbene Licht des anbrechenden Abends erkennen, das die Burg allmählich einhüllte.

Das Gefühl der Dringlichkeit in ihr nahm seltsamerweise zu. Sie drehte sich wieder um und probierte die Türklinke. Die Tür öffnete sich mit einem beklemmenden Knarren, und Caroline blickte in einen fensterlosen, stockdunklen Flur. Sie tastete in der Tasche ihres Rockes nach dem Kerzenstummel und dem Feuerzeug, das sie umsichtigerweise eingesteckt hatte.

Nach mehreren Versuchen fing der Kerzendocht unter ihren Bemühungen zischend Feuer, tauchte sie in flackerndes Licht. Als sie den Korridor betrat, hielt sie die Kerze hoch und fand sich Angesicht zu Angesicht mit Adrian Kane.

Sie erschrak und schrie auf. Sie stolperte rückwärts und ließ vor Schreck beinahe die Kerze fallen. Mehrere entsetzliche Augenblicke verstrichen, ehe sie erkannte, dass es nicht der Viscount selbst war, der vor ihr stand, sondern ein lebensgroßes Portrait von ihm in einem vergoldeten Rahmen. Darum kämpfend, gleichmäßiger zu atmen, beschrieb sie mit der Kerze einen zittrigen Halbkreis. Das hier war kein gewöhnlicher Flur, sondern eine Gemäldegalerie mit Familienportraits, jeder ihrer Bewohner in seiner Zeit erstarrt, von dem Pinselstrich eines Künstlers auf die Leinwand gebannt.

Sie trat langsam, zögernd näher zu Kanes Bild, wohl wissend, dass sie vermutlich nie die Gelegenheit erhalten würde, ihn in Fleisch und Blut so unbeobachtet zu studieren. Er stand vor einem stürmischen Himmel, eine Hand auf der Hüfte, die andere um den Silberknauf seines Spazierstockes gelegt. Ein Paar gelangweilter Spaniel lag zu seinen Füßen im Gras.

Caroline betrachtete sein Gesicht, erkannte erschreckt, wie vertraut es ihr in so kurzer Zeit geworden war. Sie wusste genau, wie sich die Fältchen um seine Augen vertieften, wenn er lachte. Wie sich zwischen seinen hellbraunen Augenbrauen eine steile

Falte bildete, wenn sie ihn überraschte oder herausforderte. Wie sein ausdrucksvoller Mund sich zu einer grimmigen Linie verzog, aber sogleich weicher wurde, wenn er sie mit seinen strahlenden Augen anschaute.

Sie legte eine Fingerspitze auf ihre eigenen Lippen, erinnerte sich wieder, wie dieser Mund sich so zärtlich über ihrem geschlossen hatte. Gewarnt von der aufkommenden Sehnsucht in ihrem Herzen, riss sie ihren Blick von seinem Gesicht los. Erst da bemerkte sie, dass mit seiner Kleidung etwas nicht stimmte.

Verwundert hielt sie die Kerze dichter vor das Gemälde. Der Mann darauf trug einen mitternachtsblauen Rock mit ausgestellten, goldbestickten Schößen. Üppige Spitze bauschte sich um seinen sehnigen Hals und seine kräftigen Handgelenke. Er trug Kniebundhosen und Strumpfhalter. Seine Füße steckten in schwarzen Schnallenschuhen – ein Stil, der vor mehr als einer Generation außer Mode gekommen war.

Vielleicht war er von einem dieser exzentrischen Künstler gemalt worden, die sich darauf verlegten, die Menschen, die ihnen Modell saßen, in der Kleidung vergangener Zeiten darzustellen. Noch vor einem Jahrzehnt war alles Griechische der letzte Schrei gewesen, was zu einer erschreckenden Zahl von Familienportraits mit plumpen, in Togen gekleideten Matronen geführt hatte, die vor geflügelten Zentauren flohen, die ihren gichtgeplagten Ehemännern verdächtig ähnlichsahen.

Mit einem letzten sehnsüchtigen Blick auf das Gemälde ging Caroline langsam zum nächsten Bild. Vor Verwunderung blieb ihr der Mund offen stehen. Es war wieder Kane, diesmal mit einem Federhut, elisabethanischer Halskrause und einem weiten Umhang angetan, der von seinen breiten Schultern hing. Sein Haar fiel ihm auf die Schultern, und sein gezwirbelter Schnurrbart und das elegante Ziegenbärtchen ließen ihn noch teuflischer als sonst erscheinen. Sie hätte ihren Augen nicht getraut, wäre nicht der leicht spöttisch lächelnde Mund gewesen und der kühn gehobene Kopf.

Zu ihrem Entsetzen enthielt der nächste Rahmen wieder ein Abbild von Kane. In diesem grinste er selbstsicher und war mit einem kurzen fellbesetzten Wams bekleidet und einem Paar eng anliegender dunkelgrüner Beinkleider. Caroline schaute fort, versuchte nicht zu bemerken, wie gut er die Hose ausfüllte.

„Er muss eine Schamkapsel tragen", sagte sie leise zu sich.

Ihren Kopf verwundert schüttelnd, hob sie ihre Kerze vor das nächste Bild. Ihr stockte der Atem. Ein Krieger in voller Rüstung ragte vor ihr auf, ein schimmerndes Breitschwert in der Faust. Die rostroten Flecken auf der Klinge waren nicht zu verwechseln – alles, was von dem letzten Menschen übrig war, der Narr genug gewesen war, zwischen diesem Mann und dem, was er wollte, zu stehen.

Ohne einen Muskel bewegen zu müssen, wirkte er einschüchternd, und sein Blick aus halb geschlossenen Augen schien die Welt herauszufordern, sich ihm in den Weg zu stellen. Dies war ein Kane ohne die dünne Lackschicht von Höflichkeit und Zivilisiertheit, die ihm die Gesellschaft auferlegte. Dies war der Mann, den Caroline in Vauxhall Gardens gesehen hatte. Der Mann, der ihre Peiniger abgewehrt hatte, ohne auch nur ins Schwitzen zu kommen. Seine unverhohlene Männlichkeit war sowohl Furcht einflößend als auch unwiderstehlich.

Ein wilder Hunger glitzerte in seinen Augen – ein Appetit auf das Leben, der sich nicht verleugnen ließ. Sie erkannte diesen Hunger wieder, weil sie ihn am eigenen Leib erfahren hatte, als er sie auf dem Lover's Walk an sich gepresst hatte, ihn in seinem Kuss geschmeckt, als er ihren Mund leidenschaftlich erkundete und seine Zunge sie kühn für sich gefordert, von ihr verlangt hatte, dass sie sich ihm ergab – was sie nur zu gern getan hätte. Sie streckte die Hand aus und fuhr mit dem Finger leicht über seine Wange, fragte sich, ob es möglich wäre, mit einer Berührung allein ein so wildes Geschöpf zu zähmen.

Trotz der gedämpften Farben und der rissigen Oberfläche sah er aus, als könnte er jeden Moment aus dem Rahmen treten und sie in seine Arme reißen.

Was der Grund war, weshalb Caroline kaum erschrak, als seine Stimme aus dem Dunkel hinter ihr erklang: „Eine bemerkenswerte Ähnlichkeit, nicht wahr?"

Kapitel 11

எ᠍᠍᠍᠍ᚦᡣ᠍᠍ᚦ

Caroline riss ihre Hand zurück, als hätte sie sich an dem Gemälde die Finger verbrannt, dann drehte sie sich langsam um. Kane lehnte hinter ihr an der Wand, die Arme vor der Brust verschränkt. Dieses Mal konnte sie ihm kaum vorwerfen, er habe sich von hinten an sie herangeschlichen. Sie war so in die Betrachtung des Bildes versunken gewesen, dass sie bezweifelte, sie hätte ein Regiment mit Dudelsackpfeifern in die Galerie kommen hören.

Er war wieder als Gentleman gekleidet. Zwar trug er keinen Rock, aber seine Weste aus burgunderrot und golden gestreifter Seide war zugeknöpft. In dem tiefen Ausschnitt war nur seine bestickte weiße Hemdbrust zu sehen. Der gestärkte Flügelkragen und das ordentlich gebundene Halstuch sorgten dafür, dass sie keinen Blick auf das drahtige Haar erhaschen konnte, das seine Brust bedeckte. Den Stich der Enttäuschung ignorierend, fragte sie sich, wie lange er hier wohl schon stand und sie beobachtete. Fragte sich, ob er gesehen hatte, wie sie den wilden Krieger auf dem Portrait berührt hatte, so wie sie nie das Recht besäße, ihn zu berühren.

„Eine bemerkenswerte Übereinstimmung, meinen Sie wohl, Mylord", erwiderte sie und nickte in Richtung des finsteren Ritters. „Ich habe gerade die Pinselführung bewundert. Ich kann mir nur schwer vorstellen, wo Sie einen derart talentierten Künstler gefunden haben. Der Mann steht Gainsborough oder Reynolds in nichts nach."

Kane richtete sich auf, und seine mühelose Anmut erinnerte sie daran, dass kein Künstler – gleichgültig wie talentiert – jemals seine unbändige Lebenskraft einfangen könnte. „Ich fürchte, der

Künstler ist lange tot. So wie sein Modell auch. Dieses Bild ist alles, was von beiden übrig ist."

Als er näher zu ihr trat, versuchte Caroline seinem durchdringenden Blick zu entkommen, indem sie sich wieder dem Bild zuwandte. „Ich verstehe nicht. Sind nicht Sie das?" Sie deutete auf die Wand. „Ich dachte, das hier seien alles Sie."

„Sie dachten, ich hätte mehrere Portraits von mir selbst in Auftrag gegeben, die mich in unterschiedlichsten Kostümen aus längst vergangenen Zeiten zeigen?" Unter seinem heiseren Lachen bewegten sich die feinen Härchen in ihrem Nacken. „Ich kann Ihnen versichern, Miss Cabot, auch wenn ich ein Mann mit vielen Lastern bin, Eitelkeit zählt nicht dazu."

Sie zuckte die Achseln und überlegte, was seine Laster wohl sein mochten. „Die einen würden es eitel nennen, die anderen dagegen sehen darin schlicht den Wunsch nach Unsterblichkeit."

Trotzdem er hinter ihr stand, konnte sie sein plötzliches Erstarren spüren. „Nicht jeder ist willens, den Preis der Unsterblichkeit zu zahlen. Es kann ein sehr teurer und dazu zweifelhafter Segen sein."

Um sie herum fassend und ihr sanft die Kerze aus der Hand nehmend, hielt er die Flamme vor die kleine Messingplatte am unteren Rand des Rahmens. Seine unausgesprochene Einladung annehmend, beugte sich Caroline vor. Sie musste die Augen zusammenkneifen, um die Schrift zu entziffern.

„1395", flüsterte sie und richtete sich langsam wieder auf, drehte sich erstaunt zu ihm um.

Er deutete auf das Bild. „Erlauben Sie mir, Ihnen Sir Robert Kane vorzustellen, Miss Cabot. Er hat diese Burg 1393 erbaut, nachdem er eine erkleckliche Zahl französischer Köpfe im Hundertjährigen Krieg abgeschlagen hatte. Geschickterweise hat er darauf verzichtet, ein Burgrecht von König Richard II. einzuholen, ihm wurde aber trotzdem kurz darauf verziehen. Ich fürchte, wir Kanes waren immer schon besser darin, hinterher um Vergebung zu bitten, statt vorher um Erlaubnis zu fragen. Das ist auch der Grund, weshalb die meisten der Männer an dieser Wand gemeinhin für Schufte oder Schurken gehalten werden." So wie ich auch. Obwohl die Worte nicht ausgesprochen wurden, hingen sie fast hörbar in der Luft.

Caroline warf einen Blick zu den stählernen Augen des Ritters. „Ich hätte schwören können, Sie sind es. Die Ähnlichkeit ist außergewöhnlich."

Die Reihe ungehobelter Kanes betrachtend, seufzte ihr Gastgeber. „Es ist eine schier unausweichliche Familienähnlichkeit. Ich vermute, meine Söhne werden auch mit dem Fluch belegt sein, die armen Teufel."

Seine Söhne. Die Söhne, die er mit Vivienne haben würde. Große, kräftige Jungen mit blaugrünen Augen und honigblondem Haar, die sie Tante Caro nennen, ihr Heuschrecken ins Bett legen und sie insgeheim bemitleiden würden, dass sie keine eigenen Kinder hatte. Obwohl Caroline mit keiner Wimper zuckte, hatte sie das Gefühl, als habe ihr der berittene Krieger aus dem Bild die Spitze seines Schwertes ins Herz gebohrt.

„Wie ist Ihr Bruder diesem grässlichen Schicksal entkommen?", fragte sie und bemühte sich um einen leichten Tonfall.

„Er hatte so viel gesunden Menschenverstand, unserer Mutter nachzuschlagen." Kane drehte sich um, sodass der Kerzenschein nun auf die Gemälde auf der anderen Seite des Korridors fiel. Caroline folgte dem Licht und erblickte das ovale Portrait einer zierlichen Frau mit Haaren in der Farbe von Nerzen und lachenden dunklen Augen.

Ihre Fröhlichkeit war so ansteckend, dass Caroline nicht anders konnte, als ebenfalls zu lächeln. „Sie ist sehr schön. Lebt sie noch?"

Kane nickte. „Sie ist auf dem Kontinent, seit das Herz meines Vaters vor fast sechs Jahren aufgehört hat zu schlagen. Als Mädchen hatte sie ein schweres Fieber, und das Klima in Italien bekommt ihren vernarbten Lungen wesentlich besser als dieses feuchte, kalte Gemäuer. Ich hatte gerade erst Oxford beendet, als sie Julian schickte, um bei mir zu leben."

„Ah, dann wissen Sie auch, wie es ist, vorzeitig in die Elternrolle zu schlüpfen."

„Allerdings. Obwohl ich sagen würde, dass Sie wesentlicher erfolgreicher damit fertiggeworden sind als ich. Als er anfangs nach Oxford kam, wollte Julian unbedingt immer überallhin, wo ich auch hinging. Aber ich meinte, er sei zu jung. Also vertröstete ich ihn und versuchte ihn wegzuschicken. Mir zum Trotz, fürchte ich, hat er sich dann mit einer Bande von ziemlich zwielichtigen jungen Hitzköpfen eingelassen."

„Aber es scheint doch etwas Gutes aus ihm geworden zu sein", bemerkte Caroline.

„So gut, wie man es unter den Umständen erwarten kann, vermute ich."

Von seinem unverkennbar bitteren Unterton überrascht, schaute sie ihn an. Es war, als wäre ein Vorhang über seine Züge gefallen und hätte das Fenster zur Vergangenheit verschlossen.

Ihr fiel eine seltsam leere Stelle zwischen den Portraits auf, und sie fragte: „Warum gibt es keine Bilder von Ihnen und Ihrem Bruder?"

Er zuckte die Achseln. „Meine Mutter hat immer behauptet, sie habe uns nie lange genug still halten können."

Caroline kehrte zu dem ersten Gemälde zurück. Der Mann mit dem Gehstock und den Spaniels konnte nur Kanes Vater sein. Die kühne Anmut seiner Haltung und das unartige Funkeln in seinen Augen machte es Caroline nicht schwer zu begreifen, warum sich Kanes Mutter in ihn verliebt hatte. Sie beneidete sie um das Glück, einen solchen Mann zu lieben. Aber nicht um den Schmerz, ihn zu verlieren.

Unfähig, der Faszination seines herrischen Blickes zu widerstehen, ging sie noch einmal zu dem Bild des mittelalterlichen Kriegers zurück. Sie warf Kane einen verstohlenen Blick zu, dann beugte sie sich vor, als ihr ein unmöglicher Verdacht kam. „Die Ähnlichkeit ist so frappierend, dass es fast unheimlich ist. Man könnte fast schwören, dass Sie es sind. Himmel, Sie haben ja sogar genau das gleiche Muttermal genau hier über Ihrer rechten …" Die Kerze erlosch, tauchte den Raum jäh in pechschwarze Finsternis.

„Mylord?", flüsterte Caroline unsicher.

Kane stieß einen heiseren Fluch aus. „Verzeihen Sie meine Ungeschicklichkeit. Ich scheine die Kerze fallen gelassen zu haben."

Unter der Tür am Ende des Flures war kein noch so schwacher Lichtschimmer zu erkennen, was Caroline verriet, dass draußen die Nacht angebrochen war. In der samtigen Schwärze erwachten ihre anderen Sinne zu schmerzlicher Schärfe. Sie konnte Kane ungleichmäßig atmen hören, den Lorbeerduft seines Rasierwassers auf seiner frisch rasierten Wange riechen, die Hitze seines Körpers spüren.

Obwohl sie so orientierungslos war, dass sie nicht glaubte, sie könne ihre eigene Nase finden, fand seine Hand zielsicher ihre. Er verschränkte seine großen warmen Finger mit ihren und zog sie sachte zu sich. Ihr erster Gedanke war, sich zu wehren, aber ein primitiver Trieb brachte sie dazu zu gehorchen, willig in seine Arme zu kommen oder wo auch immer er sie hinführen wollte.

„Folgen Sie mir, und keine Angst", sagte er leise, „ich kümmere mich um Sie."

In dem Augenblick, so fürchtete sie insgeheim, wäre sie ihm sogar in die Hölle gefolgt. Aber ihre Füße ließen sie im Stich, und sie stolperte. Seine Arme legten sich sogleich um ihre Mitte, um sie zu stützen, sein Atem strich flüsternd über ihre Wange, warnte sie, wie gefährlich nahe sein Mund ihrem war.

Ihre plötzlich trockenen Lippen befeuchtete sie sich mit der Zungenspitze. Sie fühlten sich irgendwie fremd an – geschwollen und empfindlich, als sehnten sie sich schmerzlich nach einem Kuss, zu dem es nicht kommen durfte.

Licht erstrahlte. Sie sah nur kurz Kanes Augen, dunkel von einem Gefühl, das vielleicht Verlangen war, ehe sie merkte, dass sie Zuschauer hatten.

Sie drehten sich beide gleichzeitig um und fanden Julian im Türrahmen lehnen, eine kunstvoll unordentliche Locke hing dicht über seiner Augenbraue. In der Hand hielt er einen mehrarmigen Kerzenleuchter. „Wenn du Miss Cabot die Leichen in unserem Keller zeigen willst", erklärte er gedehnt, „dann solltest du vielleicht das nächstes Mal daran denken, eine Kerze mitzunehmen."

Adrian wusste, er sollte Julian dafür danken, dass er rechtzeitig erschienen war, aber stattdessen wollte er ihn am liebsten erwürgen. Es war kaum das erste Mal, dass er seinem kleinen Bruder an die Kehle wollte. Und vermutlich würde es auch nicht das letzte Mal sein.

Caroline versteifte sich in seinen Armen. Sie war nicht länger weich und anschmiegsam, sondern stachelig vor Argwohn, ihr Mund zusammengepresst. Es war schwer zu glauben, dass erst Sekunden zuvor diese Lippen einladend geöffnet waren, feucht schimmerten und wortlos um seinen Kuss baten.

Als sie ohne Zögern in seine Arme gekommen war, war es beinahe sein Untergang gewesen. Ihr völlig unverdientes Vertrauen hatte einen Hunger in ihm entfesselt, der tiefer ging als bloßes Verlangen. Ich kümmere mich um Sie, hatte er gesagt. Diese harmlosen Worte so achtlos ausgesprochen zu haben hatte ihm deutlich vor Augen geführt, wie ausgeschlossen es war, dass er dieses Versprechen hielt. Der Geist der letzten Frau, die närrisch genug gewesen war, ihm zu glauben, verfolgte ihn bis heute.

Mit wenigen Schritten war er bei seinem Bruder und entwand ihm den Kerzenleuchter. „Du kommst wieder genau im rechten Moment. Ich fürchte, Miss Cabot ist das unschuldige Opfer meiner Tollpatschigkeit geworden. Ich habe unsere einzige Kerze fallen lassen."

„Wie tragisch", erwiderte Julian mit einem spöttischen Lächeln auf den Lippen. „Mich schaudert, wenn ich mir vorstelle, was hätte geschehen können, wäre ich nicht zufällig des Weges gekommen."

„Mich auch", erklärte Konstabler Larkin und tauchte aus den Schatten hinter Julian auf.

Adrian starrte Larkin ungläubig an, dann drehte er sich um und blickte finster zu seinem Bruder. „Was zum Teufel tut er hier?"

Seine langen Beine an den Knöcheln übereinanderschlagend, seufzte Julian. „Wenn du es unbedingt wissen musst, ich habe ihn eingeladen."

Sich allzu deutlich bewusst, dass Caroline dicht hinter ihm stand, bemühte sich Kane um genug Selbstbeherrschung, um nicht zu brüllen. „Du hast was?"

„Sei nicht zu streng mit deinem Bruder." Larkins Lächeln war bemüht freundlich. „Ich habe ihn vor die Wahl gestellt. Entweder komme ich mit ihm nach Wiltshire oder er kommt mit mir nach … nach Newgate."

„Unter welcher Anklage?"

Larkin schüttelte traurig den Kopf. „Ich fürchte, hohe Spieleinsätze und leere Taschen passen nicht gut zusammen. Dein Bruder hat ganz schön die Runde in den verschiedensten Spielhöllen und unter den Damen gemacht, seit eurer Rückkehr. Er hatte offenbar vor, London den Rücken zu kehren und einen dicken Packen unbezahlter Schuldscheine, eine Reihe gebrochener Herzen und mehrere wütende Herren zurückzulassen, die ihm vorwerfen, Geld an sie verloren, im Gegenzug aber die Herzen ihrer Verlobten gewonnen zu haben."

Adrian fuhr zu Julian herum. „Habe ich dich nicht davor gewarnt? Du weißt doch, du hast keinen Kopf für Karten oder Frauen, wenn du getrunken hast." Er schüttelte den Kopf und bekämpfte den Drang, sich die Haare zu raufen – oder Julians. „Ich habe dir doch erst letzte Woche zweihundert Pfund gegeben. Was zum Teufel hast du damit getan?"

Verlegen den Kopf senkend, beschäftigte sich Julian angelegentlich damit, eine eingebildete Falte aus seinen französischen Rockaufschlägen zu streichen. „Ich habe meine Schneiderrechnung bezahlt."

Adrian hatte gewusst, er würde seinen Bruder wieder erwürgen wollen. Er hatte nur nicht geahnt, dass es so bald sein würde. Oder dass er es mit Julians teurer Seidenkrawatte tun wollte. „Warum bist du nicht zu mir gekommen, als dir auffiel, dass du bis zum Hals in der Klemme steckst? Ich hätte zwar nicht die gebrochenen Herzen heilen können, aber ich hätte dir das Geld gegeben, deine Schulden zu zahlen."

Julian hob den Kopf. Die Bitterkeit in seinen seelenvollen dunklen Augen war nicht zu übersehen. „Ich schulde dir bereits mehr, als ich je zurückzahlen kann."

Larkins scharfen Blick wie einen Dolch an seiner Kehle spürend, fuhr sich Adrian mit einer Hand durchs Haar, schluckte seine Erwiderung und seinen Stolz hinunter.

Da er einen Riss in Adrians Schutzpanzer entdeckte, verfolgte Larkin weiter seinen Vorteil. „Als ich hörte, dass du die reizenden Cabot-Schwestern auf einen Besuch nach Trevelyan Castle und zu euerm Maskenball eingeladen hast, konnte ich nicht erkennen, was dagegenspräche, wenn ich deiner kleinen Hausgesellschaft beiwohne. Schließlich habe ich jahrelang während unserer Zeit in Oxford meine Ferien hier verbracht. Warst du es nicht, der mich sogar einmal gebeten hat, es als mein zweites Zuhause anzusehen?"

Ehe Adrian es verhindern konnte, schmolzen die Jahre dahin, und Larkin stand wieder in der Eingangshalle, schlaksig und mit wirrem Haar, so schüchtern, dass er vor einem finster dreinblickenden Wilbury seinen Namen nur stottern konnte.

Mach dir keine Sorgen, hatte Victor lachend gesagt und an Adrian vorbei Larkin einen freundschaftlichen Schubs gegeben. Wilbury frisst nur Cambridge-Schüler.

Die ungebetene Erinnerung rief ihm nur wieder ins Gedächtnis, wie unzertrennlich er, Larkin und Duvalier gewesen waren. Bis Eloisa zwischen sie gekommen war.

Er versuchte immer noch, die Erinnerung abzuschütteln, als Caroline an ihm vorbeischlüpfte und Larkins Arm nahm. Das

Misstrauen, das sie dem Mann gegenüber in London gezeigt hatte, schien sich wundersamerweise in Luft aufgelöst zu haben.

Als sie ihn anlächelte und dabei ihre Grübchen sichtbar wurden, sah sogar der unerschütterliche Larkin geblendet aus. „Ich für meinen Teil bin entzückt, Sie hier zu haben, Konstabler. Und ich bin sicher, meine Schwestern werden ebenso erfreut sein."

„Ich bin reichlich ausgehungert nach zivilisierter Gesellschaft, Miss Cabot", erwiderte er. „Der junge Julian hier war auf der Hinreise ziemlich langweilig. Er hat darauf beharrt, den ganzen Nachmittag zu schlafen, und jedes Mal ein Mordstheater gemacht, wenn ich versucht habe, die Vorhänge in der Kutsche zu öffnen."

„Vielleicht können Sie mir, solange Sie hier sind, alles von Ihrer gemeinsamen Zeit mit Lord Trevelyan auf der Universität erzählen." Den Konstabler mit sich den Flur entlangziehend, warf sie Adrian über die Schulter einen unergründlichen Blick zu. „Sagen Sie – hat sich der Viscount in den letzten paar Jahren eigentlich sehr verändert? Oder war er immer schon so ... so Respekt einflößend?"

Larkins Antwort war gut zu verstehen. „Genau genommen kann es nicht anders sein, als dass er sehr auf sich und sein Äußeres achtet. Ich könnte beinahe schwören, dass er seit Oxford nicht einen Tag älter geworden ist."

„Ein gut zusammenpassendes Paar, nicht wahr?", bemerkte Julian, ohne den Blick von Adrian zu wenden, der seinerseits den beiden nachschaute, wie sie Arm in Arm den Korridor hinabgingen. „Ich habe schon oft gedacht, dass eine hübsche, junge Ehefrau genau das Richtige wäre, um seinen Eifer in andere Bahnen zu lenken."

Adrian drehte sich um und blickte seinen Bruder unter zusammengezogenen Brauen an. „Musst du nicht deine Stiefel polieren oder deine Halstücher stärken gehen?"

Julian mochte manchmal ein Narr sein, aber er war nicht dumm. Er nahm Adrian den Kerzenleuchter wieder ab und schlenderte lässig von dannen, ein fröhliches Liedchen pfeifend, während sein Bruder im Dunkeln zurückblieb.

Es war gut möglich, dass der Keller von Trevelyan Castle einen mittelalterlichen Kerker beherbergte, aber der Rittersaal war in einen gemütlichen Empfangssalon verwandelt worden.

Türkische Teppiche in warmen Rot- und Goldtönen lagen überall im Salon verteilt und hielten die Kälte des Bodens mit seinen Steinfliesen zurück. Trotz der hohen, gewölbten Decke, der unverkleideten Balken und der hölzernen Galerie, die sich über alle vier Wände zog, verströmten mehrere Sofas, Chaiselongues und üppig gepolsterte Sessel Behaglichkeit. Argand-Lampen mit Milchglasschirmen brannten auf fast jedem Tisch und hüllten alles in ihr mildes Licht. Die Samtvorhänge waren zugezogen und bannten die Nacht. Caroline konnte nicht umhin zu bemerken, dass diese so verhüllten Fenster es unmöglich machten, sich in den Fensterscheiben zu spiegeln.

Sie hatten sich nach einem verhältnismäßig ereignislosen Supper in den Salon zurückgezogen. Sowohl Lord Trevelyan als auch Konstabler Larkin schienen eine Art unausgesprochenen Waffenstillstand eingegangen zu sein und ließen vorübergehend die Waffen schweigen, um nicht unbeteiligte Zuschauer zu treffen. Da Kane sich mit Vivienne unterhielt und Portia für Julian die Notenblätter umblätterte, während er am Klavierflügel eine Auswahl der beschwingteren Stücke von Haydn spielte, fand sich Caroline auf dem griechischen Sofa neben dem Konstabler wieder, ein Arrangement, das ihren Absichten entgegenkam.

Entschlossen stach sie mit der Nadel in das auf einen runden Stickrahmen gespannte Leinen und versuchte ein Mustertuch fertig zu stellen, das sie vor über einem halben Jahr begonnen hatte. Sie hätte sich viel lieber mit einem Rechnungsbuch befasst – eine Zahlenreihe, ein frisches Tintenfässchen, und sie könnte den Etat Britanniens ausgleichen und noch etwas überbehalten. Aber mit einem Stickrahmen, Stickgarn und einer Nadel konnte sie nichts anfangen, als alles heillos zu verheddern. Doch die Arbeit sorgte dafür, dass ihre Hände beschäftigt waren und ihr Blick darauf ruhte, anstatt immer wieder zu der Harfe in der Zimmerecke zu schweifen, wo Vivienne den Erklärungen des Viscounts lauschte. Gerade als Caroline doch einmal hinsah, beugte sich ein lachender Kane über die Schulter ihrer Schwester und roch an der weißen Rose in ihrem Haar, ehe er sanft die Stellung ihrer schlanken Finger auf den Saiten korrigierte.

Es war viel zu einfach sich vorzustellen, wie die beiden sich in dreißig Jahren noch genauso benahmen – dann aber mit leicht ergrautem Haar und inmitten ihrer fröhlich spielenden Enkelkinder, die Zuneigung in ihren Blicken von der Zeit unverändert. Von einem Stich der Eifersucht getroffen, gefolgt von Scham, riss Caroline sich zusammen und zwang sich, wieder auf ihre Handarbeit zu schauen. Sie stach so heftig mit der Nadel zu, dass der Holzrahmen zu brechen drohte.

Da er keine Stickerei zur Ablenkung hatte, erging es Konstabler Larkin noch schlechter. Obwohl er sich ganz darauf konzentrierte, von seinem Tee zu nippen und gedankenversunken ins Feuer zu starren, wurde sein Blick dennoch immer wieder von Viviennes Profil angezogen, das in seinen Augen ein sehnsüchtiges Glimmen entzündete.

„Wenn Sie meine Schwester weiter so anstarren, Sir", bemerkte Caroline leise, „wird sich Lord Trevelyan genötigt sehen, Sie zum Duell zu fordern."

Larkin zuckte schuldbewusst zusammen und schaute Caroline ins Gesicht. „Ich weiß gar nicht, wovon Sie reden. Ich habe nur gerade die venezianische Steinmetzarbeit an der Kamineinfassung bewundert."

„Wie lange lieben Sie sie schon?"

Larkin warf ihr einen überraschten Blick zu, dann seufzte er, da er erkannte, dass es keinen Sinn hatte, es angesichts ihrer Offenheit abzustreiten. Während er seine Teetasse aus kostbarem Sèvres-Porzellan behutsam auf die Untertasse zurückstellte, flog sein verzweifelter Blick wieder zu Vivienne. „Das kann ich nicht genau sagen, obwohl ich schwören könnte, dass jedes Mal, wenn sie mich mit Verachtung straft, mir Augenblicke wie ein ganzes Leben vorkommen. Haben Sie sie beim Supper gesehen? Sie hat mich keines Blickes gewürdigt. Und ihr Essen hat sie auch kaum angerührt. Man könnte fast glauben, meine bloße Anwesenheit raube ihr den Appetit."

Caroline runzelte verwundert die Stirn. „Meine Schwester war immer ausgesprochen sanftmütig und ausgeglichen. Ich habe noch nie beobachtet, dass sie ihre Abneigung so offen zeigt."

Er strich sich eine unordentliche braune Locke aus der Stirn. „Soll ich mich etwa geschmeichelt fühlen? Sollte es mein Ziel sein, in jedem sanften Wesen, dem ich begegne, Ablehnung zu wecken?"

Caroline musste laut auflachen, was ihr einen unergründlichen Blick vom Viscount eintrug. Sie hätte schwören können, dass sie gesehen hatte, wie Kanes Blick mehr als einmal in ihre Richtung geschweift war. Es war kaum fair von ihm, ihr eine freundliche

Unterhaltung mit dem Konstabler zu missgönnen, wenn er sich doch so um ihre Schwester bemühte.

Sich eigens zu Larkin umdrehend, schenkte sie dem Gesetzeshüter ihre ganze Aufmerksamkeit und sagte: „Vielleicht stört sich Vivienne an der Vorstellung, dass Sie gekommen sind, sie vor ihrer Torheit zu beschützen."

Larkin schnaubte. „Wie kann man selbst von der am praktischsten veranlagten Frau erwarten, einen klaren Kopf zu bewahren, wenn Kane seinen berüchtigten Charme spielen lässt?"

Caroline hatte auf einmal Schwierigkeiten beim Schlucken. Angelegentlich beschäftigte sie sich mit einem Knoten in ihrem Stickgarn. „Ich wünschte, ich könnte Ihnen irgendwie Mut machen, Konstabler, aber sowohl die Gefühle meiner Schwester als auch ihre Hoffnungen für die Zukunft scheinen anderweitig gebunden. Ich würde Ihnen raten, Ihre Zeit nicht damit zu verschwenden, einem Traum nachzujagen, der nie wahr werden kann." Sie blickte unter gesenkten Augenlidern verstohlen zu Kane und musste denken, dass es ihr gut bekäme, wenn sie sich selbst an ihren Rat hielte. „Wo wir gerade von unserem Gastgeber reden, Sie hatten doch versprochen, mir zu erzählen, wie Sie sich kennengelernt haben."

Larkin zwang sich, Vivienne nicht länger anzusehen, und seine Augen verloren den glasigen Schimmer. „Ich habe Adrian in meinem ersten Jahr in Oxford getroffen. Er entdeckte mich in Christ Church Meadow, als ich gerade von einer Bande Grobiane umzingelt wurde, die schrien und mich herumschubsten. Ich war Waise und hatte nur ein Stipendium, wissen Sie, und sie fanden etwas an meiner Sprechweise auszusetzen, meiner schäbigen Kleidung und meinen gebraucht gekauften Büchern." Ein zögerndes Lächeln umspielte seine Lippen. „Während ihr Interesse allein dem Glücksspiel, Frauenzimmern und dem Trinken von zu viel Schnaps galt sowie dem Verspotten derjenigen, die weniger vom Glück begünstigt waren, hatte Adrian in seiner Freizeit in Jacksons Boxsalon trainiert. Er hat sie alle niedergeschlagen, jeden Einzelnen. Von dem Tag an hat er sich zu meinem Schutzengel erklärt, und niemand hat mich mehr belästigt."

„Das ist eine Rolle, derer er sich mit mehr als der gewöhnlichen Begeisterung annimmt", murmelte Caroline, die an Vauxhall Gardens und ihre Rettung in letzter Sekunde denken musste. „Und was ist mit Victor Duvalier? Ist er ein weiterer von

Kanes Schützlingen?"

In den Augen des Konstablers glitzerte etwas, das bei einem weniger beherrschten Mann als Belustigung hätte bezeichnet werden müssen. „Sie passen sehr genau auf, nicht wahr, Miss Cabot? Erwägen Sie eine Laufbahn bei der Polizei?"

„Nur wenn Sie mir erlauben, meine Befragung fortzuführen", erwiderte sie und konnte sich ein selbstzufriedenes Lächeln nicht verkneifen.

Er seufzte. „Wenn Sie darauf bestehen. Victors Vater war ein reicher Comte, der zusammen mit seiner Frau während der Französischen Revolution auf der Guillotine sein Leben lassen musste. Eine Tante hat Victor ein paar Jahre später nach England geschmuggelt. Unglückseligerweise hat er nie seinen Akzent verloren, was wiederum endlose Scherze unserer Kommilitonen nach sich zog, besonders da wir damals mit Frankreich im Krieg lagen. Bis Kane ihn unter seine Fittiche genommen hat, haben sie ihm das Leben zur Hölle gemacht."

Neugierig schaute sie Larkin ins Gesicht. „Nach dem, was Sie mir in London gesagt haben, war Kane nicht nur Ihr Beschützer. Er war Ihr Freund."

Larkins Lächeln verblasste. „Das ist lange her."

„Bevor Eloisa Markham verschwand?", riet sie und senkte dabei die Stimme, damit sie nicht gehört wurde und ihr Gespräch unter vier Augen blieb.

„Nach Eloisas Verschwinden hat sich Adrian mir nie wieder anvertraut", erklärte Larkin und konnte die Bitterkeit nicht aus seiner Stimme heraushalten. „Es war, als ob es unsere Freundschaft nie gegeben hätte."

„Was ist mit Victor? Hat Kane ihm weiter sein Vertrauen geschenkt?"

„Victor kehrte nach Frankreich zurück, kurz nach Eloisas Verschwinden."

Caroline verspürte ein Kribbeln, und sie setzte sich interessiert auf. „Woher wissen Sie, dass sie ihn nicht heimlich begleitet hat?"

„Weil es ein gebrochenes Herz war, das ihn nach Frankreich getrieben hat. Sehen Sie, Miss Cabot, wir drei waren gute Freunde, und von uns dreien liebte Victor Eloisa am meisten. Ich denke, er hat Adrian nie verziehen, dass er es war, dessen Liebe zu erwidern sie sich entschloss."

„Was ist mit Ihnen?", wagte Caroline zu fragen. „Haben Sie

ihm verziehen? Oder Eloisa?", fügte sie hinzu.

Larkin stellte seine Teetasse auf die Untertasse. „Wenn ich etwas mit ihrem Verschwinden zu tun hätte, denken Sie dann ernsthaft, ich hätte meinen Traum, Pfarrer zu werden, aufgegeben und beschlossen, mein Leben der Jagd nach denen zu widmen, die solche Verbrechen begehen?"

Caroline wusste, dass Schuldgefühle Männer schon dazu getrieben hatten, merkwürdigere Dinge zu tun. „Das war ein großer Verlust für die Kirche, Sir", sagte sie und sprach ihn mit einem Lächeln frei. „Sie hätten einen wunderbaren Vikar abgegeben."

Als er einen Schluck von seinem Tee nahm, fiel ihm die störrische Locke wieder in die Stirn. Caroline widerstand dem Drang, sie zurückzustreichen, aber sie hatte zu oft Portias Schleifen und Bänder in Ordnung gebracht, um seine halb aufgegangene Krawatte ignorieren zu können.

Ihre Stickarbeit in den Schoß legend, streckte sie die Hand aus und band den schmalen Stoffstreifen kurzerhand zu einer ordentlichen Schleife. Es verwunderte sie selbst, dass sie für ihn ehrliche Zuneigung empfand. „Ich muss sagen, Konstabler Larkin, dass Sie dringend eine Ehefrau oder einen Kammerdiener benötigen."

„Und um welche der beiden Stellungen wollen Sie sich bewerben, Miss Cabot?"

Beim Klang der tiefen Stimme blickte Caroline über ihre Schulter und entdeckte Adrian Kane hinter sich. Er blickte finster auf sie und Larkin hinab, und von seinem angeblich berüchtigten Charme war keine Spur zu erkennen. Vivienne hatte begonnen, auf der Harfe eine Melodie zu zupfen, sodass er frei war, im Salon herumzuschlendern. Caroline konnte nicht umhin sich zu fragen, wie lange er wohl schon da gestanden hatte und wie viel genau von ihrer Unterhaltung er mit angehört hatte.

Seine dreiste Frage jagte ihr heiße Röte in die Wangen. Ehe sie sich eine angemessen scharfe Erwiderung überlegen konnte, lächelte Larkin und erklärte: „Ich fürchte, mit meinem mageren Einkommen könnte ich mir weder einen Kammerdiener noch eine Ehefrau leisten."

Der Blick des Konstablers glitt zurück zu Vivienne. Ihre schlanken Finger glitten über die Saiten der Harfe und entlockten dem Instrument einen zarten Notenreigen. Das flackernde

Lampenlicht schien die Farbe aus ihren Wangen zu ziehen, sodass sie besonders ätherisch aussah, wie ein goldhaariger Engel, der jeden Moment in den Himmel zurückbeordert werden könnte.

Seine Hände hinter dem Rücken verschränkend, beugte sich Kane über die Stuhllehne und legte den Kopf schief, um Carolines Stickarbeit zu begutachten. „„Segne unsere Elben'", las er laut. „Na, das ist aber ein wirklich gutes Lebensmotto."

„„Segne unser Leben' soll es heißen", entgegnete Caroline und betrachtete mit zusammengekniffenen Augen die missgestalteten Buchstaben des Segensspruches. Als Kane zu dem Sofa ihnen gegenüber schlenderte und sich darauf niederließ, stachelte sie sein spöttischer Blick dazu an, sich mit neuem Eifer auf die Stickerei zu stürzen. „Ich war mir gar nicht der Tatsache bewusst, dass Sie unserer Unterhaltung folgten, Mylord", bemerkte sie und schwang die Nadel, als sei es ein Holzpflock und der Stickrahmen das Herz des Viscounts. „Hätte ich das gewusst, hätte ich deutlicher gesprochen, damit Sie uns leichter belauschen können."

Kane lächelte nur. „Das ist kaum nötig. Ich verfüge über ein ausgezeichnetes Gehör."

„Das sagt man", erwiderte sie lauter als gewollt, und ihr wachsender Ärger verleitete sie, alle Vorsicht in den Wind zu schlagen. „Zusammen mit hervorragender Nachtsicht und einer leidenschaftlichen Vorliebe für Blutpudding."

„Das sagt man nur, weil alle denken, er sei ein Vampir", verkündete Vivienne sachlich, ihr Harfenspiel unterbrechend.

Kapitel 12

CR❧CR❧ℬ❧ℬ

Larkins Teetasse landete scheppernd auf der Untertasse. Portia blieb der Mund offen stehen. Julians Finger schlugen auf dem Klavier einen durchdringenden Misston an. Caroline stach sich mit der Sticknadel in den Daumen. Alle starrten Vivienne an, aber niemand konnte sich dazu durchringen, Kane anzusehen.

„Davon weißt du?", flüsterte Caroline in die unbehagliche Stille, die sich über den Salon gesenkt hatte.

„Natürlich", antwortete Vivienne und verdrehte die Augen. „Man muss schon taub und blind sein, um die schiefen Blicke und das Geflüster nicht zu bemerken, jedes Mal, wenn er einen Raum betritt."

„Und das stört dich nicht?", erkundigte sich Caroline vorsichtig.

Vivienne zuckte die Achseln und strich mit einem Finger anmutig über die Harfensaiten. „Warum sollte ich solchem Unsinn Beachtung schenken? Warst du nicht diejenige, die mich immer angehalten hat, nichts auf Klatsch und Tratsch zu geben?"

„Doch." Caroline sank in die Polster der Chaise zurück, von den Worten ihrer Schwester beschämt. „Das war vermutlich ich."

Bis zu diesem Augenblick hatte sie nicht begriffen, wie nahe sie davorstand, sich von diesem müßigen Klatsch und böser Nachrede mitreißen zu lassen. Und dabei hatte sie noch nicht einmal Portias Jugend oder eine blühende Phantasie als Ausrede für ihre Bereitwilligkeit, einen unschuldigen Mann zu verdächtigen, der ihr und ihrer Familie nichts als Freundlichkeit erwiesen hatte.

Als Portia ein neues Notenblatt für Julian umdrehte, damit er weiterspielen konnte, schaute Caroline betreten auf ihre Stickarbeit und sah, dass sie das weiße Leinen überall mit Blut befleckt hatte.

Geistesabwesend hielt sie ihren Daumen an ihren Mund, dann blickte sie zu Kane, als sie endlich genug Mut aufbrachte, sich seiner Reaktion auf Viviennes Äußerung zu stellen.

Er beobachtete gar nicht Vivienne, sondern sie selbst. Sein hungriger Blick hing wie gebannt an ihren Lippen, während sie das Blut aufsaugte. Die höfliche Maske, die er so oft trug, war verschwunden, ersetzt durch nacktes Verlangen, das ihr den Atem raubte.

Sie konnte beinahe fühlen, wie sich seine Lippen um ihren Daumen schlossen. Wie sein Mund zärtlich den Schmerz linderte, bis da keine Pein mehr war, nur Lust. Ihr Herz schien langsamer zu werden, mit jedem Pulsschlag schwerer und voller, bis sie den primitiven Rhythmus tief in ihrem Unterleib spürte.

Kane hob langsam seinen Blick von ihren Lippen zu ihren Augen. Statt den Bann zu brechen, wurde er dadurch nur stärker.

Komm. Komm zu mir.

Sie hörte die Worte so klar und deutlich, als hätte er sie laut ausgesprochen. Beides, Befehl und Bitte, machten es ihr schier unmöglich, der hypnotischen Kraft seines Willens zu widerstehen. Einen schrecklichen, aber doch aufregenden Moment dachte Caroline, sie würde jetzt aufstehen, den Raum vor aller Augen durchqueren und sich in seine Arme werfen. Sie konnte sich fast sehen, wie sie sich auf seinem Schoß zurechtsetzte, mit den Händen durch sein seidig schimmerndes Haar fuhr, ihm ihren Mund bot und alles, was er sonst noch wollte. Ihre unsterbliche Seele eingeschlossen.

Sie stand abrupt auf, ließ ihre Stickerei zu Boden fallen. Seine Teetasse abstellend, erhob sich Larkin höflich, um sie aufzuheben. Als er sie ihr reichte, ruhte sein besorgter Blick auf ihrem Gesicht. Fest umklammerte sie das verdorbene Stoffstück und hoffte so, das heftige Zittern ihrer Hände zu verbergen.

„Himmel, danke, Konstabler Larkin. Wenn Sie mich entschuldigen wollen, werde ich mich, glaube ich, am besten für die Nacht zurückziehen." Kanes Augen bewusst meidend, begann sie zur Tür zu gehen, wobei sie beinahe ein Beistelltischchen umgeworfen hätte. „Bitte halten Sie mich nicht für unhöflich, aber ich bin im Grunde meines Herzens ein Mädchen vom Land und habe mich einfach noch nicht daran gewöhnt, bis in die frühen Morgenstunden auf zu sein."

„Schlafen Sie gut, Miss Cabot", rief ihr Larkin hinterher, als sie sich umdrehte und fast fluchtartig den Raum verließ.

Obwohl sie ihm über die Schulter ein beruhigendes Lächeln zuwarf, war sich Caroline nicht sicher, ob sie überhaupt je wieder schlafen würde.

Caroline schritt unruhig im mondhellen Turmzimmer auf und ab, die Bewegungen passten perfekt zu dem Aufruhr ihrer Gedanken. Das herrlich eingerichtete Zimmer wirkte auf sie nicht länger wie ein sicherer Zufluchtshafen, sondern wie ein Käfig. Wenn sie den vergoldeten Gitterstäben nicht bald entkam, fürchtete sie, würde es ihr nie gelingen. Selbst wenn sie ihre Sachen packte, ihre Schwestern nahm und heute Nacht noch flüchtete, so würde vermutlich ihr Herz trotzdem hier zurückbleiben, gefangen von einem Mann, der trotz all seiner Stärke sein Verlangen nach ihr nicht verbergen konnte.

Aber was genau konnte ein Mann wie Kane von ihr nur wollen? War es der Anblick ihres Blutes gewesen, der den Hunger in seinem Blick hatte aufflammen lassen? Oder etwas noch Undenkbareres?

Sie hatte einen Blick wie diesen schon zuvor gesehen. Auf dem Gesicht des mittelalterlichen Kriegers in der Gemäldegalerie. Des Kriegers, von dem Kane behauptete, er sei nur ein entfernter Vorfahr, obwohl sie beinahe identisch aussahen, sogar dasselbe zum Küssen einladende Mal über der linken Augenbraue besaßen.

Wenn der Mann sie begehrt hätte, hätte er sie genommen, und keine Macht der Welt hätte ihn aufhalten können.

Caroline schlang die Arme um sich, zitterte in ihrem dünnen Nachthemd vor Kälte, aber auch vor Angst. Sie fühlte sich, als würde ihr Körper von einem schrecklichen Feuer verzehrt – die eine Minute brannte sie, in der anderen fror sie bis ins Mark. Ihr gewöhnlich klarer, logisch arbeitender Verstand schien sie im Stich gelassen zu haben. Was, wenn Kane bei den Bildern log? Was, wenn Portia die ganze Zeit Recht gehabt hatte und er tatsächlich eine Art unsterbliches Wesen war, das seit dem Anbeginn der Zeit existierte?

Sie wollte nicht glauben, dass es auf der Erde Monster gab. Aber wie konnte ein normaler Mann ihre Phantasie und ihr Herz so gnadenlos in Beschlag nehmen? Wenn er ein ganz normaler Mann war, wie konnte er sie dann mit nicht mehr als einem verlangenden Blick so sehr in Versuchung führen, das Vertrauen ihrer Schwester zu verraten?

Aus dem Augenwinkel bemerkte sie eine Bewegung, als sei ein geflügelter Schatten über den Mond geflogen. Erschreckt blickte sie zu den französischen Türen.

Von jetzt an sollten Sie diese Türen besser verriegeln. Sie können sich nicht immer darauf verlassen, dass eine so launische Naturgewalt wie der Wind stets sein bestes Urteilsvermögen zeigt.

Als ihr Kanes Worte wieder durch den Sinn gingen, erinnerte Caroline sich daran, wie unaussprechlich einsam er in jenem Augenblick ausgesehen hatte, sich mit den Händen auf der Brüstung abstützend und sein Gesicht der Nacht zugewandt.

Sie ging zu den Türen, entschlossen, seine Warnung zu beachten. Aber als sie davorstand, zögerte sie, die Finger schon auf dem Riegel.

Er war dort draußen.

Das wusste sie mit einer Sicherheit, die mehr war als weibliche Intuition. Sie konnte ihn spüren wie einen unausweichlichen Schatten über ihrer Seele. Was, wenn sie in Wahrheit gar nicht fürchtete, dass Kane durch diese Türen bei ihr einbrechen würde? Was, wenn sie eigentlich fürchtete, sie selbst würde sie aufreißen? Vielleicht war es gar nicht sein Wille, den sie fürchtete, sondern ihr eigener. Schließlich war sie diejenige, die acht lange, einsame Jahre in einem Gefängnis aus Pflicht und Verantwortung gelebt hatte – ihre Wünsche, ihre Sehnsüchte und ihre Leidenschaft unterdrückt hatte. Die vor ihrer Zeit gealtert war und immer nur daran gedacht hatte, was für Portia und Vivienne am besten wäre. War es da ein Wunder, wenn sie sich danach sehnte, diese Türen weit zu öffnen und die Nacht in ihren wartenden Armen willkommen zu heißen?

Ihre Stirn gegen das kühle Glas legend, schloss sie die Augen, spürte eine hilflose Welle der Sehnsucht. Ob Kane ein Vampir war oder einfach ein Mann, sie hatte Angst, dass sie für immer verloren wäre, wenn sie jetzt nur einen Moment lang in seine Augen blickte.

Caroline hob langsam den Kopf und öffnete die Augen.

Der Balkon lag verlassen, in silbernes Mondlicht gehüllt.

Sie schob den Riegel mit zitternden Händen vor, dann ging sie zur Schlafzimmertür und überprüfte, ob sie auch verschlossen war. Anschließend kletterte sie in ihr Bett, zerrte die Bettvorhänge zu und sperrte so die Nacht mit all ihren dunklen Versuchungen aus.

~°~

Adrian zog sich weiter in die Schatten auf der Seite des Balkons zurück. Er sehnte sich nicht länger nach dem Mondlicht. Er hatte ihm einst vertraut, seine Geheimnisse zu wahren, aber jetzt beleuchteten seine gnadenlosen Strahlen nur die Dunkelheit seiner Seele.

Es war der Mond gewesen, der Zeuge geworden war, wie er hier gestanden hatte, nur durch eine zerbrechliche Glasscheibe getrennt von Carolines alabasterner Wange, ihren vollen Lippen, ihrem verlockenden, schlanken Hals. Der Mond hatte gesehen, wie er seine Fingerspitzen auf das kühle Glas gelegt hatte, während er sich danach verzehrte, ihre weiche Haut zu streicheln.

Er wusste, wenn sie in diesem Moment die Augen geöffnet hätte, wäre der Mond nicht länger seine einzige Geliebte. Also war er mit den Schatten verschmolzen und hatte auf das Geräusch gewartet, wie der Riegel vorgeschoben wurde.

Wenn sie seiner Warnung keine Beachtung geschenkt hätte, wäre er damit zufrieden gewesen, heimlich in das Zimmer zu schlüpfen und ihr beim Schlafen zuzusehen, wie er es letzte Nacht getan hatte? Oder hätte ihn eine dunklere Macht dazu getrieben, sich über sie zu beugen, sie zu schmecken, ihren Mund mit seinem zu bedecken und in so tiefen Zügen von ihr zu trinken, bis er seinen Hunger nach ihr gestillt hatte?

Adrian sank gegen die Wand und schloss die Augen, schwindelig vor Verlangen. Er wusste, sie einmal zu kosten, würde ihm nie genügen. Es würde ihn nur nach mehr dürsten lassen. Er hatte es sich selbst zu lange verwehrt. Wenn er sich nun auch nur einen einzigen Schluck von ihrer Süße gestattete, wäre er nie zufrieden, nicht bis sein Hunger sie beide verschlungen hatte.

„Caroline! Caroline, mach die Tür auf. Ich brauche dich!"

Als Portias Schrei ihr umnebeltes Hirn erreichte, rollte sich Caroline auf den Rücken und öffnete mühsam ihre Augen, ihre Glieder vor Erschöpfung bleischwer. Es war beinahe Morgengrauen gewesen, als sie schließlich in einen traumlosen Schlaf gesunken war, und das gemütliche Prasseln der Regentropfen gegen die Fensterscheiben weckte in ihr nur den Wunsch, den Rest des ganzen Tages zu verschlafen. Nach letzter Nacht war sie sich nicht sicher, es ertragen zu können, Kane oder Vivienne gegenüberzutreten.

Sich unter ihrem Kissen verkriechend, kuschelte sie sich tiefer ins Bett.

„Caroline!" Ihre Schwester trommelte mit beiden Fäusten gegen die Tür. „Mach auf und lass mich rein!"

Caroline seufzte. Es war schließlich nicht so, dass Portia am Rande der Hysterie gewöhnlich Anlass zu Sorgen bot. „Geh weg!", rief sie und hielt sich mit dem Kissen die Ohren zu. „Wenn wir nicht von den Franzosen angegriffen werden oder die Burg in Flammen steht, will ich in Ruhe gelassen werden."

„Bitte, Caroline! Ich brauche dich. Jetzt, auf der Stelle!" Die flehentliche Bitte wurde begleitet von neuerlichem Getrommel.

„Das reicht", sagte Caroline laut zu sich.

Kissen und Decken von sich schleudernd, sprang sie aus dem Bett und stürmte durch das Turmzimmer zur Tür. Sie sperrte sie auf, schwang sie auf und entdeckte ihre kleine Schwester auf der Schwelle, die gerade die Faust gehoben hatte, sodass sie drohend vor Carolines Nase schwebte.

„Was ist es diesmal, Portia?", verlangte Caroline mit zusammengebissenen Zähnen zu wissen. „Nixen im Burggraben? Kobolde, die auf dem Rasen tanzen? Untote, die aus der Familiengruft der Kanes stolpern? Eine weiße Dame, die über den Korridor schwebt, Wilburys Kopf unter dem Arm?" Sie beugte sich vor, bis sie mit ihrer Nase fast Portias berührte. „Wenn du es unbedingt wissen musst, es schert mich nicht, ob du ein ganzes Rudel Vampire gesehen hast, wie sie den Turm emporfliegen, um ihre Reißzähne in unsere Kehlen zu schlagen und uns zu ihren unsterblichen Bräuten zu machen. Um es ganz deutlich zu sagen, wenn du mich nicht endlich in Ruhe lässt, dann fange ich an, Leute zu beißen, und zwar aus reiner Boshaftigkeit. Und du wirst mein erstes Opfer sein."

Sie umfasste die Klinke, um die Tür ihrer Schwester vor der Nase zuzuschlagen, als Portia mit tonloser Stimme erwiderte: „Es geht um Vivienne."

Caroline blinzelte, nahm zum ersten Mal Portias wirre Locken wahr, ihre aschfahle Haut und die zitternden Lippen. „Was ist?", fragte sie, und das Herz wurde ihr unter einer bösen Vorahnung schwer.

„Sie will nicht aufwachen."

Kapitel 13

⌘⌘⌘⌘⌘⌘⌘

„Wann hast du zum ersten Mal bemerkt, dass etwas nicht in Ordnung ist?", wollte Caroline wissen, während sie die Treppe hinablief und sich dabei ungeschickt den Gürtel ihres Samtmorgenmantels zuband, den der Viscount so umsichtig zur Verfügung gestellt hatte. Im Vorübereilen schaute sie auf die Standuhr auf dem Treppenabsatz. Der Morgen war schon halb vergangen.

„Zuerst dachte ich, sie sei nur schläfrig", gestand Portia und folgte Caroline über den langen Flur mit der Mahagonitäfelung, gezwungen, zwei Schritte für jeden ihrer Schwester zu machen, wollte sie nicht zurückbleiben. „Schließlich hat Julian uns beide bis beinahe drei Uhr morgens wachgehalten. Wir haben um Haarnadeln Pharao gespielt. Aber als ich sie zum Frühstück wecken wollte, hat sie sich nicht gerührt. Ich habe ihr ins Ohr gehustet, sie mit einer Feder an den Zehen gekitzelt und ihr sogar kaltes Wasser auf die Stirn getropft. Ich habe nach den Zimmermädchen geläutet, aber die konnten sie auch nicht wecken. Da habe ich Angst bekommen und bin dich holen gegangen."

Caroline warf ihr über die Schulter ein beruhigendes Lächeln zu, während sie sich bemühte, ihre eigene Furcht zu verbergen. „Das hast du gut gemacht, Liebes. Sie ist vermutlich nur müde und möchte im Bett faulenzen. Sicher haben wir sie innerhalb kürzester Zeit wieder auf die Füße gebracht."

Als sie durch den gemütlichen Salon schritt, der zu den Räumen ihrer Schwestern gehörte, konnte Caroline nur beten, dass sie recht behielt. Sie betrat Viviennes Schlafzimmer, in dem drei Dienstmädchen dicht zusammengedrängt am Fußende des Bettes standen, die Hände rangen und aufgeregt miteinander tuschelten.

Sobald Caroline sich dem eleganten Himmelbett näherte, wuchs ihre ungute Vorahnung. Die sonst zartrosa angehauchten Wangen ihrer Schwester waren bleich, ihre goldenen Locken lagen glanzlos auf dem Kissen – Vivienne sah aus, als würde sie für die Rolle von Schneewittchen aus einem der Theaterstücke ihrer Kindheit proben, und zwar die Szene im Sarg.

Sich auf der Bettkante niederlassend, berührte Caroline mit dem Handrücken Viviennes Stirn. Die Haut ihrer Schwester war nicht fieberheiß, sondern kalt wie der Tod. Von dem Gedanken bis ins Herz getroffen, warf Caroline einen verstohlenen Blick auf Viviennes Brustkorb. Das gleichmäßige Heben und Senken des rüschenbesetzten Nachthemdes gab keinen Anlass zur Sorge. Sie sah einfach aus, als sei sie mit einem bösen Fluch belegt.

Caroline packte ihre Schwester bei den Schultern und zog sie in eine sitzende Stellung, schüttelte sie sachte. „Wach auf, Schlafmütze! Der Morgen ist schon halb vergangen. Du kannst nicht länger im Bett bleiben."

Viviennes Augenlider zuckten nicht. Sie hing einfach schlaff in Carolines Armen, während ihr Kopf haltlos nach hinten fiel.

Caroline schaute bittend zu den Dienstmädchen. „Hat jemand ein Hirschhornsalzfläschchen zur Hand?"

Nach kurzer Beratung verließen zwei der Frauen das Zimmer, eine von ihnen kehrte kurz darauf mit einem kleinen Glasfläschchen wieder. Caroline zog den Stöpsel heraus und schwenkte die Phiole unter Viviennes Nase. Obwohl der stechende Ammoniakgeruch Caroline unwillkürlich zurückweichen ließ, verzog Vivienne keine Miene.

Nach einem verzweifelten Blick zu Portia legte Caroline Vivienne behutsam wieder in die Kissen. Sie drückte die eiskalten Hände ihrer Schwester, wünschte sich sehnlichst, dass sie gestern vor der Gemäldegalerie Viviennes Blässe mehr Beachtung geschenkt hätte und dem schwachen Appetit, den Larkin beim Abendessen erwähnt hatte. Sie hätte wissen müssen, dass Vivienne niemals über körperliches Unwohlsein klagen würde. Aber sie war zu sehr damit beschäftigt gewesen, Kane anzugaffen, um ihrer Schwester die Aufmerksamkeit zukommen zu lassen, die sie benötigte. Jetzt mochte es zu spät sein.

Plötzlich kam ihr ein absurder Gedanke, und sie spürte die Kälte von Viviennes Fingern bis ins Herz. Zögernd ließ sie die Hand ihrer Schwester los, erhob sich und ging zum Fenster in der

Nordwand. Genau wie sie es befürchtet hatte, war es unverriegelt und unverschlossen. Ein einfacher Stoß, und die Fensterflügel schwangen nach außen auf. Sie lehnte sich aus dem Fenster in den Regen, blinzelte die Regentropfen fort. Es gab keinen Balkon, nur einen schmalen Mauervorsprung.

„Hast du letzte Nacht irgendetwas gehört, nachdem du zu Bett gegangen warst?" Sie drehte sich zu Portia um. „Irgendetwas aus Viviennes Zimmer? Einen Schrei vielleicht?"

Portia schüttelte hilflos den Kopf. „Ich habe nichts gehört."

Caroline hatte keinen Grund, an den Worten ihrer Schwester zu zweifeln. Portia hatte immer schon wie ein Stein geschlafen.

Sie kehrte zum Bett zurück. Sich der prüfenden Blicke der Dienstmädchen überdeutlich bewusst, ließ sie sich wieder auf der Kante neben Vivienne nieder. Sie griff gerade behutsam nach der Schleife oben am Kragen von Viviennes hochgeschlossenem Nachthemd, als sie feste Schritte hinter sich hörte.

Sie drehte sich um und entdeckte Kane auf der Türschwelle, hemdsärmelig und in Reithosen, seine Löwenmähne ungebändigt. Larkin, Julian und ein Dienstmädchen mit bleichem Gesicht standen hinter ihm. Sie wäre vielleicht überrascht gewesen, ihn so kurz nach Sonnenaufgang wach zu sehen, würde es draußen nicht stetig regnen, wie das Prasseln der Regentropfen gegen die Fensterscheiben verriet.

„Was ist los, Caroline?", fragte er eindringlich, zum ersten Mal ihren Vornamen benutzend. „Das Mädchen hat mir berichtet, dass mit Vivienne etwas nicht stimmt." Mit ehrlich besorgter Miene ging er in Richtung Bett.

Den verräterischen Wunsch bekämpfend, sich in seine Arme zu flüchten, erhob sich Caroline und stellte sich ihm in den Weg. „Ihre Anwesenheit wird hier nicht benötigt, Mylord", erklärte sie steif. „Was wir benötigen, ist ein Arzt."

Kane erstarrte, wie alle anderen im Raum, die entsetzten Dienstmädchen eingeschlossen. Obwohl er sie um ein gutes Stück überragte, wich Caroline keinen Zoll, die Hände zu Fäusten geballt. Kane erwiderte ihren Blick regungslos, aber seine Kiefermuskeln begannen zu mahlen, als hätte sie ihm einen unerwarteten Schlag versetzt. Sie hätte sich nie träumen lassen, dass sie die Macht besäße, einen Mann wie ihn zu verletzen. Oder dass der Preis, diese Macht zu benutzen, so hoch sein könnte.

„Mattie?", sagte er schließlich, ohne den Blickkontakt mit

Caroline zu unterbrechen.

Das junge Dienstmädchen trat vor und hob ihre gestärkte weiße Schürze zu einem nervösen Knicks. „Aye, Mylord?"

„Schick einen Lakai nach Salisbury zu Kidwell. Er soll dem Arzt ausrichten, dass einer meiner Gäste erkrankt ist und er unverzüglich kommen soll."

„Wie Sie wünschen, Mylord." Das Mädchen knickste erneut und eilte aus dem Zimmer.

Larkin drängte sich an Kane vorbei und stellte sich vor Caroline. Unfähig, ihm die unausgesprochene Bitte abzuschlagen, trat sie beiseite und ließ ihn vorbei. Als er sich vor dem Bett auf die Knie sinken ließ und zärtlich Viviennes schlaffe Hand ergriff, musste Caroline wegschauen, aus Angst, die Tränen, die in ihren Augen brannten, würden fallen.

Portia rückte unwillkürlich näher zu Julian, der mit benommener Miene im Türrahmen lehnte.

Sich auf dem Absatz herumdrehend, ging Kane zu seinem Bruder und erklärte grimmig: „Auf ein Wort, wenn's genehm ist."

Julian stieß sich von dem Rahmen ab und folgte seinem Bruder aus dem Zimmer, dabei den Enthusiasmus eines Mannes an den Tag legend, der zum Galgen schritt.

Adrian betrat die Bibliothek, unfähig, das Bild abzuschütteln, wie Caroline zu ihm aufgeschaut hatte, ihre klaren Augen dunkel vor Argwohn.

Obgleich er sie mühelos hätte aus dem Weg schieben können, hatte sie sich ihm mit dem Mut einer Löwenmutter entgegengestellt, die ihre Jungen verteidigt, das Kinn trotzig gereckt, die Schultern gerade. Er hatte sich noch nie so sehr wie ein Ungeheuer gefühlt.

Er ging zu dem hohen Walnusssekretär in der Ecke und schob Bücher und Papiere zur Seite, bis er die staubige Brandy-Karaffe fand. Auf ein Glas verzichtend, zog er den schweren Glasstöpsel heraus und schüttete sich einen Schluck die Kehle hinunter, genoss das Brennen. Erst nachdem der Alkohol in seinem Magen angekommen war und begonnen hatte, seinen hilflosen Zorn zu lindern, drehte er sich zu seinem Bruder um.

Julian saß zusammengesunken auf einem Ledersessel vor dem kalten Kamin. Seine Erscheinung war beinahe so beunruhigend wie Viviennes. Es war keine Spur des eleganten Dandys zu sehen, der sie beim Supper gestern mit einer witzigen Anekdote über seinen letzten Besuch bei seinem Herrenausstatter in der Bond Street unterhalten hatte. Sein mahagonibraunes Haar war ungekämmt, sein weißes Hemd zerknittert und voller Rotweinflecken. Sein Halstuch hing schlaff um seinen Hals. Die dunklen Schatten unter seinen eingesunkenen Augen und die straff gespannte Haut über seinen Wangenknochen ließen ihn ein Jahrzehnt älter aussehen, als er war.

Adrian sagte kein Wort. Er schaute seinen Bruder einfach nur an, ohne zu blinzeln.

„Warum siehst du mich so an?", fragte Julian schließlich scharf, seine dunklen Augen trotzig aufflammend. „Ich weiß, was du denkst, aber ich habe absolut gar nichts damit zu tun."

„Ich vermute, es ist purer Zufall, dass Vivienne zusammengebrochen ist, nachdem sie den Abend mit dir verbracht hat."

„Den Abend mit mir Pharao gespielt hat", verbesserte ihn Julian. „Ich schwöre dir, dass ich nur ein paar wertlose Haarnadeln von dem Mädchen gewonnen habe. Als die Uhr drei schlug, ist sie mit ihrer Schwester nach oben in ihr Zimmer gegangen, und ich habe keine von beiden wieder gesehen, bis ich das Dienstmädchen gehört habe und mit dir zu den Zimmern der Schwestern gelaufen bin."

„Wenn du um drei Uhr mit dem Kartenspielen aufgehört hast, bleiben immer noch drei Stunden bis zum Morgengrauen. Was hast du in der Zeit getrieben?"

Julian ließ seinen Kopf in seine Hände sinken, sein Trotz zerbröckelte und wich Niedergeschlagenheit. „Wenn du es unbedingt wissen musst – ich kann mich nicht mehr erinnern."

Adrian schüttelte den Kopf, zu wütend, um wenigstens den Versuch zu unternehmen, seinen Abscheu zu verbergen. „Du hast wieder getrunken, nicht wahr?"

Das Schweigen seines Bruders war Antwort genug.

„Ist dir eigentlich nie der Gedanke gekommen, dass es vielleicht ein kleines bisschen gefährlich sein könnte, wenn du dich in so einen Zustand trinkst, dass du dich nicht mehr daran erinnern kannst, wo du warst oder was du getan hast?"

Julian sprang auf. „Und ist dir nie der Gedanke gekommen, dass ich vielleicht gefährlicher wäre, wenn ich nicht tränke?"

Die beiden Brüder standen sich einen Moment angespannt gegenüber, aber Julian wandte als Erster den Blick ab, in seinen Augen ein leerer Ausdruck. „Warum sollte ich Vivienne nehmen? Schließlich ist es doch die Kleine, die mir wie ein liebeskrankes Hundejunges auf Schritt und Tritt folgt, um Brosamen meiner Aufmerksamkeit bettelt. Sie ist es, die mit ihren lieblichen blauen Augen zu mir aufschaut, als wäre ich die Antwort auf ihre Gebete. Wenn mir ein Ausrutscher passiert, meinst du nicht auch, es wäre mit ihr?"

Adrians Selbstbeherrschung brach. Julian am Hemd packend, knurrte er: „Wenn du dem Kind auch nur ein Haar krümmst …"

Er beendete die Drohung nicht. Das musste er auch nicht.

Er ließ seinen zitternden Bruder los, nur um zu entdecken, dass seine eigenen Hände nicht gerade ruhig waren. Julian bemühte sich, seine Würde zurückzugewinnen, indem er sein Hemd glatt strich, sich die Haare aus dem Gesicht schob und seine Krawatte zu einem ordentlichen Knoten band. Sich weigernd, Adrian in die Augen zu sehen, schritt er zur Tür.

„Wohin gehst du?", rief sein Bruder ihm nach.

„Zur Hölle vermutlich", erwiderte Julian knapp und ohne sich umzudrehen.

„Wenn der Regen aufhört und die Sonne hervorkommt, ehe du zurückkehren kannst, wirst du dir wünschen, in der Hölle zu sein."

Julian blieb auf der Türschwelle stehen und drehte sich langsam um. „Es wäre leichter für dich und deine kostbare Miss Cabot, wenn ich überhaupt nicht wiederkäme, nicht wahr?"

Adrian schüttelte verständnislos den Kopf. „Wenn du nichts mit Viviennes Zusammenbruch zu tun hast, warum solltest du so etwas sagen?"

Julians Lächeln war ein bittersüßer Abklatsch des Grinsens, das Adrian früher so an ihm gemocht hatte. „Ich habe nicht von Vivienne gesprochen."

Adrian öffnete den Mund, um es abzustreiten, aber ehe er es aussprechen konnte, war Julian fort.

„Julian, Julian! Wo gehen Sie hin?"

Die liebliche Stimme hallte von den Steinmauern des alten Burghofes wider, auf dem einst Turniere für Könige, Ritter und ihre Damen abgehalten worden waren.

Sie ignorierend, blinzelte Julian den Regen aus seinen Augen und schritt weiter zu den Ställen. Er wusste nicht, wohin er ging. Selbst wenn der Himmel wolkenschwer war und es in Strömen regnete, war es nicht so, als gäbe es einen Ort, an den er fliehen konnte, um dem zu entkommen, was er geworden war. Trotz der großtuerischen Worte, die er seinem Bruder achtlos entgegengeschleudert hatte, zweifelte er daran, dass so etwas wie er in der Hölle willkommen war.

„Julian! Warum antworten Sie mir nicht? Ich lasse mich nicht ignorieren, daher brauchen Sie es gar nicht erst zu versuchen."

Er verkniff sich ein Stöhnen. Es stand außer Frage. Portia Cabot war noch hartnäckiger als sein Bruder. Und unendlich viel verführerischer.

Er wirbelte so rasch herum, dass sie beinahe gegen ihn gerannt wäre. Er wollte die Hand ausstrecken, um sie zu stützen, fürchtete aber die Konsequenzen, daher stand er einfach da und schaute scheinbar unbeteiligt zu, wie sie auf dem glitschigen Gras ihr Gleichgewicht zu halten suchte.

Sie hielt einen Regenschirm in einer behandschuhten Hand, ein lächerliches Gerät aus Seide und Spitze, das unter dem Gewicht des Regens zu zerbrechen drohte. Mit ihren strahlenden dunkelblauen Augen und ihren feuchten Locken, die so aussahen, als wollten sie ihr jeden Moment aus den Haarnadeln rutschen, wirkte sie wie eine unter die Räder gekommene Elfe.

„Sollten Sie nicht am Bett Ihrer Schwester Wache halten?", verlangte er zu wissen.

Sie rümpfte die kecke Nase, von seiner Schroffheit offenkundig gekränkt. „Sicher ist sie bald wieder in Ordnung, schließlich ist ja Caroline bei ihr. Nein, ich mache mir Sorgen um Sie. Sie sahen in Viviennes Zimmer vorhin so blass aus, dass ich Angst hatte, Sie würden selbst krank werden."

Er schnaubte abfällig. „Ich fürchte, es gibt keine Kur für das, was mich befallen hat. Wenigstens keine, die ein Arzt mir verordnen kann."

„Haben Sie deswegen mit Ihrem Bruder gestritten?"

„Woher wissen Sie das?" Er verengte die Augen und ließ seinen Blick an ihren Röcken hinabgleiten, betrachtete die schwachen, kreisförmigen Staubflecken, die den schneeweißen Musselin verunzierten. „Haben Sie vor der Bibliothek am

Schlüsselloch gelauscht?"

Schuldbewusste Röte stieg ihr in die Wangen, während sie hastig an den Flecken herumrieb. „Ich wollte gerade anklopfen, als mir aus Versehen mein Taschentuch heruntergefallen ist. Es war purer Zufall, dass ich Ihre erhobenen Stimmen gehört habe."

Julian erkannte schnell, dass das alles war, was sie gehört hatte. Wenn sie nämlich belauscht hätte, wie er sie „liebeskrankes Hundejunges" genannt hatte, dann würde sie vermutlich jetzt nicht hier sein und ihm weiter auf Schritt und Tritt folgen.

„Mein Bruder hat nur wieder seine Standardstandpauke gehalten. Er denkt, ich tränke zu viel", erklärte Julian, selbst überrascht, so dicht bei der Wahrheit zu bleiben. In den letzten paar Jahren war er ein geschickter Lügner geworden – besonders wenn es darum ging, sich selbst zu belügen.

„Tun Sie das?", fragte sie und wirkte einfach neugierig.

Er fuhr sich mit den Fingern durchs Haar und entdeckte, dass es ihm schwerfiel, ihr in die Augen zu sehen. „Gelegentlich, nehme ich an."

„Warum?"

Er zuckte die Achseln. „Warum trinkt ein Mann? Um den Durst auf etwas anderes zu löschen, das er sich verzweifelt wünscht, aber niemals haben kann."

Portia rückte beinahe unmerklich näher zu ihm, schaute ihm furchtlos in die Augen. „Ich habe immer geglaubt, wenn man etwas stark genug will, dann sollte man willens sein, Himmel und Erde in Bewegung zu versetzen, um es zu bekommen."

Julian schaute ihr ins Gesicht, auf ihre hellbraunen Brauen, die vollen Lippen, dachte, was für eine Ironie des Schicksals es war, dass ein so engelsgleiches Gesicht ihm solch höllische Qualen zufügte. Mit einer Beherrschung, von der er nicht gewusst hatte, dass er sie besaß, streckte er die Hand aus und kniff sie brüderlich in die Nase. „Sie sollten dankbar sein, Kleines, dass ich nicht derselben Philosophie folge."

Damit drehte er sich auf dem Absatz um und ging weiter zu den Ställen, ließ sie allein mit ihrem traurig hängenden Schirmchen im Regen stehen.

Caroline saß auf einem Stuhl, den sie sich zum Bett gezogen hatte, und beugte sich vor, um ihrer Schwester sanft die goldenen

Locken aus der Stirn zu streichen. Viviennes Zustand hatte sich während des langen Tages und der folgenden Nacht weder gebessert noch verschlechtert. Sie sah einfach so aus, als könne sie diesen unnatürlichen Schlummer ewig schlafen.

Der Lakai war zur Burg zurückgekehrt, gerade als die Nacht anbrach und der Regen nachließ, und vermeldete, der Arzt wohne einer schwierigen Entbindung bei und würde vermutlich nicht vor dem Morgen eintreffen. Portia ruhte in ihrem Bett nebenan, während Konstabler Larkin im Salon, der die beiden Schlafzimmer miteinander verband, Wache hielt, worauf er bestanden hatte. Das letzte Mal, als Caroline nach ihm gesehen hatte, war er über einer Tasse kalten Tees eingenickt, die Füße hochgelegt und ein abgegriffenes Exemplar von ‚Tyburn Gallows – eine illustrierte Geschichte' aufgeschlagen auf dem Schoß.

Vivienne seufzte im Schlaf, und Caroline fragte sich, ob sie träumte. Träumte sie von Kanes blaugrünen Augen, die im Sonnenlicht funkelten, und von Hochzeitsglocken? Oder träumte sie von Dunkelheit und Unterwerfung und Glocken, die auf ewig Mitternacht verkündeten? Genau wie sie es schon ein Dutzend Mal zuvor getan hatte, zog Caroline den Kragen des Nachthemdes ihrer Schwester nach unten, um ihren makellosen, sahnig weißen Hals zu betrachten.

„Ich nehme an, Sie haben nicht gefunden, wonach Sie suchen."

Bei den düster geäußerten Worten blickte Caroline über ihre Schulter und entdeckte Kanes dunkle Gestalt, die sich scharf vor der mondhellen Nacht abzeichnete. Warum überraschte es sie überhaupt, dass er nicht an der Tür stand, sondern am offenen Fenster?

„Ich weiß gar nicht, wovon Sie reden", log Caroline und schloss den Kragen rasch wieder mit einer Schleife. Sie hatte jeden Zoll der blassen Haut ihrer Schwester abgesucht, aber keine Bissstelle oder Ähnliches finden können, keinen Hinweis auf ein Verbrechen.

Er kam näher. Caroline erhob sich, stellte sich wie schon vorhin zwischen ihn und das Bett.

Diesmal blieb er nicht stehen, bis er nahe genug war, sie zu berühren. „Warum wollen Sie mich nicht näher kommen lassen, Miss Cabot? Haben Sie Angst um Ihre Schwester? Oder um sich selbst?"

„Habe ich denn einen Grund dafür, Mylord?"

Sein suchender Blick liebkoste ihr Gesicht. „Wenn Sie mich für einen so verabscheuungswürdigen Schurken halten, warum haben Sie dann nicht nach Konstabler Larkin gerufen? Ich bin sicher, ihm wäre nichts lieber, als hereinzustürmen und Sie aus meinen Klauen zu retten." Beinahe widerwillig, als könnte er dem Drang nicht widerstehen, hob er seine Hand, strich ihr mit den Fingerknöcheln ganz zart über die Wangen.

Zuerst dachte Caroline, der gequälte Laut stammte von ihren Lippen. Dann aber erkannte sie, dass es Vivienne war. Sie ließ Kane stehen und eilte an die Seite ihrer Schwester.

Vivienne murmelte unruhig im Schlaf, schlug mit Armen und Beinen unter der Decke um sich, ihre Wangen nicht länger blass, sonder fleckig und gerötet. Caroline legte ihr die Hand auf die Stirn, warf Kane einen hilflosen Blick zu. „Sie glüht vor Fieber!"

„Wir müssen sie abkühlen." Caroline zur Seite schiebend, zog Kane gnadenlos die schweren Decken von Vivienne, dann nahm er ihre schlaffe Gestalt auf die Arme und trug sie zum Fenster.

Carolines Protest erstarb ihr auf den Lippen, als sie sah, dass er den überhitzten Körper ihrer Schwester nur der kalten Nachtluft aussetzen wollte. Er stützte sich mit einer Hüfte gegen das Fensterbrett, und seine starken Arme hielten Vivienne mit so unverkennbarer Zärtlichkeit, dass Caroline wegschauen musste.

Dabei sah sie Larkin auf der Türschwelle, sein durchdringender Blick flog zwischen ihr und Kane hin und her. Der Schatten eines Tadels in seinen Augen mochte nicht mehr als die Einbildung ihres schlechten Gewissens sein.

„Ein Bote ist gekommen", unterrichtete er sie knapp. „Der Arzt ist auf dem Weg hierher."

Als sie dicht zusammengedrängt im Salon vor Viviennes Schlafzimmer darauf warteten, dass der Arzt seine Untersuchung beendete, begann das trübe Licht der ersten Morgendämmerung den Horizont vor dem Fenster ganz allmählich heller zu färben. Portia hatte sich in der Ecke des damastbezogenen Sofas zusammengerollt, ihre Miene ungewohnt nachdenklich. Larkin ging rastlos im Zimmer auf und ab, seine langen Beine trugen ihn unermüdlich vom Kamin zu der geschlossenen Tür von Viviennes Schlafzimmer und wieder zurück. Caroline saß steif in einem hochlehnigen Stuhl, die Hände im Schoß gefaltet, während Kane an der Wand am Fenster lehnte, in Gedanken verloren.

Alle außer Kane zuckten zusammen, als die Tür schließlich aufging und der Arzt erschien, gefolgt von dem sommersprossigen Dienstmädchen, das Kane Mattie genannt hatte.

Obgleich der fragende Blick des Arztes sofort zu dem Viscount glitt, erhob sich Caroline und trat vor, Larkin dicht hinter sich. „Ich bin Caroline Cabot, Sir – Viviennes ältere Schwester."

Dr. Kidwell hatte sowohl die Statur als auch das Auftreten eines kleinen, schlecht gelaunten Frosches. Er betrachtete sie finster über den Rand des Drahtgestells seiner Brille, die ihm tief auf der runden Nase saß. „War Ihre Schwester kürzlich ungeschützt den Elementen ausgesetzt? Vielleicht längere Zeit mit Feuchtigkeit in Kontakt gekommen?"

Von Erschöpfung gezeichnet, überlegte Caroline angestrengt. „Nun, vor drei Tagen, als wir hier in der Burg ankamen, hat es geregnet. Ich nehme an, Vivienne hätte sich …"

„Aha", rief er triumphierend, ihr einfach ins Wort fallend. „Genau, wie ich es mir gedacht habe! Ich glaube, ich habe den Schuldigen gefunden!"

Caroline benötigte den letzten Rest ihrer schwindenden Willenskraft, nicht zu Kane zu sehen.

Dr. Kidwell schnippte mit den Fingern. Das Dienstmädchen trat schüchtern vor, und er riss ihr etwas aus den Händen, hielt es in die Höhe. Caroline blinzelte, erkannte in dem Gegenstand einen der ledernen Halbstiefelchen ihrer Schwester. Siegesbewusst fuhr der Arzt mit dem Finger zwischen Sohle und Stiefelspitze, zeigte einen klaffenden Spalt.

Portia und Caroline stöhnten auf. Als Tante Marietta Vivienne nach London eingeladen hatte, hatte Vivienne all die schönen Kleider und Ziegenlederschuhe geerbt, die für Carolines Debüt gedacht gewesen waren. Aber es war nicht genug Geld von ihrer kümmerlichen Apanage übrig geblieben, um ihr neue Stiefel zu kaufen.

„Da ist noch einer, genauso wie dieser, unter dem Bett", berichtete der Arzt, „zusammen mit einem Paar zusammengeknüllter Strümpfe, die immer noch feucht sind."

Caroline erinnerte sich, wie sie durch den Schlamm auf den Höfen der Poststationen gelaufen waren. Sie schüttelte bestürzt den Kopf. „Es passt genau zu Vivienne, stundenlang in der

Kutsche zu fahren, ohne auch nur einmal über Löcher in den Stiefeln oder ihre nassen Strümpfe zu klagen."

Larkin legte ihr eine Hand auf die Schulter, drückte sie tröstend. „Miss Vivienne schien an dem Abend meiner Ankunft in bester Verfassung. Sie war ein wenig blass, aber sonst ließ sie sich keinen Hinweis auf ein Unwohlsein anmerken."

Die leicht vortretenden Augen des Arztes waren nicht unfreundlich. „Manchmal lauern solche Sachen ein paar Tage in den Lungen, verzehren Kraft und Appetit, ehe sie sich mit ganzer Macht zeigen."

Caroline holte tief Luft, ehe sie die schwierigste Frage stellte. „Wird sie sich erholen?"

„Natürlich. Sie ist jung und kräftig. Ich nehme an, sie wird innerhalb kürzester Zeit wieder auf den Beinen sein. Ich werde die Zutaten und Anweisungen für Senfumschläge dalassen."

Caroline nickte, ihr wurden mit ein wenig Verspätung vor Erleichterung die Knie weich. Larkin legte ihr seinen Arm um die Mitte, stützte sie.

Portia richtete sich auf und erkundigte sich eifrig: „Was ist mit dem Ball, Sir? Der Maskenball des Viscounts ist in weniger als einer Woche. Wird meine Schwester gesund genug sein, daran teilzunehmen?"

„Ich denke schon", antwortete der Arzt. „Machen Sie die Senfumschläge zweimal täglich und verpacken Sie sie gut, ehe sie nach draußen geht." Er hielt Caroline warnend einen Zeigefinger unter die Nase. „Und sorgen Sie dafür, dass das Kind neue Stiefel erhält!"

„Sicher", versprach Caroline. Sie würde sich darum kümmern, dass ihre beiden Schwestern neue Stiefel bekamen, selbst wenn das bedeutete, dass sie auf den Knien vor Cousin Cecil kriechen musste.

„O bitte, Sir. Ist sie wach? Können wir sie sehen?", fragte Portia.

Der Arzt schaute sie streng an. „Solange Sie versprechen, nicht zu kichern oder auf dem Bett zu hüpfen, junge Dame."

„Oh, gewiss nicht, Sir! Ich werde so still sein wie ein Mäuschen", versicherte ihm Portia und rannte ihn beinahe um, als sie zur Tür lief.

Larkin machte unwillkürlich einen Schritt in Richtung Schlafzimmertür, dann blickte er fragend zu Caroline. Sie nickte, gab ihm ihren Segen. Während er Portia in Viviennes Zimmer folgte, führte Mattie den Arzt auf den Flur, sodass Caroline und Kane allein im Salon blieben.

Caroline blickte auf und sah, dass er sie beobachtete, der Ausdruck in seinen blaugrünen Augen noch unergründlicher als je zuvor. Sie biss sich auf die Lippe, bekämpfte ein Gefühl, das sich gefährlich wie Schuldbewusstsein anfühlte. Sie hatte gezeigt, dass sie zu rasch bei der Hand war, das Schlimmste von ihm anzunehmen. Aber was sonst sollte sie tun, wenn er sich weigerte, sich sogar gegen die absurdesten Beschuldigungen zu verteidigen? Wie konnte er sie dafür verurteilen, dass sie sein Vertrauen verraten hatte, wenn er es ihr überhaupt nicht geschenkt hatte?

Entschlossen, sich eine Entschuldigung abzuringen, wie unzureichend auch immer sie ausfallen mochte, räusperte sie sich und sagte: „Es scheint, dass ich Ihnen unrecht getan habe, Mylord. Ich denke, ich schulde Ihnen eine …"

„Da irren Sie, Miss Cabot. Sie schulden mir gar nichts." Damit machte er auf dem Absatz kehrt, verließ den Raum, gerade als die ersten Strahlen der Morgensonne über den Horizont kletterten.

Kapitel 14

Sonnenlicht strömte über die Steinmauer, die den Burggarten umgab, und verwandelte die Pollenteilchen in der Luft in glitzernden Elfenstaub. Unter den grün belaubten Zweigen einer Linde hüpften ein paar Rotkehlchen umher, zwitscherten und waren eifrig damit beschäftigt, die besten Zweige und Moosbällchen für ihr Nest auszusuchen. Eine milde Frühlingsbrise wehte von Osten, trug den schweren, süßen Duft blühenden Geißblattes mit sich.

Während Caroline über den gepflasterten Weg schlenderte, der sich durch den Rasen schlängelte, sehnte sie sich danach, ihr Gesicht der Sonne zuzuwenden. Aber ihr Blick wurde immer wieder wie magisch von dem Turmfenster oben angezogen, das auf den Garten hinausging. Nur eine Fensterscheibe aus Glas trennte sie, doch der sonnendurchflutete Garten mit seiner saftig grünen Vegetation und den flatternden Schmetterlingen hätte gut und gerne eine Welt entfernt liegen können von den düsteren Schatten der Burg. Irgendwo hinter diesen hoch aufragenden Steinmauern schlief ihr Herr, und seine Träume und Geheimnisse kannte er nur allein.

Kane hatte sich seit Viviennes Erkrankung mit nichts anmerken lassen, ob er ihr verziehen hatte. Er schien das unsichtbare Band zwischen ihnen einfach durchtrennt zu haben. Wenn er immer noch das unwiderstehliche Ziehen spürte, wann immer sie in ein Zimmer betrat, verbarg er das hinter einer Maske höflicher Gleichgültigkeit. Es gab kein geistreiches Geplänkel, kein neckendes Funkeln in den Augen, wenn er sie anschaute. Sein Benehmen war über jeden Tadel erhaben, fast, als sei er schon ihr Schwager. Man hätte glauben können, dass sie nie ein mitternächtliches Rendezvous im Lover's Walk gehabt oder den erschütternden Kuss getauscht hätten.

Obwohl sie weiterhin jede Nacht ihre Balkontür verriegelte, ehe sie zu Bett ging, vermutete Caroline, dass längst keine Notwendigkeit mehr für sie bestand, das zu tun. Sie schlief die ganze Nacht hindurch und wachte mit dem Gefühl auf, als sei ihr etwas genommen worden – als sei jemand gestorben, der ihr am Herzen lag.

„Bitte, Sir, würden Sie nach mehr Tee läuten?"

Als Viviennes Stimme an ihr Ohr drang, blieb Caroline im Schatten unter einer Linde stehen, die Hand auf der glatten Rinde.

Ihre Schwester ruhte sich auf einer Liege am Fuß des Hügels aus, eine warme Wolldecke um ihre schlanken Beine gewickelt. Konstabler Larkin war schon aufgestanden und ging eilig zum Haus. Von dem aufgeschlagenen Buch her zu urteilen, das er auf der Bank hatte liegen lassen, hatte er ihrer Schwester zuvor vorgelesen. Caroline musste trotz allem lächeln, als sie überlegte, ob das Buch wohl „Tyburn Gallows – eine illustrierte Geschichte" hieß oder gar „Der Halifax-Galgen: Der Tanz der Todgeweihten".

Seit ihrer Erkrankung war Vivienne nicht länger zufrieden, stumm zu leiden. Sie schien es sogar insgeheim zu genießen, den Konstabler zu schikanieren und herumzukommandieren, wenn der Viscount nicht da war. Sie bat ihn: „Bringen Sie mir doch meinen Schal", oder: „Sind Sie so gut und läuten Sie nach einem neuen heißen, in Tücher gewickelten Ziegelstein, Sir?", wann immer es so aussah, als ließe er in seiner Wachsamkeit nach.

„Da bist du ja, Caroline!", rief ihr Vivienne zu, als sie sie entdeckte. „Willst du nicht herkommen und mir Gesellschaft leisten, während mir Konstabler Larkin neuen Tee besorgt?" Sie winkte sie mit der würdevollen Anmut einer jungen Königin zu sich, sodass Caroline nichts anderes übrig blieb, als zu gehorchen.

„Du hast dich offensichtlich so gut erholt, dass es an ein Wunder grenzt", bemerkte Caroline und setzte sich auf Larkins Platz.

Vivienne kuschelte sich tiefer in die weichen Kissen und hielt sich den Mund zu, um ein ziemlich unglaubwürdiges Husten zu dämpfen. „Es geht einigermaßen, solange ich keine Zugluft abbekomme."

Im Augenblick, wo die Nachmittagssonne die goldenen Lichter in ihrem Haar aufleuchten und die sanfte Brise die Rosen auf ihren Wangen erblühen ließ, schien sie vor Gesundheit geradezu zu strahlen. Wäre es Portia, Caroline hätte ihr sicher unterstellt, dass sie sich krank stellte.

„Lord Trevelyans Ball ist morgen Abend", erinnerte Caroline sie. „Bist du dir sicher, dass es dir gut genug geht, um daran teilzunehmen?"

Ihre Lider senkend, um den Ausdruck in ihren Augen zu verbergen, begann Vivienne mit ihrer Halskette zu spielen. Die Kamee steckte sicher verborgen in ihrem Ausschnitt. „Da bin ich mir ganz sicher. Schließlich könnte ich es nicht ertragen, den Viscount zu enttäuschen, nachdem er uns gegenüber so freundlich war."

Wie auf ein Stichwort kam Portia über den Weg vom Haus gelaufen, wankte unter dem Gewicht einer Schachtel, die beinahe so groß war wie sie selbst. Sie strahlte über das ganze Gesicht. „Du wirst nicht glauben, was eines der Mädchen gerade in unseren Salon gebracht hat, Vivienne! Ich konnte es nicht aushalten zu warten, bis zu wiederkommst. Ich wusste, du würdest es gleich sehen wollen!"

Weil auch ihre Neugier geweckt war, erhob sich Caroline, sodass Portia ihre Last auf der Bank abstellen konnte.

„Es ist einfach das Hübscheste, was ich je gesehen habe!", verkündete Portia und nahm mit einer schwungvollen Bewegung den Deckel ab.

Caroline und Vivienne seufzten unwillkürlich auf, als meterweise Tüll in dem zartesten Rosa hervorquoll. Der durchsichtige Stoff war über ein Unterkleid aus schimmernder weißer Seide drapiert.

Portia hielt sich das tief ausgeschnittene Seidenkleid unters Kinn, wobei sie darauf achtete, nicht die dunkler abgesetzte Rüsche am Saum durch das Gras zu schleifen. „Ist es nicht wunderschön?"

„Exquisit", pflichtete ihr Caroline leise bei. Es gelang ihr nicht, der Versuchung zu widerstehen, mit den Fingerspitzen über die Reihe schimmernder Perlen zu fahren, die die rosa Seidenschärpe des Kleides zierten.

„Es ist wie etwas, was eine Prinzessin tragen würde", hauchte Vivienne mit einem entzückten Lächeln.

Immer noch das Kleid haltend, als widerstrebe es ihr, es loszulassen, griff Portia in die Schachtel, holte eine Karte aus edlem Büttenpapier heraus und reichte sie Vivienne. „Ich habe zwar vielleicht das Päckchen geöffnet, aber ich war nicht so anmaßend, auch die Karte zu lesen."

„Es ist gut zu wissen, dass du deine Skrupel nicht gänzlich verloren hast", sagte Caroline trocken. Portia steckte ihr die Zunge heraus.

Vivienne studierte die Karte. „Es ist ein Geschenk des Viscounts", sagte sie, und ihr Lächeln verblasste. „Er möchte, dass ich es morgen Abend zum Ball trage."

Caroline riss ihre Hand zurück, als habe das Kleid zu brennen begonnen, war selbst erstaunt über die maßlose Wut, die plötzlich in ihr aufwallte. „Wie kann er es wagen? Was denkt der Mann sich eigentlich, so gegen die Anstandsregeln zu verstoßen? Dir etwas so Persönliches wie eine Halskette zu schenken, war schon ungehörig genug, aber das hier übersteigt alles Dagewesene bei Weitem. Wenn es ein Fächer oder ein Paar Handschuhe wären, hätte ich vielleicht über die Frechheit hinwegsehen können, aber das hier, dies …" Sie deutete mit dem Finger auf das beleidigende Kleidungsstück, unfähig, die richtigen Worte zu finden, um ihren Gefühlen Ausdruck zu verleihen.

Portia umklammerte das Kleid noch fester, als fürchtete sie, Caroline würde es ihr entreißen. „Oh, bitte! Verbiete Vivienne nicht, es anzunehmen, Caroline! Sie wird darin einfach zauberhaft aussehen."

„Ich bin sicher, sie wird, aber ich kann es einfach nicht erlauben. Wenn jemand herausfindet, wo das Kleid herstammt, wäre Viviennes Ruf rettungslos ruiniert. Himmel, es ist genau die Sorte Geschenk, die ein Ehemann seiner …"

Carolines Stimme erstarb, als Vivienne langsam den Blick hob und sie anschaute. Ihre Stimme beinahe zu einem Flüstern senkend, sagte ihre Schwester: „Es ist vielleicht anmaßend oder voreilig, aber Lord Trevelyan hat sich in der vergangenen Woche seltsam verhalten. Ich denke, er plant, den Ball als Anlass zu nehmen, mir einen Heiratsantrag zu machen."

Zuerst dachte Caroline, das Geräusch von zerbrechendem Porzellan seien ihre unmöglichen Träume, die in tausend Stücke zerbarsten. Dann aber blickte sie auf und sah Konstabler Larkin auf dem Weg stehen. Das Tablett in seinen Händen war leer, aber die zackigen Scherben eines Sèvres-Teeservices bedeckten den Boden um ihn herum. Obwohl seine Züge so reglos waren, als seien sie aus Marmor geschnitten, war der bestürzte Ausdruck in seinen Augen ein Spiegelbild ihrer eigenen Gefühle.

Den Kopf einziehend, kniete er sich auf die Pflastersteine in die Teepfütze und begann alles recht wirkungslos mit seinem Taschentuch aufzuwischen. „Das war schrecklich ungeschickt von mir, meine Damen. Zwei linke Hände, fürchte ich. Wenigstens hat das immer meine Mutter gesagt, als ich noch ein Junge war. Es tut mir so entsetzlich leid. Ich werde ein Dienstmädchen holen, das alles gleich wieder in Ordnung bringt."

Ohne eine von ihnen anzublicken, stopfte er sich sein inzwischen nasses Taschentuch wieder in die Rocktasche und ging geradewegs zum Haus zurück.

Caroline drehte sich um und bemerkte, dass Vivienne ihm mit gerunzelter Stirn nachschaute. „Grässlicher Mann", stieß sie hervor und zupfte unruhig an der Decke auf ihrem Schoß. „Wenn meine Verlobung mit dem Viscount erst einmal verkündet ist, hat er nicht länger eine Entschuldigung, mich zu belästigen." Trotz Viviennes mitleidloser Miene war sich Caroline fast sicher, ein verräterisches Glitzern in den Augen ihrer Schwester entdeckt zu haben.

„Was ist los, Vivienne? Du weinst doch nicht etwa, oder?", fragte Caroline, über die ungewohnten Launen und Stimmungsschwankungen von Vivienne so erstaunt wie über ihre eigenen.

Die Feuchtigkeit wegblinzelnd, hob Vivienne ihr Kinn und lächelte sonnig. „Ich denke nicht. Meine Augen sind nur noch ein bisschen lichtempfindlich. Wenn ich weinen sollte, dann lass dir versichern, wären es Freudentränen. Lord Trevelyan wird einen wundervollen Ehemann abgeben, meinst du nicht auch? Himmel, ich würde von jeder Frau der Gesellschaft beneidet."

Zärtlich über das Kleid streichend, schaute Portia Caroline flehend an. „Besonders wenn sie sie dieses Kleid hier auf dem Ball morgen tragen sehen."

Mit einem Blick in die hoffnungsvollen Gesichter ihrer Schwestern seufzte Caroline. Ihr Zorn war wie weggeblasen, ersetzt durch ein dunkleres und gefährlicheres Gefühl. „Ich kann nicht gegen euch beide ankommen. Solange niemand herausfindet, dass das Kleid ein Geschenk des Viscounts ist, denke ich, wird es nicht schlimm sein."

Plötzlich hatte sie es so eilig, aus Viviennes Nähe zu entkommen, wie Larkin. Sie begann in Richtung Haus zu gehen.

„Ich glaube, ich laufe schnell ins Haus und prüfe, ob der Konstabler daran gedacht hat, neuen Tee zu bestellen."

Sich Portias besorgtem Blick überdeutlich bewusst, eilte sie in die Sicherheit des Hauses, und unter den dünnen Sohlen ihrer Schuhe knirschten die Porzellanscherben.

Caroline verlor keine Zeit, nachdem sie ihr Zimmer erreicht hatte. Sie ging zum Bett, kniete sich davor und zog den brokatbezogenen Koffer hervor, den sie nach ihrer Ankunft noch in ihrer ersten Nacht auf der Burg darunter verstaut hatte. Nachdem sie die Tasche auf das Bett gestellt hatte, holte sie eine kleine Glasflasche heraus und hielt sie ins Sonnenlicht.

„Und was ist das? Hast du heimlich Alkohol gehortet?"

Caroline wirbelte herum. Portia stand auf der Türschwelle.

„Klopfst du eigentlich nie an?", wollte Caroline wissen.

„Nicht wenn die Tür schon offen steht", erwiderte Portia und durchquerte den Raum. „Ich habe mir deinetwegen Sorgen gemacht", bekannte sie. „Du hast dich unten so komisch verhalten. Ich hatte keine Ahnung, dass du hochgegangen bist, um dich mit einem kleinen Schluck zu stärken."

Ehe Caroline Einwände erheben konnte, hatte ihr ihre Schwester die Flasche aus der Hand genommen und den Korken herausgezogen. Sie schnupperte vorsichtig daran, dann hob sie das Fläschchen an die Lippen.

„Nicht!", rief Caroline und versuchte es zu fassen zu bekommen.

Portia erstarrte, ihre Lippen waren schon mit der klaren Flüssigkeit benetzt. Caroline einen verletzten Blick zuwerfend, leckte sie die Tropfen ab. „Kein Grund, mich zu Tode zu erschrecken. Es ist nur Wasser."

Trotzdem sich eigentlich Portia wegen ihrer Schnüffelei schämen müsste, war es Caroline, die rot wurde.

Die Augen ihrer Schwester wurden schmal. „Oder nicht?"

Als sie das Fläschchen sorgfältig wieder verkorkt und auf ein Tischchen gestellt hatte, griff Portia in den Koffer und holte eine Silberkette hervor. Ein prachtvoll verziertes Silberkruzifix baumelte an ihrem Ende, glitzerte im Sonnenschein.

„Wie interessant", bemerkte Portia und schaute Caroline aus großen Augen an. „Sag, bevor wir von Edgeleaf aufgebrochen sind, hast du da etwa dem Dorfpfarrer erzählt, du wollest katholisch werden?"

„Mir hat die Kette gefallen", antwortete Caroline wenig überzeugend.

„Und was haben wir hier?" Sie griff wieder in die Tasche. Diesmal hielt sie einen langen, glatten Holzpflock in der Hand, der am einen Ende gefährlich scharf zugespitzt war. „Hattest du vor, deine Stickkünste zu verbessern?"

Caroline zuckte zusammen, weil sie wusste, dass gleich der belastendste Gegenstand zum Vorschein kommen würde – das mit Eselsohren versehene Exemplar der Zeitschrift New Monthly Magazine vom April 1819, eben die Ausgabe, die Dr. Polidoris umstrittene Abhandlung „Der Vampir" enthielt.

„Du hinterhältige Heuchlerin!" Portia starrte sie vorwurfsvoll an, während sie die zerlesenen Seiten des Magazins durchblätterte. „Ich habe eine ganze Woche lang überall danach gesucht. Du hast sie mir bei Tante Marietta unter der Matratze weggestohlen, nicht wahr?"

Caroline seufzte und nickte, wusste, die Zeit, alles abzustreiten oder Ausflüchte zu suchen, war vorbei.

Portia warf die Zeitschrift mit ihrer restlichen Ausbeute aufs Bett, dann stemmte sie sich die Hände in die Hüften. „„Sei nicht albern, Portia! Es gibt keine Vampire"", äffte sie sie nach und traf dabei Carolines Tonfall erschreckend genau. „„Oder Werwölfe. Oder Gespenster. Oder Nixen in den Brunnen im Garten. Oder gut aussehende Prinzen, die dich aus jeder Klemme retten, ehe sie dich auf ihr Pferd werfen und mit dir auf ihr Schloss reiten, wo sie mit dir glücklich bis zum Ende leben."" Sie hob vorwurfsvoll den Zeigefinger. „Du bist eine Schwindlerin, Caroline Marie Cabot! Du solltest dich schämen!"

„Du hast ja keine Ahnung", entgegnete Caroline, ging an ihrer Schwester vorbei zum Bett und begann das Weihwasser, das Kruzifix und die Zeitschrift wieder im Koffer zu verstauen.

„Ich dachte, du seiest die am praktischsten Veranlagte von uns dreien."

„Ist nicht auf jede Eventualität vorbereitet zu sein praktisch?", hielt ihr Caroline vor. Nach einem Augenblick des Zögerns steckte sie sich den Holzpflock in die Rocktasche.

Portia verfolgte ihr Tun mit großen Augen. „Was genau hast du vor?"

Caroline spielte kurz mit dem Gedanken zu lügen, aber ihre Schwester hatte sich schon als nützliche Helferin erwiesen, wenn es um Täuschungsmanöver ging. Sich zu Portia umdrehend, sagte sie: „Ich werde jedes Zimmer in dieser Burg durchsuchen, bis ich den Viscount finde. Wenn ich ihn entdecke, ehe die Sonne heute untergeht, dann kann ich vielleicht unsere Befürchtungen ein für alle Mal zu Grabe tragen."

„Eine ziemlich unglückliche Wortwahl, meinst du nicht auch?"

„Wenn Kane wirklich vorhat, Vivienne morgen Nacht beim Ball einen Antrag zu machen, dann ist dies meine letzte Chance zu beweisen, dass er schlicht ein Mann ist – ein einfacher Sterblicher wie wir alle." Die drückende Enge in ihrer Brust ignorierend, fügte sie hinzu: „Wenn ich das tun kann, dann werde ich ihm und Vivienne meinen Segen geben können."

„Und du bist dir ganz sicher, dass du das auch wirklich tun willst?", fragte Portia, die ihre Worte offensichtlich sorgfältig auswählte.

„Was meinst du damit?"

Portia biss sich auf die Unterlippe, dann antwortete sie: „Ich habe dein Gesicht im Garten gesehen, als Vivienne Lord Trevelyans Antrag erwähnte. Ich mache mir Sorgen, dass du anfängst, Gefühle für ihn zu entwickeln."

„Selbstverständlich entwickele ich Gefühle für ihn", entgegnete Caroline forsch. „Die Art Gefühle, wie man sie für den Mann zu haben erwartet, der vermutlich die eigene Familie vor dem Ruin rettet."

Das entschlossene Funkeln in Carolines Augen erkennend, seufzte Portia und gab sich geschlagen. „Was soll ich tun? Soll ich dir folgen, das Kruzifix schwenken und alles mit Weihwasser besprengen?"

„Sorge einfach dafür, dass Vivienne beschäftigt ist und mir nicht in die Quere kommt."

„Die Aufgabe hättest du Konstabler Larkin übertragen sollen. Ich bezweifle, dass ein Rudel jaulender Werwölfe ihn von ihrer Seite losreißen könnte. Vermutlich sollte ich dankbar sein, dass wenigstens nicht auch noch Julian in sie verliebt ist." Portias lässiges Achselzucken konnte nicht ganz den Schmerz verbergen, der ihre Augen überschattete. „Natürlich hat er keinen Zweifel daran gelassen, dass er auch nicht in mich verliebt ist."

Caroline schüttelte hilflos den Kopf, wünschte sich, sie hätte die Macht, die Ketten zu sprengen, die ihre Herzen fesselten. „Ich glaube nicht, dass der Konstabler Vivienne heute Nachmittag Gesellschaft leisten wird. Was der Grund ist, weshalb ich dich brauche, um ein Auge auf sie zu haben, bis ich zurückkomme."

Als Caroline an ihr vorbeiging, fasste Portia sie am Arm. „Gib gut auf dich acht, ja? Selbst wenn sich herausstellt, dass der Viscount kein Vampir ist, kann er trotzdem gefährlich sein."

Für einen Ort mit so vielen Geheimnissen besaß Trevelyan Castle bemerkenswert wenig verschlossene Türen. Caroline wanderte eine Ewigkeit – wenigstens schien es ihr so – über gewundene Treppen und gefliste Korridore und kam sich ein bisschen wie eine Prinzessin aus Portias geliebten Märchen vor. Dennoch blieb abzuwarten, ob diese Burg verzaubert war oder verflucht. Oder ob ihr unsichtbarer Wächter Prinz oder Biest war.

Die Burg wimmelte vor Dienstboten, die damit beschäftigt waren, die Gästezimmer vorzubreiten. Manche der für morgen erwarteten Gäste des Viscounts würden in Gasthäusern in der Nähe einkehren, aber viele würden auch in der Burg selbst untergebracht werden. Zwischen den vielen ihren unterschiedlichen Pflichten nachgehenden Dienstmädchen fiel Caroline nicht weiter auf und konnte jedes Stockwerk peinlich genau durchkämmen, entdeckte dabei mehrere Räume, die sie und Portia bei ihrer Suche nach Spiegeln übersehen hatten. Nach einer ergebnislosen Durchforstung der oberen Stockwerke fand sie sich schließlich vor der Tür zur Gemäldegalerie wieder.

Sie berührte mit den Fingerspitzen die Klinke, verspürte den Wunsch, hineinzugehen und zu sehen, ob sie immer noch den Mut besaß, dem rücksichtslosen Krieger gegenüberzutreten, der Kanes Züge besaß.

Über ihre Schulter blickte sie verstohlen zu dem Spitzbogenfenster am anderen Ende des Korridors. Ihr wurde die Zeit knapp. Das Tageslicht schwand, der Mond würde bald schon aufgehen. Sie kehrte der Gemäldegalerie den Rücken, raffte ihre Röcke und eilte zu den Stufen, und ihre Schritte beschleunigten sich unter einem Gefühl der Dringlichkeit.

Es war gar nicht so schwer, ungesehen an den Dienstboten in der Küche im Erdgeschoss vorbeizuschlüpfen. Sie riefen sich gegenseitig Anweisungen zu und klapperten mit Pfannen und

Töpfen, während Gemüse geputzt, geschält und geschnitten und Brot gebacken wurde für das extravagante Supper, das nach dem Tanz morgen Nacht serviert werden sollte. Caroline huschte unter einer Gewölbetür hindurch, schnitt eine Grimasse, als sie flüchtig einen bauchigen Kupferkessel erblickte, der unter einem Eisenhaken stand, um das Blut von einem undefinierbaren Stück Fleisch aufzufangen.

Sie bezweifelte, dass sie irgendetwas Wichtiges in dem Labyrinth aus Räumen fände, die zu der Küche gehörten, aber sie hatte schon alles andere durchsucht. Mit einem letzten Blick hinter sich, um sicherzugehen, dass man sie nicht gesehen hatte, schlüpfte sie in einen schmalen Gang und ließ das fröhliche Durcheinander hinter sich.

Der Gang besaß einen leicht abschüssigen Boden aus gestampftem Lehm und niedrige Deckenbalken aus Eichenholz. Als sie sich unter einem davon duckte, streifte ein Spinnennetz ihren Nacken, worauf sie erschauerte. Wenn nicht die rostigen Wandleuchter aus Eisen gewesen wären, die sich in ungleichmäßigen Abständen an den rissigen, mit Wasserflecken übersäten Wänden befanden, wäre sie davon überzeugt gewesen, dass seit Jahrhunderten niemand mehr diesen Gang benutzt hatte. Die kurzen Talgkerzen spendeten mehr Schatten als Licht. Caroline hatte gar nicht bemerkt, dass der Gang eine Biegung machte, bis sie hinter sich schaute und feststellte, dass der Eingang nicht länger zu sehen war. Es gab nur Dunkelheit hinter und flackernde Schatten vor ihr.

Etwas huschte über den Boden, scharfe kleine Krallen scharrten über die Erde. Mit einem würdelosen Aufschrei machte Caroline einen Satz nach vorn und prallte gegen eine Tür. In dem verzweifelten Versuch, einer – wie sie fürchtete – dicken, fetten Ratte zu entkommen, rüttelte sie an der Türklinke und musste feststellen, dass sie endlich gefunden hatte, wonach sie so lange gesucht hatte: eine verschlossene Tür.

Die Ratte war vergessen, sie drückte die Klinke erneut, forschte nach einer Schwachstelle. Was, wenn sie zufällig an der Tür zur Familiengruft gelandet war? Oder zu dem voll funktionsfähigen, bestens ausgestatteten Kerker, mit dem sich Kane gebrüstet hatte?

Sie kniete sich hin, um durch das Schlüsselloch zu spähen, als plötzlich eine Stimme so trocken wie Grabesstaub aus der

Dunkelheit hinter ihr erklang. „Kann ich Ihnen behilflich sein, Miss?"

Caroline sprang auf und wirbelte herum. Wilbury stand hinter ihr und sah so aus, als sei er selbst gerade erst der Familiengruft entstiegen. Sein Gesicht war in dem fahlen Licht so angespannt und blass wie eine Totenmaske.

Er hatte einen Ring mit Eisenschlüsseln in der Hand, die fast alle rostig waren.

„Guten Tag, Wilbury", sagte sie und nötigte sich ein freundliches Lächeln ab. „Wie gut, dass Sie ausgerechnet jetzt hier erscheinen. Ich habe gerade gedacht, wie gut, wenn jetzt jemand käme, der mir diese Tür hier aufschließen könnte."

„In der Tat."

Seine wenig ergiebige Antwort ließ ihr keine andere Wahl, als nachzulegen. „Ihr … Ihr Herr hat mich geschickt, etwas aus diesem Raum für meine Schwester zu holen."

„Ach ja? Und warum hat er nicht nach mir geläutet?"

„Weil er wusste, dass ich hier vorbeikommen würde, und er Sie nicht belästigen wollte." Der Butler hob nur eine schneeweiße Augenbraue. Caroline beugte sich vor und flüsterte: „Es wäre besser, Sie würden Ihrem Herrn helfen, meiner Schwester zu Gefallen zu sein, wissen Sie. Es ist gut möglich, dass sie eines Tages die Herrin dieser Burg wird."

Etwas Unverständliches murmelnd, das sich verdächtig wie „Papperlapapp" anhörte, begann Wilbury seine Schlüssel zu sortieren. Schließlich gelang es ihm, den richtigen zu finden, und steckte ihn ins Schlüsselloch. Caroline nahm sich eine Kerze aus einem Wandhalter; ihr Atem beschleunigte sich.

Wilbury öffnete die Tür, und seine Knochen schienen genauso laut zu knarren wie die uralten Türangeln. Sich überdeutlich bewusst, dass der Butler hinter ihr stand, trat Caroline langsam ein und hielt die Kerze hoch. Statt mit Ketten und Handschellen, in denen noch die vermoderten Überreste von naiven Jungfrauen hingen, war die bescheidene Kammer mit schlichten Holzregalen ausgestattet, auf deren Brettern unzählige Gläser, Flaschen und Stoffsäckchen standen. Die Namen auf den sorgfältig beschrifteten Schildern lauteten aber nicht „Molchauge" oder „Wolfsblume", sondern „Muskatnuss", „Ingwer" und „Thymian".

Wie es aussah, war sie auf nichts Belastenderes als einen

Gewürzkeller gestoßen.

„Bei uns gelten die alten Regeln noch", unterrichtete Wilbury sie. „Im Mittelalter war es üblich, dass der Burgverwalter die kostbaren und teuren Gewürze unter Verschluss hielt."

Und das war ja erst drei- oder vierhundert Jahre her. Wilbury war damals vermutlich ein Kind gewesen, dachte Caroline ungnädig.

„Ach, hier ist es ja!" Darauf bedacht, sich ihre Enttäuschung nicht anmerken zu lassen, nahm sie das nächstbeste Fläschchen aus dem Regal und steckte es sich in die Rocktasche. „Ich bin sicher, es ist genau das, was dem Tee meiner Schwester noch fehlt."

Als Caroline an ihm vorbeiging, sagte Wilbury: „Sie wollen vielleicht auch noch etwas Zucker mitnehmen, Miss."

Caroline drehte sich um und schenkte ihm ein strahlendes Lächeln. „Und warum?"

Er deutete mit dem Kinn auf ihre Tasche. „Um den Geschmack des Laudanums zu überdecken."

Caroline saß mit angezogenen Knien auf dem Bett und schaute zu, wie die rote Sonne im Westen unterging. Ihr letzter Tag vor dem Ball würde bald vorüber sein, und ihre Durchsuchung von Trevelyan Castle hatte am Ende mehr Fragen aufgeworfen als beantwortet. Trotz ihres kühnen Vorhabens war sie dem Ziel, die Wahrheit über Adrian Kane herauszufinden, nicht näher als in der ersten Nacht, als sie ihn kennengelernt hatte.

„Adrian", flüsterte sie und überlegte, wie es wäre, das Recht zu haben, ihn mit seinem Vornamen anzusprechen. „Hättest du gerne mehr Blutpudding, Adrian? Sollen wir für deinen Geburtstag dieses Jahr ein Mitternachtssupper planen, Adrian? Wie soll unser erster Sohn heißen, Adrian?"

Einen Stich verspürend und von Einsamkeit fast überwältigt, legte Caroline ihre Wange auf ihr Knie und beobachtete, wie die Schatten der Dämmerung auf ihre Balkontüren zukrochen. Vielleicht würde sie das Schicksal heute Nacht herausfordern und sie unverriegelt lassen.

Caroline versteifte sich. Sie hob den Kopf, und ihr Blick wurde schärfer. Ihr fielen wieder ein heimlicher Schritt, ein Schatten vor dem nächtlichen Himmel und Nebelschwaden im Mondlicht ein. Sie stieg vom Bett, glitt zu den Türen, als befände sie sich in einer

Art Trance.

Als er in ihrer ersten Nacht auf der Burg vor ihrer Balkontür erschienen war, hatte Kane behauptet, nicht schlafen zu können. Dass er sein Bett verschmäht hatte und stattdessen auf einen Spaziergang und eine Zigarre nach draußen gegangen sei. Dann war er so plötzlich verschwunden, wie er gekommen war.

Caroline riss die Türen auf und trat auf den Balkon. Die kühle Abendluft strich liebkosend über ihre bloßen Arme unter den kurzen Puffärmeln ihres Batistkleides, verursachte ihr Gänsehaut. Während ihrer ganzen vergeblichen Suche heute Nachmittag war es ihr nicht einmal eingefallen, einfach den Weg nachzugehen, den er angeblich gekommen war.

Sie blickte zum Horizont. Sie hatte nicht viel Zeit zu verlieren. Die tief stehende Sonne verlor schon von ihrer Kraft, malte den Bäuchen der aufziehenden Wolken goldene Ränder.

Caroline schritt an der Festungsmauer der Burg entlang, dicht an die Turmmauer gedrückt, damit niemand sie von unten entdecken konnte. Sie konnte nur hoffen, dass Portia Vivienne immer noch Gesellschaft leistete.

Auf der anderen Seite des Turmes, die schon im Dämmerlicht lag, fand sie schließlich, wonach sie Ausschau gehalten hatte – eine kurze steinerne Wendeltreppe. Sie ging die Stufen hinunter, die an einem schmalen Steinsteg mit Geländer endeten, der den Abgrund zwischen Nord- und Südturm überspannte. Während sie eilig über diese Brücke schritt, kam Wind auf und zerrte an ihren dünnen Röcken, sodass sie es bereute, ihren Umhang zurückgelassen zu haben.

In der Nacht, in der sie angekommen war, hatte Wilbury ihr mitgeteilt, dass sein Herr sehr genau mit seinen Anweisungen gewesen war: Miss Caroline Cabot wird im Nordturm untergebracht. Als Caroline die andere Seite des Steges erreichte und die Stufen zum Südturm hinaufstieg, versuchte sie nicht daran zu denken, was diese Worte des Butlers wohl bedeuten mochten. Versuchte nicht daran zu denken, wie leicht es für die Bewohner der beiden Türme wäre, sich einer heißen Affäre hinzugeben, ohne dass jemand in der Burg davon erfuhr. Wahrscheinlich hatte Kanes Wunsch einen völlig unschuldigen Grund. Sie hatte heute ja selbst gesehen, wie es bei den Dienstboten zuging. Vielleicht war zum Zeitpunkt ihrer Ankunft der Nordturm einfach einer von nur wenigen für Gäste vorbereiteten Räumen gewesen.

Bald schon stand sie vor einem Paar französischer Fenster, beinahe identisch mit ihren eigenen. Sie beschattete ihre Augen mit beiden Händen und beugte sich vor, bis dicht an die Scheibe, um in das Zimmer zu spähen. Aber schwere Vorhänge versperrten ihr die Sicht. Sie schaute über ihre Schulter. Obwohl die Sonne noch nicht ganz untergegangen war, begannen schon die ersten Sterne am indigofarbenen Himmel im Osten zu funkeln.

Sie konnte es sich nicht leisten, länger zu warten. Als sie ihre Finger um die Messingklinke schloss, fragte sie sich, ob Kane sich eigentlich an seinen eigenen Rat hielt und seine Türen gegen den Wind verriegelte. Wenn ja, dann bliebe ihr nichts anderes übrig, als in ihr Schlafzimmer zurückzugehen, wo sie eine weitere Nacht in quälender Unsicherheit verbringen musste.

Ihren sinkenden Mut zusammennehmend, drückte sie die Klinke nach unten. Die Tür schwang auf und lud sie, ohne auch nur einmal protestierend zu quietschen, in die Höhle des Viscounts ein.

Kapitel 15

ભ્ય૱ભ્ય૱ഇ൱ഇ

Caroline schlüpfte in das Allerheiligste des Turmes und zog die Tür hinter sich zu. Sie hatte das Gefühl, als pochte ihr Herz laut genug, um Tote aufzuwecken. Sie zuckte zusammen, verwünschte den unglückseligen Gedanken.

Sie zögerte, wartete, dass ihre Augen sich an das spärliche Licht gewöhnten. Obwohl üppige Samtvorhänge vor jedes Fenster gezogen worden waren, war das Zimmer nicht völlig in Dunkelheit getaucht. Eine einzige Wachskerze war in einem Eisenkerzenhalter an der gegenüberliegenden Wand des Turmes fast heruntergebrannt.

Als sich die Schatten langsam zurückzogen, hing ihr Blick fasziniert an dem Möbelstück, das den Raum beherrschte. Zu ihrer Erleichterung war es kein geschlossener Sarg auf einem Marmorpodest, sondern ein hohes Himmelbett aus Mahagoni, komplett mit vier Pfosten und Vorhängen aus rubinroter Seide. Diese Vorhänge waren zugezogen und hüllten das Bett so in Geheimnisse.

Langsam tastete sie sich vorwärts, stolperte beinahe über den Klauenfuß eines weiteren Möbels am Fuß des Bettes. Es war lang und schlank und ebenfalls durch Seidendraperien verhüllt. Sie hob gerade eine Ecke des Stoffes an, um darunterzusehen, als sie eindeutig hörte, wie sich etwas hinter den Bettvorhängen bewegte.

Sie wirbelte herum, ihre letzte geheime Hoffnung, dass das Bett leer sei, vernichtet. In die Tasche ihres Rockes fassend, schlossen sich ihre zitternden Finger um den Pflock. Als watete sie durch Treibsand, ging sie schleppenden Schrittes zu der Bettseite, die der Kerze und einzigen Lichtquelle am nächsten war. Ihre Finger glitten über die Seide, als sie den Vorhang vorsichtig zurückzog, um zu enthüllen, wer sich im Bett befand.

Statt ordentlich auf dem Rücken zu liegen, die Arme vor der Brust gefaltet, schlief Adrian Kane inmitten der roten Seidenlaken auf dem Bauch. Der glatte Stoff war ihm gefährlich tief auf die Hüften gerutscht, sodass sein sehniger Rücken und seine muskulösen Schultern ihren Blicken preisgegeben waren. Es war unmöglich zu sagen, was er unter dem Laken anhatte – wenn überhaupt irgendetwas.

Caroline musste sich zwingen, ihren wandernden Blick zurück auf sein Gesicht zu lenken, schluckte, um die plötzliche Trockenheit in ihrem Mund zu vertreiben.

Er schlief mit dem Gesicht dem milden Schein der Kerze zugewandt, seine langen Wimpern ruhten auf seinen Wangen. Dass die Spitzen golden schimmerten, war Caroline nie zuvor aufgefallen, genauso wenig, wie lang und üppig sie waren. Der Schlaf hatte die Falte verschwinden lassen, die so oft auf seiner Stirn stand, und die Last der Verantwortung von seinen breiten Schultern genommen. Wie er so dalag, das dichte Haar zerzaust und die Lippen leicht geteilt, konnte sie beinahe den Jungen sehen, der er früher gewesen war.

Als ein entschieden menschliches Schnarchen von seinen Lippen ertönte, schüttelte Caroline den Kopf, überwältigt von einer Welle der Zärtlichkeit. Sie war hergekommen, um ein für alle Mal zu beweisen, dass er ein gewöhnlicher Mann war. Doch alles, was sie bisher bewiesen hatte, war, was für eine Närrin sie gewesen war. An ihm war nichts gewöhnlich. Oder an ihren Gefühlen für ihn.

Er hatte sie nicht getäuscht, nein, das war sie ganz allein gewesen. Sie hatte sich darauf versteift zu glauben, dass er eine Gefahr für ihre Schwester darstellte, während einzig für ihr Herz Gefahr bestand. Solange sie sich an die alberne Vorstellung klammern konnte, dass er ein Vampir sein könnte, musste sie ihn nicht gehen lassen. Caroline schloss für einen Moment die Augen, rang um Fassung. Als sie sie wieder öffnete, brannten sie noch, waren aber trocken.

Sie wusste, sie sollte jetzt gehen, aber sie konnte sich nicht bewegen. Sie mochte nie wieder die Chance haben, im Schutz der Dunkelheit näher zu treten, ihn im Schlaf beobachten und sich einen selbstsüchtigen Augenblick vorzustellen, dass er von ihr träumte.

Eine Berührung.

Das war alles, was sie sich gestatten würde. Dann würde sie so leise wieder fortschleichen, wie sie gekommen war, und ihn seinen Träumen überlassen. Sie würde zu ihrem Zimmer zurückkehren und all ihre Kraft zusammennehmen, sodass sie ihn, wenn er an ihre Tür klopfte und um die Erlaubnis bat, um Viviennes Hand anzuhalten, als den Bruder begrüßen konnte, der er bald schon werden würde.

Caroline streckte ihre Hand aus, sich völlig im Klaren darüber, dass dies kein Gemälde war, sondern Fleisch und Blut, sengende Hitze, Kraft und Leben.

In der einen Sekunde streiften ihre Fingerspitzen die golden schimmernde Haut auf seinem Rücken, in der nächsten lag sie flach auf dem Rücken auf der Federmatratze, ihre beiden Handgelenke über ihrem Kopf von einer seiner Hände unnachgiebig gehalten, seine andere Hand um ihre Kehle geschlossen.

Sie blinzelte verwirrt zu ihm auf, gebannt von dem wilden Glitzern in seinen Augen. Jeder Atemzug war ein Kampf, aber sie konnte nicht sagen, ob das daran lag, dass sie von seinem Gewicht aufs Bett gedrückt wurde, oder daran, dass sie mit jedem Luftholen den köstlichen Duft seines vom Schlaf warmen Körpers einatmete. In das normale Sandelholz- und Lorbeeraroma mischte sich ein neues, kräftiges Gewürz – Gefahr.

Langsam zeichnete sich Erkennen in seinen halb geschlossenen Augen ab, gefolgt von Argwohn. Sein Griff um ihre Handgelenke und ihre Kehle lockerte sich, aber er machte keine Anstalten, sie loszulassen.

Sie war sich auch nicht sicher, ob sie hätte fliehen können, wenn er das getan hätte. Eine lähmende Mattigkeit schien ihre Glieder umfangen zu haben, verlangsamte die Zeit zu einem Walzer im Takt ihrer Herzschläge. Sie war sich seines Gewichtes überdeutlich bewusst, seiner Hitze, seiner langen, muskulösen Glieder, die sie in die Matratze pressten. Selbst in ihrer Unschuld erkannte Caroline, dass die Hand an ihrer Kehle mitnichten die größte Bedrohung für sie darstellte.

„Nicht", flüsterte sie und sah, wie sein Blick an ihren Lippen hing. Sie konnte nicht sprechen, konnte nicht denken, konnte keinen einzigen Atemzug machen, der nicht mit dem heißen Moschusduft seines Verlangens erfüllt war. „Bitte nicht …"

Selbst während sie die Worte hervorpresste, wusste sie, es war zu spät. Wusste, es war zu spät vom ersten Moment an, als ihre Blicke sich trafen, als ihre Lippen sich berührten.

Seine Hand glitt von ihrem Hals zu ihrer Wange. Er schaute ihr in die Augen. Seinen Daumen ließ er spielerisch über ihre Lippen gleiten, erkundete die nachgiebigen Umrisse mit einer Zärtlichkeit, die sie zu überwältigen drohte.

Dann war sein Kopf da, versperrte den Rest des Kerzenlichtes, als er seinen Mund senkte. Seine Lippen bewegten sich auf ihren, zwangen sie behutsam auseinander, sodass sie der rauchigen Hitze seiner Zunge hilflos ausgeliefert war. Er plünderte ihren Mund, forderte ihn für sich – genauso wie ihr Herz. Er benutzte seine Zunge, um sie zu umwerben, sie zu überreden, wortlose Versprechen zu machen, die er nie hoffen konnte zu halten.

Caroline hätte nicht sagen können, wie ihre Hände plötzlich freikamen. Sie wusste nur, dass sie plötzlich in seinem Haar waren, sich um seinen Nacken legten und ihn noch tiefer in den Kuss und an ihren Körper zogen.

Zu spät erkannte sie, dass nun auch seine Hand frei war. Frei, durch ihr seidiges Haar zu streichen, bis es aus den Nadeln und über seine Finger glitt. Frei, über ihre zarte Haut zu der empfindsamen Kuhle an ihrem Halsansatz zu wandern. Frei, ihren sanft schwellenden Busen durch den dünnen Batist ihres Kleides zu liebkosen. Sie war nicht auf den Schock des Gefühls vorbereitet, seine warmen Finger auf ihrer bloßen Haut zu spüren, als er sie in ihren Ausschnitt und unter das Korsett schob. Seine Hand schloss sich um ihre Brust; er rieb mit erlesener Zärtlichkeit seinen Daumen über die sich verhärtende Spitze, sandte winzige Schockwellen tief in ihren Leib. Obwohl sie es war, die vor Entzücken schier verging, stöhnte auch er, als litte er Schmerzen.

Acht Jahre lang hatte sie sich jedes Vergnügen versagt. Jetzt hatte sie das Gefühl, als ertränke sie darin, als sänke sie mit jedem Seufzer, jedem Kuss, jedem geschickten Streicheln in seine samtige Umarmung. Als seine Hand tiefer abwärtsglitt, ihren Bauch streifte, dem eleganten Schwung ihres Hüftknochens folgte, legte sie einfach ihren Kopf nach hinten, trank noch mehr des verbotenen Nektars, den er ihr so verführerisch anbot.

Er schmeckte wie warme Zuckerkekse an einem verschneiten Weihnachtsmorgen; kühle Erdbeeren mit Sahne an einem schwülen Sommernachmittag; dampfender Apfelwein an einem frischen Herbstabend. Zum ersten Mal in ihrem Leben, seit ihre Eltern gestorben waren, war es, als ob all die Leere in ihr ausgefüllt würde und sie nie wieder hungrig zu Bett gehen müsste.

Als sei er entschlossen, sie auf jede nur erdenkliche Art zu füllen, spreizte er ihre Schenkel mit seinem Knie, drückte es gegen die warme Höhlung zwischen ihren Beinen mit gerade genug Druck, dass sie in seinen Mund keuchte und sich unter ihm aufbäumte. Sie wusste nicht, was er mit ihr anstellte. Sie wusste nur, dass sie mehr davon wollte.

Mehr von ihm.

Als er seinen Mund von ihrem löste, stöhnte sie protestierend. Aber ihr Stöhnen ging in Seufzen über, als er federleichte Küsse auf ihre Mundwinkel hauchte, ihr Kinn und ihre Wangen, die zarte Haut unter ihrem Ohr.

Sie bog den Kopf nach hinten, unfähig, den weichen Lippen zu widerstehen, die an ihrem Hals nach dem Puls suchten. Einem Puls, der außer Kontrolle geraten war und flatterte wie ein kleiner Vogel, der in seiner Hand gefangen war.

In einem Wirbel des Entzückens verloren, spürte sie seine Zähne kaum, bis er sie biss.

„Au!" Sie riss die Augen auf. Eine Hand auf die leicht schmerzende Stelle legend, starrte sie ihn gekränkt an. „Du hast mich gebissen!"

Er starrte zurück, seine Augen glitzerten im Kerzenlicht wie exotische Edelsteine. „Und warum nicht? Das ist schließlich, was du von mir erwartet hast, oder?" Er hielt den Pflock in die Höhe, den er ihr aus der Tasche geklaut hatte, während sie fast besinnungslos in einem See der Lust trieb. „Wenn nicht, hättest du das hier nicht in mein Bett gebracht."

Caroline schluckte und blickte schuldbewusst von dem Pflock zu seinem Gesicht und wieder zurück. „Ich nehme nicht an, du würdest mir glauben, wenn ich behauptete, dass ich den brauche, um meine Stickkünste zu verfeinern?"

„Was wolltest du tun? ‚Segne unsere Elben' in mein Herz sticken?" Mit einem abfälligen Schnauben warf er den Pflock neben sie und rollte sich von ihr. Die Seidenvorhänge aufziehend, stieg er aus dem Bett.

Caroline setzte sich auf, und ihr blieb der Mund offen stehen, als sie erkannte, was er unter dem Laken getragen hatte.

Keinen Faden.

Von hinten ähnelte er Michelangelos David, herrlich zum Leben erweckt, jede Sehne und jeder Muskel von der liebevollen Hand eines meisterhaften Künstlers geformt. Er durchquerte den Raum mit solch unbewusster, männlicher Anmut, dass sie völlig vergaß, wegzuschauen, bis er hinter einem vergoldeten Ankleideschirm verschwand.

Bis zu den Zehenspitzen rot werdend, zog sie den Kopf ein. „Du kannst mir daraus kaum einen Vorwurf machen, wenn ich von dir das Schlimmste glaube. Es ist schließlich nicht so, als hättest du je versucht, all das hässliche Gerede abzustreiten, das hinter deinem Rücken verbreitet wird."

Seine knappe Antwort erklang leicht gedämpft durch den Schirm. „Ich dachte, du seiest diejenige, die nichts davon hält, auf leeres Geschwätz zu achten."

„Mir bleibt keine andere Wahl, als darauf zu achten, solange du meiner Schwester den Hof machst!"

Er tauchte wieder auf, hatte sich hastig ein Paar dunkelgrauer Hosen übergestreift. Ihr Blick wurde wie magisch von seinen Fingern angezogen, mit denen er gerade die Knöpfe vorne schloss. Trotz seiner sonstigen Geschicktheit schien er heute ungewohnte Schwierigkeiten zu haben. „Habe ich dir bis heute Nacht je Anlass zu dem Glauben gegeben, meine Absichten deiner Schwester gegenüber seien irgendetwas anderes als ehrenhaft?"

Ja!, wollte Caroline rufen. Als du mich in Vauxhall Gardens geküsst hast, als sei ich die einzige Frau, die du je lieben würdest. Aber sie verkniff sich diese Antwort. Weil er sie nicht geküsst hatte. Sie hatte ihn geküsst. „Deine Absichten meiner Schwester gegenüber mögen über jeden Tadel erhaben sein, aber deine Absichten mir gegenüber gerade eben waren wohl kaum unschuldig."

Er zerrte sich ein zerknittertes Hemd über den Kopf und begann die stoffüberzogenen Knöpfe zu schließen. „So hätte dich jeder Mann behandelt, wenn du wie bei mir mit solch grenzenloser Hingabe in sein Bett gehüpft wärst, solange er vom Schlaf noch halb benommen und vollständig erregt ist."

Die Röte in Carolines Wangen vertiefte sich, aber Kane sah es nicht. Zum ersten Mal, seit sie sich kennengelernt hatten, konnte er ihr nicht in die Augen schauen.

Da in ihr der Verdacht wuchs, dass er nicht nur sie belog, sondern auch sich selbst, erwiderte sie: „Ich bin nicht in dein Bett gehüpft. Ich wurde hineingezerrt."

„Und was hätte ich tun sollen? Es geschieht nicht jede Nacht, dass eine Frau in mein Schlafzimmer schleicht, bereit, mich im Schlaf zu ermorden." Er schüttelte den Kopf und fuhr sich mit einer Hand durch das zerzauste Haar. „Was in Gottes Namen hast du dir gedacht? Wenn einer der Diener dich hier hereinkommen gesehen hätte, wäre dein Ruf zerstört."

„Ich habe dafür gesorgt, dass mich niemand gesehen hat", sagte sie ihm.

„Dann bist du noch närrischer, als ich dachte." Seine Stimme senkte sich bedrohlich, als er mit der unerbittlichen Anmut einer Dschungelraubkatze auf sie zukam.

Caroline stand auf, um sich ihm zu stellen. Auch wenn ihr Haar größtenteils aus den Nadeln gerutscht war, reckte sie ihr Kinn. Seinem spöttischen Blick folgend, sah sie, dass sie noch den Pflock in der Hand hielt, und steckte ihn zurück in ihre Rocktasche. „Ich bin heute nicht hergekommen, um dich umzubringen. Ich bin gekommen, um ein und für alle Mal die Wahrheit zu entdecken. Und ich gehe nirgendwohin, ehe ich sie nicht erfahre." Sie holte tief Luft, entschlossen, nicht zu quietschen, wenn sie die Worte endlich laut aussprach. „Bist du ein Vampir oder nicht?"

Sie überraschte ihn so sehr, dass er einen Schritt vor ihr stehen blieb. Er hielt seinen Kopf schief und musterte sie. „Du erstaunst mich immer wieder. Bei unserem ersten Treffen hätte ich schwören können, du seiest zu praktisch veranlagt, um an solche Wesen zu glauben."

Sie zuckte die Schultern. „Niemand leugnet die Existenz von Vlad Dracula oder Elizabeth Bathora, der berüchtigten Gräfin von Transsylvanien, die die Jungfern aus dem Dorf an den Füßen aufhängen und ihnen die Kehlen aufschlitzen ließ, damit sie ihr Blut trinken und sich so ewige Jugend bewahren konnte."

Der seidige Unterton in seiner Stimme wurde ausgeprägter. „Ich kann dir versichern, Miss Cabot, ich habe wesentlich angenehmere Verwendung für Jungfrauen."

Obwohl ihre helle Haut sie mit einem weiteren Erröten verriet, beschloss sie die spöttische Bemerkung einfach zu übergehen. „Du kannst doch nicht leugnen, dass du die Instinkte eines geborenen Kriegers hast. Ich lag flach auf dem Rücken, deine Hand um meine Kehle, ehe ich auch nur Luft holen konnte, um zu schreien."

Eine Augenbraue hebend, entgegnete er: „Wenn ich mich recht erinnere, hast du dich auch nicht wirklich gewehrt." Er strich ihr eine entflohene Haarsträhne hinters Ohr. „Man hätte fast glauben können, ein Entkommen wäre das Letzte, was du im Sinn hattest."

Die kleinste Berührung seiner Finger auf der empfindsamen Haut unter ihrem Ohr sandte eine Welle des Verlangens durch sie.

Er zog seine Hand zurück, als wäre auch er von dem Kontakt erschüttert. „Du hältst mich also für einen geborenen Krieger?"

„Ich weiß nicht, was du bist", gestand sie, und ihre Stimme begann zu beben. „Ich weiß nur, dass vom ersten Augenblick, da ich dich gesehen habe, ich an nichts anderes – und niemand anderen – mehr denken konnte. Ich weiß, dass ich jedes Mal, wenn du ein Zimmer betrittst, das Gefühl habe, als sei mein Korsett zu eng und ich könne nicht atmen. Ich weiß, dass ich unmöglich so schamlose Gedanken und Träume von einem Mann haben könnte, der praktisch mit meiner Schwester verlobt ist, wenn er mich nicht mit irgendeinem bösen Zauberbann belegt hätte!"

„Bei unserem ersten Zusammentreffen hast du doch behauptet, nur Menschen mit schwachem Geist liefen Gefahr, sich meinem Willen zu beugen."

Ein verzweifeltes Lachen entfuhr ihr. „Dann ist mein Geist schwächer, als ich glaubte."

„Wenn das wahr wäre, was würde dann geschehen, wenn ich dir jetzt befehlen würde, in meine Arme zu kommen?" Er stellte sich so dicht vor sie, dass sie die Hitze spüren konnte, die sein Körper ausstrahlte, den reinen maskulinen Duft seiner Haut. Aber er berührte sie nicht. „Wärest du in der Lage, dich mir zu widersetzen, wenn ich von dir verlangte, deine Hände auf meine Brust zu legen? Mich zu küssen?" Seine Stimme senkte sich zu einem heiseren Flüstern. „Mich zu lieben?"

Caroline wollte sich abwenden, aber Kane fasste sie bei den Schultern und zwang sie, seinen sengenden Blick zu erwidern. „Was, wenn du recht hast, Caroline? Was, wenn ich dich mit einem Zauber belegt habe? Was, wenn es die unentrinnbarste Verzauberung von allen ist? Was, wenn du in mich verliebt bist?"

In stummer Ablehnung schüttelte sie den Kopf, entsetzt, dass er ihr dunkles Geheimnis erraten hatte. Nicht alles Weihwasser der Welt konnte diesen Makel von ihr waschen. Es gab keine Kur, keine Medizin, keinen Zauber, den man brechen konnte. Sie konnte sich genauso gut einen Pflock durch ihr eigenes verräterisches Herz treiben. „Sie beleidigen mich, Mylord. So etwas würde ich Vivienne nie antun. Ich gehöre nicht zu dieser Sorte Frauen."

Der Griff um ihre Schultern wurde sanfter, bis er fast einer Liebkosung glich. „Denkst du nicht, ich wüsste, was für eine Sorte Frau du bist? Du gehörst zu den Frauen, die jeden ihrer eigenen Träume aufgeben würden, damit ein Traum für ihre Schwestern wahr werden kann. Aber vielleicht ist dein Herz nicht so skrupellos und aufopferungswillig wie der Rest von dir. Vielleicht beharrt es selbstsüchtig auf seinem Recht, auch wenn du das nicht tust."

Sie blickte zu ihm empor, rang mit den Tränen. „Dann, nehme ich an, verdient es, gebrochen zu werden, nicht wahr?"

„Nicht von einem Mann wie mir", entgegnete Kane und ließ sie los.

Mit grimmiger Miene nahm er einen gewaltigen Umhang von der Lehne eines Stuhles in der Nähe und legte ihn ihr um die Schultern.

„Wohin bringst du mich?", verlangte sie zu wissen, als er sie am Unterarm packte und sie zu den französischen Türen drängte.

„Ich bringe dich zurück zu deinem Schlafzimmer. Es sei denn, du möchtest lieber, dass ich nach einem Diener läute, um dich zu begleiten."

Ohne auf ihre Antwort zu warten, riss er die französischen Türen auf und zog sie mit sich in die Nacht. Der Wind hatte weiter zugenommen und jagte gespenstische Wolkenfetzen über die silberne Sichel des aufgehenden Mondes.

„Du sollst nicht glauben, dass ich mich so einfach abwimmeln lasse", erklärte Caroline, während er mit ihr die Stufen hinabhastete und zum Steg eilte. Sich der schwindelerregenden Höhe überdeutlich bewusst, die sie überquerten, stolperte sie neben ihm, war allein schon von der Anstrengung außer Atem, mit seinen langen Beinen Schritt zu halten. „Wenn du kein Vampir bist, dann will ich wissen, warum du den ganzen Tag lang schläfst und dich weigerst, dich im Sonnenlicht zu zeigen. Ich will wissen, warum deine Vorfahren alle exakt wie du aussehen. Ich will wissen, warum du bereitwillig zulässt, dass die Gesellschaft – und ich – das Schlimmste von dir annehmen, statt dass du dich gegen die Anschuldigungen verteidigst. Und ich will wissen, warum es eigentlich in dieser verflixten Burg keinen einzigen Spiegel gibt!"

Einen wüsten Fluch unterdrückend, wirbelte Kane sie herum, dass sie ihn anschauen musste. Er ragte über ihr auf, seine breiten Schultern umrahmt von den gejagten Wolken, die Zähne hatte er zusammengebissen. Das Mondlicht vergoldete seine Gesichtszüge, sodass er schlanker und noch gefährlicher aussah.

Ehe sie widersprechen konnte, hatte er seine Hand in ihre Rocktasche gesteckt und holte den Pflock heraus. Seinen anderen Arm um ihre Taille schlingend, damit sie nicht weglaufen konnte, drückte er ihn ihr in die Hand und zwang sie, ihre Finger darum zu schließen. Obwohl sie sich wehrte, fiel es ihm nicht schwer, die primitive Waffe umzudrehen und die Spitze auf seine Brust zu richten.

„Wenn du allen Ernstes glaubst, ich sei eine Art Monster", keuchte er mit wildem Blick, „dann mach nur und stoße zu. Mein Herz hat von dem Moment an nicht mehr mir gehört, seit ich dich zum ersten Mal gesehen habe. Komm, bring es zu Ende."

Caroline blinzelte, völlig verdutzt von seinem Geständnis. In diesem Augenblick war es ihr egal, ob er ein Mann oder ein Ungeheuer war. Sie wollte nur, dass er ihr gehörte. Nicht länger fähig, das hilflose Sehnen in ihren Augen zu verbergen, streckte sie die Hand aus und streichelte sanft seine verspannte Wange. Sein Griff lockerte sich langsam, so wie ihrer auch, und der Pflock fiel klappernd auf die Steine.

Sich ergebend, stöhnte er und zog sie an sich, nahm ihren Mund in einem Kuss, der so dunkel und süß war wie der Tod selbst. Trotzdem ihr die Haare ins Gesicht gepeitscht wurden und der Umhang wild im Wind flatterte, war es, als wäre für sie beide die Zeit stehen geblieben. Für Caroline gab es keine Vergangenheit und keine Zukunft. Keine Vivienne und kein Bedauern. Es gab nur diesen Moment, diesen Mann, diesen Kuss.

Eine atemlose Ewigkeit später riss er seinen Mund von ihrem los und schaute ihr tief in die Augen. Er schüttelte den Kopf, sah noch hilfloser aus, als sie sich fühlte. „Was soll ich nur mit dir tun, meine liebe Miss Cabot?"

„Was du willst, Mylord", murmelte sie träumerisch, spürte die Berührung seiner Lippen auf ihrem Haar, während sie sich an seine Brust schmiegte.

„Adrian", flüsterte er und schlang seine Arme um sie.

„Adrian", seufzte sie.

Sie war so benommen vor Entzücken, dass sie einen Moment benötigte, um zu begreifen, dass das rhythmische Pochen unter ihrer Wange sein Herzschlag war. Ihn erschreckt anschauend, zog sie sein Hemd auf und drückte ihre Hand auf die leicht behaarte, warme Haut darunter. Unter ihrer keuschen Berührung verdoppelte sich das Tempo beinahe. Wie der Rest von ihm war sein Herz warm, von Leben durchströmt und nur zu sterblich.

„Ich wusste die ganze Zeit, dass du nicht so herzlos bist, wie du mich glauben machen wolltest", murmelte sie mit einem wissenden Blick.

„Ich vermute, mein Geheimnis ist entdeckt. Ich bin kein Vampir."

„Natürlich bist du das nicht." Sie lachte zu ihm empor, beinahe schwindelig vor Erleichterung. „Weil es so etwas gar nicht gibt! Ich kann nicht fassen, dass ich mich so leicht von Portias albernen Phantastereien habe anstecken lassen. Du musst mich für einen vollkommenen und absoluten Schwachkopf halten. Ich hätte niemals …"

Adrian fasste sie fester, unterbrach sie. Er blickte auf sie herab, seine Augen merkwürdig ernst. „Ich bin kein Vampir, Süße. Ich bin ein Vampirjäger."

Kapitel 16

CR✶CR✶ℰℬ✶ℰℬ

Caroline blinzelte Adrian verwundert an, erinnerte ihn an eine kleine, verdutzte Eule. „Du bist kein Vampir", wiederholte sie langsam.

„Stimmt."

„Du bist ein Vampirjäger."

Adrian nickte.

„Jemand, der Vampire jagt."

Er nickte erneut.

„Und sie tötet."

„Nicht ganz. Weil sie ja lebende Tote sind", erklärte er sanft. „Ich zerstöre sie und sende die seelenlosen Hüllen ihrer Körper zur Hölle, damit sie keinen weiteren Schaden anrichten können."

Selbst als sie sich vorsichtig aus seinen Armen löste und rückwärts zu dem Steg zu gehen begann, nickte Caroline, als ob das, was er sagte, Sinn ergäbe. „Also darum schläfst du tagsüber. Damit du nachts Vampire jagen kannst."

„Ich fürchte, sie mögen die Sonne nicht sonderlich."

Er konnte fast sehen, wie die Zahnrädchen ihres Verstandes arbeiteten. „Ich nehme nicht an, du teilst eine ihrer anderen Eigenschaften. Wie, sagen wir … zum Beispiel Unsterblichkeit?

Er hob eine Augenbraue. „Geht es wieder um die Gemäldegalerie?"

Sie nickte.

Er verschränkte die Arme vor der Brust; es fiel ihm schwer, sich zu erinnern, wann er sich das letzte Mal so leer gefühlt hatte. „Mit der ausgeprägten Familienähnlichkeit habe ich nicht gelogen. Mein Ururgroßonkel hat einmal die Zofe seiner Frau geschwängert. Es gelang ihm, abzustreiten, dass das Kind seines war, bis zu dem Tag, da es auf die Welt kam und das verräterische Mal über dem linken Auge hatte."

„Was geschah dann?", fragte sie und wurde langsamer, blieb aber nicht stehen.

„Meine Ururgroßtante hat auf ihn geschossen. Glücklicherweise für mich und die anderen Nachfahren zielte sie schlecht und hat ihn nur am Schienbein getroffen. Er hat dann noch fünfzehn weitere Kinder gezeugt, sieben davon mit meiner Tante. Sie fühlte sich noch zweimal genötigt, auf ihn zu schießen, ehe er schließlich in seinem Bett im reifen Alter von zweiundneunzig Jahren starb."

Caroline legte ihren Kopf schief. „Was ist mit den Spiegeln? Wenn du ein Vampirjäger bist und kein Vampir, warum hast du dann alle Spiegel aus der Burg verbannt? Du müsstest doch dein Spiegelbild sehen können."

Adrian blies die Backen auf und fuhr sich mit einer Hand übers Kinn. Das war die Frage, vor der er sich am meisten gefürchtet hatte.

„Wenn Sie es unbedingt wissen müssen, er hat die Spiegel meinetwegen entfernen lassen", erklärte Julian gedehnt und trat hinter ihr aus den Schatten.

Während Adrian einen unterdrückten Fluch ausstieß, schlug sich Caroline die Hand aufs Herz und wirbelte zu seinem Bruder herum. „Weil Sie eine Abneigung dagegen haben, Ihr Spiegelbild zu sehen?"

„Nein", erwiderte Julian und machte einen weiteren Schritt auf sie zu. „Weil ich keines mehr habe."

Caroline schwieg einen Moment, ehe sie leise fragte: „Und ich nehme an, Sie haben auch nicht länger eine Seele?"

Julian klopfte sich suchend auf die Taschen seines eng geschnittenen Rockes, dann schüttelte er bedauernd den Kopf. „Im Augenblick nicht, fürchte ich."

Langsam drehte sich Caroline wieder zu Adrian um, und die Wärme in ihren Augen gefror zu Eis. „Wie lange haben Sie und Ihr Bruder gebraucht, sich diesen grausamen kleinen Scherz auszudenken? Dachten Sie, was für ein herrlicher Spaß es sei, das gutgläubige Mädchen vom Land hereinzulegen? Haben Sie sich das alles über einer hübschen Flasche Portwein und ein paar feinen Zigarren ausgedacht?" Sie hob ihr Kinn, konnte aber nicht ganz verbergen, dass es zitterte. „Es scheint, ich habe mich doch in

Ihnen geirrt, Mylord. Sie sind ganz genauso herzlos, wie Sie es mich glauben machen wollten."

Adrian hob hilflos die Hand. „Wenn du mir bitte einfach zuhörst, Caroline ..."

„O nein", sagte sie und schüttelte den Kopf. „Ich glaube, ich habe genug für eine Nacht gehört. Wenn Sie beide damit fertig sind, sich auf meine Kosten zu amüsieren, möchte ich mich lieber auf mein Zimmer zurückziehen."

Die schmalen Schultern unter Adrians schwerem Umhang gestrafft, ging Caroline auf das Ende des Steges zu, das Julian blockierte.

Zu spät erkannte Adrian, was sein Bruder vorhatte.

Als Caroline näher kam, gab Julian ein unmenschliches Knurren von sich. Er fletschte die Zähne, und das Dunkel in seinen Augen breitete sich aus, verdrängte das Weiße beinahe völlig.

Caroline keuchte und stolperte rückwärts. Julian folgte ihr Schritt für Schritt, und seine tödlichen Reißzähne schimmerten weiß im Mondlicht. Er hörte nicht auf, bis sie in Adrians Armen stand.

Adrian zog die zitternde junge Frau an sich und starrte seinen Bruder über ihren Kopf hinweg finster an. „Verdammt, Julian! Das war nicht gerade sportlich von dir."

Julian zuckte die Achseln, seine engelsgleiche Miene zeigte wieder den zerknirschten Ausdruck, mit dessen Hilfe es ihm immer schon gelungen war, sich unbeschadet aus dem schlimmsten Unfug herauszuwinden. „Vielleicht nicht sportlich, aber überaus wirksam."

Adrian musste zugeben, dass es kein großes Opfer seinerseits war, Caroline wieder im Arm zu halten. Julian immer noch mit Blicken erdolchend, streichelte er ihr weiches Haar. „Ist ja gut, Süße. Ich werde nicht zulassen, dass der böse Junge dir etwas tut."

Während Caroline ihn immer noch mit offenem Mund anschaute, lächelte Julian wie ein gutmütiger Onkel zu einem kleinen Mädchen, nachdem er ihm versichert hatte, dass das Ungeheuer unter dem Bett besiegt und vertrieben war. „Sie haben keinen Grund zur Angst, Miss Cabot. Sie sind zwar ein leckerer Happen, aber anders als mein lieber Bruder hier bin ich in der Lage, meine niederen Triebe zu kontrollieren."

Als er sah, wie der unverschämte Blick seines Bruders jedes

verfängliche Detail ihrer Umarmung aufnahm, Carolines unordentliches Haar und ihre vom Küssen geschwollenen Lippen eingeschlossen, erklärte Adrian: „Ich weiß, was du denkst, aber das ist nicht, was ich wollte."

„Um Himmels willen, lass es!", fuhr ihn Julian an. „Du kannst sie belügen, und du kannst auch dich belügen, wenn du willst. Aber lüg mich nicht an. Sie ist genau das, was du wolltest."

„Tun Sie es noch einmal", verlangte Caroline plötzlich. „Das, was Sie eben getan haben. Mit den Augen. Und den …" Adrian spürte, wie sie ein neuer Schauer durchlief, weshalb er begann, ihr tröstend den Rücken zu reiben. „… den Zähnen."

„Gewöhnlich gebe ich keine Zugaben, aber für Sie …" Julian schaute seinen Bruder an, wartete auf seine Zustimmung.

Obwohl er wusste, dass er es später bereuen würde, seufzte Adrian und nickte.

Diesmal konnte man Julians Verwandlung nicht einem Trick oder einer Täuschung im Mondlicht zuschreiben. Als die Dunkelheit seine Augen erfasste und ihn zu etwas machte, das sowohl weniger als auch mehr als menschlich war, fiel es auch Adrian schwer, nicht zurückzuzucken. Dann, so schnell wie sie gekommen war, verschwand die Dunkelheit wieder, und sein kleiner Bruder stand vor ihnen.

„Himmel, es stimmt, nicht wahr? Er ist wirklich ein Vampir", hauchte Caroline. Obwohl sie Adrian einmal versichert hatte, sie gehöre nicht zu der Sorte Frauen, die ohnmächtig werden, schien sie in Gefahr zu schweben, genau das zu tun.

„Ich fürchte ja", murmelte er und hielt sie, bis sie nicht länger schwankte.

Sie schien ihren Blick nicht von Julian losreißen zu können. „Haben … Können Sie …?" Der Fähigkeit, zusammenhängend zu sprechen, beraubt, machte sie mit den Händen flatternde Bewegungen. „… sich in eine Fledermaus verwandeln und hier herauffliegen?"

Julian wich angeekelt zurück. „Gütiger Himmel, Frau, haben Sie wieder Portias Unsinn zugehört? Sie sollten wirklich besser darauf achten, was das Kind liest. Wenn sie sich weiter den Kopf mit Dr. Polidoris Unsinn vollstopft, sieht sie bald hinter jedem Vorhang und jeder Zimmerpalme einen Vampir. Ich schlafe vielleicht in einem Sarg, aber ich kann Ihnen versichern, dass ich nie …"

„Sie schlafen tatsächlich in einem Sarg?", platzte Caroline heraus, und ihre Neugier begann über ihren Schock zu siegen.

Adrian verdrehte die Augen. „Du musst meinem Bruder verzeihen. Er hatte immer schon eine Vorliebe fürs Dramatische, selbst bevor er ein Vampir wurde."

„Ich verstehe nicht", flüsterte Caroline und drehte sich um, um Adrian anzusehen. „Wenn Julian ein Vampir ist, warum lässt du dann alle in dem Glauben, du seiest es?"

„So ist es einfacher", erklärte Adrian. „Sie verdächtigen mich, aber sie könnten nichts beweisen."

Julian breitete die Arme aus und zuckte die Achseln. „Solange ich die Sonne meide, mich ganz in Schwarz kleide und bei jeder Gelegenheit in der Gesellschaft grässliche Verse über Blut und Tod von mir gebe – wie kann mich da jemand ernst nehmen?"

Ihr argwöhnischer Blick kehrte zu ihm zurück. „Was ist mit den geheimnisvollen Vermisstenfällen in Charing Cross? Sind Sie dafür verantwortlich?"

„Nein", antwortete Adrian. „Ich." Als Caroline ihn verwundert anblickte, fügte er hinzu: „Sie waren Vampire, Liebling. Jeder Einzelne von ihnen."

„Also hast du sie zerstört", sagte sie, seine Worte von vorhin wiederholend. „Und die seelenlosen Hüllen ihrer Körper zur Hölle gesandt."

„He!", rief Julian. „Kein Grund, so rücksichtslos über das Schicksal der Seelenlosen zu reden."

„Julian ist nicht wie die anderen", versicherte ihr Adrian. „Er hat nie von einem Menschen getrunken."

„Nur weil mein großer Bruder hier in den vergangenen fünf Jahren ein kleines Vermögen in Metzgereien ausgegeben hat."

Obwohl sie sich Mühe gab, konnte Caroline ihre angewiderte Miene nicht verbergen.

Julian seufzte ungnädig. „Wenn ihr Frauen immer das Romantische an Vampiren verherrlicht, verschwendet ihr keinen Gedanken an die kleinen damit verbundenen Unannehmlichkeiten wie nach Blut riechendem Atem, oder?"

„Fünf Jahre", wiederholte Caroline immer noch leicht benommen. „Das muss etwa zu der Zeit gewesen sein, als deine Mutter auf den Kontinent gegangen ist und Julian nach Oxford kam, um bei dir zu leben."

Adrian nickte. „Ich habe dir gesagt, er hat sich mit einer Bande übler junger Männer eingelassen. Unglückseligerweise wurden sie von einem Mann angeführt, der mir Böses wollte."

„Duvalier", flüsterte Caroline, ehe die beiden es konnten.

Die beiden Männer wechselten einen erstaunten Blick, ehe sie gleichzeitig „Larkin!" knurrten.

„Aber ich dachte, Duvalier sei dein Freund gewesen", sagte Caroline.

„Ich auch", antwortete Adrian, und seine Miene verdüsterte sich, als die alten Erinnerungen und die Schuldgefühle wieder hochkamen. „Ich habe erst, als es zu spät war, gemerkt, dass er immer schon insgeheim eifersüchtig auf mich gewesen war."

„Nur weil du stärker, klüger und reicher warst, besser aussahst und geschickter beim Boxen warst, angesehener und beliebter bei den Damen." Julian betrachtete ihn finster. „Jetzt, da ich zurückblicke, muss ich zugeben, dass du nahezu unausstehlich perfekt warst."

Adrian schaute ihn scharf an, um ihn zum Schweigen zu bringen. „Victor gelang es, seine Bitterkeit mir gegenüber zu verbergen, bis ich ihm unbeabsichtigt das Liebste genommen hatte."

„Das wird doch wohl nicht Eloisa Markham gewesen sein?", fragte Caroline und befreite sich sanft, aber bestimmt aus seinen Armen.

Obwohl er wusste, dass er nicht fair war, spürte Adrian seinen Zorn wachsen. „Gibt es irgendetwas, was der gute Konstabler dir nicht erzählt hat, während ihr eure Köpfe so traulich zusammengesteckt habt?"

Ein paar Schritte Abstand zwischen sich und ihn legend, erwiderte Caroline seinen herausfordernden Blick. „Er hat mir nicht erzählt, was mit Eloisa Markham geschehen ist."

Adrian wandte sich ab, stützte seine Hände auf das alte Steingeländer, das die schmale Brücke von der Nacht trennte. Eine kühle Brise, in die sich der Duft von Nachtjasmin mischte, zauste ihm das Haar. „Nachdem Eloisa ihm das Herz gebrochen hatte, veränderte Victor sich. Er begann übermäßig zu trinken und einen der verkommeneren Clubs in Whitechapel zu frequentieren. Larkin und ich hatten keine Ahnung, dass es eine Spielhölle im wahrsten Sinn des Wortes war."

„Ein Vampirnest", bemerkte Julian leise.

Adrian fuhr fort: „Da ich das eine bekommen hatte, was er

haben wollte, entschied er sich für etwas, von dem er glaubte, ich könnte es niemals haben: Unsterblichkeit. Er wurde einer von ihnen. Willig gab er seine Seele auf, überließ sie diesen Monstern, damit er die Macht bekam, mich zu vernichten und alles, was ich liebte." Adrian drehte sich um, sodass er Caroline ansehen konnte, weigerte sich, sich vor seiner Mitschuld an dem, was er ihr sagen musste, zu verstecken. „Als ich Julian befahl, mir endlich nicht mehr nachzulaufen, wartete Victor schon. Er nahm Julian unter seine Fittiche und behandelte ihn wie einen Gleichgestellten. Er brachte ihn sogar in die Spielhölle. Als Julian zu mir kam und mir zu sagen versuchte, dass es Vampire in London gab und Victor wahrscheinlich einer von ihnen war, habe ich ihm den Kopf getätschelt und ihm vorgeworfen, er habe eine überreizte Phantasie."

Er konnte an Carolines beinahe unmerklichem Zusammenzucken erkennen, dass diese Worte einen wunden Punkt bei ihr getroffen hatten.

„Am nächsten Tag waren Eloisa und Julian verschwunden. Ich wusste nicht, wohin ich mich wenden sollte, also ging ich zu dem Club, glaubte in meiner Naivität, Victor könnte mir helfen, sie zu finden. Der Club war verlassen. Er und seine Gefährten waren geflohen. Aber Eloisa …" Adrian schloss die Augen, immer noch verfolgt von dem Anblick des schlanken, blassen Halses mit den zwei Blutrinnsalen, den schönen blauen Augen, die für immer in einem leeren Blick erstarrt waren. „Ich hätte nie gedacht, dass er etwas zerstören könnte, was er so geliebt hatte." Er öffnete die Augen und erwiderte Carolines bestürzten Blick. „Ich kam zu spät, um Eloisa zu retten, aber ich fand Julian zusammengekauert in einer Ecke, er keuchte und umklammerte seinen Hals. Als ich nach ihm griff, knurrte er mich an wie ein wildes Tier. Victor hatte Eloisa kaltblütig ermordet, aber er hatte beschlossen, dass es eine viel passendere Strafe für mich wäre, wenn er meinen Bruder in genau das verwandelte, was ich, wie er wusste, am meisten verabscheuen musste."

„Wie?", fragte Caroline und sah so tief betrübt aus, wie sich Adrian damals gefühlt hatte.

Julian blickte zum fernen Horizont; der Mond tauchte sein makelloses Profil in mildes Licht. „In dem Augenblick, als mein Herz zu schlagen aufhörte, hat er mich erneut gebissen. Er hat mir die Seele aus dem Leib gerissen. Ich habe oft gedacht, dass Eloisa mehr Glück hatte. Als sie starb, war ihre Seele frei."

„Warum hat die Polizei nie ihre Leiche gefunden?"

Adrian schaute Julian unbehaglich an. „In dem Moment konnte ich nicht wissen, ob Eloisa wirklich tot bleiben würde oder ob sie sich in … in etwas anderes verwandeln würde. Daher bin ich, nachdem ich Julian in die Kutsche verfrachtet hatte, zurückgegangen und habe die Vorhänge angezündet." In seinen Augen stand die Erinnerung an Tränen und Ruß. „Ich wartete auf der Straße draußen und habe zugesehen, wie das verfluchte Gebäude bis auf die Grundmauern niedergebrannt ist. Erst zu spät habe ich begriffen, dass ich damit auch jeden Beweis für meine Unschuld zusammen mit dem für Duvaliers Schuld verbrannt hatte."

Caroline schüttelte hilflos den Kopf. „Warum hast du dich nicht Larkin anvertraut? Er war dein bester Freund. Hätte er dir nicht geholfen?"

„Ich durfte kein Risiko eingehen. Ich hatte entsetzliche Angst, wenn jemand anders herausfände, was Julian zugestoßen war, dass sie ihn mir wegnehmen … oder umbringen würden."

Während er sich auf die Brüstung setzte und die Arme vor der Brust verschränkte, betrachtete Julian ihn voller Zuneigung. „Ich hätte mich selbst umgebracht in jenen Tagen, wenn du nicht gewesen wärst." Er schaute zu Caroline. „Er musste mich einsperren und fesseln – fast einen Monat lang. Ich habe gegen ihn gekämpft. Ich habe ihn gekratzt. Ich habe versucht, ihn zu beißen. Ich hätte ihm die Kehle zerfleischt, hätte ich mich aus meinen Ketten befreien können. Aber der sture Narr weigerte sich, mich aufzugeben. Er brachte mir die Nahrung, die ich zum Überleben brauchte, und verbrachte Stunden eingesperrt mit mir auf dem Dachboden, schrie mich an, bis er heiser war, erinnerte mich gnadenlos daran, wer ich war – wer ich gewesen war –, bis ich einen schwachen Rest meiner Menschlichkeit finden konnte, an die ich mich klammerte. Und er erinnert mich seitdem jeden Tag daran."

Adrian schaute direkt in Carolines graue Augen, in denen Tränen schwammen. „Sieh mich nicht so an", warnte er. „Ich bin vielleicht nicht der Schuft, für den du mich gehalten hattest, aber ich kann dir versichern, dass ich kein Held bin."

„Wie kannst du das sagen, wo du so viel geopfert hast, um deinen Bruder zu retten?"

„Weil ich ihn nicht gerettet habe", erwiderte er grimmig. „Noch nicht."

„Adrian hat in den vergangenen fünf Jahren nicht nur Vampire gejagt", erklärte Julian. „Er hat sie auch studiert. Er war es, der entdeckte, dass es einen Weg geben könnte, meine Seele zurückzubekommen."

„Wie ist das möglich?", wollte Caroline wissen.

Julians Augen glitzerten aufgeregt. „Wenn ich den Vampir zerstöre, der mich ‚gezeugt' hat, und mir zurückhole, was er gestohlen hat, dann kann ich wieder leben. Wir müssen Duvalier finden und in unsere Gewalt bringen, und dann muss ich ihn trocken trinken."

„Ihn ‚trocken trinken'?" Caroline schluckte. „Heißt das wirklich das, was ich mir gerade vorstelle?"

Julian nickte. „Ich fürchte, ich muss meine wählerischen Essgewohnheiten aufgeben – wenigstens für eine Mahlzeit."

„Aber was, wenn jemand anders ihn zuerst vernichtet? Wird Ihre Seele für immer verloren sein?"

Adrian tauschte einen Blick mit seinem Bruder, ehe er antwortete: „Nicht notwendigerweise. Aber es würde die Sache wesentlich schwieriger machen, weil Julians Seele und all die anderen Seelen, die Duvalier in den letzten fünf Jahren gestohlen hat, zu dem Vampir zurückkehren würden, der Duvalier gezeugt hat. Dabei würde der allerdings umso mächtiger. Und obwohl wir ein paar Verdächtige haben, können wir nicht mit Sicherheit sagen, wer das war."

Caroline schüttelte leicht den Kopf. Es fiel ihr sichtlich schwer, alles zu verarbeiten, was sie erfahren hatte. „Also sind Vampire nicht einfach nur Wesen, die Blut trinken, um zu überleben. Sie haben keine eigenen Seelen, aber sie horten die Seelen derer, die sie zu den Ihren machen."

„Genau", bestätigte Adrian. „Sie nähren sich von ihnen und werden stärker mit jeder gestohlenen Seele."

Weil ihr plötzlich kalt war, rieb sich Caroline mit den Händen die Oberarme. „Also ist Duvalier in den letzten Jahren mächtiger geworden."

„Mächtiger, aber nicht unbesiegbar", stellte Adrian fest. „Wir haben die vergangenen fünf Jahre damit verbracht, dem Bastard über die ganze Welt zu folgen – Rom, Paris, Istanbul, die Karpaten. Wir waren ihm auf den Fersen, aber es ist ihm bisher gelungen, uns immer einen Schritt voraus zu sein. Bis jetzt."

„Jetzt?", wiederholte Caroline. „Warum jetzt?"

Adrian griff nach Caroline, nicht länger in der Lage, der Versuchung zu widerstehen, sie zu berühren. Besonders da es das letzte Mal sein mochte. Er umfing ihr Gesicht mit beiden Händen, und seine Daumen strichen zärtlich über die seidige, sahnige Haut ihrer Wangen. „Weil wir endlich etwas gefunden haben, dem er nicht widerstehen kann."

Julian stemmte einen Stiefel gegen die Wand und begann eine unsichtbare Schramme im Leder mit seinem Taschentuch zu bearbeiten. Er sah dabei aus, als wünschte er sich nichts sehnlicher, als sich in eine Fledermaus verwandeln zu können und wegzufliegen.

Caroline schüttelte verwirrt den Kopf. „Aber wie könnte man so ein Monster anlocken …?"

Adrian konnte nur hilflos mit ansehen, wie ihre Verwirrung Fassungslosigkeit Platz machte.

„O Gott", flüsterte sie, und alles Blut wich ihr aus dem Gesicht. „Es ist Vivienne, nicht wahr? Tante Marietta hat mir erzählt, das erste Mal, als du Vivienne erblickt hast, habest du ausgesehen, als hättest du ein Gespenst entdeckt. Und Larkin hat mich zu warnen versucht, dass sie Eloisa verblüffend ähnlichsieht, aber ich wollte nicht hören. Das ist der Grund dafür, dass du ihr geraten hast, wie sie ihr Haar tragen soll. Die Kamee … das Ballkleid … sie gehörten Eloisa, nicht wahr? Himmel, ich wette, sie trug sogar weiße Rosen im Haar und spielte Harfe, nicht wahr?"

„Wie ein Engel", bekannte Adrian zögernd.

Entsetzt riss sich Caroline von ihm los. Als er dieses Mal nach ihr griff, zuckte sie angewidert zurück. „Gütiger Himmel", hauchte sie und wich weiter rückwärts. „Du wolltest meine Schwester als Lockvogel benutzen. Dir hat nie etwas an ihr gelegen."

„Natürlich liegt mir an ihr. Sie ist ein sehr liebes Mädchen."

„Lieb genug, um für dich das Monster aus seinem Versteck zu locken? Lieb genug, um wie ein Lamm zur Schlachtbank geführt zu werden?" Carolines Stimme wurde lauter, brach mit einem heiseren Ton. „Du hast ihr das Kleid einer Toten gegeben! Willst du, dass es ihr Totenhemd wird?"

Adrian schüttelte den Kopf, verzweifelt bemüht, den Schmerz aus Carolines Augen zu vertreiben. „Ich schwöre bei meinem Leben, ich würde nie zulassen, dass ihr ein Leid geschieht. Ich hätte mich ihr nie genähert, wenn ich nicht davon überzeugt wäre, dass ich mächtig genug bin, sie zu beschützen."

„So wie du auch Eloisa beschützt hast?"

Adrian schloss kurz die Augen. „Ich bin jetzt viel stärker als zu der Zeit. Ich habe jeden Tag seit ihrem Tod damit verbracht, meine Fähigkeiten zu trainieren und zu verbessern – sowohl die körperlichen als auch die mentalen. Selbst damals hätte ich sie vielleicht retten können, wenn ich früher begriffen hätte, dass sie in tödlicher Gefahr schwebte."

„Aber du hast sie nicht gerettet."

Adrian konnte das nicht abstreiten. Caroline wirbelte herum und ging über die Brücke, die Hände zu Fäusten geballt. Diesmal unternahm Julian keinen Versuch, sie aufzuhalten.

„Wohin gehst du?", rief ihr Adrian nach.

„Ich möchte Vivienne von deinem hässlichen, kleinen Plan erzählen."

„Willst du ihr auch von uns erzählen?"

Caroline verhielt mitten in der Bewegung. Wenn nicht der Wind wäre, der die Falten ihres Umhanges blähte und mit unsichtbaren Fingern durch ihr im Mondlicht schimmerndes Haar fuhr, hätte Adrian glauben können, sie sei zu Stein erstarrt.

Langsam drehte sie sich zu ihm um. Es war nicht die Verachtung in ihrem Blick, die ihn am schwersten traf. Es war die Sehnsucht, das Bedauern. Ihre Stimme war leise, doch so klar wie Kristall. „Gerade als ich zu glauben begann, dass du kein Monster bist, musstest du mich eines Besseren belehren."

Obwohl er nichts mehr wollte, als ihr nachzugehen, sie in seine Arme zu ziehen und sie anzuflehen, doch bitte zu verstehen, konnte Adrian nur dastehen und zuschauen, wie Caroline über den Steg zur Treppe ging, nach oben verschwand und das, was von seinem Herzen übrig war, mit sich nahm.

Caroline schlüpfte lautlos in den Salon zwischen den Zimmern ihrer Schwestern. Nachdem sie stundenlang geweint hatte, waren ihre Tränen schließlich versiegt, und ihr verquollenes Gesicht fühlte sich so taub an wie ihr Herz.

Sie hatte erwartet, ihre Schwestern in ihren Schlafzimmern zu finden, aber sie waren beide im Salon eingeschlafen. Portia hatte sich auf einem weichen Polstersessel zusammengerollt, ihre Nachtmütze war ihr über ein Auge gerutscht, während Vivienne

ausgestreckt auf dem Sofa vor dem Kamin lag, die gefalteten
Hände unter eine Wange geschoben, eine verblasste Decke war
über sie gebreitet. Das niederbrennende Feuer tauchte ihr im Schlaf
gerötetes Gesicht in seinen anheimelnden Schein. Von den beiden
halb leeren Teetassen und dem Porzellanteller mit Kekskrümeln
auf dem Kaminsims her zu urteilen, hatte Portia ihr Versprechen
gehalten, Vivienne den Abend über zu beschäftigen.

Caroline erholte sich immer noch von der Entdeckung, dass
Julian ein Vampir war und Adrian ein Vampirjäger. Aber so
schockierend diese Erkenntnis auch war, sie verblasste im Vergleich
mit der überraschendsten Enthüllung von allen: Adrian begehrte
nicht Vivienne – sondern sie.

Jahrelang hatte immer sie den Prinzen in den Theaterstücken
für ihre Eltern spielen müssen, bloß weil sie älter und größer als
ihre Schwestern war. Jetzt hatte sie endlich einen Mann gefunden,
der sie in der Rolle seiner Prinzessin sehen wollte, nur um die
bittere Erfahrung zu machen, dass es für keinen von ihnen ein
Happy End gäbe.

Adrian hatte sich als genauso hartherzig und rücksichtslos wie
Duvalier erwiesen. Duvalier stahl Seelen, aber Adrian war hinter
ihre Verteidigungswälle geschlüpft und hatte ihr Herz gestohlen.
Sie musste die Augen schließen, als eine Welle der Sehnsucht sie zu
überwältigen drohte, wenn sie an die kurzen Momente in seinen
Armen, in seinem Bett dachte – andere würde sie nie
kennenlernen.

Sie glitt tiefer in den Raum, ihre Hausschuhe machten kaum
ein Geräusch auf dem Aubusson-Teppich. Als wäre sie der
Ehrengast auf einer Teegesellschaft, war die Schachtel mit dem
Kleid offen gelassen worden und stand aufrecht auf dem
Damastsofa, wo es am besten bewundert werden konnte. Noch vor
wenigen Stunden war Caroline von seiner Schönheit ebenso
überwältigt gewesen wie ihre Schwestern. Jetzt weckte der bloße
Gedanke, dass es Viviennes Haut berührte, heftigen Widerwillen in
ihr. Wenn das Kleid nicht mehr als ein Leichentuch war, dann war
die Schachtel ein Sarg, der darauf wartete, zugenagelt zu werden –
mit all ihren Träumen darin.

Dennoch zog das Kleid sie unwiderstehlich an. Zögernd fuhr
Caroline mit den Fingerspitzen über den schimmernden Tüll,
wunderte sich, wie die junge Frau wohl gewesen war, die es früher
getragen hatte. Hatte sich ihr Herzschlag beschleunigt, wann

immer Adrian den Raum betrat? Hatte sie sich beinahe schmerzlich nach ihm gesehnt, wann immer er ihr eines seiner trägen Lächeln schenkte? Hatte sie geglaubt, er würde kommen und sie retten, bis zu dem Moment, als sie ihr undenkbares Ende in den Händen eines Mannes fand, dem sie vertraut, den sie aber nie geliebt hatte?

Caroline nahm ihre Hand von dem Kleid, drehte sich wieder zu ihren Schwestern um. Es schien ihr, als sei es erst gestern gewesen, dass sie kleine Mädchen waren, mit zerschrammten Knien und losen Zöpfen. Jetzt standen sie auf der Schwelle zur Frau, aber sie schliefen mit lächelnden Lippen, während sie von schönen Kleidern, Maskenbällen und gut aussehenden Prinzen träumten, die sie vor allen Gefahren retten würden.

Sie streckte die Hand aus, um Vivienne an der Schulter zu berühren, entschlossen, sie aus diesen Träumen aufzuwecken, von hier fortzubringen, ehe sie sich in Albträume verwandelten. Aber etwas hielt sie zurück.

Im Geiste sah sie Adrian auf dem Steg oben stehen, den Wind im Haar. Obwohl er kein Mann war, der bettelte, hatte sie ein Flehen in seinen Augen gesehen. Sie dachte an die Jahre, die er Duvalier und andere Monster wie ihn gejagt hatte, und an das ungeheure Ausmaß der Opfer, die er gebracht hatte, um das Geheimnis seines Bruders zu beschützen. Während andere Männer seines Alters und gesellschaftlichen Ranges bis zum Morgen tanzten, ihre Vermögen am Spieltisch verloren und verheiratete Frauen verführten, hatte er die letzten fünf Jahre von seinesgleichen getrennt in den Schatten gelebt, genau wie die Bestien, die er jagte.

Was würde sie an seiner Stelle tun? Sie schaute zu Portia, während sie Vivienne sanft übers Haar strich. Wie weit würde sie gehen, um das Leben ihrer Schwestern zu retten? Ihre Seelen zu retten?

Sie hatte geglaubt, ihre Tränen seien versiegt, aber sie hatte sich geirrt. Sie brannten ihr in den Augen, als sie erkannte, was genau sie tun würde.

Alles.

Einfach alles.

Kapitel 17

‽‽‽‽‽‽

„Was soll das heißen, ich kann nicht zum Ball? Wie kannst du nur so gemein sein?"

Caroline blickte auf Portia hinab, wappnete sich gegen den verletzten Ausdruck in den Augen ihrer Schwester. Es fühlte sich doppelt grausam an, diesen Schlag auszuteilen, während sie mitten in Portias Schlafzimmer standen, umgeben von Unterröcken, bunten Bändern und Spitze. Nur mit Unterhemd und Pantaletten bekleidet, das dunkle Haar in Lockenpapier, sah Portia kaum älter als zwölf Jahre aus. Die offene Schachtel Reispuder mit ihrem schimmernden Inhalt auf der Frisierkommode hätte auch Feenstaub sein können, der darauf wartete, ein unbeholfenes junges Mädchen für seinen ersten Ball in eine schöne junge Frau zu verwandeln.

„Ich bin nicht gemein", entgegnete Caroline. „Ich bin einfach nur vernünftig. Du bist noch nicht bei Hofe vorgestellt, also hattest du auch nie eine offizielle Einführung in die Gesellschaft. Es wäre einfach nicht richtig, wenn du mit hochfrisiertem Haar und im Abendkleid an einem Ball teilnimmst, bei dem auch einige der tonangebenden Mitglieder der guten Gesellschaft anwesend sind."

„Aber ich bin siebzehn!", beklagte sich Portia. „Wenn ich nicht bald in die Gesellschaft eingeführt werde, fliege ich gleich wieder heraus, weil ich zu alt bin!" Ihre Augen verengten sich vorwurfsvoll. „Und außerdem bist du auch nie offiziell eingeführt worden, und du gehst trotzdem auf den Ball."

„Mir bleibt keine andere Wahl. Deine Schwester braucht eine Anstandsdame."

Portia blickte sich fieberhaft im Zimmer um, suchte nach

einem Argument, das Caroline umstimmen würde. „Du musst keine Angst haben, dass ich dich in Verlegenheit bringe. Eines der Zimmermädchen hat Vivienne und mir geholfen, mein altes Sonntagskleid in ein vollkommen respektables Ballkleid zu verwandeln." Sie nahm den vertrauten blau-weiß gestreiften Musselin von der Stuhllehne und hielt ihn vor sich, damit Caroline ihn bewundern konnte. Portia lächelte ihre große Schwester hoffnungsvoll an. „Ist es nicht schön geworden? Wir haben sogar eine neue Schärpe angenäht und eine Extrareihe Spitzen um den Ausschnitt, um zu verhüllen, wie sehr mein Busen im letzten Jahr gewachsen ist. Und schau dir das hier an!" Vom Frisiertisch holte sie eine Halbmaske aus Pappmaschee mit einer kleinen rosa Nase und langen Barthaaren wie bei einer Katze und hielt sie sich vors Gesicht. „Julian hat sie für mich auf dem Dachboden gefunden."

Caroline versteifte sich. Sie wollte verzweifelt glauben, dass Julian sich seinem Schicksal widersetzte, aber wenn sie an die Dunkelheit in seinen Augen und die im Mondlicht schimmernden Fangzähne dachte, musste sie sich anstrengen, ihre Angst zu unterdrücken.

Seufzend nahm Caroline Portia die Maske ab und warf sie zurück auf den Frisiertisch. „Es ist alles sehr schön, und ich bin auch sicher, dass du es bald schon tragen kannst. Aber nicht heute Nacht."

Portias hoffnungsvolles Lächeln verblasste, machte finsterem Stirnrunzeln Platz. Sie ließ das Kleid achtlos auf das Bett fallen. „Ich verstehe nicht, was mit dir auf einmal los ist. Du bist nicht mehr du selbst, seit du gestern Lord Trevelyan suchen gegangen bist. In der einen Minute bist du überzeugt, dass er der Teufel in Menschengestalt ist, und als Nächstes erzählst du mir, alles sei nur ein dummer Fehler gewesen."

Caroline ergriff ein Stück Spitze, das auf dem Frisiertisch lag, wickelte es sich um den Finger und wich Portias Blick aus. „Was ich dir gesagt habe, war, dass der Viscount und ich alle Missverständnisse geklärt haben. Er ist kein Vampir, und ich habe beschlossen, dass er einen guten Ehemann abgeben wird."

„Für Vivienne?" Portia verschränkte die Arme vor der Brust. „Oder für dich?"

Caroline spürte, wie ihr die Röte in die Wangen stieg; sie hob den Kopf und schaute ihrer trotzig blickenden Schwester in die Augen. Sie hätte darauf gefasst sein müssen. Trotz ihres

Altersunterschiedes hatten Portia und sie sich immer nähergestanden als Vivienne. Was es doppelt schwer für sie machte, ihre jüngste Schwester nun anzulügen.

„Für Vivienne natürlich, du dummes Gänschen! Ich weiß nicht, warum du immer romantische Phantasien spinnen musst, solange du gar nicht weißt, was zwischen Mann und Frau vorgeht."

„Wenn du mich nicht zum Ball gehen lässt, finde ich das vielleicht niemals heraus! Bitte, Caroline!" Portia schlug die Hände zusammen, und ihr flehentlicher Blick hätte sogar ein Herz aus Stein erweichen können. „Als ich Julian erzählt habe, wie wir drei zusammen auf Edgeleaf Tanzen geübt haben, hat er versprochen, mich zu einem Walzer aufzufordern."

Bei der Vorstellung, wie ihre Schwester in Julians Armen durch den Ballsaal schwebte, seine scharfen, spitzen Zähne nur wenige Zoll von ihrem Hals entfernt, schwoll Carolines Angst zu überwältigendem Entsetzen an.

Ehe sie sich davon abhalten konnte, hatte sie Portia am Arm gepackt und sie geschüttelt. „Du setzt heute Nacht keinen Fuß vor die Tür dieses Zimmers, junge Dame. Wenn ich morgen früh herausfinde, dass du es doch getan hast, schicke ich dich ohne Aufschub allein zurück nach Edgeleaf, und du wirst Julian Kane niemals wiedersehen. Oder irgendeinen anderen Mann! Hast du mich verstanden?"

Indem sie sich aus Carolines Griff befreite, begann Portia mit Tränen in den Augen vor ihr zurückzuweichen. „Du bist nichts anderes als ein garstiges, selbstsüchtiges Geschöpf! Du willst nur, dass ich eine vertrocknete alte Jungfer werde wie du, damit du nicht allein bist, wenn Vivienne den Mann heiratet, den du liebst!" Damit drehte sie sich um, warf sich mit dem Gesicht nach unten aufs Bett und begann herzzerreißend zu schluchzen.

Gestern noch hätten Portias Worte sie tief verletzt. Aber nicht heute. Caroline wusste, dass ihre Schwester ebenso weichherzig war, wie sie impulsiv war. Portia würde ihre unfreundlichen Worte bald bereuen, wenn sie das nicht schon jetzt tat.

Obwohl sie sich nichts mehr wünschte, als sich neben Portia aufs Bett zu setzen und ihr tröstend die Schultern zu streicheln, bis sie nicht länger zuckten, zwang sich Caroline, sich abzuwenden und wegzugehen.

„Es tut mir leid, Kleines", flüsterte sie und zog sachte die

Schlafzimmertür hinter sich ins Schloss. „Vielleicht wirst du mich eines Tages verstehen."

Sie zuckte zusammen, als etwas Schweres, das sich verdächtig nach einem Stiefel anhörte, von innen gegen die geschlossene Tür prallte und sie warnte, dass eines Tages vielleicht nicht so bald sein würde, wie sie hoffte.

„Eine Zofe hat mir deine Nachricht gebracht. Du wolltest mich sehen?"

Caroline drehte sich langsam auf der Bank vor dem Frisiertisch um und entdeckte Vivienne in der Tür des Turmzimmers. Ihre Schwester sah in den Geschenken des Viscounts strahlend schön aus.

Der zarte Rosaton des Ballkleides brachte die Rosen auf ihren Wangen zum Erblühen, die Kamee in ihrem Ausschnitt betonte die elfenbeinfarbene Makellosigkeit ihres Dekolletés. Die gewohnte weiße Rose war hinter ihr rechtes Ohr gesteckt. Auf den zweiten Blick entschied Caroline, dass Vivienne ein bisschen zu strahlend aussah. Ihre Augen glänzten zu sehr, und ihre Wangen waren hektisch gerötet. Unter Carolines Musterung zuckte eine von Viviennes Händen zu ihrem Haar, strich über die goldenen Locken, die oben auf ihrem Kopf von einem rosa Seidenband zusammengehalten wurden und mit einer weißen Straußenfeder geschmückt waren.

„Warum bist du nicht umgezogen?" Vivienne betrachtete Carolines samtenen Morgenmantel und ihre schlichten Zöpfe aus schmalen Augen. „Es ist fast schon Zeit, nach unten zu gehen."

Caroline erhob sich von der Bank und empfand eine merkwürdige Ruhe, während sie zu ihrer Schwester ging. „Mach dir keine Sorgen. Es ist genug Zeit. Schmollt Portia immer noch?"

Vivienne seufzte. „Ich habe seit mehr als einer Stunde keinen Pieps aus ihrem Zimmer gehört. Ich wünschte, du ließest dich erweichen und würdest ihr erlauben, wenigstens für einen Tanz nach unten zu kommen."

„Nichts lieber als das, aber es wäre einfach unschicklich." Oder unvorsichtig, dachte Caroline, die wieder unwillkürlich das Bild vor sich sah, wie ihre kleine Schwester in Julians Armen durch den Saal wirbelte. „Portia ist jung. Ich bin überzeugt, dass sie sich von dieser schlimmen Tragödie erholen wird. Nächste Woche hat sie bestimmt schon längst vergessen, warum sie sich so über mich geärgert hat. Außerdem soll es heute deine besondere Nacht werden, nicht ihre."

Vivienne legte sich eine Hand auf den Magen. „Das muss der Grund sein, warum ich mich fühle, als hätte ich einen ganzen Schwarm Schmetterlinge verschluckt."

„Ich hatte das Gefühl, dass du vielleicht ein wenig aufgeregt sein könntest, und habe dir daher etwas zur Beruhigung kommen lassen."

Vivienne den Rücken zuwendend, schenkte Caroline eine Tasse Tee von der Kanne auf dem Tablett neben ihrem Bett ein. Ihre Hand war vollkommen ruhig. Ihre Sorge, dass Vivienne den Tee ablehnen könnte, schwand, als ihre Schwester ihr die Tasse dankbar abnahm und deren Inhalt in drei Zügen leerte.

„Ich kann mir gar nicht vorstellen, warum ich so aufgeregt bin." Vivienne hielt ihr die Tasse zum Nachschenken hin. „Es ist ja nicht so, als wäre ich noch nie zuvor auf einem Maskenball gewesen."

„Aber du hast noch nie zuvor einen Heiratsantrag von einem wohlhabenden Viscount erhalten." Caroline nahm ihrer Schwester behutsam die Tasse ab und stellte sie auf das Tablett zurück, direkt neben das offene Laudanumfläschchen.

Nach weniger als einer Minute ließ sich Vivienne auf die Bettkante sinken, und ein glasiger Ausdruck ersetzte bald schon das fiebrige Glitzern in ihren Augen.

Sie erschreckte Caroline, indem sie sie plötzlich am Handgelenk fasste und neben sich aufs Bett zog. „Denkst du, du kannst mir je verzeihen, Caroline?" Ihre volle Unterlippe begann zu zittern, während sie Caroline forschend ins Gesicht blickte.

„Was denn?", fragte Caroline, verwundert von der Bitte ihrer Schwester. Besonders da sie es doch war, die um Verzeihung bitten müsste.

„Na, dies alles!" Viviennes Hand flatterte über die schimmernde Seide ihres Ballkleides. „Während ich in London war und ein Leben führte, das eigentlich für dich bestimmt war, saßest du auf Edgeleaf gefangen und hast Portia heimlich mehr Kartoffeln auf den Teller geschmuggelt und jeden Penny zweimal umgedreht. Ich habe Tante Mariettas Zuneigung gestohlen. Ich habe dir dein Debüt gestohlen. Ich habe all die hübschen Kleider und Tanzschuhe gestohlen, die Mama für dich ausgesucht hatte.

Himmel, wenn du an meiner Stelle nach London gegangen wärest, vielleicht würde der Viscount heute Nacht sogar dir einen Antrag machen."

Einen qualvollen Augenblick lang bekam Caroline keine Luft, konnte nicht antworten. „Aber, aber", gelang es ihr schließlich zu murmeln. „Du musst dir jetzt nicht deinen hübschen Kopf darüber zerbrechen."

Vivienne lehnte ihren Kopf an Carolines Schulter, ihre Stimme wurde zu einem undeutlichen Singsang. „Liebe, süße Caroline. Ich hoffe, du weißt, dass für dich immer ein Platz in meinem Herzen und meinem Heim sein wird." In die Kissen sinkend, hielt sie sich die Hand vor den Mund und gähnte. „Wenn wir erst verheiratet sind, kann dir Lord Trevelyan vielleicht sogar einen Ehemann suchen." Ihre Augen schlossen sich flatternd. „Irgendeinen einsamen Witwer mit zwei oder … drei … Kindern, … der …. eine … Mutter …" Sie verstummte, und ein leises Schnarchen schlüpfte über ihre Lippen.

Wie sie so dalag, die Augen geschlossen, die Wangen gerötet und die Lippen zu einem verträumten Lächeln verzogen, sah sie einmal mehr wie eine verzauberte Prinzessin aus, die friedlich schlummernd darauf wartete, dass sie durch den Kuss des Prinzen erweckt würde.

„Schlafe, Liebling", flüsterte Caroline und hauchte ihrer Schwester einen Kuss auf die Stirn, während sie ihr sachte die weiße Rose aus dem Haar und die Kette mit der Kamee über den Kopf zog. „Träume."

Die gute Gesellschaft liebte nichts mehr als Maskenbälle. Für eine verzauberte Nacht waren sie frei, die strengen Regeln, die ihnen sonst auferlegt waren, zu vergessen und irgendjemand anderer – oder etwas anderes – zu werden, ganz nach Belieben. Nachdem sie ihre kunstvollen Masken aufgesetzt hatten, konnten sie Jungfrau oder Wikinger sein, Lamm oder Löwe, Bauer oder Prinz. Während sie sich unter die Menge in dem Rittersaal mischten, erinnerte ihre übermütige Laune und ihr Verhalten an die heidnischen Mittsommerfeiern von früher, wo jeder Mann ein Pirat war und die Tugend keiner Frau sicher.

Ihr Gastgeber beobachtete das Treiben von der Galerie im Saal aus, in seinen kräftigen Fingern hielt er einen zierlichen

Champagnerkelch. Unter ihm eilte eine maskierte Schäferin durch das Gewühl, verfolgt von einem anzüglich grinsenden Zentaur. Sie kreischte vor Vergnügen, als er sie bei ihrem gebogenen Stab zu packen bekam und in seine Arme zog. Er beugte sie über seinen Arm nach hinten und küsste sie voller Leidenschaft. Die Umstehenden belohnten das Schauspiel mit Applaus und Anfeuerungsrufen, woraufhin er sich aufrichtete und eine elegante Verbeugung machte, während die Schäferin in eine gespielte Ohnmacht fiel. Adrian nahm einen Schluck, beneidete seine Gäste um ihre Sorglosigkeit.

Abgesehen von einer Reihe Stühle, die die Südwand säumten, war jedes Möbelstück aus dem Weg geräumt worden, und der alte Rittersaal erstrahlte wieder in seiner ganzen mittelalterlichen Pracht. Auf Adrians Anweisung hin hatten die Lakaien die üppigen orientalischen Teppiche aufgerollt, sodass auf dem Steinboden eine Tanzfläche entstanden war. Ein ganzes Orchester in den Kostümen von Benediktinermönchen, komplett mit grob gewebten Tuniken und Tonsuren, saß auf einem Podest in einer Ecke und spielte ein Mozartkonzert.

Das milde Licht der Argand-Lampen war durch den flackernden Schein von Pechfackeln in eisernen Wandhaltern ersetzt worden. Schatten sammelten sich im Gebälk des Deckengewölbes, und die erdrückende Anzahl dicker Holzbalken verstärkte die geheimnisvolle Aura von Gefahr im Saal nur noch.

Adrian betrachtete forschend jede Maske, jedes Gesicht auf der Suche nach seinem Opfer. Das unbeständig flackernde Licht der Fackeln schien jedes Glitzern der Augen in raubtierhaftes Glänzen zu verwandeln, jedes Grinsen in eine finstere Fratze, jeden Mann in ein mögliches Monster.

„O je. Ich habe ganz vergessen, dass es ein Maskenball ist", bemerkte Julian im Näherkommen. Er breitete seinen schwarzen Umhang aus und drehte sich leicht schwankend einmal im Kreis, bleckte die Lippen und zeigte ein Paar offensichtlich aus Wachs gefertigter Reißzähne.

„Das finde ich nicht komisch", erwiderte Adrian knapp, dessen einziges Zugeständnis an den Anlass ein schwarzer Domino war. Er hatte sich der Konvention widersetzt und trug weder den üblichen Rock in Edelsteinfarben noch die sandfarbenen Hosen, sondern einen schwarzen Frack mit schwarzem Leinenhemd und schwarzen Hosen, alles mit Bedacht gewählt, um es ihm zu erleichtern, wenn nötig ungesehen durch die Schatten zu gleiten.

Ein Lakai kam vorüber, und Julian bediente sich mit einem Champagnerglas von seinem Tablett. „Und welches Kostüm hättest du mir vorgeschlagen? Einen Cherub mit Flügeln? Den Erzengel Gabriel?"

Adrian nahm ihm das Glas wieder ab und stellte es auf das Tablett zurück. Seine Miene war dabei so finster, dass der Lakai sich eilig entfernte. „Nur für den Fall, dass Duvalier heute Nacht hier auftauchen sollte, wäre es vielleicht nicht verkehrt, wenn du alle fünf Sinne beisammen hättest. Ihn hierherzulocken ist nur die eine Hälfte unseres Plans. Wir müssen ihn auch fangen."

„Kein Grund zur Sorge. Man hat mir gesagt, dass ich außerordentlich geistreich bin, wenn ich eine Flasche Champagner intus habe … oder zwei." Julian stellte sich zu ihm ans Geländer und betrachtete das Gedränge unten aus halb geschlossenen Augen. „Ich bezweifle, dass wir uns Sorgen machen müssen, Duvalier könnte kommen. Ohne Vivienne, um ihn aus der Reserve zu locken, wird er vermutlich auf dem Absatz kehrtmachen und sich in die Hölle zurückverkriechen, aus der er gekommen ist." Er warf Adrian einen Blick von der Seite zu, darin ein Hoffnungsschimmer, der trotz aller Bemühungen, ihn zu verbergen, unter seinem Zynismus zu erkennen war. „Ich kann nicht umhin zu bemerken, dass die Cabot-Schwestern deinen schändlichen Klauen noch nicht entflohen sind. Denkst du, es besteht noch eine Chance, dass deine Miss Cabot Vivienne erlaubt, uns zu helfen?"

„Ich habe den ganzen Tag lang nichts von ihr gehört", antwortete Adrian, dem der Champagner auffällig bitter schmeckte. „Und sie ist nicht meine Miss Cabot. Nach letzter Nacht wird sie es vermutlich auch nie sein."

„Das tut mir leid", erklärte Julian, und in seinem Ton schwang eine ungewohnte Ernsthaftigkeit mit.

„Warum sollte es dir leid tun? Es ist ganz allein meine Schuld." Adrian hob sein Glas zu Julian in einem spöttischen Toast. „Selbst als Vampir bist du ein besserer Mann als ich. Dir ist es gelungen, deine Gelüste zu zügeln, während ich meinem Verlangen nach einer grauäugigen, scharfzüngigen jungen Frau erlaubt habe, alles zu gefährden, was ich in den vergangenen fünf Jahren zu retten versucht habe – die Seele meines eigenen Bruders eingeschlossen."

„Ach, aber was ist die Seele eines Mannes verglichen mit den einzigartigen Reichtümern, die im Herzen einer Frau ruhen?" Julian entwand Adrian sein Glas, hob es an seine Lippen und leerte es in einem Zug.

Adrian schnaubte abfällig. „Gesprochen wie ein echter Romantiker. Du solltest wirklich aufhören, so viel von diesem verdammten Byron zu lesen. Es weicht dein Hirn auf."

„Ach, ich weiß nicht", murmelte Julian, dessen Blick mit einem Mal wie gebannt an den Doppeltüren am anderen Ende des Rittersaales hing, wo Wilbury mit der Aufgabe betraut worden war, jeden Neuankömmling anzukündigen. „War es nicht Byron, der schrieb:

Sie geht in Schönheit wie die Nacht
am Himmel wolkenlos und klar;
des Lichten und des Dunklen Pracht
stellt sich in ihren Augen dar
so zart gemischt, so mild und sacht
wie nie das grelle Taglicht war.

Adrian folgte dem Blick seines Bruders zu den Türen, wo eine schlanke Traumgestalt in zartrosa Seidentüll und mit einer goldenen Halbmaske, eine weiße Rose hinterm Ohr, geduldig darauf wartete, dass Wilbury zu ihr schlurfte.

Der Herr der Burg konnte nur dankbar sein, dass er nicht länger das Champagnerglas hielt, weil er ohne Zweifel den zerbrechlichen Stiel zu Pulver zerbröselt hätte. Seine Hände umklammerten das Geländer wie die Reling eines sinkenden Schiffes.

„Was ist los, lieber Bruder?", fragte Julian, und in seiner Stimme schwang unverkennbar Belustigung mit. „Du siehst aus, als hättest du ein Gespenst gesehen."

Und genau das war das Problem. Adrian hätte die Frau auf der Türschwelle niemals mit einem tragischen Schatten seiner Vergangenheit verwechseln können. Sie war nicht gekommen, ihn zu verfolgen, sondern um ihn mit einer Zukunft zu verspotten, die nie sein konnte. Sie mochte das Kleid einer Toten tragen, aber Leben wogte in jedem Zoll ihres Körpers, von den flachen Tanzschuhen zu den stolz gestrafften Schultern und dem entschlossen vorgeschobenen Kinn. Sie blickte sich im Raum mit königlicher Anmut um, ihre grauen Augen schimmerten wie die einer Katze hinter ihrer goldenen Maske.

Er und Julian waren nicht die Einzigen, die die Ankunft des bezaubernden Geschöpfes bemerkt hatten. Leises Gemurmel hatte sich unter den Gästen erhoben, nahm an Lautstärke zu und übertönte schließlich die letzten aufbrausenden Töne des Konzertes.

Wegen des Rauschens in seinen Ohren benötigte Adrian einen Augenblick, um zu merken, dass sein Bruder lachte. Mit einem Übermut lachte, den Adrian fünf Jahre lang nicht von ihm gehört hatte.

Beinahe außer sich vor Zorn fuhr Adrian zu ihm herum. „Was zum Teufel gibt es da zu lachen?“

Julian wischte sich die tränenden Augen. „Siehst du nicht, was das gewitzte kleine Ding getan hat? Du hast Vivienne nie so angesehen, wie du sie anschaust.“

„Als ob ich sie am liebsten erwürgen würde?“, erkundigte sich Adrian knurrend.

Julian wurde jäh nüchtern, dann sagte er mit gesenkter Stimme: „Als würdest du sie am liebsten in deine Arme reißen und niemals wieder gehen lassen, solange noch Leben in deinem Körper ist.“

Adrian wollte es abstreiten, aber er konnte es nicht.

„Siehst du nicht?“, fragte Julian. „Duvalier will nur das zerstören, was du liebst. Wenn er sich im Umkreis von fünfzig Meilen von hier aufhält, wird er der Versuchung nicht widerstehen können, hier aufzukreuzen, sobald er davon hört. Einfach indem sie auf dem Ball erschienen ist, hat Caroline unsere Chancen verdoppelt, ihn zu fassen.“

Adrian drehte sich wieder zurück, und in seinen Zorn mischte sich Entsetzen. Wenn Julian recht hatte, konnte seine Liebe Caroline gut und gerne das Leben kosten. So wie es auch Eloisa ihres gekostet hatte. Es war ihm endlich gelungen, seine Falle mit dem richtigen Köder auszulegen, nur um festzustellen, dass die stählernen Fänge sich sauber um sein eigenes Herz geschlossen hatten.

Er drehte sich auf dem Absatz um und begann die Treppe in den Saal hinabzulaufen.

„Wohin gehst du?“, rief ihm Julian nach.

„Sie aus dem verdammten Kleid herausholen.“

„Darauf trinke ich", bemerkte Julian zu sich und winkte einen Lakai mit einem vollen Tablett Champagnergläser zu sich.

„Ihr Name?", erkundigte sich Wilbury knapp; in seiner scharlachroten Livree und der modrigen Perücke sah er aus, als sei er eben erst mit knapper Not der Guillotine entkommen.

„Miss Vivienne Cabot", antwortete Caroline und starrte strikt geradeaus.

Wilbury rückte näher, versuchte hinter die Schlitze ihrer Maske zu spähen. „Sind Sie sicher? Ich könnte schwören, Sie sind die ältere Schwester."

Caroline drehte sich um und schaute ihn finster an. „Denken Sie nicht, ich weiß selbst am besten, wie ich heiße, Sir?"

Seine Antwort bestand aus einem skeptischen „Hm".

Als sie ihn weiter auffordernd anstarrte, räusperte er sich, was gefährlich so klang, als hole er zu seinem letzten Atemzug aus, schlug die Hacken zusammen und verkündete krächzend: „Miss Vivienne Cabot!"

Caroline hob ihr Kinn, während die Menge sie neugierig musterte, und wünschte sich, die Ruhe und Gelassenheit zu empfinden, die sie ausstrahlte. Sie konnte nicht anders, als sich zu fragen, ob Duvalier nicht schon unter ihnen war, seine unheilvollen Absichten hinter einer klugen Verkleidung verborgen. Aber während sie die neugierigen Gesichter betrachtete, blieb ihr Blick an einem vertrauten Paar toffeebrauner Augen hängen.

Sie war zuversichtlich, dass ihr Kostüm überzeugend genug war, die zu narren, die ihre Schwester nur flüchtig aus London kannten. Doch sie hatte vergessen, dass es einen Mann gab, der sich nicht so einfach an der Nase herumführen lassen würde. Konstabler Larkins Augen wurden schmal, die Verwunderung darin verhärtete sich zu Argwohn, während er sich bei seinen Gesprächspartnern entschuldigte und sich einen Weg durch die Menge auf sie zuzubahnen begann.

Caroline tauchte rasch in dem Gedränge unter, einzig an Flucht denkend. Als sie einer wahrsagenden Zigeunerin auswich und an einer Frau vorbeihuschte, die Marie Antoinettes Kopf unterm Arm trug, kitzelte sie eine verirrte Pfauenfeder unter der Nase, sodass sie gezwungen war stehen zu bleiben, um ein Niesen zu unterdrücken.

Ehe sie weiterlaufen konnte, schloss sich Larkins Hand mit der Unnachgiebigkeit eiserner Handschellen um ihr Handgelenk.

Er zwang sie, sich umzudrehen und ihn anzusehen, sein schmales, strenges Gesicht wirkte nicht minder unfreundlich durch die Tatsache, dass es nicht maskiert war. „Was denken Sie sich eigentlich dabei, Miss Cabot? Was zum Teufel haben Sie mit Ihrer Schwester angestellt?"

„Ich habe gar nichts mit ihr angestellt", beharrte Caroline und bemühte sich, nicht schuldbewusst zu stammeln. „Sie hat sich einfach nur nicht ganz wohlgefühlt, sodass sie nicht zum Ball gehen konnte."

„Gütiger Himmel", flüsterte er und ließ seinen Blick von der Rose in ihrem Haar zu ihrem Kleid wandern. „Ich kenne dieses Kleid ... diese Kette ..." Er streckte eine Hand aus, strich mit sichtlich zitternden Fingern über die Kamee. „Eloisa trug dieses Kleid in der Nacht bei Almack's, als wir sie zum ersten Mal sahen. Und Adrian hat ihr die Kamee zu ihrem achtzehnten Geburtstag geschenkt. Sie hatte sie an, als ich sie zum letzten Mal sah. Sie hat sie nie abgelegt. Sie hatte geschworen, sie würde sie über ihrem Herzen tragen bis zu dem Tag, da sie ..." Sein Blick kehrte zu ihrem Gesicht zurück. „Wo haben Sie diese Sachen her? Hat er sie Ihnen gegeben?"

„Ich kann Ihnen versichern, dass Sie viel zu viel Aufhebens wegen eines alten Kleides und ein bisschen wertlosen Flitterkrams machen, den meine Schwester auf dem Dachboden gefunden hat."

„Mache ich auch zu viel Aufhebens um die Art und Weise, wie er Ihre Wange gestreichelt hat in der Nacht, als Vivienne krank wurde? Wie er Sie anschaut, wenn er denkt, niemand sieht zu?" Larkin zerrte sie näher, und unter der stählernen Entschlossenheit in seinen Augen wurde ihr ganz kalt. „Wenn Sie die ganze Zeit mit Kane unter einer Decke gesteckt haben und planen, Vivienne etwas anzutun, dann, das schwöre ich, sorge ich höchstpersönlich dafür, dass Sie beide in Newgate verrotten."

Sich schmerzlich des Interesses bewusst, das ihr kleines Drama erregte, lächelte Caroline mit zusammengebissenen Zähnen. „Es gibt keinen Grund, grob zu werden, Sir. Wenn Sie tanzen wollen, brauchen Sie es nur zu sagen."

„Tanzen?", zischte Larkin. „Haben Sie den Verstand verloren, Frau?"

Caroline versuchte ihr Handgelenk aus seinem Griff zu

befreien, als ein bedrohlicher Schatten zwischen sie fiel.

„Verzeihung, mein Herr", knurrte Adrian. „Ich glaube, die Dame hat mir diesen Tanz versprochen."

Kapitel 18

❧❧❧❧❧

Ein paar jubilierende Töne eines Wiener Walzers, eine schwungvolle Drehung, und Caroline befand sich wieder dort, wo sie gefürchtet hatte, nie mehr zu sein – in Adrians Armen. Aus dem Augenwinkel sah sie Larkin angewidert den Kopf schütteln und weggehen, mit seinen ausholenden Schritten eine breite Schneise in die Menge schlagend.

Ihre Erleichterung währte nicht lange. Als sie ihren Kopf in den Nacken legte, um Adrian anzuschauen, ließ das, was sie in seinen Augen entdeckte, die Drohung mit Newgate wie ein Wochenende in Bath erscheinen.

„Wo genau ist deine Schwester?", verlangte er zu wissen. „Mit einem gezielten Schlag außer Gefecht gesetzt und an irgendeinen Stuhl gefesselt?"

„Sei still! Ich würde mich niemals zu einer so niederträchtigen Täuschung herablassen." Sie zögerte eine Minute, ehe sie erklärte: „Wenn du es unbedingt wissen musst, ich habe sie betäubt."

Adrian warf seinen Kopf nach hinten und lachte laut auf, was ihm verwunderte Blicke von einem türkischen Sultan und einem Haremsmädchen eintrug, die gerade an ihnen vorübertanzten. „Meine liebe Miss Cabot, erinnere mich daran, niemals deine Skrupellosigkeit zu unterschätzen, wenn du erst einmal beschlossen hast, dein nimmermüdes Gewissen zu ignorieren und deinen Willen durchzusetzen."

„Ich bin sicher, sie lässt sich kaum mit deiner messen, Mylord", erwiderte sie süßlich. „Duvalier beobachtet uns vielleicht schon, weißt du", bemerkte sie, während er sie durch eine weitere komplizierte Drehung des Tanzes führte, seine kräftige Hand auf ihrem Rücken. „Du solltest mich anschauen, als wolltest du mich lieben, nicht erwürgen."

„Was, wenn ich beides will?", entgegnete er, und seine entschiedenen Worte jagten ihr einen heißen Schauer über den Rücken.

Seine natürliche Anmut kam ihm beim Tanzen genauso zugute wie bei dem Handgemenge in Vauxhall, als er sich der Schufte entledigt hatte. Obwohl ihre Hand nur ganz leicht auf seiner Schulter ruhte, konnte Caroline die flüssigen Bewegungen seiner Muskeln unter dem Stoff seines Rockes spüren.

Er schaute stirnrunzelnd auf die goldenen Löckchen, die unter dem rosa Halbturban hervorlugten, den sie sich um den Kopf gewickelt hatte. „Das ist nicht dein Haar."

Caroline rümpfte die Nase. „Meine Schwester hat eine Unmenge Locken. Ich dachte, es stört sie nicht, wenn ich mir ein paar von ihr leihe."

Sein Blick glitt tiefer, blieb an dem großzügigen Dekolleté haften, das der tiefe Ausschnitt des Kleides enthüllte. „Und das ist auch nicht dein …"

„O doch, ganz sicher!" Caroline wagte es, entrüstet an sich hinabzuschauen. „Du wärest überrascht zu sehen, was sich erreichen lässt, wenn man sich einfach das Korsett enger schnürt. Und außerdem war es nicht so, dass ich die Wahl gehabt hätte", fügte sie verlegen hinzu. „Für den Fall, dass es dir noch nicht aufgefallen ist, mangelt es mir an der Stelle im Vergleich zu meinen Schwestern."

„Es ist mir mehr als aufgefallen", murmelte er, und sein besitzergreifender Blick erinnerte sie daran, dass er erst letzte Nacht seine warmen Hände um ihre nackten Brüste gelegt und sie gestreichelt hatte. „Und ich kann dir versichern, dass das Einzige, woran es dir mangelt, eine vernünftige Portion gesunden Menschenverstandes ist. Wenn du welchen besäßest, hättest du nicht diese gefährliche kleine Charade begonnen."

„Ist das nicht genau das, worum es bei einem Maskenball geht? Als jemand zu kommen, der man nicht ist?" Sie erwiderte seinen herausfordernden Blick mit einem eigenen. „Ich könnte für dich heute Abend Vivienne oder Eloisa sein. Wen würdest du lieber lieben, wenn du glaubtest, Duvalier würde uns in genau diesem Moment beobachten?"

Ohne aus dem Takt zu kommen, beugte sich Adrian vor und flüsterte ihr ins Ohr: „Dich."

Während Larkin den Saal und das Foyer ärgerlich durchquerte und die Treppe in den ersten Stock emporstieg, verklangen die Töne des Walzers allmählich. Er war immer noch erschüttert von Caroline, die Eloisas Kamee trug. Er hatte nie vergessen, wie Eloisas hübsches Gesicht am Abend ihres achtzehnten Geburtstages aufgeleuchtet hatte, als Adrian ihr das Schmuckstück geschenkt hatte. Nachdem er gesehen hatte, wie Adrian ihr die Kette um den anmutig geschwungenen Hals legte, hatte Larkin sein eigenes Geschenk – eine antiquarische Ausgabe von Blakes Sonetten – wieder in seine Rocktasche gesteckt.

Sein Entschluss geriet vor der Tür zu Viviennes und Portias Salon ins Wanken. Jetzt, da er so dicht vor seinem Ziel stand, erkannte er, wie unziemlich es war, wenn er vor der Zimmertür einer jungen Dame herumlungerte, ohne dass eine Anstandsdame oder wenigstens eine Zofe in Sicht war.

Mit einem umständlichen Räuspern klopfte er an die Tür. „Miss Vivienne?", rief er. „Miss Portia? Hier ist Konstabler Larkin. Ich würde gerne kurz mit Ihnen sprechen, wenn es Ihnen nichts ausmacht."

Schweigen antwortete ihm.

Er schaute nach rechts und links in den Flur, dann drückte er die Klinke. Die Tür schwang unter seiner Berührung problemlos auf.

Der Salon war leer, das Feuer heruntergebrannt und der Kamin kalt. Die Tür zu Portias Schlafzimmer war geschlossen, aber Viviennes stand einen Spaltbreit offen. Unfähig, einer solch offenen Einladung zum Nachforschen zu widerstehen, durchquerte Larkin den Raum und stieß die Tür vorsichtig ganz auf. Obwohl auf dem Frisiertisch noch eine Kerze brannte, wirkte das Zimmer verlassen.

Larkin wusste, er besaß kein Recht, herumzuschnüffeln, aber die Versuchung war beinahe unwiderstehlich. Der zarte Fliederduft von Viviennes Parfüm lockte ihn in den Raum wie ein starkes Aphrodisiakum. Von der Reaktion seines Körpers her zu schließen, war es, als ob er sich auf das verbotene Gebiet eines Sultansharems schlich.

Auf dem Frisiertisch lagen verschiedene Döschen und Tiegel mit Puder und Salben und anderen geheimnisvollen Tinkturen, die als unverzichtbar angesehen wurden für das weibliche Streben nach dem flüchtigen Schönheitsideal. Was Larkin anbetraf, benötigte Vivienne nichts davon. Ein Seidenstrumpf war achtlos um die Lehne des Stuhls vor dem Frisiertisch geschlungen. Der Konstabler fuhr mit dem Finger über den spinnwebfeinen Stoff und versuchte sich nicht auszumalen, wie Vivienne auf ebendieser Bank saß und sich den Strumpf über eines ihrer langen Beine streifte. Versuchte sich nicht vorzustellen, wie er mit seinen Lippen ihren Händen folgte, bis er das empfindsame Grübchen hinter ihrem Knie erreichte.

Larkin riss seine Hand zurück, angewidert von seiner mangelnden Selbstbeherrschung. Er wollte sich gerade zum Gehen wenden, als er ein aufgefaltetes Briefchen auf dem Frisiertisch entdeckte. Die Nachricht war in einer klaren, aber doch eindeutig weiblichen Handschrift verfasst.

Dieses Mal nahm er immer zwei Stufen auf einmal, denn es graute ihm vor dem, was er wohl finden würde. Ohne sich mit Anklopfen aufzuhalten, stürmte er in das Zimmer oben im Nordturm.

Seine Schritte verlangsamten sich, als er sich Carolines Bett näherte. Die Vorhänge waren zurückgezogen wie bei der Bühne eines Theaters, bereit, sich über dem letzten Akt zu schließen. In einem Morgenmantel aus smaragdgrünem Samt ruhte Vivienne in den Kissen, ihre schlanken Finger wie die eines Kindes unter ihrer Wange gefaltet. Larkins Atem beruhigte sich allmählich, als er sah, dass sich ihre Brust gleichmäßig hob und senkte.

Erleichtert ließ er sich gegen einen Bettpfosten sinken, fuhr sich mit zitternder Hand übers Kinn. Es schien, als müsse er sich bei Caroline entschuldigen. Vielleicht hatte sich Vivienne wirklich nicht wohl genug gefühlt, um zu dem Maskenball zu gehen. Vielleicht war sie Carolines Bitte, zu ihr zu kommen, gefolgt, um der geschäftigen Betriebsamkeit und dem Lärm aus dem Ballsaal zu entkommen. Sie hatte vielleicht sogar wirklich die Kamee und das Kleid auf dem Dachboden gefunden und darauf beharrt, dass Caroline es anzog, ohne zu ahnen, dass beides einmal einer anderen Frau gehört hatte, die Kane geliebt hatte.

Während er die engelsgleiche Reinheit ihrer Züge mit Blicken verschlang, seufzte er unwillkürlich. Er wäre es zufrieden gewesen, den Rest der Nacht hier zu stehen und über ihren Schlaf zu wachen. Aber wenn einer der Dienstboten ihn sehen sollte, hätte das schlimme Folgen für ihren Ruf.

Sachte zog er die Bettdecke über sie, entschlossen, nicht länger zu bleiben als notwendig, um eine weitere Schaufel Kohlen nachzulegen.

Eine leere Teetasse stand auf dem Tisch neben dem Bett, zusammen mit einem Fläschchen ohne Aufschrift. Seine Instinkte erwachten warnend. Larkin zog den Korken heraus und schnupperte argwöhnisch. Es war nicht mehr als ein leiser Hauch des durchdringend süßen Geruches nötig, damit er erkannte, worum es sich handelte.

„Zur Hölle mit ihnen", stieß er zwischen zusammengebissenen Zähnen hervor und stellte die Flasche mit Nachdruck zurück. „Zur Hölle mit beiden!"

Er ließ sich auf die Federmatratze neben Vivienne sinken, ohne sich länger Sorgen zu machen, was die Dienstboten wohl denken mochten, wenn sie ihn hier entdeckten.

Sie bei den Schultern fassend, schüttelte er Vivienne sanft. „Vivienne! Vivienne, Liebste, du musst jetzt aufwachen. Du hast lang genug geschlafen!"

Sie begann sich zu rühren, ein schläfriges Stöhnen kam über ihre Lippen. Flatternd hoben sich ihre Augenlider. Es war zu spät für Larkin, eine teilnahmslose Miene aufzusetzen. Er konnte nur wie gelähmt auf den Entsetzensschrei warten, der zweifellos folgen musste, wenn sie erst einmal erkannt hatte, wer über ihr im Bett aufragte und sie anschaute, das Herz in seinen Augen.

Es verging ein Augenblick, ehe er begriff, dass sie noch träumen musste, denn sie hob eine Hand an seine Wange, und ihre Lippen verzogen sich langsam zu einem zärtlichen Halblächeln, während sie flüsterte: „Portia hat immer gesagt, eines Tages würde mein Prinz zu mir kommen."

Caroline schloss die Augen, ihr wurde heiß, atemlos und schwindelig, allerdings nicht von den schwungvollen Drehungen des Tanzes, sondern von dem vielen Blut, das von ihrem Kopf in andere, wesentlich leichtsinnigere, unbeherrschtere Regionen ihres Körpers strömte. Beinahe wünschte sie sich, in Adrians Armen ohnmächtig zu werden, damit er sie dann aus dem Saal tragen könnte und all die zärtlichen, unartigen Dinge mit ihr anstellen, die sie sich insgeheim ersehnte, die zu fordern sie aber einfach nicht kühn genug war.

Keiner ihrer Mädchenträume hatte sie auf diesen Moment vorbereiten können. Sie war nicht länger die vernünftige

Schwester, die damit zufrieden war, am Rande zu stehen und sehnsüchtig zuzusehen, während ihre Schwestern sich ins Leben stürzten. Stattdessen war sie es, die aller Augen im Saal auf sich zog und die in den Armen dieses wunderbaren Mannes über die Tanzfläche schwebte.

Mit seiner Hand streichelte er ihr über den Rücken, drückte sie fester an sich, so dicht, dass ihre Brüste danach schrien, aus der fesselnden Enge ihres Korsetts zu entkommen, jedes Mal, wenn sie seine gestärkten Rockaufschläge streiften.

„Wenn du Duvalier unbedingt etwas zu sehen geben willst, sollten wir so tun, als seien wir wieder in Vauxhall, oder?", erkundigte sich Adrian flüsternd, und seine Stimme klang gepresst. Mit seinem Daumen malte er kleine Kreise auf ihre Handinnenfläche, und seine Lippen waren so dicht an ihrer Ohrmuschel, dass sie ein sehnsuchtsvoller Schauer durchlief. „Ich habe nicht vergessen, was für eine überzeugende Schauspielerin du sein kannst. Ich erinnere mich immer noch an die Laute, die du gemacht hast, die leisen kleinen Seufzer, an den Geschmack deiner Lippen und wie du dich an mich geklammert hast, als wolltest du mich nie wieder loslassen."

Die anderen Tänzer begannen einen weiten Bogen um sie zu machen. Manche hatten ganz aufgehört zu tanzen und reckten ihre Hälse, um unverhohlen das schamlose Schauspiel zu verfolgen, das sie und Adrian ihnen boten. Adrians Gäste waren nach Trevelyan Castle in der Erwartung von etwas Spektakulärem gekommen, allerdings hatten sie nicht auf etwas derart Aufregendes zu hoffen gewagt.

„Deine Gäste …", gelang es ihr schließlich zu keuchen, „… sie beobachten uns."

„War es das nicht, was du erreichen wolltest? Bist du nicht heute Nacht hergekommen, damit Duvalier dich sieht? Damit du ihn mit deiner Schönheit in die Falle locken kannst? Damit du seine unselige Lust erregen und ihn mit seinem Verlangen nach dir halb in den Wahnsinn treiben kannst?"

Als Adrians samtige Lippen über ihren Hals strichen, wusste sie, dass er nicht länger von Duvalier sprach. In Wahrheit konnte kein Vampir, wie hinterhältig er auch war, ihr so gefährlich werden wie dieser Mann. Duvalier konnte nur dafür sorgen, dass ihr Herz zu schlagen aufhörte; Adrian dagegen besaß die Macht, es in tausend Stücke zu brechen, sodass sie den Rest ihres Lebens mit den Scherben in ihrer Brust herumlaufen musste.

Sich an seine Schultern klammernd, um zu verhindern, dass sie allen Halt verlor und gegen ihn sank, sagte sie: „Ich bin heute Nacht hergekommen, um Julian zu helfen. Um dir zu helfen."

Adrian hob den Kopf und schaute sie an; in seinen Augen rangen Verlangen und Wut miteinander. „Und wie genau hattest du vor, das zu bewerkstelligen? Indem du kleine Närrin dich umbringen lässt? Du trägst Eloisas Kleid. Willst du, dass dich dasselbe Schicksal wie sie ereilt?"

„Selbstverständlich nicht! Ich wusste, dass du mich beschützen wirst. Du hast geschworen, du seiest stark genug, Vivienne zu schützen, oder etwa nicht? Wie kannst du versprechen, meine Schwester zu beschützen, dir aber gleichzeitig nicht zutrauen, meine Sicherheit zu gewährleisten?"

Die Musik schwoll zum Crescendo an. Obwohl Adrian sie weiterhin an seinen muskulösen Körper drückte, gab er sich keine Mühe mehr, den Anschein aufrechtzuerhalten, dass sie tanzten. „Weil ich bei ihr nicht jedes Mal den Verstand verliere, wenn sie ein Zimmer betritt. Ich werfe mich nicht jede Nacht von der einen auf die andere Seite, weil ich davon träume, sie zu lieben. Sie treibt mich nicht in den Wahnsinn mit endlosen Fragen oder weil sie ihre Nase andauernd in Angelegenheiten steckt, die sie nichts angehen, und sie plagt mich auch nicht mit immer neuen, verrückten Ideen." Seine Stimme wurde lauter. „Ich kann mir zutrauen, deine Schwester zu beschützen, weil ich sie nicht liebe!"

Seine Worte hallten von der Decke wider, warnten sie zu spät, dass der Walzer und die Musik aufgehört hatten. Caroline schaute sich verlegen zu den anderen Tänzern um, war darauf gefasst, dass aller Augen auf ihnen ruhten. Aber seltsamerweise schien die Aufmerksamkeit der Gäste etwas anderem zu gelten.

Während das schockierte Gemurmel zu einem Dröhnen anwuchs, folgte Caroline der Richtung ihrer Blicke zur Tür. Das Herz sank ihr bis in die Spitzen ihrer Tanzschuhe, als sie die schlanke Gestalt in den Armen des Mannes erkannte, dessen zu schmalen Schlitzen zusammengekniffene Augen ihr eine gerechte Strafe und Vergeltung verhießen.

Flüchtig sah sie die verwirrte, leicht verletzte Miene ihrer Schwester, ehe Konstabler Larkin ihr Gesicht an seiner Schulter barg, ihr den weiteren Anblick des abgeschmackten Spektakels ersparte, das sie und Adrian eben gezeigt hatten.

Kapitel 19

CR⋘CR⋘🙖⋘🙖

Das Schweigen in der Bibliothek der Burg war schlimmer als alle Geräusche, die Caroline je vernommen hatte. Sie schritt vor der Tür auf und ab, wrang ein Taschentuch in ihren tauben Händen. Als Adrian eine bleiche Vivienne in den Raum geleitet hatte, hatte Caroline damit gerechnet, herzerweichendes Schluchzen, Schreie und bittere Vorwürfe zu hören. Aber trotzdem inzwischen fast eine Stunde verstrichen war, seit sie verschwunden waren, war noch nicht einmal ein Wimmern aus dem Raum gedrungen. Vielleicht hatte Vivienne beschlossen, diesen Verrat schweigend zu ertragen – wie schon so vieles andere.

„Sie sollte da nicht mit ihm allein sein. Sie brauchen eine Anstandsdame", erklärte Larkin gepresst und warf Caroline einen vorwurfsvollen Blick zu, der sie daran erinnerte, wie kläglich sie in der Beziehung versagt hatte. Statt das empfindliche Herz ihrer Schwester zu schützen, war sie diejenige gewesen, die es gebrochen hatte.

Der Konstabler lehnte zusammengesunken an der gegenüberliegenden Wand, seine lässige Haltung wurde durch das wachsame Glitzern seiner Augen Lügen gestraft. Fast wären Fäuste geflogen, als Adrian darauf bestanden hatte, ihm Vivienne abzunehmen und von den neugierigen Blicken seiner verblüfften Gäste wegzubringen.

„Nach allem, was ich Ihnen erzählt habe", sagte Caroline, „glauben Sie doch nicht immer noch, dass er ihr etwas antäte. Er war es nicht, der ihr Laudanum in den Tee geträufelt hat. Das war ich allein."

Larkin schüttelte den Kopf. „Erwarten Sie wirklich von mir zu glauben, dass Victor erst kaltblütig Eloisa umgebracht und dann

Julian in eine Art Monster verwandelt hat? Dass Kane ein Vampirjäger ist und er und Julian die letzten fünf Jahre Victor bis ans Ende der Welt und wieder zurück gefolgt sind? Himmel, ich habe noch nie eine derart absurde Geschichte gehört!"

„Genau das habe ich auch gedacht, als Adrian es mir erzählt hat, aber Julian hat mir dann gezeigt …" Caroline brach ab, band in ihr Taschentuch einen neuen Knoten. Aus dieser Richtung durfte sie keine Hilfe erwarten. Obwohl sie die Dienstboten auf die Suche nach ihm geschickt hatte, nachdem der Ball so abrupt und unkonventionell geendet hatte, war Julian bislang nicht aufgetaucht. Er schien wie vom Erdboden verschluckt.

In dem verzweifelten Bemühen, Larkin zu überzeugen, dass sie die Wahrheit sagte, sowohl in Bezug auf Adrians als auch auf ihre eigene Rolle, schaute sie ihm offen in die Augen. „Waren Sie es nicht, der mich aufgefordert hat, auf etwas anderes als bloße Logik zu setzen?" Er erwiderte ihren Blick mit unbewegter Miene. „Wäre es einfacher für Sie zu glauben, dass ich zu der Sorte Frauen gehöre, die ihre Schwester betäuben, um ihr den Verehrer für ein abgeschmacktes Intermezzo abspenstig zu machen?"

Er schaute sie weiter regungslos an, ehe er sich seufzend geschlagen gab. „Ich nehme an, das wäre noch absurder."

Ohne Vorwarnung schwang die Bibliothekstür auf. Caroline drehte sich um, als Adrian aus den Schatten des Zimmers trat. In einer entlegenen Ecke ihres Herzens hatte sie gehofft, er würde durch diese Tür kommen, sie in seine Arme reißen und jede ihrer Sorgen und Befürchtungen, ihre ganzen Schuldgefühle einfach fortküssen.

Aber diese Hoffnung starb eines jähen Todes, als sie sein Gesicht sah. Der leidenschaftliche Liebhaber aus dem Ballsaal war verschwunden, als sei er nur ein Hirngespinst von ihr gewesen, nicht wirklicher als Portias Wassermänner oder Märchenprinzen, ersetzt durch einen unzugänglichen Fremden.

„Ich habe ihr von Duvalier erzählt", sagte er, und sein unergründlicher Blick streifte Caroline nur. „Ich habe ihr alles gesagt."

Obwohl sich Larkin aufrichtete, als wollte er ihn am liebsten unverzüglich zur Rede stellen, schritt Adrian wortlos an ihm vorüber und den Korridor hinab. Noch eine Weile waren seine Schritte zu hören, dann waren sie verklungen.

Caroline hatte keine Zeit, über seine absichtliche Beleidigung nachzudenken, nicht solange die Tür zu Bibliothek so verlockend offen stand.

Larkin warf ihr einen unsicheren Blick zu. „Wäre es Ihnen lieber, wenn ich ..."

Ehe er seinen Satz beenden konnte, schüttelte Caroline schon den Kopf. Das Letzte, was sie verdiente, war die Unterstützung oder gar das Mitleid des Konstablers. Nicht länger in der Lage, den Moment weiter hinauszuschieben, vor dem ihr so graute, schlüpfte sie in die Bibliothek und schloss leise die Tür hinter sich.

Vivienne saß vor dem Kamin auf einer Ottomane aus Leder, der Rock von Carolines smaragdgrünem Morgenmantel fächerförmig um sie ausgebreitet. Sie saß vollkommen still, vollkommen reglos, das Gesicht in den Händen vergraben.

Caroline betrachtete die Schultern ihrer Schwester in stillem Elend, wusste, sie würde sich viel besser fühlen, wenn Vivienne lauthals heulen würde, ihr etwas Zerbrechliches nachwerfen oder sie mit scharfen Worten tadeln würde, ein so schamloses, verehrerstehlendes Flittchen zu sein, wie sie es war.

Sie näherte sich ihr so weit, wie sie es wagte, und flüsterte: „Vivienne?"

Doch ihre Schwester verharrte mutlos zusammengekauert, weigerte sich, ihre Anwesenheit zur Kenntnis zu nehmen.

Caroline streckte eine Hand zu Viviennes gesenktem Kopf aus, sehnte sich danach, ihr über das seidige goldblonde Haar zu streichen. Aber sie zog die Hand rasch wieder zurück, fürchtete, so eine Berührung könnte ihre verletzliche Schwester in tausend Teile zersplittern lassen.

„Ich kann mir gut vorstellen, was du von mir halten musst", begann sie, würgte jedes Wort an dem dicken Klumpen in ihrer Kehle vorbei. „Du sollst wissen, dass ich alles in meiner Macht Stehende tun würde, damit du glücklich wirst. Ich würde mir meinen rechten Arm abhacken, wenn das dein Glück und deine Zukunft sicherstellen würde." Heiße Tränen stiegen ihr in die Augen. „Doch er war das Einzige, das ich nicht ertragen konnte, dir zu überlassen, weil ich ... weil ich ihn so sehr für mich selbst wollte."

Zu Carolines Entsetzen begannen Viviennes Schultern zu zucken. Sie hatte gedacht, es wäre eine Erleichterung, wenn ihre Schwester zu weinen begänne. Aber das war es nicht. Diese lautlosen Schluchzer zerrissen Caroline das Herz in der Brust.

Sie kniete sich neben die Ottomane und spürte ihre eigenen Tränen heiß über ihre Wangen strömen. „Ich hätte von hier abreisen sollen, sobald ich merkte, dass ich mich in ihn verliebte. Ich hätte Tante Marietta bitten sollen, mir eine Stellung als eine Art Gesellschafterin oder Gouvernante zu suchen, und so weit weggehen, dass keiner von euch beiden mich je hätte wiedersehen müssen. Besäße ich auch nur eine Unze Anstand in meiner Seele, würde ich auf der Stelle nach Edgeleaf heimkehren und Cousin Cecils Antrag annehmen. Ein Leben lang jeden Morgen neben der hassenswerten Kröte aufzuwachen ist nicht mehr, als ich als Strafe verdiene, für das, was ich dir angetan habe!"

Ihre Stimme brach in einem heiseren Schluchzer. Nicht länger fähig, die Last ihrer Schuld zu ertragen, legte sie ihren Kopf in Viviennes Schoß, umklammerte ihre Röcke in ihren Fäusten und weinte bittere Tränen der Scham.

Das Letzte, was sie erwartet hätte, war, eine Hand zu fühlen, die ihr den Kopf streichelte. Einen Augenblick war es, als habe sich die Zeit zurückgespult, und es wäre die Hand ihrer Mutter, die ihren Herzschmerz zu lindern versuchte. Langsam hob Caroline den Kopf und schaute ihre Schwester ungläubig an. Viviennes Wangen waren tränenüberströmt, aber ihr Lächeln war nicht minder herzlich als früher.

„Du kannst Cousin Cecil nicht heiraten", teilte ihr Vivienne mit. „Ich weigere mich, die liebevolle Tante für eine Bande hassenswerter, krötengesichtiger Gören zu spielen."

Caroline blinzelte zu ihrer Schwester durch einen wässrigen Schleier auf. „Willst du denn nicht, dass ich bestraft werde für mein abscheuliches Verhalten? Wie kannst du mir verzeihen, dir den Mann abspenstig gemacht zu haben, den du liebst?"

Vivienne strich ihr noch einmal über die Haare und wirkte mit einem Mal über ihre Jahre hinaus weise. „Weil ich ihn nicht liebe, Caroline. Das habe ich nie getan."

Caroline schüttelte den Kopf, und ihre Verwunderung nahm zu. „Das verstehe ich nicht. Wie kannst du das nur sagen? Was ist mit dem Brief, den du uns geschickt hast? Seitenlang hast du dich über seine zahllosen Tugenden ausgelassen, seinen unwiderstehlichen Charme in allen Einzelheiten beschrieben. Um Himmels willen, du hast sogar über das i in seinem Namen statt eines Punktes ein Herzchen gemalt."

Vivienne zuckte bei der Erinnerung daran zusammen. „Alles, was ich über ihn geschrieben habe, stimmte auch, aber ich denke, ich habe versucht, mich selbst zu überzeugen, dass ich dabei war, mich in ihn zu verlieben. Schließlich gehörte er zu genau der Sorte Mann, die ich brauchte – reich, adelig, einflussreich. Wenn ich einen Gentleman wie ihn an Land zöge, dann, das wusste ich, wären wir gerettet. Ich hätte mit einem Streich unsere Familie vor dem Ruin bewahren können. Ich habe nur versucht, mich um dich und Portia zu kümmern." Sie fasste Carolines Hand, und in ihren blauen Augen leuchtete eine Zärtlichkeit, die Caroline nie wieder dort zu sehen gefürchtet hatte. „Besonders du, liebe Caroline, nach allem, was du für uns geopfert hast. Du musst nicht immer die Starke sein, weißt du? Portia und ich hätten dir geholfen. Wir mussten dir einfach helfen."

Caroline schüttelte reuevoll den Kopf, immer noch damit beschäftigt, die Worte ihrer Schwester zu begreifen. „Wir geben ein feines Paar ab, nicht wahr? Beide versuchen wir, für die andere Opfer zu bringen, und richten dabei ein heilloses Durcheinander an." Sie drückte fest Viviennes Hand. „Selbst wenn wir auf der Straßen betteln gehen müssten, hätte ich dich nie gezwungen, einen Mann zu heiraten, den du nicht liebst."

„Denkst du, das wüsste ich nicht?" Ihre Hand aus Carolines Griff befreiend, erhob sich Vivienne und begann vor dem Kamin auf und ab zu gehen. „Es war auch nicht so, als wäre die Frau des Viscounts zu sein ein schreckliches Schicksal. Er ist ein sehr freundlicher und gut aussehender Mann, und ich bewundere ihn mehr, als ich sagen kann, jetzt sogar noch mehr, nachdem er mir von Julians ... Gebrechen erzählt hat." Sie drehte sich um und schaute Caroline an, ihre hübsche Stirn wie im Schmerz gerunzelt. „Aber wie könnte ich ihn heiraten, wenn mein Herz doch Alastair gehört?"

„Alastair?", wiederholte Caroline, verblüfft von dieser leidenschaftlichen Erklärung. Sie durchforschte ihr Gedächtnis, fragte sich, ob es einen Jungen aus dem Dorf oder einen breitschultrigen Gärtner gab, den sie übersehen hatte. „Wer um alles auf der Welt ist Alastair?"

„Nun, Konstabler Larkin natürlich. Ich habe ihn geliebt, seit er mir bei Lady Marlybones Musiknachmittag Sherry auf den Rock gekippt und dann versucht hat, den Fleck mit seiner Krawatte herauszureiben. Aber ich wusste, dass er eine absolut unpassende

Partie war. Er hat praktisch keine Familie, und wenn es keine Entführung oder einen größeren Juwelenraub in der guten Gesellschaft gibt, kann er kaum allein von seinem Einkommen leben, von einer Ehefrau oder auch noch ihrer Familie ganz zu schweigen. Und außerdem hat er überhaupt kein Gespür für Mode."

„Das stimmt", pflichtete ihr Caroline bei und musste daran denken, wie froh der Konstabler sein würde, wenn er erfuhr, dass er doch keinen Kammerdiener einstellen musste, um seine Krawatten zu binden.

„Und am allerschlimmsten war", fuhr Vivienne fort, „zu wissen, dass er keinen einzigen Bekannten hatte, den du oder Portia hättet heiraten können. Keinen Freund, keinen Bruder, noch nicht einmal einen Cousin dritten Grades!"

„Wie sieht es mit einem alten, steinreichen Onkel aus?", fragte Caroline, der es immer schwerer fiel, ihr Lächeln zu unterdrücken.

Vivienne schüttelte betrübt den Kopf. „Noch nicht einmal das, fürchte ich. Ich wusste von Anfang an, dass er kein passender Kandidat war, weswegen ich ihn zu entmutigen versucht habe, indem ich ihm gegenüber abweisend und grausam war." In ihre Augen trat ein weicherer Ausdruck, den wiederzuerkennen Caroline keinen Spiegel benötigte. „Aber je unausstehlicher ich wurde, desto mehr schien er mich zu verehren."

„Das muss wohl der Lauf der Dinge bei wahrer Liebe sein", flüsterte Caroline, die nicht länger an den Konstabler dachte. Plötzlich kam ihr ein Gedanke, und sie legte den Kopf schräg, um ihre Schwester zu mustern. „Wenn du nicht so außer dir gewesen bist, weil ich dir den Mann gestohlen habe, den du liebst, warum um alles in der Welt hast du dann eben geweint?"

„Weil ich so erleichtert war, zu erfahren, dass du ihn wirklich liebst und ich keinen schrecklichen Fehler gemacht hatte!" Vivienne strahlte sie an. „Jetzt, da ich alles in Ordnung gebracht habe, seid ihr beide, du und Portia, stets versorgt, und ich und Alastair können schließlich doch zusammen sein."

„Alles in Ordnung gebracht?" Caroline stand auf und stellte sich vor ihre Schwester, jäh von einer unguten Vorahnung beschlichen. Wenn ihre Erinnerung sie nicht trog, hatte das letzte Mal, als Vivienne etwas in Ordnung gebracht hatte, ihre Lieblingsstoffpuppe am Ende drei Beine gehabt und keine Haare mehr.

„Ich habe beschlossen, dass es an der Zeit sei, alles in Ordnung zu bringen. Du hast dich all die Jahre um mich gekümmert. Jetzt bin ich an der Reihe, mich um dich zu kümmern."

„Was meinst du?"

Vivienne reckte ihr Kinn mit all der Hochnäsigkeit der Viscountess, die sie nun nie sein würde. „Ich habe Lord Trevelyan davon unterrichtet, dass sein Verhalten uns beiden gegenüber schamlos und entwürdigend war. Für einen wahren Gentleman gäbe es nur eine einzige Möglichkeit, alles wiedergutzumachen, habe ich ihm gesagt."

Caroline konnte die Worte kaum hervorbringen. „Und wie soll das gehen?"

„Er muss dich so rasch wie möglich heiraten."

Caroline ließ sich, als ihr plötzlich die Knie den Dienst versagten, auf die Ottomane sinken. „Kein Wunder, dass er eben aussah, als seien ihm alle Höllenhunde auf den Fersen." Sie blinzelte ungläubig zu ihrer Schwester empor. „Oh, Vivienne, was hast du getan?"

Vivienne blinzelte zurück und sah immer noch sehr selbstzufrieden aus. „Ist das nicht offensichtlich? Ich habe es uns beiden ermöglicht, die Männer zu heiraten, die wir lieben."

„Aber du weißt, dass dein Konstabler Lark... Alastair dich heiraten möchte. Hat der Viscount dir durch irgendetwas zu verstehen gegeben, dass er mir gegenüber ähnlich empfindet?"

„Nun", begann Vivienne gedehnt und biss sich auf die Unterlippe. Anders als Portia war sie nie eine geschickte Lügnerin gewesen. „Er schien der Idee, dich zu seiner Ehefrau zu machen, nicht völlig abgeneigt. Anfangs hat er vielleicht ein klein bisschen gezögert, aber nachdem ich ihn an seine Pflichten erinnert habe, wirkte er durchaus davon angetan."

Den Kopf in ihren Händen vergrabend, stöhnte Caroline auf.

„Außerdem", fuhr Vivienne fort, „ist es nicht so, als hätten wir die Wahl. Er hat dich im Ballsaal vor aller Augen kompromittiert." Sie hielt sich eine Hand an die Brust, und ihre Stimme wurde fast so schrill wie Tante Mariettas. „Ich persönlich habe nie zuvor ein so dekadentes Schauspiel mit angesehen! Man hätte meinen können, ihr beide befändet euch auf dem Lover's Walk in Vauxhall Gardens. Jetzt, da er die Gäste ohne Entschuldigung weggeschickt hat, wird der Klatsch morgen schon London erreichen und wilde

Blüten treiben."

„Und was, denkst du, wird der Klatsch daraus machen, wenn der Viscount die falsche Schwester heiratet? Was werden sie sagen, wenn man sich hinter vorgehaltener Hand zuflüstert, dass er gegen seinen Willen in die Ehe gedrängt wurde? Das mag jetzt ein Schock für dein empfindsames Gemüt sein, aber nicht alle Männer sind so edelmütig wie dein Alastair. Ein Mann wie Adrian Kane ist dazu fähig, mit einer Frau ins Bett zu gehen, ohne die Absicht zu hegen, sie zu heiraten."

„Nicht, solange diese Frau meine Schwester ist."

Caroline seufzte, am Ende ihrer Geduld angekommen. „Du begreifst nicht, worum es geht. Wie kann ich ihn heiraten, wenn ich weiß, dass er das nur tut, weil du ihm die Pistole der Schicklichkeit an die Schläfe hältst?"

Vivienne runzelte die Stirn. „Ich denke nicht, dass eine Pistole nötig sein wird, aber ich kann Alastair gerne fragen, wenn du willst. Ich bin sicher, dass er eine besitzt."

Diesmal war es kein Seufzer, sondern ein empörter Aufschrei, der über Carolines Lippen kam. Die Bibliothekstüren flogen auf, auf der Schwelle stand ein wild um sich blickender Larkin. Offenbar hatte er damit gerechnet, Vivienne und Caroline auf dem Boden rollend vorzufinden, wie sie sich Schimpfnamen an den Kopf warfen und an den Haaren zerrten.

Als Larkins Blick zärtlich über Viviennes Gesicht glitt, liefen ihre Wangen rot an. „Verzeihen Sie mein Eindringen, Miss Vivienne. Ich war in Sorge, dass Sie sich nicht wohlfühlen."

Die Hände vor sich faltend, schenkte ihm Vivienne ihr bezauberndstes Lächeln. „Nicht mehr, Sir, da Sie hier sind."

Larkin blieb der Mund offen stehen. Er hätte nicht verdutzter aussehen können, wenn sie ihm mit dem Feuerhaken eins übergezogen hätte.

Sein verblüffter Blick wanderte zwischen den beiden Schwestern hin und her, blieb schließlich auf Caroline ruhen. „Geht es Ihnen gut, Miss Cabot? Sie sehen aus, als sei jemand gerade über Ihr Grab geschritten."

„Nun, das passt doch, oder?" Caroline ließ sich gegen das Kaminsims sinken, und ein leicht hysterisches Lachen entrang sich ihrer Kehle. „Ich heirate einen Vampirjäger."

Die Dienstboten waren nach dem Ball nicht in der Lage gewesen, Julian zu finden, weil er auf dem Dach zwischen zwei Zinnen auf der Brustwehr hockte, die um die gesamte Burg lief. Er wusste, es gab nur einen Menschen, der ihn hier suchen würde, darum sparte er sich die Mühe, sich umzudrehen, als er hinter sich Schritte hörte.

Adrian und er hatten an genau dieser Stelle Stunden damit verbracht, Piraten, Wikinger und Kreuzfahrer zu spielen. Die Wiesen und Lichtungen um die Burg waren ihre Schlachtfelder und Meere gewesen. In ihrer Phantasie war der Bauernkarren, der über die holperige Straße unten ratterte, eine exotische Karawane der Sarazenen geworden, beschützt von dunkeläugigen, säbelschwingenden Kriegern, während die Schindmähre vor dem Karren sich in einen stolzen Araberhengst und der räudige Köter des Bauern in ein wildes Wolfsrudel verwandelten, das nach ihrem Blut lechzend die Burg bestürmte. Damals waren ihre unsichtbaren Feinde mit nicht mehr als einem gellenden Schlachtruf und einem Hieb mit dem Holzschwert in die Flucht zu schlagen gewesen. Julian hob die Champagnerflasche in seiner Hand an die Lippen, wünschte sich zurück in jene Zeit, wo alles viel einfacher gewesen war.

Heute Nacht war die holperige Straße unten mit flackernden Lichtern schaukelnder Kutschenlampen übersät. Ihre Gäste reisten einer nach dem anderen ab und nahmen Julians letzte Hoffnungen mit sich.

„Es tut mir leid“, erklärte Adrian leise und blieb dicht hinter ihm stehen, schaute zu, wie die Kutschen mit der Dunkelheit verschmolzen. „Ich wollte sie weitermachen lassen, aber ich konnte es einfach nicht. Noch nicht einmal für dich.“

„Wenn ich auch nur eine halbe Seele hätte, hätte ich dich nicht darum gebeten“, erwiderte Julian achselzuckend.

„Ich weigere mich zu glauben, dass Eloisas Geist zu benutzen, um ihn in unsere Falle zu locken, unsere letzte Hoffnung war.“

Julian schnaubte abfällig. „Es war vielleicht unsere einzige Hoffnung.“

„Ich schwöre dir, dass wir einen anderen Weg finden werden. Ich werde einen anderen Weg finden. Ich brauche bloß mehr Zeit.“

Julian drehte sich um und schenkte seinem Bruder ein schiefes Lächeln. „Zeit ist das Einzige, was ich im Übermaß habe. Ich kann dir eine Ewigkeit geben, wenn es das ist, was du brauchst."

Selbst während er die Worte aussprach, wusste Julian, dass er bluffte. Seine Zeit lief schon seit einer ganzen Weile ab, seine Menschlichkeit rann allmählich aus ihm heraus, so wie die Sandkörner aus einer zerbrochenen Sanduhr.

Adrian berührte ihn leicht an der Schulter, dann wandte er sich zum Gehen.

„Adrian?"

Sein Bruder drehte sich zurück, und einen Augenblick lang sah Julian das Gesicht eines jüngeren Adrian über seinen Zügen.

„Wenn ich euch beiden meinen Segen geben könnte, würde ich es tun."

Adrian nickte, ehe er mit den Schatten verschmolz.

Julian hielt sein Gesicht in den Wind, begrüßte dessen beißende Schärfe. Die Nacht hätte sein Reich sein sollen, sein Königreich sogar. Doch er saß hier, gefangen zwischen zwei Welten mit nur einer Flasche Champagner, um den Hunger zu stillen, der an der Stelle an ihm nagte, wo einst seine Seele gewesen war.

Er hob die Flasche gerade erneut an seine Lippen, als aus dem Nichts die Kette kam, sich brutal um seinen Hals schlang. Die Flasche entglitt seinen Fingern, zerbarst auf den Steinen. Julian zerrte an den schweren Kettengliedern, wehrte sich gegen den würgenden Zug, aber seine übernatürliche Stärke schien ihn zu verlassen, fiel von ihm ab wie die welken Blütenblätter von einer sterbenden Rose.

Seine Augen traten hervor, und er blickte an sich herab, entdeckte das silberne Kruzifix am Ende der Kette, ehe es sich durch sein Hemd und in seine Brust brannte. Der Gestank versengten Fleisches stieg ihm in die Nase.

Während er noch darum rang, einen wütenden Schmerzenslaut aus seiner Kehle zu zwängen, drang ein heiseres Flüstern an sein Ohr. „Du hättest deinen Bruder nicht anlügen sollen, mon ami. Deine Zeit ist gerade abgelaufen."

Als Duvalier ihn mitleidslos auf die Knie riss, war alles, was Julian denken konnte, was für eine verdammte Schande es wäre, wenn Adrian nie erführe, dass ihr Plan funktioniert hatte.

Kapitel 20

„Ich begreife, dass meine Schwester nur mein Bestes im Sinn hatte, und ich bin Ihnen für Ihre Bereitschaft dankbar, den Forderungen des Anstands zu entsprechen", sagte Caroline, ihr Ton sowohl kühl als auch gemessen, „aber nachdem ich eben in meinen Ausführungen kurz meine Argumente umrissen habe, denke ich, habe ich deutlich gemacht, warum mir keine andere Wahl bleibt, als Ihren Antrag abzulehnen." Sie beendete ihre kleine Ansprache hocherhobenen Hauptes und mit ordentlich vor sich gefalteten Händen – ein Bild der personifizierten Vernunft.

Wenigstens hoffte sie das. Da sie niemanden hatte, dem sie ihre wohleinstudierte Rede vorführen konnte, sondern nur ihr verschwommenes Spiegelbild in den Scheiben der französischen Fenster in ihrem Turmzimmer, um zu beurteilen, wie sie wirkte, war es schwer zu sagen. Obwohl sie nach ihrer Rückkehr aus der Bibliothek jede Kerze im Raum angezündet hatte, sog die tintenschwarze Nacht auf der anderen Seite der Glasscheiben alle klaren Linien ihres Spiegelbildes auf, sodass es unheimlich verschwommen wie ein Gespenst erschien.

Ein scharfer Windstoß rüttelte an den Türen, und sie zuckte erschrocken zusammen. Der Wind hatte in den letzten Stunden an Kraft gewonnen und immer mehr Wolken vor den hell leuchtenden Vollmond geschoben. Das flackernde Licht der Kerzen machte es unmöglich, die Schatten zu identifizieren, die über ihren Balkon huschten.

Irgendwo tief in der Burg begann eine Uhr Mitternacht zu schlagen, und jeder der hohl klingenden Töne zerrte an Carolines mitgenommenen Nerven. Sie wollte nichts lieber, als sich Eloisas verfluchtes Kleid auszuziehen, ins Bett zu steigen und sich die Decke über den Kopf zu ziehen. Aber sie zwang sich, näher zu ihrem gespenstischen Spiegelbild in den französischen Türen zu treten, zu prüfen, ob sie wirklich unverriegelt waren.

Die Augenblicke verstrichen, und frische Zweifel begannen sie zu plagen. Vielleicht kam Adrian gar nicht. Vielleicht gab er ihr die Schuld, dass sein Plan ruiniert war, Duvalier in die Falle zu locken und zu vernichten. Vielleicht fand er die Vorstellung, gezwungen zu sein, sie zu heiraten, derart unangenehm, dass er jeden Augenblick bereute, den sie zusammen erlebt hatten – jeden Kuss, jede Berührung.

Caroline fing an, rastlos um ihr Bett auf und ab zu gehen. Er konnte ihr kaum vorwerfen, ihn zur Ehe zu zwingen, wenn er es doch gewesen war, der sie vor aller Augen kompromittiert hatte. Er war es gewesen, der ihre Liebe zu ihren Schwestern genommen und wie eine Waffe eingesetzt hatte, überlegte sie, und wurde bei jedem Schritt wütender über seine Ungerechtigkeit.

Sie hatte nicht vor, den Rest ihres Lebens damit zu verbringen, darauf zu warten, dass die Schritte ihres Ehemannes auf den Stufen zu ihrem Zimmer erklangen. Wenn er nicht zu ihr kam, bei Gott, dann würde sie eben zu ihm gehen.

Sie drehte sich gerade zur Tür um, als sie aufflogen. Flüchtig erkannte sie die Silhouette eines Mannes in der Dunkelheit, ehe ein Windstoß in den Turm fuhr und alle Kerzen auf einen Schlag ausblies.

Sie hielt den Atem an, wartete, dass die Wolken sich verzogen, dass ein schmaler Strahl Mondlicht sein Haar mit Gold überhauchte und seine rauen Gesichtszüge beschien.

Es war das Gesicht des Kriegers aus dem Portrait. Und er war ihretwegen gekommen. Caroline wich unwillkürlich einen Schritt zurück, ihr Mut ließ sie im Stich. Das kompromisslose Schwarz von Adrians Hemd und seinen Hosen passten perfekt zu seiner grimmigen Miene. Je distanzierter und unzugänglicher er wirkte, desto sehnsüchtiger schlug ihr verräterisches Herz für ihn.

„Ich bin erstaunt, dass du die Türen nicht verriegelt hast", erklärte er.

„Hätte dich das abhalten können?"

„Nein", räumte er ein und machte einen Schritt auf sie zu.

„Dann hast du vielleicht mehr mit deinen Vorfahren gemein, als dir klar ist."

„Ich habe dich zu warnen versucht, dass sie alle Gauner und Schurken waren, nicht wahr? Ich bin sicher, sie haben zu ihrer Zeit mehr als eine Braut gestohlen."

Carolines Zorn über seine Arroganz vertrieb all ihre wohleinstudierten Reden aus ihrem Kopf. „Während du und meine Schwester so selbstherrlich über meine Zukunft entschieden habt, ist es da keinem von euch in den Sinn gekommen, dass ich gefragt werden wollte?"

„Ich denke nicht, dass dir in der Sache etwas anderes übrig bleibt. Dein guter Ruf ist ruiniert. Kein anständiger Mann wird je um deine Hand anhalten."

Caroline fragte sich, warum er so rasch dabei war, sich zu den Unanständigen zu zählen.

„So wie ich es sehe", fuhr er fort, „hast du nur zwei Möglichkeiten für deine Zukunft. Du kannst meine Gemahlin werden." Der rauchige Ton in seiner Stimme wurde ausgeprägter. „Oder du kannst meine Mätresse werden ... natürlich mit allen Pflichten, die diese Position mit sich bringt."

Sich weigernd, rot zu werden, hob Caroline ihr Kinn. „Wie ich es sehe, hat eine Ehefrau dieselben Pflichten. Sie wird dafür nur nicht regelmäßig mit Blumen oder Schmuck entlohnt."

Seine Augen wurden schmal. „Ist es das, was du dir von mir wünschst? Rosen? Diamanten?"

Caroline biss sich auf die Lippe, um nicht damit herauszuplatzen, was sie in Wahrheit von ihm wollte. Sie wünschte sich, dass er sie wieder so vernichtend zärtlich berührte. Sie wünschte sich die langen, schmelzenden Küsse im Mondschein. Sie wünschte sich, dass er seine Lippen auf ihr Haar drückte und sie Liebling nannte.

„Ich wünsche mir nichts von dir", log sie. „Meine Schwester hat es mehr als deutlich gemacht, dass du mich einzig und allein aus Pflichtbewusstsein heraus heiratest. Nun, das hier ist nicht Vauxhall, und ich werde nicht zulassen, dass du für mich den ritterlichen Retter spielst. Ich muss nicht gerettet werden, und ich werde kein weiteres deiner Hilfsprojekte werden. Ich habe keine Verwendung für dein Mitleid. Mein Ruf mag ruiniert sein, aber ich habe dennoch meinen Stolz."

„Deine Schwester hatte absolut recht", pflichtete er ihr bei. „Dich zu heiraten ist das Letzte, was ich tun möchte."

Ein unerwünschtes Keuchen entfloh Carolines Lippen. Sie

hatte ihn in der Vergangenheit einiger Sachen verdächtigt, aber sie hätte ihm nie zugetraut, absichtlich grausam zu sein.

„Ich möchte dich nicht heiraten. Ich möchte dich nicht begehren", fügte er immer zorniger werdend hinzu und machte erst einen Schritt auf sie zu, dann noch einen. „Und ganz gewiss möchte ich dich nicht lieben. Aber, der Himmel stehe mir bei, ich kann einfach nicht damit aufhören." Den restlichen Abstand zwischen ihnen mit einem einzigen Schritt überwindend, packte er sie an den Schultern, und sein glühender Blick glitt suchend über ihr Gesicht, als wollte er sich ihre Züge in sein Gedächtnis einbrennen. „Ich möchte dich nicht heiraten, weil ich dich zu sehr liebe, um dich zu bitten, dich den Rest deines Lebens mit mir in den Schatten zu verstecken."

Ihr Herz war übervoll mit einem neuen, herrlichen Gefühl. Caroline legte ihm eine Hand auf die Wange. „Ich möchte lieber den Rest meines Lebens mit dir zusammen in den Schatten verbringen, als allein im Sonnenschein zu wandeln." Während die Fesseln ihres Stolzes von ihr fielen, flüsterte Caroline: „Willst du mich heiraten?"

Adrian senkte den Kopf, und sein Kuss gab ihr die einzige Antwort, die sie brauchte. Er liebkoste ihre seidenweichen Mundwinkel, wurde nachdrücklicher, überzeugender mit jedem zärtlichen Streicheln seiner Zunge. Ohne den Kuss zu unterbrechen, zog er sie in seine Arme, hob sie hoch, als wöge sie nicht mehr als ein Kind.

Als er mit ihr auf dem Arm zu den Türen ging, fragte sie leise: „Wohin bringst du mich?"

Sein Griff festigte sich, wurde besitzergreifender. „In mein Bett, wo du hingehörst."

Als Adrian sie die Stufen nach unten trug und über den Steg, schützte sein Körper sie vor dem wütenden Toben des Windes. Die Fenster unten waren längst dunkel. Es gab keine neugierigen Augen, die ihren Weg verfolgen konnten. Caroline schlang ihre Arme um Adrians Hals und barg ihr Gesicht an seiner warmen Brust, atmete tief seinen männlichen Duft nach Sandelholz und Lorbeer ein.

Sie küsste immer noch seinen Hals, als er sie auf die Füße stellte. Halb rechnete sie damit, dass er sie gleich auf sein Bett warf, aber als sie die Augen öffnete, stand sie am Fußende, genau vor dem hohen, seidenverhüllten Möbelstück, das schon bei ihrem letzten Besuch in seinem Zimmer ihre Neugier geweckt hatte.

Adrian ging zurück zu den französischen Türen und riss die schweren Samtvorhänge herunter, die davorhingen, sodass das Mondlicht in sein Reich dringen konnte.

So lautlos wie ein Schatten trat er hinter sie. Er nahm die Rose aus ihrem Haar und zerdrückte die samtigen Blütenblätter mit seinen Fingern, bis der schwere, süße Duft die Luft erfüllte. Während sie zu Boden rieselten, zog er ihr den Halbturban aus Satin aus, befreite ihr Haar, das ihr wie ein seidener Wasserfall auf die Schultern fiel. Er hob die üppige Masse an, drückte seine Lippen auf ihren Nacken und sandte einen Schauer exquisiter Lust über ihren Rücken. Während sich sein Arm um ihre Taille legte, um sie zu stützen, konnte sie überall die Hitze seines Körpers spüren.

Sich ihr Haar um seine Hand windend, entblößte er ihren Hals. „Du hattest die ganze Zeit recht, was mich betrifft, weißt du", raunte er ihr zu. „Vom ersten Moment an, als ich dich erblickte, wollte ich nichts lieber, als dich zu verschlingen." Seine Lippen fanden den pochenden Puls an ihrem Hals. Er leckte besänftigend die Stelle, wo er sie erst letzte Nacht gebissen hatte. „Ich wollte von deinen Lippen trinken, deine weiche Haut kosten." Sein Mund glitt weiter zu ihrem Ohr, und die Dringlichkeit in seinem heiseren Flüstern legte sich wie geschmolzener Honig über ihre darbenden Sinne. „Ich wollte jeden Tropfen deines Nektars kosten, den dein süßes Fleisch mir bieten kann."

Seine Lippen strichen über ihr Ohr, verharrten an dem empfindsamen Ohrläppchen. Während seine samtig raue Zunge die Muschel erkundete, sammelte sich flüssige Hitze wie als Antwort auf seine Zärtlichkeit zwischen ihren Schenkeln, sodass ihre Knie nachgaben. Flatternd schlossen sich ihre Augen, und sie sank gegen seinen harten Körper, fühlte sich so weich und nachgiebig wie eine Stoffpuppe in seiner Hand.

Sie spürte, wie er um sie herumfasste, und wusste plötzlich genau, was sich hinter dem Seidentuch befand. Sie hielt ihre Augen fest geschlossen, irgendwo in ihrem Kopf fürchtete sie immer noch, dass sie, wenn sie sie öffnete, nur sich selbst sehen würde, umschlungen von den Armen eines schrecklichen Liebhabers, dem zu widerstehen sie weder die Kraft noch den Willen hatte.

Sie hörte das Rascheln von Seide, als der Vorhang zu Boden fiel.

„Sieh mich an, Liebling", drängte Adrian sie. „Sieh uns an."

Unfähig, ihm seine Bitte zu verwehren, gehorchte Caroline. Sie schaute dem Mann in die strahlenden Augen, den sie liebte. Adrians Spiegelbild in dem goldgerahmten Standspiegel war so gut zu erkennen wie ihr eigenes, band sie mit mehr als nur einer zärtlichen Umarmung. Zum ersten Mal in ihrem Leben war Caroline schockiert von dem, was ihr aus einem Spiegel entgegenblickte. Es war nicht der schimmernde Stoff ihres Kleides oder ihr silberblondes Haar im Mondlicht, was sie schön machte. Das war das Verlangen in Adrians Augen.

„Oh, Himmel", hauchte Caroline und drehte sich in seinen Armen um.

Da drängte Adrian sie zu seinem Bett, stöhnte mit kehliger Stimme ihren Namen, während sie über die Seidenlaken rollten, bis sie unter ihm lag und er auf ihr. Als sich sein Mund über ihrem schloss und sie ihre Arme um ihn schlang, genoss sie das wunderbare Gefühl, von ihm gehalten zu werden. Er würde nie Vivienne oder einer anderen Frau gehören. Von diesem Moment an gehörte er ihr, ihr allein.

Das hypnotische Eindringen und Zurückziehen seiner Zunge verführte sie, ihm mit ihrer eigenen zu antworten, ihn tiefer zu locken und vollkommen von ihrem Mund Besitz ergreifen zu lassen. Er gehorchte nur zu gerne, bis sie beide atemlos vor Verlangen waren. Ihre Schüchternheit war verschwunden, und Caroline zerrte an seinem dünnen Leinenhemd.

Adrian lachte leise, entzückt von ihrer Kühnheit. Die Reste des Hemdes abschüttelnd, warf er es beiseite, dann entledigte er sich mit derselben Eile seiner Hosen, Strümpfe und Stiefel.

Sachte zog er Caroline Eloisas Kleid über den Kopf, dann trat er hinter sie, um ihr Korsett aufzuschnüren.

„Hast du sie geliebt?", fragte Caroline, streifte sich die Kette über den Kopf und schaute auf die zierlich gearbeitete Kamee.

Adrians Trauer, seine Schuldgefühle und seine Reue waren inzwischen derart miteinander vermengt, dass er sich gar nicht mehr erinnern konnte, was genau er für Eloisa empfunden hatte. Alles, was er tun konnte, war, sie zärtlich auf die Schulter zu küssen und ihr zu sagen: „Ich dachte, ich täte es. Bis ich dich traf."

Die Kamee entglitt ihren Fingern. Sie drehte sich in seinen Armen um, und ihre Lippen verschmolzen in einem leidenschaftlichen Kuss. Er löste sich schließlich von ihr, aber nur, um ihr das Korsett und ihr Hemd über den Kopf zu ziehen. Der Wind vertrieb die letzten Wolken vor dem Mond, und das ganze Turmzimmer wurde in sein silbernes Licht getaucht.

„Süßer Himmel", hauchte er ehrfürchtig, während er sie auf das Bett legte.

Seine Augen verschlangen sie. Sie war noch schöner, als er geahnt hatte – ganz elegante Linien und sanfte Rundungen. Sie schaute mit ihren großen grauen Augen zu ihm auf, und ihr Haar ergoss sich wie ein spinnwebfeiner Vorhang über seine Kissen. Sie sah aus, als sollte sie auf einem Moosbett in einem verzauberten Wald ruhen und auf ein Einhorn warten.

Stattdessen wartete sie auf ihn.

Sein Blick blieb an der sanften Schwellung ihrer rosa knospenden Brüste hängen, glitt zu dem seidigen Lockendreieck zwischen ihren Schenkeln. Obwohl er geschworen hätte, dass es unmöglich wäre, war es noch eine Schattierung heller als das Haar auf ihrem Kopf.

„Gott sei Dank, dass es den Mond gibt", sagte er. „Ich war die Dunkelheit langsam leid."

„Mich stört sie nicht", flüsterte Caroline zurück und strich mit den Fingern zärtlich durch die Haare auf seiner Brust, „solange ich mit dir zusammen bin."

Caroline konnte nicht glauben, dass sie nackt einander in den Armen lagen, doch sie verspürte keine Verlegenheit. Es erstaunte sie noch mehr, dass ihre Berührung diesen herrlichen, starken Mann derart aus der Fassung bringen konnte. Als ihre Hand weiter abwärtsglitt, die angespannten Muskeln auf Adrians Bauch streifte, zuckte sein ganzer Körper, als sei er von einem Blitz getroffen.

Er fasste ihre Hand, schaute ihr tief in die Augen und zog sie weiter nach unten. Als er ihre Hand auf sein steifes Glied legte, stöhnte Caroline atemlos, erkannte das Ausmaß seines Verlangens. Er war ein großer Mann – in mehr als einer Beziehung. Instinktiv schlossen sich ihre Finger um ihn. Wie konnte sich etwas so Kräftiges und Hartes so samtig anfühlen?

Den Kopf in den Nacken legend, rang Adrian um Selbstbeherrschung und biss die Zähne zusammen.

Besorgt zog Caroline ihre Hand fort. „Was ist los? Habe ich etwas falsch gemacht?"

Seine Finger mit ihren verschränkend, hob er ihre Hand an seine Lippen und küsste sie zärtlich. „Nein, mein Engel, du hast es sehr, sehr richtig gemacht. Aber wenn du es noch einmal tust, ist diese Nacht zu Ende, ehe sie überhaupt angefangen hat."

Er senkte den Kopf, aber diesmal waren nicht ihre Lippen sein Ziel, sondern eine rosige Brustspitze. Er blies zart dagegen, ehe er sie mit dem Mund bedeckte. Als er mit seiner Zunge die leicht geschwollene Knospe berührte, breitete sich in ihr Hitze aus, bis sie sich ihm wimmernd entgegenbog. Obwohl ihre Brüste sich immer noch nicht mit Portias messen konnten, schienen sie mit jeder seiner geschickten Zärtlichkeiten voller und schwerer zu werden. Als er schließlich seine Aufmerksamkeit ihrer anderen Brust zuwandte, wand sie sich in den Fängen eines primitiven Verlangens unter ihm, das sie nicht mit Worten beschreiben konnte.

Adrian hob seinen Kopf, um sie mit hungrigen Augen über die schimmernden Spitzen hinweg anzuschauen. „Als mein Bruder dich zuerst kennenlernte, behauptete er, dass du ganz total unnachgiebig und bissig seist."

„Und warst du seiner Meinung?", fragte sie, und ihr Atem ging schnell und abgehackt.

Er schüttelte den Kopf, ein teuflisches Grinsen auf den Lippen. „Ich wusste von Anfang an, dass du aus Honig bestehst." Damit fasste er zwischen ihre Beine und streichelte ihre feuchten Löckchen.

Caroline warf ihren Kopf nach hinten, keuchte unter seiner kühnen Berührung. Sie war nicht länger eine solche Närrin, dass sie meinte, er habe die Hände eines hart arbeitenden Mannes. Sie mochten breit und stark sein, aber sie waren auch so geschickt wie die eines Künstlers, formten sie mit jedem Streicheln seiner Finger nach seinem Willen. Er liebkoste sie immer leidenschaftlicher, bis er ihre empfindsamste Stelle fand.

„Ah, ja", flüsterte er ihr ins Ohr, und sein rauer Daumen strich in einer exquisiten Liebkosung über die Knospe. „Du hast dich so lange um alle anderen gekümmert, meine süße Caroline. Überlass dich jetzt mir. Ich kümmere mich um dich."

Es war nicht so, als ob ihr eine Wahl blieb. Sie lag beinahe ohnmächtig in seinen Armen, hilflos den aufwallenden Gefühlen ausgeliefert, die er in ihr entfesselte.

Während er weiter mit seinem Daumen seinen dunklen Zauber um sie wob, ließ er zwei Finger in sie gleiten, streichelte sie rhythmisch, als wollte er sie für ein namenloses Entzücken vorbereiten, das nur er ihr schenken konnte.

„Bitte", brachte sie hervor, ohne zu wissen, worum sie bat, wollte es aber mehr als alles andere, was sie sich je gewünscht hatte. Sie warf ihren Kopf auf dem Kissen hin und her, vor Verlangen beinahe unfähig, zusammenhängend zu sprechen. „Oh, bitte ..."

Noch nicht einmal in ihren kühnsten Träumen hatte sie sich vorgestellt, dass ihre Bitte dazu führen würde, dass Adrian in einer quälend langsamen Bewegung an ihr herabglitt, bis sein Mund da war, wo eben noch sein Daumen gewesen war.

Obwohl sie vor Verlegenheit aufkeuchte, spreizte sie ihre Beine, lud ihn ein, mit ihr anzustellen, was auch immer er wollte. Sie hatte ihm einmal vorgeworfen, er würde sich Frauen mit seinen dunklen Verführungskräften unterwerfen, aber in ihrer Unschuld hatte sie sich nicht vorstellen können, wie bereitwillig sie seine Ketten nehmen würde oder wie fest sie sie an ihn binden würden.

Seine Zunge zuckte über das empfindliche Fleisch, er verschlang sie, als wäre sie die einzige Nahrung, die er je brauchte. Gegen einen derart machtvollen Hunger war sie wehrlos. Alles, was sie tun konnte, war, sich an seinen seidigen Haaren festzuhalten und sich ihm auszuliefern, mit Leib und Seele. Erst dann wurden die Bewegungen seiner Zunge schneller, erst dann drangen seine kräftigen Finger tief in sie.

Eine Welle der Ekstase, süß und heiß wie der köstlichste Nektar, erfasste ihren erschauernden Körper. Sie bäumte sich unter ihm auf, bog sich ihm entgegen, rief seinen Namen. Er legte sich auf sie, erstickte ihren gebrochenen Schrei mit seinem Mund, küsste sie wild.

Er verlagerte sein Gewicht, und plötzlich war es nicht mehr sein Daumen, der sich gegen sie drückte, nicht mehr seine Finger, die darauf warteten, in sie einzudringen.

„Caroline", flüsterte er an ihren Lippen. „Meine süße Caroline ... Ich will dir nicht wehtun. Ich wollte dir nie wehtun."

„Dann tu es nicht", wisperte sie zurück, nahm sein Gesicht zwischen ihre Hände und zwang ihn, ihren flehenden Blick zu erwidern. „Liebe mich einfach."

Sie brauchte ihn nicht zweimal zu bitten. Er rieb sich zwischen den empfindlichen Falten, bis er benetzt war mit ihrem Tau, dann schob er sich an die Stelle, die sich danach sehnte, ihn zu empfangen. All seine Selbstbeherrschung aufbietend, drang er Zoll um Zoll vor. Erst als ihr Wimmern in Stöhnen überging, stieß er sich in sie, zerriss die letzte Barriere ihres Körpers und spürte ihre samtige Weiche um sich.

Adrian spürte, wie er am ganzen Körper erschauerte, als Caroline ihn wie im Rausch umfing. Er hatte sie für Mondlicht gehalten, aber in Wahrheit war sie der helle Sonnenschein, der alle dunklen und einsamen Winkel seiner Seele mit Licht und Wärme füllte. Sein Gesicht an ihrem Hals bergend, verharrte er so lange still, wie er es ertrug, versuchte ihrem bislang unberührten Körper die Zeit zu geben, sich an sein rücksichtsloses Eindringen zu gewöhnen.

Als der Schmerz zu einem dumpfen Pochen verblasste, weiteten sich Carolines Augen unter dem erschreckenden Gefühl, von ihm besessen zu werden. Er lag auf ihr; er war in ihr. Seine Selbstbeherrschung war vollkommen. Und doch besaß sie die Macht, ihn mit nicht mehr als einem Heben ihrer Hüften oder einem Kratzen ihrer Fingernägel über seinen Rücken an den Rand des Wahnsinns zu treiben.

Ihre Einladung mit einem heiseren Stöhnen annehmend, begann er sich tief in ihr zu bewegen, nahm ihr die Unschuld, aber gab ihr im Gegenzug etwas unendlich viel Wertvolleres. Er glitt aus ihr und wieder in sie, unausweichlich wie die Gezeiten, die dem Willen des Mondes gehorchten. Dies hier war eine andere Art von Lust als das schiere Entzücken, das er ihr noch vor wenigen Minuten bereitet hatte – stärker, urtümlicher. Sie gab, und er nahm. Er machte sie zur Frau, und sie machte ihn zu ihrem Mann. Sie klammerte sich an ihn, murmelte seinen Namen in einer atemlosen Litanei, während seine Bewegungen sich beschleunigten, er sich immer rascher und tiefer in sie stieß, alle Gedanken und Vernunft vertrieb, bis nur noch Empfindungen übrig blieben.

Gerade als sie glaubte, sie könne nicht noch eine Sekunde solch süßer Folter ertragen, hob er ihre Hüften ein wenig an, sodass er sich bei jedem Eindringen an der Stelle zwischen ihren Schenkeln rieb.

Caroline schrie auf, als ihr Körper in Verzückung explodierte. Den unwiderstehlichen Sog spürend, folgte Adrian ihr, und ein kehliges Stöhnen kam über seine Lippen, als er sich in ihr verströmte, sich ganz in ihre Hände gab.

~°~

Caroline kniete am Fußende des Bettes und betrachtete im Mondschein ihr Spiegelbild. Obwohl die Frau mit dem wirren Haar und den vom Küssen geschwollenen Lippen eine Fremde hätte sein können, hatte sie den Ausdruck in ihren Augen schon einmal gesehen – bei der Frau auf dem Lover's Walk in Vauxhall. Sie wusste nun um das Geheimnis, das Liebespaare dazu trieb, sich auf den schattigen Wegen zu einem Rendezvous zu treffen. Sie hatte von der Lust gekostet, nach der sie hungerten, und war vollends befriedigt worden. Trotzdem sehnte sie sich nach mehr.

Als könnte er ihre Gedanken lesen, erhob sich Adrian und kam hinter sie.

Seine starken Arme schlossen sich um sie, und sie umklammerte das Laken, in das sie sich gewickelt hatte, fester, jäh von einem verspäteten Aufwallen von Scham überkommen. „Ich dachte, du schliefest noch."

„Habe ich auch", murmelte er und rieb seine warmen Lippen an ihrem Hals. „Bis du aus meinen Armen und Träumen geschlüpft bist."

Sich an ihn schmiegend, hob sie den Kopf, um ihm besseren Zugang zu der zarten Haut unter ihrem Ohr zu gewähren. „Wovon hast du geträumt?"

„Hiervon." Er fuhr mit den Armen unter das Laken, füllte seine Hände mit ihren nackten Brüsten.

Caroline keuchte, als er sie sachte drückte, die Brustwarzen zwischen Daumen und Zeigefinger zwirbelte. Unter seiner Berührung wurden sie augenblicklich fest. Das Laken loslassend, sodass es nach unten glitt, griff sie hinter sich, legte ihm die Hände in den Nacken und drehte den Kopf, sehnte sich verzweifelt nach einem Kuss von seinen fragenden Lippen.

„Wenn du es unbedingt wissen musst", raunte er und kostete ihren Mundwinkel mit der Zunge, „ich bin gerade eingeschlafen, als mir einfiel, dass ich vergessen hatte, dich nach Pflöcken zu durchsuchen. Du hättest mich im Schlaf mühelos ermorden können."

Caroline rieb sich an ihm, spürte den Beweis seines Verlangens zwischen ihren Pobacken. „Soweit ich es beurteilen kann, sind Sie, Mylord, der Einzige hier, der bewaffnet ist."

Sie fühlte, wie sich sein Mund zu einem unartigen Lächeln verzog. „Heißt das, dass ich dich durchbohren darf?"

„Das hast du doch schon." Ihre Lippen von ihm lösend, suchte

Caroline im Spiegel seinen Blick. „Genau durchs Herz."

Stöhnend presste er eine Hand gegen das Herz ihrer Weiblichkeit, erklärte sie wortlos zur Seinen. Sie beobachtete ihn im Spiegel, verfolgte fasziniert, wie sein Finger tief in sie eintauchte. Von der erlesenen Lust überwältigt, die er ihr bereitete, bog sie sich ihm entgegen, lud ihn ein, tiefer vorzudringen. Nur zu willig, ihrem Wunsch zu folgen, kniete er sich hinter sie, kam in ihre schmelzende Wärme.

Caroline wimmerte leise, das leichte Wundsein von ihrem ersten Zusammensein verstärkte das unglaubliche Gefühl, ihn in sich zu haben. Das sinnliche Geschöpf im Spiegel war ihr fremd; die feuchten Lippen waren geteilt, die Augen glasig vor Erregung.

Adrian benutzte seinen rauen Daumen, um sie an ihrer empfindlichsten Stelle zu streicheln, während er seine Hüften fordernd vor- und zurückbewegte. Schon bald war sie es, die ihn ritt, sie diejenige, die den Rhythmus seiner langen, tiefen Stöße kontrollierte. Seine Liebe hatte die letzten Reste ihrer Schüchternheit vertrieben, sie in eine Verführerin verwandelt – eine kühne Zauberin, die nicht einfach um Befriedigung bat, sondern sie verlangte. Unter seiner Berührung breitete sich pulsierende Lust wellenartig in ihr aus, schwoll mit jedem Zucken seiner Finger an, jedem Auf und Ab ihrer Hüften.

„Genau, Süße", keuchte er an ihrem Ohr. „Nimm dir, was du willst. Übernimm die Führung."

Als die Lust in ihr dem Höhepunkt entgegenstrebte, schluchzte sie Adrians Namen. Seine Hände um ihre vollen, weichen Brüste schließend, versteifte er sich, sein ganzer Körper erschauerte unter der gleichen Verzückung, die sie gefangen hielt.

Sie sank in seinen Armen zusammen, so benommen von den Nachwehen der Lust, dass ein Augenblick verging, ehe sie merkte, dass er nicht länger in Ekstase erschauerte, sondern vor Lachen.

„Warum lachst du?", verlangte sie zu wissen, nicht im Geringsten belustigt von dem Gedanken, dass sie närrisch oder ungeschickt genug gewesen war, um bei ihm diese Heiterkeit auszulösen.

Er schlang seine Arme noch fester um sie, und in seinen Augen strahlte Zärtlichkeit auf, als ihre Blicke sich im Spiegel trafen. „Ich musste nur gerade daran denken, wie oft Julian mir deswegen Vorhaltungen gemacht hat, dass ich diesen Spiegel behalten hätte, nur weil ich zwei linke Hände habe und mir mein

Halstuch ohne ihn einfach nicht binden kann. Wenn der wüsste …"

Zufrieden wie eine Katze lag Caroline in Adrians Armen, beobachtete, wie ein fahler Strahl Morgensonnenschein aufs Bett zukroch. Während Adrian ihr Haar mit den Fingern durchkämmte, musste sie aufpassen, nicht vor Wonne zu schnurren. Sie drückte ihre Wange auf seine Brust, lauschte bewundernd dem stetigen Pochen seines Herzens unter ihrem Ohr.

Sein Lachen war ein tiefes Rumpeln. „Was ist, Süße? Lauschst du nach einem Herzschlag, von dem du immer noch nicht ganz überzeugt bist, dass ich ihn habe?"

Sie strich über die goldblonden Haare auf seiner Brust, wand sich eine drahtige Locke um den Finger. „Ich bin nur froh, dass es nicht gebrochen ist, als Vivienne dich für Konstabler Larkin sitzen gelassen hat."

Er räusperte sich. „Nun, ich muss zugeben, dass die Zuneigung deiner Schwester für den guten Konstabler keine vollkommene Überraschung für mich war."

Caroline stützte sich auf einen Ellbogen und schaute ihn aus schmalen Augen an. Obwohl er seinen jungenhaften Unschuldsblick aufsetzte, gelang es ihm dennoch wie eine Dschungelraubkatze auszusehen, die gerade eben einen ziemlich großen Kanarienvogel verspeist hatte.

„Du Schuft!", keuchte sie empört. „Du wusstest die ganze Zeit, dass Vivienne in Larkin verliebt war, nicht wahr?" Sie musste an die Schuldgefühle denken, die sie wegen ihrer Schwester durchlitten hatte, und beschwerte sich: „Warum um Himmels willen hast du mir nichts davon gesagt?"

„Wenn ich es dir erzählt hätte, ehe du die Wahrheit über Julian herausgefunden hattest, hättest du ihr und Larkin deinen Segen gegeben und wärst abgereist." Er legte ihr eine Hand auf die Wange und schaute ihr tief in die Augen. „Dann hätte ich nicht nur Vivienne verloren, sondern auch dich."

Sie schob seine Hand beiseite, weigerte sich, der bezwingenden Macht seines seelenvollen Blickes zu erliegen. „Und wenn du es mir erzählt hättest, nachdem ich von Julian und Duvalier wusste, hättest du keine Handhabe mehr gehabt, zu verhindern, dass ich Vivienne von deinem hässlichen Plan berichte." Sie ließ sich zurück in die Kissen fallen und schüttelte den Kopf, hin- und hergerissen zwischen Empörung und Bewunderung. „Du, Mylord, bist ein verkommener Schuft."

Adrian beugte sich über sie, und seine Augen funkelten übermütig. „Du hattest gar keine Ahnung von meinem allerniederträchtigsten Plan überhaupt."

„Und woraus bestand der?" Ihr strenger Ton konnte nicht ganz ihre zunehmende Atemlosigkeit verbergen, als er begann, ihr Gesicht mit schmetterlingszarten Küssen zu übersäen.

Seine Lippen glitten weiter zu ihrem Hals, jedes Wort mit einem Kuss unterstreichend. „Mein teuflischer Plan, dich aus dem verfluchten Kleid zu kriegen, ehe Duvalier dich darin sehen konnte." Er umfing eine ihrer Brüste in seiner Hand, formte sie, sodass er die empfindliche Spitze mit seiner Zunge am besten erreichen konnte.

Caroline stöhnte, ihre Verärgerung von ihrem wachsenden Verlangen gemildert. „Ich mag deine Motive nicht billigen", erklärte sie atemlos und fuhr mit ihren Fingern durch sein seidiges Haar, „aber ich kann an der Wirksamkeit deiner Methoden nichts auszusetzen finden."

Die quälende Wärme seiner Lippen hatte sich eben erst um ihre Brust geschlossen, als an der Tür ein lautes Klopfen ertönte.

Caroline stöhnte. „Wenn Portia mich hier aufgespürt hat, hast du meine Erlaubnis, sie in den Kerker zu werfen."

Adrian hob den Kopf. „Was, wenn es Wilbury ist? Er ist ein unbestechlicher Verfechter von Anstand und Sitte. Wenn er herausfindet, dass du mich kompromittiert hast, wird er darauf bestehen, dass du mich zu einem ehrbaren Mann machst."

Sie lächelte keck. „Das wäre eine nette Abwechslung, oder?"

„Freches Ding", knurrte Adrian und kitzelte sie zwischen den Rippen. Noch nicht einmal ihr Gelächter konnte das neuerliche Klopfen an der Tür übertönen.

Mit einem unterdrückten Fluch rollte sich Adrian von ihr und ging zu dem vergoldeten Wandschirm in der Ecke, um seinen Morgenmantel zu holen.

Er streifte sich das Kleidungsstück aus rubinrotem Samt über und band den Gürtel zu, erlaubte Caroline nur kurz, seine muskulösen Beine zu bewundern.

Während sie sich die Decke bis ans Kinn hochzog und eine verirrte Haarsträhne aus den Augen blies, marschierte er zur Tür und riss sie auf. Vor ihm stand weder Portia noch Wilbury, sondern Konstabler Larkin.

Sich mit einer Hand durchs zerzauste Haar fahrend, seufzte Adrian. „Wenn du gekommen bist, mich wegen Miss Cabot zum Duell zu fordern, Alastair, dann lass dir versichern, es besteht keine Notwendigkeit dafür. Ich habe vor, sie zu heiraten, sobald ich eine Sondererlaubnis vom Erzbischof beschaffen kann. Ich möchte lieber nicht, dass mein Erbe schon acht oder noch weniger Monate nach der Hochzeit geboren wird."

Caroline legte unter dem Laken eine Hand auf ihren Bauch, überlegte, ob Adrians Kind schon in ihr wuchs. Dass es nicht unmöglich war, erfüllte sie mit Freude.

Aber als Adrian zur Seite trat und sie den Ausdruck auf Larkins Gesicht sah, war dieses Gefühl mit einem Schlag verschwunden, und das Herz sank ihr.

„Ich bin nicht wegen Caroline gekommen, sondern wegen Portia", erklärte Larkin, dessen Gesicht grau und verhärmt aussah. „Sie wird vermisst. Wir fürchten, sie ist fortgelaufen."

Kapitel 21

❦❦❦❦❦❦❦

Portias Schlafzimmer lag verlassen, aber das Fenster, das dem Bett am nächsten war, stand weit offen, ließ eine milde Frühlingsbrise und das fröhliche Morgenlied einer Lerche ins Zimmer. Caroline konnte sich mühelos vorstellen, wie gestern Abend die Töne eines Walzers durch das Fenster gedrungen waren, die schwungvolle Melodie unwiderstehlich.

Während Larkin an der Tür stehen blieb und eine bleiche Vivienne zu trösten versuchte, folgten Adrian und sie der Spur der um einen Pfosten des Himmelbettes geknoteten Laken zum Fenster. Die behelfsmäßige Strickleiter lief über das Fensterbrett und verschwand nach unten. Kurz strich sich Caroline eine Haarsträhne, die sich aus ihrem hastig aufgesteckten Knoten gelöst hatte, hinters Ohr, dann lehnte sie sich aus dem Fenster im ersten Stock. Das Ende der Laken baumelte direkt über einem minzegrünen Grasstreifen im hellen Sonnenschein. Letzte Nacht waren da unten nur Schatten gewesen, die auf den warteten, der kühn genug war, hinabzuklettern.

„Ich habe keinen Hinweis auf einen Kampf oder ein Verbrechen finden können", unterrichtete Larkin sie. „Alles, was ich auf dem Fensterbrett gefunden habe, war dies hier." Er hielt etwas in die Höhe, das aussah wie ein Stück Besenstroh.

„Das ist ein Schnurrbarthaar von der Katzenmaske, die Julian ihr gegeben hatte", sagte Caroline, und ihre Beklemmung wuchs. „Sie war so aufgeregt und wollte sie unbedingt für ihn tragen."

„Es ist alles meine Schuld", erklärte Vivienne, ohne Larkins Arm loszulassen. „Wenn ich vor dem Morgengrauen in mein Zimmer zurückgekehrt wäre, hätte ich schon eher gemerkt, dass sie nicht da ist."

Während Caroline sie nur verblüfft anstarrte, fuhr Adrian herum und musterte seinen alten Freund durchbohrend. „Muss ich dich etwa zum Duell fordern, Konstabler?"

Larkin zog seine Weste gerade, während er im Gesicht ganz reizend rot anlief. Jetzt erst fiel Caroline auf, dass obwohl Vivienne immer noch den Morgenmantel trug, Larkins Halstuch zu einem tadellosen französischen Knoten geschlungen war, der Brummell vor Neid hätte erblassen lassen. „Ich denke nicht. Ich kann versichern, dass meine Absichten Miss Cabots Schwester gegenüber vollkommen ehrenhaft sind. Wenn es nach mir ginge, wären wir inzwischen schon auf halbem Weg nach Gretna Green. Aber Vivienne hat sich geweigert, mit mir durchzubrennen. Sie beharrt darauf, es sei richtig, wenn erst ihre ältere Schwester heiratet."

Nicht übersehend, wie zärtlich er Vivienne an sich zog, sagte Adrian leise: „Daran solltest du dich besser gleich gewöhnen."

„Woran?", fragte Larkin.

„Dass es nicht mehr so geht, wie du es willst."

„Ich verstehe das nicht", sagte Vivienne, als Adrian sich aus dem Fenster lehnte, um den Boden unten zu betrachten. „Wenn Portia sich hinausgeschlichen hat, um gegen Carolines ausdrücklichen Wunsch an dem Ball teilzunehmen, warum ist sie dann noch nicht zurück? Alastair hat sich in der Burg diskret umgehört, und die Dienerschaft schwört, dass sie seit gestern Nachmittag nicht mehr gesehen wurde."

Caroline schüttelte den Kopf, erinnerte sich an ihr letztes Zusammentreffen mit Portia. „Sie war sehr böse auf mich, weil ich ihr nicht erlaubt habe, zum Ball zu gehen. Vielleicht sitzt sie irgendwo auf dem Besitz schmollend herum und will mir als Strafe einen Schreck einjagen."

Selbst während sie das sagte, wusste Caroline, wie unwahrscheinlich das war. Portia war nicht nachtragend und nie lange auf jemanden böse. Ihr Temperament kühlte sich meistens so rasch wieder ab, wie es überkochte. Caroline konnte nicht sagen, wie oft Portia sie dazu gebracht hatte, ihr einen Wutanfall oder ein böses Wort zu verzeihen, indem sie einfach die Arme um sie gelegt und sich entschuldigt hatte. Sie hätte fast alles dafür gegeben, die Arme ihrer Schwester jetzt um sich zu spüren.

Sie konnte auch nicht umhin sich zu erinnern, wie sie absichtlich Portia Ängste und Phantasien ins Lächerliche gezogen hatte. Wie sie ihr, in einem fehlgeleiteten Versuch, sie zu beschützen, versichert hatte, es drohten ihr keine echten Gefahren. Ihretwegen war Portia die Einzige von ihnen, die nicht wusste, dass Vampire tatsächlich die Nacht unsicher machten.

Sie zupfte Adrian am Ärmel, nicht länger in der Lage, ihre aufwallende Angst herunterzuschlucken. „Denkst du, es könnte vielleicht Duvalier gewesen sein?"

Er wandte sich vom Fenster ab, drehte sich langsam zu ihr um und schaute sie an, den Mund grimmig zusammengepresst. Ehe sie die letzte Nacht in seinen Armen und seinem Bett verbracht hatte und aus erster Hand seine grenzenlose Leidenschaft erfahren hatte, hätte sie das Fehlen jeglicher Empfindung in seinen Augen am Ende gar nicht bemerkt.

Sie wich einen Schritt zurück und schlug sich eine Hand vor den Mund, erinnerte sich zu spät, dass Duvalier nicht das einzige Monster in ihrer Bekanntschaft war.

Caroline folgte Adrian durch den Küchentrakt im Keller, musste zwei für jeden seiner ausholenden Schritte machen. Als er in den abschüssigen, feuchten Gang zum Gewürzkeller einbog, musste sie die Röcke von Eloisas Kleid in einer Hand raffen, um nicht über den Saum zu stolpern. Sie begann das Kleidungsstück allmählich noch mehr zu hassen als vorher, aber es war keine Zeit mehr gewesen, in ihr Zimmer zurückzukehren und sich umzuziehen. Nicht solange Adrian mit ihr durch die Burg rannte.

Sie hatte noch nicht einmal Zeit, zusammenzuzucken, als eine große Ratte erschreckt quiekend vor Adrians Füßen über den Gang huschte. Ehe sie zu Atem kommen konnte, standen sie vor der Tür des Kellerraumes.

Sich an den Eisenring mit den Schlüsseln erinnernd, den Wilbury an seinem Gürtel trug, sagte sie: „Brauchst du keinen …"

Adrian hob sein Bein und trat die Tür aus den Angeln.

„… Schlüssel?", beendete sie ihre Frage schwach und wedelte die aufgewirbelte Staubwolke fort.

Er riss eine der groben Talgkerzen aus dem eisernen Wandhalter vor dem Keller. Dann ging er zu dem Regal an der gegenüberliegenden Wand. Ehe Caroline ihn einholen konnte, hatte er mit sicheren Fingern die rauchige Glasflasche gefunden, die ganz hinten am Rand stand.

„Was ist das?", fragte sie. „Weihwasser?"

Statt ihr zu antworten, drehte er die Flasche kräftig zur Seite.

Die ganze Regalwand schwang nach innen, enthüllte einen Gang, der noch feuchter – und dunkler – war als der, der sie hergeführt hatte.

„Ich wusste es!", rief Caroline triumphierend. „Himmel, ich wette, Wilbury wusste es auch die ganze Zeit."

Adrian duckte sich unter dem durchhängenden Türrahmen hindurch. „Es war vermutlich einer seiner Vorfahren, der geholfen hat, es zu bauen. Seine Familie hat meiner Jahrhunderte lang gedient. Das ist der Grund, warum er der Einzige ist, dem ich Julians Geheimnis anzuvertrauen wagte." Er blickte über seine Schulter, und ein warmer Ausdruck trat kurz in seine Augen. „Bis du kamst."

Als er in den Schatten verschwand, eilte ihm Caroline nach. Ein paar schmale Steinstufen wanden sich nach unten in die Dunkelheit. Während sie sie hinuntergingen, nur mit dem flackernden Schein der Kerze bewaffnet, um ihnen den Weg zu leuchten, drängte sich Caroline dichter an Adrian, umklammerte einen Zipfel seines Hemdes mit zitternder Hand. Er griff hinter sich, verschränkte seine Finger mit ihren.

Sie schienen in ein Reich ewiger Nacht hinabzusteigen, ein schattiges Königreich, auf ewig vom Sonnenlicht verbannt, das sie lange schon hinter sich gelassen hatten. Caroline konnte Wasser durch eine Erdspalte tropfen hören und das leise Quieken von etwas, von dem sie hoffte, dass es keine weitere Ratte war.

Als sie am Ende der Stufen ankamen, hielt Adrian die Kerze an eine Pechfackel an der Wand. Die Fackel fing zischend Feuer, und ihr Flackern verwandelte die Schatten in unförmige Monster.

„Willkommen in meinem Kerker", sagte Adrian leise und nahm die Fackel aus dem Halter.

Caroline ließ seine Hand los und trat in den Raum vor ihnen, ihre Furcht vorübergehend von Erstaunen verdrängt. Trotz des Fehlens von gefesselten Bauernmädchen war die düstere Steinkammer genau so, wie sie sie sich vorgestellt hatte. Rostige Ketten und Handschellen aus Eisen baumelten an Haken, die in regelmäßigen Abständen an der Wand angebracht waren.

Caroline fasste eine der Handschellen an und musterte sie mit kaum verhohlener Faszination. „Vielleicht können wir sie ein andermal ausprobieren, wenn du magst", bemerkte Adrian.

Sie erwiderte sein neckendes Lächeln mit einem eigenen. „Nur wenn du damit einverstanden bist, sie zu tragen."

Er zog eine Augenbraue hoch, und der heisere Unterton seiner Stimme stiftete heillose Verwirrung in ihrem Körper und ihrem Herzen. „Für dich, Liebste? Immer doch."

Die Handschelle entglitt ihrer Hand, stieß mit einem leisen Klirren gegen die Steine. Während sie die finstere Kammer betrachtete, musste sie plötzlich auflachen.

„Was ist?", fragte Adrian mit besorgter Miene.

„Ich musste nur gerade daran denken, wie Portia das alles gefallen würde. Ein Mensch verschwindet unter geheimnisvollen Umständen. Geheimgänge. Ein echter Kerker. Es ist fast wie aus einer von Dr. Polidoris albernen Geschichten." Ohne Vorwarnung brannten Tränen in ihren Augen.

Adrian kam zu ihr und zog sie fest an sich. „Ich werde sie finden", schwor er und drückte einen Kuss auf ihr Haar. „Ich schwöre es bei meinem Leben."

Ihre Tränen fortblinzelnd, legte Caroline den Kopf in den Nacken und schenkte ihm ein zittriges Lächeln. „Wir werden dafür sorgen, dass diese Geschichte gut ausgeht, nicht wahr?"

Da Adrian so nett war zu nicken, tat sie so, als hätte sie den Schatten eines Zweifels in seinen Augen nicht gesehen. Er drehte sich um und hielt die Fackel vor sie. Zum ersten Mal bemerkte Caroline die Holztür hinten in der Ecke, ein Eisengitter das einzige Fenster zur Außenwelt.

Obwohl sie halb damit rechnete, dass Adrian auch diese Tür einfach eintreten würde, stieß er sie einfach nur auf. Caroline keuchte, einmal mehr bass erstaunt.

Statt einer rattenverseuchten Zelle öffnete sich die Tür zu einem geräumigen Zimmer, das sich überall in der Burg hätte befinden können.

Von der Kaschmirdecke, die über der Lehne der Chaiselongue lag, bis zu den mit chinesischen Seidenteppichen verhängten Wänden und dem halb beendeten Schachspiel aus Marmor auf dem Chippendale-Tischchen war es offenkundig, dass der Raum von jemandem bewohnt wurde, der auf Komfort großen Wert legte. Es hätte das opulente Schlafzimmer eines indischen Radschas sein können, wäre eine Sache nicht gewesen.

Es gab kein Bett auf dem Podest in der Mitte des Zimmers, sondern nur einen Holzsarg.

Caroline schluckte, der Anblick erfüllte sie mit Unbehagen. Sie warf Adrian verstohlen einen Blick zu, sah, dass der Ausdruck seiner Augen unergründlich war und er die Zähne zusammengebissen hatte. Weil sie erkannte, wie schwer dies alles für ihn sein musste, hakte sie sich bei ihm unter.

Er schaute auf sie herab. „Ich sollte dich warnen. Mein Bruder wird nicht glücklich darüber sein, dass ich ihn störe. Selbst als Junge schon war er immer unleidig, wenn er geweckt wurde."

Sie trat dichter zu ihm. „Wenn er unbedingt schmollen will, läuten wir einfach nach Wilbury, dass er ihm Kekse und ein Glas warme Milch bringt."

Sein Widerwillen wurde immer offensichtlicher, trotzdem trat Adrian zum Sarg. Caroline kam mit ihm, rang mit einem beklemmenden Gefühl.

Sie hielt den Atem an, als Adrian die Hand ausstreckte und den schweren Deckel anhob. Als das flackernde Licht der Fackel hineinfiel, begriff sie, dass es Schrecklicheres gab, als einen Vampir in seinem Sarg schlafen zu sehen.

Denn der Sarg war leer. Julian war ebenfalls verschwunden.

Julian lag zusammengerollt auf dem kalten Steinboden, sein Körper von quälenden Krämpfen geschüttelt. Es waren mehr als fünfzehn Stunden vergangen, seit er Nahrung zu sich genommen hatte. Der Hunger verschlang ihn von innen, Durst sog jeden Tropfen Flüssigkeit aus seinen Adern, bis sie so ausgetrocknet waren wie die endlose Wüste unter der gnadenlos sengenden Hitze der Sonne. Obwohl seine Haut eiskalt war, brannte er im Fieber. Wenn diese Flammen ungehindert weiter an ihm fraßen, dann, das wusste er, würden sie die letzten Reste seiner Menschlichkeit verbrennen, bis nur noch ein tollwütiges Tier übrig blieb, das fürs eigene nackte Überleben sogar die Menschen verschlingen würde, die er liebte.

Mit einem Knurren, mehr Tier als Mensch, gab er den Ketten einen wilden Ruck, mit denen seine in Handschellen gefesselten Handgelenke an die Wand gebunden waren. Noch vor wenigen Stunden hätte er sie ohne sonderliche Anstrengung aus dem Mauerwerk reißen können. Aber das Kruzifix, das Duvalier in der langen Nacht um seinen Hals gelassen hatte, hatte das Schwinden seiner Kräfte beschleunigt. Obwohl er im Morgengrauen gekommen war und es entfernt hatte, war sein Abdruck noch in seine Brust gebrannt. Duvalier hatte in seiner grenzenlosen

Schlechtigkeit ein Symbol der Hoffnung in eine Waffe verwandelt.

Ein neuer Krampf ließ ihn erschauern, so heftig, dass er seine Knochen fast klappern hören konnte. Er brach auf den Steinen zusammen, und die Kette entglitt seinen kraftlosen Fingern.

Er starb. Bald schon würde er nicht länger zu den unheiligen Reihen der lebenden Toten zählen, sondern nur zu den Toten. Ohne seine Seele besaß er keine Hoffnung auf Erlösung, auf einen Himmel. Er würde einfach verdorren und zu Staub zerfallen, und der Wind würde die krümelige Asche seiner Knochen in alle vier Himmelsrichtungen verstreuen.

Er kniff die Augen zu, das Licht der einzigen Fackel zu hell, um es zu ertragen. Die Gebete, die er und Adrian in ihrer Kindheit allabendlich im Singsang gesprochen hatten, schossen ihm durch den Sinn, ein quälender Refrain. Kein Gebet konnte ihn vor dem Hunger nach Blut retten, der gegen seinen Verstand und seinen Willen wütete. Der Drang, Nahrung zu suchen, war stärker als jeder andere Instinkt und auch als die letzten Reste von Menschlichkeit in ihm, die zu bewahren Adrian so hart gekämpft hatte.

Stöhnend drehte Julian sein Gesicht zum Boden. Selbst wenn Adrian rechtzeitig kam, wusste er nicht, ob er es ertragen könnte, wenn sein Bruder ihn wieder so sah. Fast wünschte er sich, Duvalier hätte ihn auf einer Wiese zurückgelassen, wo die gnadenlosen Strahlen der Sonne seiner elenden Existenz ein Ende bereitet hätten, ehe überhaupt jemandem auffiel, dass er vermisst wurde.

Plötzlich sah er Portia Cabots Gesicht vor sich in der Dunkelheit, übermütig und reizend unschuldig. Er fragte sich, ob sie um ihn trauern würde, wenn er nicht mehr war. Würde sie seinetwegen Tränen vergießen und von dem träumen, was hätte sein können? Er versuchte sich das Bild ins Gedächtnis zu rufen, wie sie auf der Klavierbank neben ihm gesessen hatte, aber alles, was er sehen konnte, war der Kerzenschein auf ihrem zart gebogenen Hals, das köstliche Flattern ihres Pulses unterhalb ihrer Kehle, als sie den Kopf in den Nacken legte und ihn anlächelte. Er konnte sehen, wie er sich vorbeugte, mit den Lippen die seidenweiche Haut streifte ... ehe er seine Zähne tief in ihr Fleisch grub, ihr rücksichtslos die Unschuld und ihr Blut raubte.

Niemals!

Mit einem wilden Aufheulen bäumte sich Julian auf, zerrte

immer wieder an den Ketten, bis er schließlich völlig verausgabt in den Schlaf der Erschöpfung fiel.

Er hörte nicht das Knarren, als sich die Tür öffnete. Wusste nicht, dass er nicht länger allein war, bis Duvaliers melodische Stimme sich wie mit honigsüßem Gift um ihn legte. „Du enttäuschst mich, Jules. Von dir hätte ich mehr erwartet."

Kapitel 22

❧❧❧❧❧❧❧

Schließlich ist es doch die Kleine, die mir wie ein liebeskrankes Hundejunges auf Schritt und Tritt folgt, um Brosamen meiner Aufmerksamkeit bettelt. Sie ist es, die mit ihren lieblichen blauen Augen zu mir aufschaut, als wäre ich die Antwort auf ihre Gebete. Wenn mir schon ein Ausrutscher passiert, meinst du nicht auch, es wäre mit ihr?

Adrian überprüfte mit knappen Bewegungen die Ladung seiner Pistole, ehe er sie sich in seinen Hosenbund steckte. Die Worte seines Bruders verfolgten ihn ebenso wie Carolines fester Blick.

Während sie ihn von der Türschwelle seines Schlafzimmers aus beobachtete, griff er in die abgestoßene Truhe, die mit ihm und Julian über die sieben Weltmeere und um den halben Globus gereist war, und holte einen schwarzen Umhang heraus. Er legte ihn sich um die Schultern, schloss ihn am Hals mit einer Kupferbrosche.

Mehrmals noch fasste er tief in die Truhe und füllte sich die verschiedenen Innentaschen mit einem halben Dutzend aus Espenholz und wildem Weißdorn geschnitzten Pflöcken, alle tödlich spitz, mehreren Messern verschiedener Formen und Größen, drei Flaschen Weihwasser und einer Miniaturarmbrust.

Er schob gerade eine kleine, aber tödliche Silberklinge in die Scheide in seinem Stiefel, als Caroline zu ihm trat und in die Truhe spähte.

„Willst du meine Schwester suchen oder in den Krieg ziehen?"

Adrian warf den Deckel zu und drehte sich zu ihr um. Er war sich überdeutlich des Bettes hinter sich bewusst. Die Laken waren immer noch unordentlich von ihrem Liebesspiel, und er konnte sich des Gefühls nicht erwehren, dass er irgendwie diesen gesegneten Ort mit seinen Todesinstrumenten entweihte. Als er die rostroten Flecken auf den Laken entdeckte – alles, was von Carolines Unschuld übrig war –, vermittelte ihm der Anblick fast das Gefühl, eines der Monster zu sein, die zu jagen er sich anschickte.

„Wenn Duvalier irgendwie mit darinhängt", erklärte er, „dann werde ich beides tun müssen."

Er wandte sich zur Tür, aber sie packte ihn am Arm, ehe er gehen konnte. „Und wenn es nicht Duvalier ist? Was willst du dann tun?"

Er entzog ihr seinen Arm und erwiderte ihren Blick entschlossen. „Meine Arbeit."

Erst als er den Turm schon halb durchquert hatte, merkte er, dass sie ihm folgte. Er wirbelte zu ihr herum. „Wohin um Himmels willen denkst du, gehst du?"

„Ich komme mit dir."

„Ganz bestimmt nicht."

„Ganz bestimmt doch. Sie ist meine Schwester."

„Und er ist mein Bruder!"

Sie starrten sich an, das Echo seiner wütend gebrüllten Erwiderung hing bleischwer zwischen ihnen. Schließlich reckte Caroline ihr Kinn und sagte: „Du kannst mir nicht sagen, was ich zu tun habe. Du bist nicht mein Ehemann."

Adrians Augen weiteten sich ungläubig. „Und wenn ich dein Ehemann bin, dann soll ich glauben, dass du jedem meiner Befehle gehorchst?"

Caroline öffnete den Mund, schloss ihn aber gleich wieder.

Er schnaubte. „Das dachte ich mir schon."

Dann fuhr er sich mit den Fingern durchs Haar, fasste sie an der Hand und zog sie mit sich zu der Truhe. Leise Verwünschungen vor sich hin murmelnd, holte er einen weiteren, etwas kürzeren Umhang heraus und legte ihn ihr um die Schultern. Sie stand geduldig still, während er immer mehr Waffen in jeder der zahllosen Taschen verstaute.

Nachdem er sie mit zwei Flaschen Weihwasser ausgestattet hatte, sagte er: „Du musst immer daran denken, es sind nicht die geweihten Gegenstände selbst, die die Vampire fürchten, sondern dein Glaube daran. Der Glaube ist der eine Feind, den sie nie ganz besiegen können."

Während Caroline gehorsam nickte, drehte er sich um und ging zurück zur Tür. Erst als sie den ersten scheppernden Schritt machte, um ihm zu folgen, merkte er, dass sie so mit Waffen beladen war, dass sie kaum gehen konnte.

Seufzend kam er zu ihr zurück und begann sie von den schwersten zu befreien. Ihrem Blick ausweichend, sagte er mürrisch: „Als ich Eloisa an jenem Tag in der Spielhölle fand, versuchte ich sie zu küssen. Vermutlich dachte ich, ich könnte sie mit meinem Körper wärmen, dass ich ihr irgendwie wieder Leben einhauchen könnte. Aber ihre Lippen waren kalt, blau und unnachgiebig." Nicht länger fähig, der Versuchung zu widerstehen, berührte er Carolines Lippen mit einer Fingerspitze und fuhr die seidigen Umrisse nach. „Wenn so etwas deinem wunderschönen Mund passieren sollte …"

Sie nahm seine Hand in ihre, drückte sie an ihre Wange. „Ich trage vielleicht ihr Kleid, Adrian, aber ich bin nicht Eloisa. Wenn du gewusst hättest, dass sie in Gefahr schwebt, ehe es zu spät war, hättest du sie gerettet. So wie du meine Schwester retten wirst. Und deinen Bruder." Sie blickte zu ihm auf, die Lippen zu einem zittrigen Lächeln verzogen. „Ich glaube das mit meinem ganzen Herzen, weil ich an dich glaube."

Als Duvaliers Schatten über ihn fiel, sprang Julian ihn mit gefletschten Zähnen an.

„Ach, das ist schon besser!", sagte Duvalier und lächelte boshaft. „Es ist mir lieber, du knurrst mich an wie ein wahnsinniger Hund, als dass du wie ein getretener Welpe in der Ecke kauerst."

Die Zähne zusammenbeißend, weil neuerliche Schauer drohten, würgte Julian hervor: „Der einzig Wahnsinnige hier ist du, Victor."

Duvalier schob die Kapuze seines Umhanges zurück, sodass sein glänzend schwarzes Haar zu sehen war. Die Schultern zu einem gallischen Achselzucken hebend, erwiderte er: „Ich fürchte, dass Wahnsinn wie so viele andere Dinge im Auge des Betrachters liegt." Sein französischer Akzent war in seinen Jahren außerhalb Englands wieder deutlicher geworden, sodass die Konsonanten zu einem heiseren Schnurren verschwammen. „Manche sehen es vielleicht sogar als Geschenk an, so wie Unsterblichkeit."

„Ich sehe beides als Fluch", spie Julian aus.

„Das ist der Grund, weswegen ich auch so viel stärker bin als du. So viel mächtiger. Ich habe die letzten fünf Jahre lang das bereitwillig angenommen, was ich bin, während du in derselben Zeit davor weggelaufen bist."

„Von meinem Standpunkt aus warst du es, der weggelaufen ist."

Duvaliers Lächeln erreichte seine Augen nicht ganz. „Daran trage ich allein die Schuld. Es scheint, ich habe die Hartnäckigkeit deines Bruders unterschätzt. Ich dachte, er wäre gezwungen, dich umzubringen, was im Gegenzug ihn umgebracht hätte."

„Was du unterschätzt hast, Victor, war seine Liebe zu mir und seine Entschlossenheit, dich bis ans Ende der Welt zu jagen."

„Wenn er dich wirklich liebte, würde er dich als das akzeptieren, was du bist, nicht wahr?" Mit einem Seufzer schüttelte Duvalier den Kopf. „Beinahe tust du mir leid. Du willst kein Vampir sein, aber du bist auch kein Mann. Sag mir, woran denkst du, wenn du mit einer Frau zusammen bist? Denkst du an den Duft ihrer Haut, die Weichheit ihrer Brüste, die Lust, die sie dir mit ihren Händen bereiten kann, ihrem Mund und dem süßen kleinen Nest zwischen ihren Beinen? Oder lauschst du auf den Schlag ihres Herzens unter deinem, wenn du sie nimmst, auf das Flüstern ihres Blutes, wenn es durch ihre Adern rauscht, wenn du sie zum Höhepunkt führst?"

Julian stöhnte, als ein Hungerkrampf ihn wie mit Messers Schneide durchfuhr. Er klappte zusammen und rollte sich auf die Seite.

Duvalier kniete sich neben ihn, seine Stimme klang sanft, aber gnadenlos. „Du bist ein Mann, der Frauen liebt, oder? Doch in all diesen Jahren hast du dir keine Jungfrau gestattet. Warum wohl? Denkst du, du seiest unwürdig, einen solchen Schatz zu besudeln? Oder hast du Angst, dass der Geruch des Blutes ihrer Unschuld dich verrückt machen könnte? Hast du Angst, darin gebadet aufzuwachen und dich nicht mehr daran erinnern zu können, wie das bleiche Mädchen mit den blicklosen Augen und dem offenen Mund neben dir im Bett gelandet ist?"

Julian hielt sich mit den Händen die Ohren zu, verkniff sich ein Wimmern.

Duvalier strich ihm übers Haar, seine Berührung fast sanft. „Mein armer Kleiner. Ich habe dich erschaffen, weißt du? Während du mit deinem Bruder und seiner neuen Hure Vampirjäger gespielt hast, ist es dir da nie in den Sinn gekommen, dass ich dich auch genauso wieder zerstören könnte?"

Julian lag völlig reglos, fürchtete sich zu denken, zu empfinden, zu hoffen, als Duvalier einen Schlüssel in das Schloss erst an der einen Handschelle steckte, dann an der anderen. Die Eisenringe fielen ab, befreiten seine Arme von dem Gewicht der Ketten.

Duvalier gerade genug Zeit lassend, um aufzustehen, stürzte sich Julian auf ihn, die Reißzähne gefletscht. Während Duvalier mühelos aus seiner Reichweite tänzelte, warf sich Julian ein paar Schritte nach vorne, dann fiel er auf ein Knie. Selbst ohne die Ketten raubte ihm die Last des auf seine Brust gebrannten Kruzifixes zusammen mit dem bohrenden Hunger die Kraft zum Kämpfen. Er war zu schwach für alles andere, außer Nahrung zu sich zu nehmen. Bald schon besäße er nur noch die Kraft zu sterben.

Duvalier schnalzte mitleidsvoll mit der Zunge. „Vielleicht ist es an der Zeit, dir zu zeigen, dass sogar ein Ungeheuer wie ich zu Erbarmen fähig ist."

Die Kapuze seines Umhanges hochziehend, um sich vor der Sonne zu schützen, trat er durch die Tür ins Freie. Kurz darauf tauchte er wieder auf, ein sich windendes, in Sackleinen gehülltes Bündel über der Schulter.

Julian leckte sich die vertrockneten Lippen. Vielleicht hatte Duvalier ihm ein Schaf oder ein anderes Tier als Nahrungsquelle gebracht. Der Bastard war sadistisch genug, ihn am Leben zu halten, und wenn auch nur, um seine Qualen zu verlängern.

Als Duvalier seine Last abstellte und das Sackleinen fortzog, schlug Julians hilflose Vorfreude in Entsetzen um.

Portia stand da, die Hände vor sich gefesselt, ein seidener Knebel zwischen ihren wunderschönen Lippen. Das lockige Haar fiel ihr in wilder Unordnung auf die Schultern, und schmutzige Tränenspuren verunzierten ihre Wangen. Der blau gestreifte Musselin ihres Kleides war zerrissen und an verschiedenen Stellen fleckig, als hätte sie sich heftig gegen Duvaliers hinterhältiges Vorhaben gewehrt.

Als sie ihn sah, stieß sie einen erstickten Schrei aus, und in ihren erschreckt aufgerissenen Augen flammte Hoffnung auf. Sie hatte keine Ahnung, dass sie ihrem Verhängnis ins Gesicht blickte.

Obwohl es ihn seine letzte Kraft kostete, kam Julian stolpernd auf die Füße. „Nein!", keuchte er. „Ich werde nicht zulassen, dass du sie umbringst wie Eloisa."

Duvaliers Lächeln war zärtlich wie das eines Liebhabers. „Oh, aber ich werde sie nicht töten. Das wirst du tun."

Mit einem triumphierenden Grinsen stieß Duvalier Portia in Julians Arme. Dessen Sinne waren vom Hunger so geschärft, dass er ihre Angst riechen konnte, das Pochen ihres rasenden Herzens, das ihr Blut durch ihre Adern pumpte. Während sie sich zitternd an ihn drückte, reagierte sein Körper mit einem Aufwallen von Lust, wie er es nie zuvor erlebt hatte.

„Nein", flüsterte er, während er spürte, wie seine Reißzähne länger wurden, spitzer.

„Als ich diese jeune fille dabei ertappte, wie sie gestern Nacht aus dem Fenster ihres Zimmers stieg, bat sie mich, sie zu dir zu bringen. Das habe ich getan. Wie gesagt, ich bin nicht ohne Erbarmen." Mit einem Wirbel seines Umhangs wandte sich Duvalier zum Gehen.

Indem er die letzten bitteren Fetzen seines Stolzes herunterschluckte, rief ihm Julian nach: „Tu das nicht, Victor. Bitte! Ich flehe dich an."

Duvalier zuckte die Achseln, als seien seine Worte ohne Bedeutung. „Wenn du sie nicht töten willst, kannst du immer noch auf den köstlichen Moment warten, wenn ihr Herz zum letzten Mal schlägt, und ihr die Seele aus dem Leib saugen. Dann würde sie eine von uns, und du könntest das Vergnügen ihrer Gesellschaft auf ewig genießen." Er blieb gerade lange genug stehen, um Julian noch einmal anzuschauen. „Das bleibt dir überlassen."

Die Tür schloss sich, und das Umdrehen des Schlüssels im Schloss hallte grimmig im Raum wider.

Als Adrian und Caroline aus einem der französischen Fenster des Frühstücksraumes ins Freie traten, um den neugierigen Augen der Dienerschaft zu entkommen, fanden sie Vivienne und Larkin wartend auf der Terrasse.

Vivienne trug einen hübschen kleinen Hut und einen waldgrünen Umhang, Larkin eine Pistole mit Perlmuttgriff und eine entschlossene Miene.

„Das kann nicht euer Ernst sein", sagte Adrian, verschränkte die Arme vor der Brust und musterte sie durch zusammengekniffene Augen.

Caroline trat vor ihn, bedachte ihre Schwester mit einem finsteren Blick. „Wenn du auch nur eine Minute glaubst, dass ich dir erlaube, mit uns zu kommen, junge Dame, dann muss dein hübscher kleiner Hut die Blutzufuhr zu deinem Hirn abschnüren."

Vivienne reckte die Schultern. „Und warum sollte ich nicht mitkommen? Portia ist auch meine Schwester."

Nachdem er eben erst bei der Auseinandersetzung um dasselbe Thema unterlegen war, genoss Adrian Carolines drohende Niederlage mehr, als er sollte, wie er nur zu gut wusste. „Da hat sie eindeutig recht, Liebling", konnte er sich dennoch nicht verkneifen einzuwerfen.

Caroline richtete ihren vorwurfsvollen Blick auf ihn. „Wer hat dich denn gefragt?"

Im Bewusstsein, dass sie bewaffnet war, hob er beschwichtigend seine Hände und trat ein paar Schritte zurück, erwiderte Larkins müdes Lächeln.

Die beiden Schwestern standen sich kampfbereit gegenüber, und keine ließ irgendwelche Anzeichen erkennen, nachgeben zu wollen.

„Portia steckt vielleicht in ernsthaften Schwierigkeiten", sagte Caroline. „Ich werde nicht danebenstehen und zulassen, dass auch du dich in Gefahr begibst. Ich habe weder Zeit noch Lust, euch beide retten zu müssen."

„Ich frage dich gar nicht um Erlaubnis", entgegnete Vivienne. „Du bist meine Schwester, nicht meine Mutter."

Larkin bekam einen plötzlichen Hustenanfall, sodass Adrian ihm auf den Rücken klopfen musste.

Nach einem Augenblick erstaunten Schweigens fauchte Caroline: „Du undankbares kleines Biest! Nach allem, was ich für dich getan habe, allem, was ich für dich geopfert habe, wie kannst du da …"

Vivienne fiel ihr einfach ins Wort. „Niemand hat dich je dazu gezwungen, die Rolle von Mutter oder Märtyrer zu spielen. Und wenn du nicht so stolz und verbohrt wärest, wärest du vielleicht in der Lage gewesen, ab und zu einmal um Hilfe zu bitten. Du hättest nur sagen müssen: ‚Vivienne, würde es dir etwas ausmachen, heute Portia die Schleife ins Haar zu binden?', oder: ‚Vivienne, gehst du bitte rasch zum Markt und holst uns ein schönes …'"

„… habe ich vielleicht sogar, aber du warst wahrscheinlich

gerade zu sehr damit beschäftigt, vor dem Spiegel zu sitzen und dir deine langen blonden Locken zu kämmen oder zu üben, deine i mit Herzchen statt Punkten zu versehen, oder all die hübschen Kleider überzuprobieren, die Mama für mich gemacht hatte!"

Empört rief Vivienne: „Du eifersüchtige Kuh! Ich habe mir sicher einmal das eine oder andere Kleid von dir geborgt, aber wenigstens habe ich nicht aus Versehen deine Lieblingspuppe zu dicht vor dem Kamin liegen lassen, sodass all ihre langen, blonden Locken angesengt waren!"

Caroline beugte sich vor, bis ihre und Viviennes Nasen sich fast berührten. „Wer sagt denn, dass es ein Versehen gewesen sei?"

Während sie sich in eine neue Tirade stürzten, alle Fehler der jeweils anderen im Detail aufzuzählen begannen, tippte Adrian Larkin auf die Schulter und deutete mit dem Kopf zum Waldrand.

Sie kamen bis zum Beginn des Unterholzes, ehe Caroline sich plötzlich zu ihnen umdrehte. „Wohin wollt ihr denn?"

Adrian seufzte. „Portia und Julian finden, hoffen wir wenigstens."

„Nicht ohne uns!" Vivienne an der Hand fassend, zog Caroline ihre Schwester von der Terrasse zum Wald. „Sind Männer nicht einfach unmöglich? Du verbringst eine Nacht in ihrem Bett, und sie meinen, dass nur weil sie einem ein paar Stunden unbeschreiblicher Lust geschenkt haben, sie den Rest ihres Lebens entscheiden können, was das Beste für dich sei."

Vivienne nickte zustimmend. „Sie sind schlicht unerträglich. Himmel, Alastair hat sich geweigert, mich heute mitkommen zu lassen, wenn ich mich nicht bereit erkläre, ein Paar seiner Stiefel zu tragen." Sie hob ihren Rocksaum, um das unförmige Schuhwerk zu zeigen. „Ich musste ein halbes Dutzend Strümpfe hineinstecken, damit sie an meinen Füßen bleiben. Und jetzt fühlen sie sich groß und hässlich wie Schinkenkeulen an."

„Du armes Lämmchen", flötete Caroline tröstend, verschränkte ihren Arm mit Viviennes. „Sobald wir Portia und Julian gefunden haben, werden wir dir ein schönes, heißes Fußbad vor dem Kamin machen."

Als sie die Männer überholten und dabei unaufhörlich wie zwei Elstern weiterschwätzten, tauschten Adrian und Larkin einen ungläubigen Blick.

„Es scheint, als hätten sie einen gemeinsamen Feind gefunden", bemerkte Larkin leise.

„Ja", stimmte Adrian ihm seufzend zu. „Uns."

Nachdem sie über einen Hügel und durch ein schmales Tal gewandert waren, durch kalte Bäche gewatet waren und in niedrige Höhlen geschaut hatten, alle Lieblingsverstecke aus Adrians und Julians Kindheit aufgesucht hatten, wünschte sich Caroline fast, sie hätte sich auch ein Paar von Adrians Stiefeln geliehen. Die Sohlen ihrer Stiefeletten waren so abgetragen, dass sie jedes Steinchen und jede Wurzel auf der Erde schmerzlich spürte.

Sie wäre mehr als einmal erschöpft zusammengebrochen, aber jedes Mal, wenn sie stolperte, war Adrians Hand da, sie zu stützen. Jedes Mal, wenn ihre Kraft nachließ, stachelte sie der Anblick seiner entschlossenen Züge zum Weitermachen an.

Er half ihr gerade über einen umgefallenen Baumstamm oberhalb eines steilen, felsigen Abhanges, als er sich leise erkundigte: „Unbeschreibliche Lust, was?"

Caroline senkte den Kopf, damit er ihr Lächeln nicht sah. „Du brauchst nicht so selbstzufrieden auszusehen. Ich nehme an, man kann sagen, alles in allem war es ziemlich … nett."

„Nur nett?" Er zog an ihrer Hand, sodass sie gegen ihn fallen musste und ihr weicher Busen gegen seine Brust gedrückt wurde. Als er zu ihr herabschaute, stand in seinen rauchigen Augen ein Versprechen. „Dann wird mir wohl nichts anderes übrig bleiben, als meine Anstrengungen heute Nacht zu verdoppeln."

Heute Nacht, wenn Portia und Julian wieder in Sicherheit waren. Heute Nacht, wenn sie in Adrians gemütlichem Bett lagen und Hochzeitspläne schmiedeten, würden sie darüber lachen, was für eine alberne Angst ihre Geschwister ihnen eingejagt hatten. Als sie ihm in die Augen sah, konnte Caroline erkennen, wie sehr sie beide an diese gemeinsame Zukunft glauben wollten.

Aber während der Tag verstrich, schwanden auch ihre Hoffnungen. Die Sonne versteckte sich hinter einem Wolkenschleier, und leichter Regen begann zu fallen, beschleunigte den Anbruch der Dämmerung. Viviennes kecker kleiner Hut wurde feucht und hing trüb herunter. Als er ganz in sich zusammenfiel, zog sie ihn sich vom Kopf und warf ihn angewidert zur Seite, schlug sich die Kapuze ihres Umhanges über ihre Haare.

Schließlich gelangten sie auf eine große Lichtung im Wald. Ein rechteckiges Gebäude stand in der Mitte, die alten Steine verwittert und mit Moos und Flechten überwachsen. Ein Engel aus Stein wachte über den Eingang, das gestrenge Gesicht warnte sie, dass dies kein Zufluchtsort für müde Wanderer sei.

„Was ist das?", fragte Caroline flüsternd, die die unnatürliche Stille beunruhigend fand.

„Die Familiengruft der Kanes", antwortete Adrian ebenso leise.

Sie erschauderte, dachte, dass es kein Wunder war, wenn man das Gefühl hatte, als seien die Stimmen der Lebenden hier unwillkommen.

Adrian schritt über die Schicht verwelkter, nasser Blätter, näherte sich vorsichtig der Gruft. Die anderen folgten ihm, ihr Zögern war nicht zu übersehen. Aber nachdem er die Tür zur Gruft erreicht hatte, stand er da und schaute stumm auf die eiserne Türklinke.

„Was ist?", fragte Larkin und zog Vivienne zu sich.

Adrian hob den Kopf. Caroline musste daran denken, dass er vermutlich genauso ausgesehen hatte, als er vor der Spielhölle stand und zugesehen hatte, wie sie verbrannte – und Eloisas Leichnam mit ihr. „Die Tür zur Gruft hat gewöhnlich kein Vorhängeschloss. Man befürchtet ja eher nicht, dass ihre Bewohner Fluchtgedanken hegen."

Caroline hatte eine ungute Vorahnung, sodass sich die feinen Härchen in ihrem Nacken aufrichteten.

„Tretet zurück", verlangte Adrian, zog die Pistole aus seinem Hosenbund.

Als er mehrere Schritte zurückwich, taten es ihm die anderen nach.

Er zielte, spannte den Hahn und drückte ab, sprengte das Schloss mit einem einzigen Schuss in tausend Stücke. Der laute Knall der Pistole hallte auf der Lichtung wider. Während sich der Rauch, der wie Nebel von dem Lauf aufstieg, allmählich verzog, öffnete sich die Grufttür knarrend.

Kapitel 23

༄ ༄ ༄ ༄ ༄

Auf unsicheren Beinen kam Julian aus der Tür, Portia wie ein Kind in seinen Armen. Ihr Kopf hing schlaff über seinem Arm, ihre schwarzen Locken reichten fast bis zu seinen Hüften. Ihre Augen waren geschlossen, ihre Haut totenblass – so bleich, dass bei den zwei deutlich erkennbaren Wundmalen an ihrem aschfahlen Hals eine Verwechslung ausgeschlossen war.

Ein gebrochener Schrei entrang sich Carolines Lippen. Viviennes Knie gaben nach, und Larkin sank mit ihr auf die Erde, schlang seine Arme um sie, um ihr ersticktes Schluchzen an seiner Brust zu dämpfen.

Adrians Gesicht war sogar noch schöner und schrecklicher als das des Engels, der über die Grabstätte wachte, als er in seine Tasche griff und einen Holzpflock herauszog.

Er machte einen Schritt auf Julian zu, aber Caroline packte ihn am Arm und hielt ihn auf. „Nein, Adrian", flüsterte sie drängend und bohrte dabei ihre Fingernägel in seinen Ärmel. „Sieh auf ihre Brust. Sie lebt!"

Obwohl die Bewegung beinahe nicht zu erkennen war, hob und senkte sich Portias Brust in einem gleichmäßigen Rhythmus.

Julian stolperte zu ihnen, und Tränen mischten sich unter den Regen auf seinem Gesicht. Caroline schnappte nach Luft; ihr war bis jetzt gar nicht aufgefallen, dass er aussah, als sei er dem Tode noch näher als Portia. Seine Augen waren eingesunken, seine Haut so blass wie Pergament. Seine Zähne wirkten hinter den blauen Lippen gespenstisch weiß.

Seine Stimme war nur mehr ein heiseres Krächzen. „Ich habe nur genommen, was ich zum Überleben brauchte." Er schaute Portia mit erschütternder Zärtlichkeit an. „Ich hätte es gar nicht getan, wenn die sturköpfige, kleine Närrin nicht darauf bestanden hätte. Ich habe versucht sie zu warnen, dass es zu gefährlich sei, dass ich mir nicht zutraute, aufzuhören, ehe es zu spät war, aber sie wollte einfach nicht hören."

Während er auf die Knie fiel, ohne Portia loszulassen, erwachten die anderen aus ihrer Erstarrung und eilten zu ihnen. Behutsam nahm ihm Larkin mit Viviennes Hilfe das junge Mädchen ab, während Adrian Julian an sich zog.

„Ich wollte nicht, dass du mich je wieder so siehst", sagte Julian mit klappernden Zähnen. Er umklammerte Adrians Arm, während sein Körper von unkontrollierbarem Zittern geschüttelt wurde. „Ich wollte nicht, dass irgendjemand s-s-sieht, was Victor aus mir gemacht hat. Zu w-w-wissen, was für ein schreckliches M-m-monster ich bin."

„Du bist kein Monster." Adrian strich Julian mit zitternden Händen das schweißfeuchte Haar aus dem Gesicht. „Wenn du das wärest, wäre Portia jetzt tot."

Julian schaute blinzelnd zu ihm auf. „Wenn ich kein Monster bin, was bin ich dann?"

„Du bist, was du immer gewesen bist und immer sein wirst." Adrian senkte den Kopf, bis seine Stirn Julians berührte, und schloss die Augen, aber nicht ehe Caroline die Tränen darin entdeckte. „Mein Bruder."

„Wie geht es ihm?", erkundigte sich Caroline flüsternd von der Türschwelle zum Turmzimmer aus. Es waren inzwischen mehrere Stunden verstrichen.

Adrian saß nur mit Hemd und Hosen bekleidet in einem Polstersessel neben dem Bett. Die Beine hatte er vor sich ausgestreckt, und sein Kinn ruhte auf seiner Hand. Seine Augen wirkten müde und erschöpft, aber im Kerzenschein war deutlich zu sehen, dass sie nichts von ihrer Wachsamkeit verloren hatten.

Er hatte darauf bestanden, Julian selbst alle fünf Treppen nach oben zu tragen und ihn in sein eigenes Bett zu legen. Der Morgen brach bald an, weswegen die schweren Samtvorhänge zugezogen waren, um jedes noch so geringe Risiko auszuschließen, dass ein Sonnenstrahl bis in das Zimmer vordrang.

„Inzwischen schläft er ruhig", sagte Adrian, während Caroline näher zum Bett ging. Er schaute seinen Bruder voller Zuneigung an. „Es sollte nicht lange dauern, bis er wieder an meinen schief gebundenen Halstüchern herummeckert und mich pausenlos beim Schach schlägt."

Julians Lippen hatten ihren Blauton verloren, und ein Hauch Farbe kehrte langsam in seine Wangen zurück. Caroline wandte ihren Blick ab, als sie einen Kelch mit einer roten Flüssigkeit auf dem Tischchen neben dem Bett stehen sah. Sie wusste, die Frage war überflüssig, ob es Rotwein war.

„Wie geht es Portia?", fragte Adrian.

„Sie ist einfach unerträglich", versicherte ihm Caroline. „Sie verlangt alle paar Minuten ein frisches Glas Wasser oder Nierenpastete und ergötzt sich regelrecht daran, dass sie und Dr. Polidori die ganze Zeit recht hatten, was die Existenz von Vampiren angeht. Vivienne besteht darauf, sich eine Weile um sie zu kümmern, und ich habe mich nicht getraut, ihr zu widersprechen." Sie schnitt eine Grimasse, als sie auf den Saum von Eloisas Kleid schaute. „Außerdem kann ich es nicht erwarten, aus diesem Kleid herauszukommen und nach einem schönen heißen Bad zu läuten."

„Bist du sicher, dass ich nicht Dr. Kidwell rufen lassen soll, damit er sie untersucht? Ich kann schon ein paar unangenehme Fragen verkraften, wenn ich muss. Besonders mit Alastair an meiner Seite. Die hiesige Obrigkeit wäre vermutlich ziemlich beeindruckt von einem Londoner Konstabler."

„Nein danke", erwiderte sie mit einem Schauder. „Der gute Doktor würde sie vermutlich ohnehin nur zu Ader lassen wollen."

Adrian zögerte. „Hat Portia darüber geredet, was in der Gruft geschehen ist?"

Caroline schüttelte den Kopf, dann sagte sie leise: „Ich zweifle, ob sie das je tun wird." Sie betrachtete Julians gut geschnittenes Gesicht und musste denken, wie jungenhaft und unschuldig er im Schlaf wirkte. „Sie verehrt den Boden, über den er wandelt. Sie hätte alles für ihn getan."

Caroline legte Adrian eine Hand auf die Schulter, erinnerte sich wieder an den schrecklichen Augenblick, als es so aussah, als ob sein Bruder ihre Schwester umgebracht hätte … und damit auch jede Hoffnung auf eine Zukunft, die sie und er vielleicht gehabt hätten.

Sie erwartete, dass Adrian seine Hand auf ihre legen würde. Aber er stand stattdessen auf, sodass ihre Hand nutzlos in der Luft hing.

Er ging zu den französischen Türen und zog die schweren Vorhänge zurück, schaute in die vergehende Nacht. „Was ist mit Duvalier?", fragte er, und der verhasste Name klang von seinen Lippen wie ein Fluch. „Was hat dir Portia über ihn erzählt?"

Carolines Züge verhärteten sich. „Sie hat gesagt, er habe sie abgefangen, ehe sie beim Ball ankam. Dann hat er sie gefesselt und geknebelt und die ganze Nacht in irgendeiner Höhle festgehalten, ehe er sie schließlich zu Julian in die Gruft geworfen hat, als sei sie nicht mehr als ein Brocken Fleisch."

Adrian fluchte. „Nicht ein Mal, seit alles begonnen hat, hat es der Bastard gewagt, mir von Angesicht zu Angesicht gegenüberzutreten. Ich hätte wissen müssen, dass es diesmal nicht anders sein würde. Vermutlich ist er inzwischen schon viele Meilen von hier."

„Sein Tag der Abrechnung wird kommen, Adrian. Er wird für jedes Leben, das er zerstört hat, für jede Seele, die er gestohlen hat – Julians eingeschlossen – zur Verantwortung gezogen werden. Zusammen werden wir dafür sorgen."

Adrian schaute weiter in die Nacht. „Sobald Portia kräftig genug ist, um zu reisen, möchte ich, dass du sie und Vivienne nimmst und von hier weggehst."

„Ich bin sicher, Konstabler Larkin ist mehr als willens, meine Schwestern sicher zurück zu Tante Marietta zu bringen."

„Alastair hat schon zugestimmt, euch drei nach London zu begleiten."

Caroline lächelte. „Also habt ihr beide schon hinter unserem Rücken Pläne geschmiedet, ja? Das ist aber nicht nett von euch. Du wirst dem guten Konstabler wohl einfach erklären müssen, dass ich ohne dich nirgendwohin gehe."

„O doch, das wirst du. Du fährst nach London zurück und wirst so tun, als hätte es die vergangenen zwei Wochen nicht gegeben."

Ihr Lächeln verblasste. „Darum kannst du mich nicht bitten."

„Ich bitte dich nicht." Adrian drehte sich um und schaute sie zum ersten Mal an, seit sie das Zimmer betreten hatte. Was sie in den freudlosen Tiefen seiner Augen sah, ließ sie bis ins Mark frieren.

Trotz ihres wachsenden Unbehagens gelang ihr ein zittriges Lachen. „Ich dachte, wir hätten schon geklärt, dass du nicht das Recht hast, mich herumzukommandieren. Das kann nur mit der

Sondererlaubnis des Erzbischofs erworben werden.""

Er schüttelte den Kopf, ehe er leise sagte: „Ich fürchte, eine solche Erlaubnis kann ich mir nicht länger leisten. Nicht wenn sie uns beide so teuer zu stehen kommen könnte.""

„Es ist aber ein Preis, den ich nur zu gerne zahlen will.""

„Aber ich nicht. Als Julian aus der Gruft gestolpert kam, Portia auf dem Arm, beide mehr tot als lebendig, wurde mir klar, was für ein naiver Narr ich war, zu meinen, ich könnte einen von euch beschützen. Das ist der Grund, weswegen du gehen musst, jetzt … bevor es zu spät ist.""

„Wie kannst du sagen, du liebtest mich, und im nächsten Atemzug verlangen, dass ich dich verlasse?""

Er wies mit dem Finger auf den schlafenden Julian. „Weil du es sein könntest, die da in diesem Bett liegt. Oder schlimmer noch, in deinem Grab. Niemand, den ich liebe, wird je vor Duvalier sicher sein, ehe er nicht vernichtet ist. Und bis zu diesem Tag kann ich mir keine Ablenkungen leisten.""

„Ist das alles, was ich für dich gewesen bin?"", erkundigte sich Caroline flüsternd. „Eine Ablenkung?""

Mit grimmiger Miene durchquerte er den Raum, bis er vor ihr stand. „Wenn ich Ja sage, wirst du dann gehen? Was, wenn ich dir sage, dass die Nacht, die wir gemeinsam verbracht haben, nicht mehr für mich war als ein halbwegs vergnügliches Abenteuer? Dass du leichter zu verführen warst als die meisten anderen? Dass ich deinen Mangel an Erfahrung ermüdend fand und die geübten Liebkosungen von Huren und Operntänzerinnen deinem ungeschickten Gefummel und deinen schwulstigen Liebeserklärungen vorziehe?""

Caroline wich vor ihm zurück, unfähig, nicht unter seinen grausamen Worten zusammenzuzucken.

Er packte sie bei den Schultern, schüttelte sie grob. „Ist es das, was du von mir hören willst? Wenn ich dir sage, dass ich von Anfang an nichts anderes vorhatte, als dich zu verführen und dann beiseitezulegen wie ein altes Kleidungsstück, wirst du mich dann genug hassen, um mich zu verlassen?""

„Nein"", flüsterte sie und schaute durch einen Tränenschleier zu ihm auf. „Es würde nur dazu führen, dass ich dich noch mehr liebe. Denn dann wüsste ich, dass du mich genug liebst, um deine eigene Seele aufs Spiel zu setzen, indem du mir eine solch himmelschreiende Lüge auftischst.""

Mit einem undeutlichen Fluch ließ Adrian sie los und entfernte sich ein paar Schritte. „Du magst bereit sein, dein eigenes Leben zu riskieren, um bei mir zu bleiben, aber was, wenn du ein Kind in diesen Wahnsinn bringst? Wärest du auch bereit, sein Leben zu riskieren – und seine Seele?"

Caroline berührte mit einer Hand ihren Bauch. „Hast du vergessen, dass ich vielleicht schon dein Kind trage?"

Adrian mochte in der Lage sein, seine Liebe zu ihr hinter einer unbeweglichen Miene zu verstecken, aber er konnte nicht die Hoffnungslosigkeit in seinen Augen verbergen, als er flüchtig zu ihrer Taille schaute. Erst da erkannte sie, dass sie einen schrecklichen taktischen Fehler begangen hatte.

„Umso mehr Grund für dich abzureisen", sagte er leise und ließ seinen Blick an ihr hochwandern, bis er ihr in die Augen sah.

Sie fühlte, wie ihr die Tränen über die Wangen liefen. „Wenn du das tust, Adrian, dann hat Duvalier schon gewonnen."

Und sie hätte verloren. Das Wissen lag Caroline wie bittere Asche auf der Zunge.

Entschlossen zu beweisen, dass sie genauso rücksichtslos sein konnte wie er, ging sie zu Adrian. „Wenn ich eine Hure wäre oder eine Operntänzerin, würde mir wenigstens ein letzter Kuss zustehen." Sein Gesicht zwischen ihre Hände nehmend, stellte sie sich auf die Zehenspitzen und drückte ihre Lippen auf seine, so wie in der verzauberten Nacht in Vauxhall, als sie ihm einen Kuss und damit ihr Herz angeboten hatte, ohne es zu merken.

Jetzt konnte er dieser Verlockung noch weniger widerstehen als damals. Als seine Lippen sich teilten, um ihre honigsüße Zunge einzulassen, schlossen sich seine Arme wie aus eigenem Antrieb um sie, pressten ihre weichen Rundungen an die harten Konturen seines Körpers. Während er rückwärts zu gehen begann, sie mit sich zu dem Wandschirm auf der anderen Seite des Raumes zog, folgte sie ihm willig.

Hinter dem Schirm sank er auf den Stuhl und nahm sie auf seinen Schoß, ohne von ihren Lippen abzulassen. Caroline erkannte die Dringlichkeit in seinem Kuss wieder, weil es dasselbe Drängen war, das durch ihre eigenen Adern rauschte, ein verzweifelter Hunger, das Leben zu feiern mit zärtlichen Händen, heißen Seufzern und dem unwiderstehlichen Pulsieren an der Stelle, wo ihre Körper vereint werden wollten. Es war ein Auflehnen gegen den Tod, die Dunkelheit und die Schrecken, die ein Monster wie Duvalier verbreitete.

Als er den Ausschnitt ihres Kleides mit einer Hand erweiterte, drückte sie ihren Mund auf sein Kinn, kostete genüsslich den salzigen Geschmack seiner Haut, das köstliche Kratzen seiner Bartstoppeln auf ihren empfindsamen Lippen.

Sie hob den Kopf und merkte, dass er ihre weißen Brüste seinem Blick entblößt hatte. Ihre Brustspitzen waren schon so reif und rosenrot wie frische Kirschen.

„Dein Bruder ...", keuchte sie und schob ihre Fingern in sein Haar.

„Wird noch viele Stunden wie ein Stein schlafen", versprach er und nahm ihre Brustspitze in den Mund, saugte so leidenschaftlich und zugleich zärtlich daran, dass sie sehnsüchtig stöhnte. Als Verlangen sie zu überwältigen drohte, presste sie ihre Schenkel hilflos zusammen.

Er hob sie leicht an und drängte sie, ihre Beine zu spreizen und sich rittlings auf ihn zu setzen, genau auf der Ausbuchtung seiner Hose.

Caroline verkniff sich ein Stöhnen, und der köstliche Druck reichte aus, dass sich in ihrem Unterleib erwartungsvolle Hitze ausbreitete. Sie erschauerte, als Adrians Hand unter ihren Röcken verschwand, über die daunenweiche Haut ihrer Schenkel emporglitt und in den Schlitz in ihren Unterhosen tauchte. Als sie das Liebespaar in Vauxhall beobachtet hatte, hatte sie sich gefragt, was die Hand des Mannes wohl unter den Röcken der Frau tat, dass die sich so schamlos wand und stöhnte. Jetzt wusste sie es.

Adrian brauchte sie nicht weiter zu liebkosen – sie war mehr als bereit. Dennoch zog er seine Finger nicht fort, bis er gezwungen war, ihren wilden Schrei mit seinem Mund aufzufangen.

Er küsste sie, als wäre sie der einzige Vorgeschmack auf den Himmel, den er je kosten würde. Dann öffnete er den Verschluss seiner Hose und drang durch den Schlitz in ihrer Unterhose in sie ein.

Diesmal ließ er sie nicht das Tempo bestimmen. Ihren Po mit beiden Händen fassend, hob er sie hoch. Sie schlang ihre Beine um seine Taille, klammerte sich hilflos an ihm fest, während er sie gegen die nächste Wand lehnte und immer wieder in sie stieß. Jedes Rucken seiner Hüften begleitete er mit einem Vorstoß seiner Zunge in ihren Mund.

Gerade als Caroline glaubte, sie könne unmöglich auch nur noch eine Sekunde dieser wahnsinnigen Lust ertragen, ohne einen Schrei auszustoßen, der laut genug wäre, Tote aufzuwecken, kam Adrian ein letztes Mal machtvoll in sie, und sie erreichten gemeinsam den Höhepunkt.

Sie erschlaffte in seinen Armen, und er war immer noch in ihr. Sie wünschte, sie könnten ewig in dieser Stellung verharren, ihre Körper vereint und zittrig von der erlebten Lust. Adrian rutschte langsam an der Wand nach unten, ohne sie loszulassen.

Er konnte nicht länger Gleichgültigkeit heucheln. Als seine Stimme an ihrem Ohr erklang, war sie rau vor Reue. „Sobald du sicher zu Hause angekommen bist und wir England verlassen haben und Duvalier wieder auf den Fersen sind, werde ich dir schreiben. Ich schicke dir Geld, so viel, wie ihr beide, du und Portia, nur brauchen könnt. Du wirst nie wieder auf die Mildtätigkeit anderer angewiesen sein. Ich habe Alastair schon beauftragt, sich um ein paar meiner Geschäfte in London zu kümmern, sodass Vivienne sich nie sorgen muss, wo ihre nächste Mahlzeit herkommen wird.“

Caroline spürte, wie der letzte Rest von Wärme in ihrer Seele zu Eis gefror. Vorsichtig löste sie sich von ihm und erhob sich. Mit aller Würde, die sie aufbringen konnte, zog sie ihr Oberteil wieder hoch und ordnete ihre Röcke. Sie hatte keine Ahnung, wie es weitergehen sollte. Adrian streckte eine Hand zu einem nahen Regal aus und reichte ihr eines seiner Halstücher, dass sie sich damit säubern konnte.

Als sie sich wieder zu ihm umwandte, war ihre Miene so gefasst wie vorgestern, als sie auf der Türschwelle zum Rittersaal gestanden hatte und so getan, als sei sie Vivienne. „Wenn du denkst, dass ich auf dich warte, dann irrst du dich“, erklärte sie. „Ich fürchte, ich werde nicht so tun können, als habe es diese zwei Wochen nicht gegeben. Jetzt, da du mir einen Vorgeschmack auf die Lust gegeben hast, die eine Frau in den Armen eines Mannes erleben kann, bezweifle ich, dass ich damit zufrieden wäre, den Rest meines Lebens in einem kalten, leeren Bett zu verbringen. Du musst mir kein Geld schicken. Wenn ich keinen Ehemann finde, dann vielleicht einen netten, großzügigen Gentleman, der bereit wäre, mich zu seiner Mätresse zu machen.“

Adrian knöpfte seine Hose zu. In seinen Augen stand ein stürmischer, gefährlicher Ausdruck, wie sie es noch nie zuvor bei ihm gesehen hatte. „Wer von uns beiden kommt jetzt für Lügen in die Hölle?"

Caroline strich die zerknitterten Röcke von Eloisas Kleid glatt und sprach weiter, als habe er nichts gesagt. „Mir wäre nichts lieber, als dieses Kleid auf den Müll zu werfen, aber ich werde es von den Dienern waschen und dir zurückgeben lassen. Vielleicht bringt es dir Trost, wenn dir nur deine Gespenster bleiben, um dich in der Nacht zu wärmen."

Damit drehte sie sich um und verließ ihn. Weil Julian schlief, blieb ihr sogar die Genugtuung versagt, die französische Tür hinter sich knallend ins Schloss zu werfen.

Caroline lief die Steinstufen hinab und überquerte den Steg zwischen den Türmen, wobei sie sich beim Gehen immer wieder heiße, wütende Tränen von den Wangen wischte. Die Sterne verblassten, der Regen hatte schon vor einer Weile aufgehört, die Welt verheißungsvoll glitzernd zurücklassend, mit dem Versprechen auf einen neuen Morgen. Aber ohne Adrian, das wusste sie, wäre ihre Seele für immer von finsterster Nacht umfangen.

Ihre Schritte verlangsamten sich, als sie die Mitte des Stegs erreichte. Sie hatte es nicht eilig, in ihr einsames Schlafzimmer zurückzukehren. Dort gab es nichts für sie zu tun, als sich zum letzten Mal Adrians Geruch abzuwaschen und mit dem Packen zu beginnen.

„Sturköpfiger, unmöglicher Mann", stieß sie aus und drehte sich zur Seite, legte ihre Hände auf die Brüstung. Sie krallte ihre Fingernägel in den rauen Sandstein, hieß den Schmerz willkommen. Der Wind zerrte an ihrem Haar, versuchte ihre Tränen zu trocknen, ehe sie von ihrem Kinn tropfen konnten. „Ich hätte ihm das Herz mit dem Holzpflock durchbohren sollen, als ich die Chance dazu hatte."

„Aber, aber. Adrian scheint neuerdings etwas für blutrünstige Frauen übrigzuhaben."

Caroline wirbelte herum und entdeckte eine in einen weiten Umhang und eine Kapuze gehüllte Gestalt vor sich, die ihr den Rückweg in ihr Zimmer versperrte. Sie hätte schwören können, dass der Mann vor wenigen Sekunden noch nicht da gewesen war.

„Wie sind Sie hier heraufgekommen?", fragte sie, und ihr Herz klopfte unregelmäßig.

Er zog seine Kapuze zurück, sodass sein dunkles, glattes Haar zu sehen war. Seine vollen Lippen waren zu einem Lächeln verzogen, das sowohl grausam als auch sinnlich war. „Vielleicht bin ich geflogen."

Caroline bemühte sich ihr wachsendes Entsetzen herunterzuschlucken. „Ich hoffe, Sie erwarten nicht, dass ich solchen Unsinn glaube, Monsieur Duvalier. Julian hat mir schon gesagt, dass sich Vampire nicht in Fledermäuse verwandeln können."

Kapitel 24

❦❦❦❦❦❦

Die Morgendämmerung brach an – aber nicht für Adrian.

Caroline hatte alles Licht mit sich genommen, ihn am Bett seines Bruders sitzen gelassen, wo er nun Trübsal blasen konnte. Ohne das Schimmern ihres Haars im Kerzenschein, das zärtliche Leuchten in ihren Augen, die liebevolle Wärme ihres Lächelns war er dazu verdammt, im Schatten zu leben, nicht länger von den Geschöpfen zu unterscheiden, die er jagte.

Adrian schloss die Augen, aber alles, was er sehen konnte, war Caroline, wie sie ihm im Salon seines Londoner Stadthauses mit seinem Taschentuch winkte, wie sie sich in Vauxhall auf die Zehenspitzen stellte und sich kühn mit ihrer weichen Figur an ihn presste, wie sie in den Kissen seines Bettes lag, ihre Haut im Mondlicht wie Elfenbein schimmerte, sie die Arme ausstreckte, um ihn willkommen zu heißen. Adrian rieb sich die schmerzende Stirn und begriff, dass sie ihn mit einer Macht verfolgen würde, die noch nicht einmal Eloisa an den Tag gelegt hatte.

Julian regte sich, bot ihm eine Entschuldigung, die Augen zu öffnen und ihr zu entkommen, wenn auch nur für einen kurzen Augenblick.

Julians Augenlider zuckten, dann hoben sie sich. Sich die Lippen leckend, krächzte er: „Durst."

Mit einer Hand stützte Adrian Julians Kopf, mit der anderen hob er den Kelch an seine Lippen. Julian trank gierig. Obwohl Adrians erster Impuls war, angeekelt das Gesicht zu verziehen, hatte er schon vor langer Zeit gelernt, dass er es sich nicht leisten konnte, zimperlich zu sein, was die Essgewohnheiten seines Bruders betraf. Blut war nicht nur seine Nahrung, es bedeutete für ihn Leben.

Als Julian genug getrunken hatte, bettete Adrian ihn behutsam in die Kissen.

„Unser Plan“, flüsterte Julian und schaute ihn blinzelnd an. „Er hat funktioniert.

„Was meinst du?“, fragte er, beugte sich dichter über ihn.

„Unser Plan“, wiederholte Julian. „Eloisa … Duvalier weiß Bescheid.“

„Weiß Bescheid worüber?“

„Über … Caroline. Er hat sie …“ Julians Augen fielen zu, seine Stimme verblasste zu einem müden Seufzer. „… deine neue Hure genannt.“

Langsam richtete Adrian sich auf. Er merkte gar nicht, dass der Kelch in seiner Hand umgekippt war, bis er die dunkle Pfütze Blut zu seinen Füßen sah, die langsam größer wurde.

„Adrian“, sagte Julian, ohne die Augen zu öffnen.

„Was?“, erkundigte sich Adrian scharf, und mit jedem Atemzug wuchs seine Panik.

Julian öffnete die Augen, schaute ihm ins Gesicht und flüsterte: „Du brauchst mehr als deine Gespenster, um dich nachts zu wärmen.“

„Ah, also ist eine Vorstellung überflüssig“, erklärte Duvalier, und der Anflug eines Akzentes verlieh seinen Worten Schliff. Er machte einen Schritt auf Caroline zu, sodass der Steg mit einem Mal sehr eng und schmal erschien, unpassierbar. „Gut. Ich fand sie immer schon in höchstem Maß ermüdend. Gewöhnlich kann ich alles, was ich über einen Mann – oder eine Frau – wissen will, aus ihrem Geschrei und Gewimmer erfahren, wenn sie um Gnade flehen.“

„Wie reizend“, erwiderte Caroline knapp und bemühte sich, ihre Furcht zu verbergen. Sie wusste, er würde sich daran laben. Sie wünschte sich verzweifelt, sie hätte noch den schweren Umhang voller Waffen an. Aber sie war nun einmal in Eloisas dünnes Kleidchen aus Seide und Tüll gehüllt und fühlte sich wehrloser, als wenn sie nackt gewesen wäre. „Woher wissen Sie, dass ich Adrians Frau bin?“

Seine Nasenflügel bebten angeekelt. „Weil ich ihn auf Ihnen riechen kann, so wie ich ihn auch auf Eloisa riechen konnte.“ Er bemerkte den Schatten, der über ihre Züge flog. „Oh, er hat sie vielleicht geliebt, aber sie waren nie ein Liebespaar, ma chère. Aber das hat ihn nicht davon abgehalten, sie anzufassen, zu küssen ..."

„Es muss für Sie nicht leicht gewesen sein."

Er zuckte die Achseln. „Für sie war es schwerer, denke ich. Am Ende habe ich dafür gesorgt, dass sie als Jungfrau starb. Das war wahrscheinlich meine schlimmste Rache. Dass sie sterben musste, ohne je die Berührung eines Mannes gekannt zu haben. Niemals die Lust erlebt zu haben, die er ihr bereiten kann, nur den Schmerz."

Caroline begann langsam rückwärts zu gehen, zurück zu Adrians Schlafzimmer, zurück in seine Arme.

Duvalier folgte ihr Schritt für Schritt; der Saum seines Umhanges schwang irgendwie bedrohlich um die Schäfte seiner Stiefel. „Sie können sich gar nicht vorstellen, wie es war, dazustehen, den Geschmack ihres Blutes auf meiner Zunge, und zu beobachten, wie jede Sehnsucht, jede Hoffnung und jeder Traum, den sie je gehegt hatte, in ihren Augen erstarb, während ihr Herz immer langsamer schlug, ein Seufzer, ein Flüstern, und schließlich stehen blieb. Dann wollte ich sie nehmen, wissen Sie, aber dann kam er und hat alles kaputtgemacht."

Caroline schauderte. „Wie konnten Sie an etwas so Unaussprechliches auch nur denken? Ich dachte, angeblich hätten Sie sie geliebt."

Seine gleichgültige Miene bekam einen Riss. „Sie war meiner Liebe nicht würdig. Ist das der Grund, weshalb Sie dieses alberne Kleid tragen? Weil Adrian glaubte, dass ich, wenn ich Sie sähe, mich ans Herz fassen würde und rufen: ‚Meine geliebte Eloisa, ich wusste immer schon, dass du zu mir zurückkommen wirst!'" Er verdrehte die Augen. „Ich kann nicht glauben, dass er wirklich dachte, ich würde mich all die Jahre nach der wankelmütigen Schlampe verzehren! Er war schon immer ein hoffnungsloser Romantiker."

„Ja, das war ich", sagte Adrian von der Treppe hinter Duvalier und trat mit einer gefährlich aussehenden Armbrust in der Hand vor. „Und ich bin es noch. Was der Grund ist, weshalb ich dir nur einmal sage, dass du die Frau in Ruhe lassen sollst, die ich liebe."

Caroline schrie unwillkürlich auf, und in ihrem Herzen wallte frische Hoffnung auf. Adrian musste im Haus aus dem Südturm zu ihrem Schlafzimmer gegangen sein.

Langsam drehte sich Duvalier zu ihm um, und ein eiskaltes

Lächeln spielte um seine Lippen. „Bonjour, mon ami. Oder sollte ich lieber mon frère sagen?"

„Du bist keiner meiner Freunde, du Bastard. Und du bist auch ganz gewiss nicht mein Bruder", erwiderte Adrian. Der Wind zauste sein hellbraunes Haar. „Du hast das Recht auf beide Titel verwirkt, als du dich aus freiem Willen der Bruderschaft aus Ungeheuern und Mördern angeschlossen hast."

„Während du die Frau in den Armen hieltest, die mir gehören sollte."

„Das ist alles, was Eloisa dir je bedeutet hat, nicht wahr?", sagte Adrian, einen raschen Blick zu Caroline riskierend. „Ein Besitzstück. Ein hübsches Stück Tand an deinem Arm, kaum anders als ein glänzender neuer Spazierstock."

Adrians unausgesprochener Anweisung gehorchend, drehte sich Caroline zur Flucht.

Aber Duvaliers Arm legte sich um ihre Taille wie ein Eisenband. Er zerrte sie zu sich, packte ihr Gesicht brutal mit einer Hand, sodass seine langen Nägel sich in die zarte Haut an ihrem Hals bohrten. Von der unnachgiebigen Kraft in seinen sehnigen Fingern her zu urteilen, konnte er ihr vermutlich mit nicht mehr als einem Fingerschnippen das Genick brechen.

„Eloisa war ein närrisches, hohlköpfiges Lämmchen", verkündete er. „Ich mag die hier viel lieber. Ich wette, sie wird wie eine Tigerin kämpfen, wenn ich meine Zähne in ihr Fleisch versenke."

„Ich habe dich gewarnt, Victor", sagte Adrian leise und machte einen Schritt auf ihn zu, dann noch einen, „dass ich dich nur einmal auffordern würde, sie in Ruhe zu lassen."

„Was willst du tun? Mit deiner Armbrust einen Pfeil in mein Herz schießen? Wenn du mich vernichtest, wird dein Bruder niemals seine kostbare Seele wiederbekommen, und wir alle wissen, dass du sie nicht aufs Spiel setzen wirst, bloß um deine neuste Hure zu retten. Warum bettelst du ihn nicht um dein Leben an, Süße?", zischte er Caroline ins Ohr. „Ich mag es so, wenn Frauen flehen."

Sich eine Handvoll ihres Haares so brutal um seine Hand windend, dass sie das Gefühl hatte, er würde es ihr ausreißen, zwang Duvalier sie auf die Knie. In ihren Augen schwammen Tränen des Schmerzes; die Kanten der rauen Steinfliesen drückten sich unangenehm durch den dünnen Stoff von Eloisas Kleid.

„Es ist vermutlich nicht das erste Mal, dass du vor ihm kniest", näselte Duvalier. „Aber ich kann dir versprechen, dass dies das letzte Mal sein wird."

Caroline schaute Adrian durch einen Tränenschleier an. Sie wusste, ihr Leben war das Einzige, um das sie ihn nicht bitten konnte. Nicht, wenn er schon auf so vieles verzichtet, so viele Opfer gebracht hatte in dem Versuch, die Seele seines Bruders zu retten. Von dem Wunsch beherrscht, ihm mit ihrem Blick sagen zu können, wie sehr sie ihn liebte, lächelte sie unter Tränen. „Ich habe mich hierfür entschieden, Adrian. Dich trifft keine Schuld. Egal, was er sagt oder tut, vergiss nie, er ist das Monster, nicht du."

Adrian betrachtete sie voller Zärtlichkeit, ehe ihr Peiniger ihren Kopf nach hinten riss und ihren Hals entblößte. Als Duvalier sich vorbeugte und seine schimmernden Reißzähne ihrem Hals immer näher kamen, kniff Adrian ein Auge zu, um besser zielen zu können, und feuerte.

Der tödliche Bolzen surrte geradewegs auf Duvaliers Herz zu. Er schrie zornig auf, aber es blieb nur genug Zeit, flüchtig die Verwunderung auf seinen Zügen zu sehen, ehe der Bolzen ihn mitten ins Herz traf und sein Körper sich in einen Staubwirbel auflöste.

Sein Umhang fiel herunter und über Carolines Kopf, sodass sie nichts sehen konnte. Als sie ihn von sich gezogen hatte, war Duvalier verschwunden, der Staub seiner Knochen vom Wind in alle Himmelsrichtungen zerstreut. Der Pfeil aus der Armbrust flog noch ein Stück weiter, traf die Mauer auf der anderen Seite des Steges und landete, ohne weiteren Schaden anzurichten, klappernd auf den Steinen.

Die Armbrust von sich werfend, lief Adrian zu Caroline und zog sie in seine Arme. Sie schaute ungläubig zu ihm auf, und ihr Schock wich langsam Verstehen.

Mit beiden Händen fasste sie seine Hemdbrust und zerrte daran. „Warum um Himmels willen hast du geschossen? Jetzt, wo Duvalier vernichtet ist, wie willst du da jemals Julians Seele wiederfinden? Nach allem, was du getan hast, allem, was du geopfert hast, um ihn zu beschützen, wie konntest du mein Leben ihm da vorziehen?"

Adrian nahm ihr Gesicht zärtlich zwischen seine Hände, wischte ihr behutsam mit dem Daumen eine Träne von der Wange. Mit einem tiefen Blick in ihre grauen Augen sagte er: „Wie mir einmal ein sehr weiser Mann gesagt hat, was ist schon die

Seele eines Mannes verglichen mit den einzigartigen Reichtümern, die im Herzen einer Frau ruhen?"

Während er seine Lippen auf ihre senkte, floss Carolines Herz von Liebe und Freude über. Ihre Lippen trafen sich, gerade als die ersten Strahlen der Sonne über den östlichen Horizont kletterten, sie in das Licht des anbrechenden Tages hüllten.

Epilog

❧⸙❧⸙❧⸙❧⸙

Kurz nach halb zwölf, nachts

„Wer um alles auf der Welt hätte schon jemals von einer Mitternachtshochzeit gehört?"

Sich hektisch Luft zufächelnd, stand Tante Marietta im Rittersaal der Burg und zog mit ihrer gewohnt schrillen Stimme die neugierigen Blicke der Gäste auf sich. Dieselben Gäste, die vor zwei Wochen in eben diesem Saal noch kurzerhand nach Hause geschickt worden waren, als der Maskenball des Viscounts sein abruptes Ende fand und ein wahres Füllhorn an Nahrung für Klatsch geboten hatte. Selbst jetzt noch waren die geschmackloseren Zeitungen nicht damit fertig, die Ereignisse jenes denkwürdigen Abends in allen Einzelheiten durchzuhecheln.

Kein noch so heftiges Gefächel konnte die Schweißtropfen trocknen, die Tante Mariettas Hals hinabrannen, um zwischen ihren ausladenden Brüsten zu verschwinden. Auf ihrem Weg über das teigige Fleisch spülten sie etwas von dem reichlich aufgetragenen Reispuder weg, sodass Portias Tante aussah wie ein schmelzendes Marzipantörtchen. „Nicht nur eine Mitternachtshochzeit, sondern auch noch eine, die nicht in einer Kirche stattfindet! Ich weiß nicht, ob sich mein Ruf je von diesem Skandal erholen wird. Alle Welt weiß doch, dass eine anständige Hochzeit an einem sonnigen Samstagmorgen sein sollte, gefolgt von einem herzhaften Frühstück."

Portia sank tiefer in ihren Stuhl, dachte, dass ihre Tante vermutlich mehr an dem herzhaften Frühstück als an der Hochzeit interessiert war. „Ich habe dir doch schon erklärt, dass es Freitagnacht ist, Tante Marietta. Was bedeutet, dass es in der

Minute, da die Uhr Mitternacht schlägt, Samstagmorgen sein wird.“

Tante Marietta ließ ihren Fächer zuschnappen und gab Portia damit einen Klaps. „Sei nicht so unverschämt. Du wirst noch enden wie deine Schwester.“

„Ach ja, die arme Caroline.“ Portia seufzte. „Gezwungen, den Rest ihres Lebens mit einem gut aussehenden, steinreichen Viscount verheiratet zu sein, der sie anbetet. Ich weiß nicht, wie sie das nur aushalten soll.“

„Ich habe von deiner anderen Schwester gesprochen.“ Tante Marietta zog ein zerknittertes Taschentuch aus ihrem Ausschnitt und betupfte sich die Augen. „Meine liebe, süße Vivienne. Ich hatte solche Hoffnungen für das Mädchen. Ich hätte mir nie träumen lassen, dass sie einmal so tief sinken würde, mit einem Konstabler nach Gretna Green durchzubrennen.“ Sie spie das Wort Konstabler aus, als sei es das übelste Schimpfwort, das sie sich nur denken konnte.

„Er ist ein Polizist, Tantchen, kein Serienmörder. Und sie wären nicht durchgebrannt, hätte Caroline ihnen nicht ihren Segen gegeben. Sie sagte, sie war es einfach leid mit anzusehen, wie sie sich über den Tisch hinweg gegenseitig Kuhaugen machten.“ Portia blickte hinter sich und sah sofort Vivienne und ihren frischgebackenen Ehemann, die einander über ein geschmackvolles Blumenarrangement hinweg anhimmelten.

„Oh, sieh nur, da ist der Cousin deines Vaters!“ Das Taschentuch verschwand wieder in Tante Mariettas Ausschnitt. „Oh, Cecil! Cecil!“, rief sie und winkte dem Neuankömmling, ehe sie sich vorbeugte und Portia zuflüsterte: „Ich habe mich schon oft gewundert, warum ein so gut aussehender Kerl wie er nie geheiratet hat.“

Portia reckte den Hals, unfähig, sich ein übermütiges Grinsen zu verkneifen. „Vielleicht ist das genau das, was Lord Trevelyan ihn fragen geht.“

„Ah, Sie müssen Carolines Cousin Cecil sein!“, rief Adrian, der drohend vor dem gedrungenen Mann aufragte. „Sie hat mir so viel über Sie erzählt.“

„Ach ja?“ Eindeutig hin- und hergerissen, ob er sich nun geschmeichelt fühlen sollte oder lieber Angst haben, zog Cousin Cecil seinen dick pomadisierten Kopf ein. Mit seinen schwarzen, kleinen Knopfaugen schaute er sich in der Menge um, als suchte er nach einem Fluchtweg. „Ich habe immer sehr viel von dem Mädchen gehalten, wirklich. Allerdings natürlich nicht mehr, als es sich gehört", fügte er nervös hinzu.

Adrian schenkte ihm ein aufmunterndes Lächeln. „Sie hatte viel zu sagen über die Freundlichkeit und Großzügigkeit, die Sie in den vergangenen Jahren ihr und ihren Schwestern gegenüber an den Tag gelegt haben."

„Hat sie?" Seine Zuversicht wuchs, sodass Cousin Cecil seine Brust vorschob und sich aufplusterte wie ein balzender Fasan. „Ich hatte gehofft, ich dürfte demnächst einmal bei Ihnen vorsprechen, Mylord. Mir kam der Gedanke, dass Sie vermutlich darauf erpicht sind, das jüngste Cabot-Mädel loszuwerden. Wenn die Mitgift groß genug ist, wäre ich vielleicht bereit, Ihnen zu helfen. Die junge Portia hat ein ziemlich eigensinniges, ja fast unverschämtes Wesen, aber mit einer festen Hand, denke ich, kann man ihr das schon austreiben."

Adrians Lächeln wankte nicht. Er legte Cousin Cecil einfach einen Arm um den Hals, was sich allerdings mehr anfühlte, als wollte er ihn in den Schwitzkasten nehmen. „Das ist eine ausgezeichnete Idee", sagte er und zog ihn zur Tür. „Warum gehen wir nicht einfach in den Garten, um darüber zu reden?"

Als Adrian kurz darauf zurückkehrte, war er allein. Er klopfte sich den Schmutz von seinem Rock, strich seine Weste glatt, ehe er voll Bedauern seine aufgeschrammten Fingerknöchel betrachtete und hoffte, seine Braut würde sich nicht daran stören.

„Du kannst doch nicht allen Ernstes vorhaben, zu heiraten, während dein Halstuch so aussieht", sagte Julian, aus dem Nichts auftauchend, und zog den weißen Leinenstreifen mit wenigen Handgriffen gerade.

Adrian zuckte zusammen. „Verdammt! Ich wünschte, du würdest damit aufhören, dich so anzuschleichen! Du wirst mir noch einmal einen Herzanfall bescheren."

Julian grinste. „Ich habe geübt. Duvalier hatte in einer Sache Recht. Vielleicht ist es wirklich an der Zeit, dass ich meine besonderen Gaben annehme – wenigstens die nützlicheren."

Eine Hand legte Adrian seinem Bruder auf die Schulter und drückte sie voller Zuneigung. „Das soll mir recht sein, solange ich dich nicht dabei erwische, wie du dich in eine Fledermaus verwandelst und um den Kronleuchter flatterst.“

„Caroline hat mir gesagt, dass du weggehst.“

Die Brüder drehten sich gemeinsam um und entdeckten Portia, die hinter ihnen stand. Ihre dunklen Locken waren hochfrisiert, und der hochgeschlossene Kragen ihres weißen Baumwollkleides war nicht so sehr aus der Mode, dass er zu Kommentaren Anlass gegeben hätte.

Seinem Bruder einen scharfen Blick zuwerfend, fischte Adrian seine Taschenuhr aus seiner Weste und klappte sie auf. „Es ist beinahe Mitternacht. Ich sollte gehen. Schließlich will ich meine Braut nicht warten lassen.“ Nachdem er Portia kurz liebevoll in die Wange gezwickt hatte, ging er zu dem riesigen Kamin, dessen Sims als behelfsmäßiger Altar dienen würde, und ließ Julian mit Portia allein.

Sie blickte sich um, um sicherzugehen, dass niemand sie belauschte, ehe sie sagte: „Meine Schwester hat mir erzählt, du wolltest nach Paris gehen und nach dem Vampir suchen, der Duvalier zu einem gemacht hat.“

Julian nickte. „Da Duvalier nun nicht mehr ist und Adrian heiratet, dachte ich, es sei vielleicht an der Zeit, dass ich anfange, meine eigenen Schlachten zu schlagen. Ich mag nicht alt werden können, aber das heißt nicht, dass ich nicht erwachsen werden kann. Ach, da kommt ja der Vikar“, unterbrach er sich selbst, sichtlich erleichtert, dass er eine Ablenkung gefunden hatte. „Ich sollte jetzt wirklich in den Saal zurück. Ich bin Adrian und Caroline dankbar, dass sie nicht in einer Kirche heiraten – geweihter Boden und das Ganze –, aber all diese Roben und Kerzen wecken in mir den beinahe unwiderstehlichen Wunsch, aus dem nächsten Fenster zu springen.“

Er wandte sich zum Gehen, dann fluchte er tonlos und machte wieder kehrt, zog Portia an den Armen zu sich und küsste sie zärtlich auf die Stirn. Seine Lippen verweilten auf der warmen Seide ihrer Haut. „Vergiss mich nicht, Kleines“, flüsterte er.

„Wie könnte ich.“ Als er sich von ihr löste, legte Portia eine Hand auf ihren Kragen. In ihren Augen leuchtete nicht mehr kindliche Unschuld, sondern die Weisheit einer Frau. „Ich werde immer die Narben haben, die mich an dich erinnern.“

„Portia!“, schrie Tante Marietta, „Du musst dich auf deinen Platz stellen! Es sind nur noch drei Minuten bis Mitternacht!“

„Ich bin gleich da“, rief Portia mit einem Blick über ihre

Schulter zurück. Als sie sich wieder umdrehte, war Julian verschwunden. Stirnrunzelnd suchte sie mit den Augen die in der Nähe umherschlendernden Gäste ab, aber seine schlanke, elegante Gestalt war nirgends zu sehen.

Mit einem sehnsuchtsvollen Seufzer ging sie zurück in den Saal, ohne den Schatten zu bemerken, der um den Kronleuchter unter der Decke flatterte.

„Und welche Miss Cabot werden Sie heute wohl sein?", erkundigte sich Wilbury trocken, als Caroline zur Tür ging und sich bereit machte, zu ihrem Bräutigam an den behelfsmäßigen Altar zu treten, wo sie ihre Schwüre wiederholen und ihr Leben als Mann und Frau beginnen würden.

Sie schlug dem Butler mit ihrem Strauß weißer Rosen spielerisch auf den Arm, sodass eine Wolke ihres betörenden Duftes aufstieg. „Sie sollten mich nicht so schamlos aufziehen, Wilbury. Nach heute Nacht dürfen Sie mich schlicht ,Lady Trevelyan' nennen."

Er seufzte ächzend. „Ich vermute, es stünde mir besser an, Ihnen den Gefallen zu tun, da Sie ja die Herrin dieser Burg in …" – er räusperte sich – „… ungefähr einer Minute sein werden."

„Eine Minute", hauchte Caroline, gleichermaßen erschreckt und verwundert.

Aber der Schreck löste sich in Luft auf, als sie um den Türrahmen herumspähte und Adrian am anderen Ende des Saales auf sie warten sah. Sein Haar schimmerte im Kerzenschein, während in seinen Augen Liebe und Zärtlichkeit aufleuchteten. Der Einladung in seinem Blick konnte sie unmöglich widerstehen.

Caroline zog eine Blume aus ihrem Strauß und steckte sie sich hinters Ohr, ein stummer Tribut an die Frau, die sie zusammengeführt hatte. Während sie ihren Brautstrauß umklammerte und ihren ersten Schritt in Adrians wartende Arme machte, begann jede Uhr in der Burg zugleich zu schlagen, verkündete die Ankunft eines neuen Tages.

– ENDE –

Wenn Ihnen dieser Roman gefallen hat und Sie gerne mehr
von Teresa Medeiros' historischen Liebesromanen lesen möchten,
können Sie sich auf folgende Neuauflagen freuen:
„Geheimnis der Liebe" (Yours Until Dawn)
„Eine skandalöse Nacht" (One Night of Scandal)
„Sündiger Engel" (Once an Angel)
„Wenn der Wind dich ruft" (The Vampire who loved me) im
November 2014

2015 möchte Teresa Medeiros weitere von ihren Titeln als
eBook herausbringen.

Über die Autorin

Die New York Times-Bestsellerautorin Teresa Medeiros hat ihren ersten Roman im Alter von einundzwanzig Jahren geschrieben und wurde rasch eine der beliebtesten und vielseitigsten Schriftstellerinnen der Genres Romance und Women's Fiction. Sie stand auf jeder namhaften Bestsellerliste der USA. Gegenwärtig sind ihre Werke in einer Auflage von mehr als zehn Millionen Büchern und in mehr als siebzehn Sprachen übersetzt erhältlich.

Sie lebt in Kentucky mit ihrem Ehemann und ihren Katzen Willow Tum-Tum und Buffy, der Maus-Jägerin.

Gegenwärtig arbeitet Teresa Medeiros daran, nach und nach alle ihre nicht mehr als Printausgaben erhältlichen deutschen Übersetzungen zunächst als E-Book zu veröffentlichen.

Teresa Medeiros freut sich immer, von ihren Leserinnen und Lesern zu hören:
Sie finden Sie:

Auf ihrer Website http://www.teresamedeiros.com

Auf Facebook
http://www.facebook.com/teresamedeirosfanpage

Bei Twitter @TeresaMedeiros

Wenn der Wind dich ruft

von

Teresa Medeiros

übersetzt von Ute-Christine Geiler

Kapitel 1

Es war ein schöner Tag zum Sterben.

Dicke Schneeflocken schwebten in der anbrechenden Morgendämmerung zu Boden, überzogen die Wiese im Park mit einer weißen Decke. Für Julian Kane war es nicht schwer, sich vorzustellen, wie sein vergossenes Blut in dem weißen Schnee aussehen würde.

Sein Gelächter brach lästerlich die ehrfürchtige Stille der fallenden Flocken. „Was sagst du, Cubby, guter Mann? Sollen wir ein paar Strophen von ‚Maid, ich muss dich lassen' trällern, um uns unsterblichen Ruhm zu verschaffen?" Er stolperte, als er mit dem Fuß an einem widrigen Erdhügel hängen blieb, was ihn zwang, seinen Arm haltsuchend fester um die Schultern seines Freundes zu legen. „Vielleicht wäre auch ‚Auf einem Seemannsgrab' passender."

Cuthbert wankte nach rechts, rang darum, sowohl Julian zu stützen als auch die flache Kiste aus Mahagoni festzuhalten, die er unter seinen anderen Arm geklemmt hatte. „Lieber nicht, Julian. Mein Kopf tut grässlich weh. Ich kann nicht glauben, dass ich mich von dir dazu habe überreden lassen. Was für ein Sekundant lässt es schließlich zu, dass sein Freund die Nacht vor seinem Duell durchmacht und sich betrinkt? Du hättest mir erlauben sollen, dich zurück auf die Fähre zum Festland zu bringen, solange es noch ging."

Julian hob warnend einen Finger. „Schimpf nicht. Wenn ich mir jemanden wünschte, der an mir herumnörgelt, hätte ich geheiratet."

Cuthbert schnaubte betrübt. „Wenn du so vernünftig gewesen wärst, dich zu verlieben und ein unglückseliges junges Ding zu heiraten, hätte Wallingford dich nicht dabei erwischen können, wie du während des Balles am Ohr seiner Verlobten geknabbert hast, und ich läge jetzt gemütlich in meinem Bett, die Füße auf einem heißen Ziegelstein, und könnte von Balletttänzerinnen träumen."

„Du beleidigst mich, Cubby! Ich habe noch keine Frau getroffen, in die ich mich nicht verliebt hätte."

„Ganz im Gegenteil, du liebst jede Frau, die du triffst. Das ist ein kleiner, aber feiner Unterschied." Cuthbert keuchte, als sein Freund ihm auf den Fuß trat. Er hatte beinahe so viele Flaschen von dem billigen Portwein getrunken wie Julian, aber wenigstens konnte er noch ohne fremde Hilfe stehen. Bislang jedenfalls.

„Psst!" Die Aufforderung seines Freundes, still zu sein, schreckte eine Schar Stare aus den Ästen einer nahen Erle auf. Julian deutete mit einem elegant behandschuhten Finger nach vorne. „Da vorne hinter dem Fichtengehölz lauern sie uns auf."

Soweit Cuthbert es erkennen konnte, machten die Herren, die neben der wappenverzierten Stadtkutsche am gegenüberliegenden Rand der Wiese warteten, keinerlei Anstalten zu lauern. Miles Devonforth, der Marquis of Wallingford, ging auf und ab, einen schmalen Graben in den Schnee tretend. Seine Schritte waren exakt bemessen und änderten sich nicht, noch nicht einmal, als er seine Taschenuhr zückte und wütend daraufstarrte. Drei Männer begleiteten ihn – zwei Herren in voluminösen Kutschermänteln und eine in strenges Schwarz gekleidete Gestalt. Wahrscheinlich ein wenig angesehener Arzt, der sich für Duelle anheuern ließ, dachte Cuthbert grimmig, herbeigerufen, um den Verlierer dieses gesetzwidrigen Zweikampfes zu verarzten.

Oder seinen Sarg auszumessen.

Ein ungutes Gefühl beschlich ihn, ließ ihn erschauern. Mit wachsender Besorgnis strich er sich eine sandfarbene Locke aus den haselnussbraunen Augen und zog an Julians Ärmel, damit er stehen blieb. „Sag es ab, Julian. Es ist nicht zu spät. Was können sie schon tun? Uns mit der Kutsche überfahren und dich in den Rücken schießen? Himmel, ich gehe sogar mit dir auf den Kontinent zurück! Wir segeln auf dem Rhein und gehen in den Karpaten Bergsteigen oder erobern Rom. Irgendwann wird mein Vater mir verzeihen. Er hat mir schon die Apanage gestrichen, weil ich der reizenden kleinen Schauspielerin, die du mir in Florenz vorgestellt hast, eine Diamantbrosche gekauft habe. Was kann er sonst noch unternehmen? Ich kenne meinen Vater. Er wird seinen einzigen Sohn niemals enterben."

Julian brachte ihn mit einem tadelnden Blick zum Verstummen. „Beiß dir auf die Zunge, Cubby. Du willst doch wohl nicht allen Ernstes, dass aus mir das verachtenswerteste Geschöpf wird, das es auf Gottes weiter Welt gibt: ein Mann ohne Ehre, oder?"

Unter seinen schwarzen, dichten Wimpern warf Julian ihm aus seelenvollen dunklen Augen einen Blick zu, in dem sich verletzter Stolz und Selbstironie mischten. Die meisten Frauen fanden diese Kombination unwiderstehlich. Cuthbert war ebenso wenig unempfindlich.

Wie konnte er seinem Freund diesen Augenblick verweigern? Er war schließlich nur der schwerfällige Sohn eines verschrobenen alten Earls, dazu bestimmt, einen Titel und ein Vermögen zu erben, das er sich nicht erarbeitet hatte, und in segensreichem Alter schließlich in seinem Bett friedlich zu entschlafen. Er hätte seine Grand Tour nicht überlebt, wenn Julian ihn nicht bei ihrem allerersten Zusammentreffen in einer mondbeschienenen Gasse in Florenz aus den Klauen eines wütenden Gläubigers gerettet hätte. Julian war ein Kriegsheld, für seine Verdienste geadelt, nachdem er und sein Regiment vor etwas mehr als einem Jahr sechzigtausend burmesische Soldaten im Gebiet um Rangoon geschlagen hatten. Es war kaum das erste Mal, dass er mit seiner Sterblichkeit so sorglos umging.

Cuthbert stöhnte schicksalsergeben.

Julian klopfte ihm tröstend auf die Schulter, dann versuchte er, eine aufrechte Haltung einzunehmen. „Lass mich los, Cubby, mein Freund. Ich bin entschlossen, auf meinen eigenen Füßen vorwärts und meinem Feind entgegen zu marschieren." Sich das schulterlange Haar aus dem Gesicht schüttelnd, rief er: „Devonforth!"

Der Marquis und seine nüchternen Gefährten drehten sich gleichzeitig um. Schließlich hatte Julian gerade, um alles noch schlimmer zu machen, den Adeligen mit seinem Familiennamen statt seines Titels angesprochen. Cuthbert meinte, er hätte hören können, wie der andere scharf einatmete, aber vermutlich war es nur der schneidende Januarwind, der um seine eiskalten Ohren pfiff.

Sich gegen den heftiger wirbelnden Schnee stemmend, schritt Julian auf Wallingford zu. Cuthbert drückte die Holzschachtel an seine Brust. Fast so etwas wie Stolz verdrängte seine Sorge, während er verfolgte, wie Julian oben auf der Anhöhe stehen blieb und seine breiten Schultern straffte. Er hätte genauso gut in Indien sein können und sich dem Wind und dem endlosen Regen in Burmas Monsun stellen können. Niemand würde ahnen, wenn man ihn dort so sah, dass er sein Offizierspatent direkt nach der Schlacht um Rangoon verkauft und die folgenden anderthalb Jahre mit Glücksspiel und Trinken überall in Europa verbracht hatte.

Cuthberts Stolz wich Besorgnis, als Julian durch die Änderung seiner Haltung das Gleichgewicht verlor und langsam rückwärts umkippte wie ein gefällter Baum. Cuthbert ließ die Schachtel fallen und beeilte sich, ihn zu erreichen und unter den Achseln zu fassen, ehe auf dem Rücken im Schnee landete.

Julian richtete sich auf, schmunzelte vor sich hin. „Hätte ich gewusst, dass die Brise so steif ist, hätte ich meine Segel nicht gesetzt."

„Himmel, Kane, Sie stinken nach Schnaps!"

Cuthbert schaute hoch und erblickte den Marquis, der neben ihnen stand und sie verächtlich betrachtete.

Julians Lippen verzogen sich zu einem engelgleichen Lächeln. „Sind Sie sicher, dass es nicht das Parfüm Ihrer Verlobten ist?"

Wallingfords Miene verfinsterte sich drohend. „Miss Englewood ist nicht länger meine Verlobte."

Julian wandte sich lächelnd zu Cuthbert um. „Erinnere mich daran, der jungen Dame heute Abend meine Aufwartung zu machen und ihr meine aufrichtigen Glückwünsche zu überbringen."

„Ich bezweifle, dass Sie die Gelegenheit haben werden. Sie wird vermutlich viel eher Ihrem Freund hier ihr Beileid ausdrücken." Wallingford zog sich seine Lederhandschuhe aus und schlug sich damit in die offene Hand, fast so, wie er damit Julian beim gestrigen Supper auf die Wange geschlagen hatte. „Lassen Sie uns anfangen. Sie haben schon genug unser aller Zeit verschwendet."

Cuthbert setzte zu einem empörten Protest an, aber Julian unterbrach ihn. „Ich glaube, der Herr hat recht. Ich habe tatsächlich genug Zeit vergeudet."

Der Gelegenheit zu weiteren Einsprüchen beraubt, holte Cuthbert die Schachtel und machte sich am Verschluss zu schaffen. Der Deckel sprang auf, und ein Paar schimmernder Duellpistolen kam zum Vorschein. Als er nach einer der Waffen griff, begann seine Hand zu zittern, ohne dass es mit der bitteren Kälte zu tun hatte.

Julian legte seine Hand über die seines Freundes und sagte leise: „Dazu besteht kein Grund. Ich habe sie selbst schon überprüft."

„Aber ich muss doch die Ladung kontrollieren. Als dein Sekundant ist es meine Pflicht ..."

Julian schüttelte den Kopf und entwand ihm vorsichtig die Pistole. Als ihre Blicke sich trafen, entdeckte Cuthbert flüchtig etwas in den Augen seines Freundes – eine seltsame Resignation, bei der sich ihm die Kehle zuschnürte. Aber Julian vertrieb seine Besorgnis rasch mit einem übermütigen Zwinkern, ehe Cuthbert sich davon überzeugen konnte, ob es bloß Einbildung gewesen war, verursacht durch zu viel Alkohol und zu wenig Schlaf.

Später konnte er sich nur an ein paar wenige Details von der Festlegung der Regeln des Duells mit Wallingford und seinem Sekundanten erinnern. Die beiden Duellanten würden sich Rücken an Rücken aufstellen, dann zehn Schritte gehen. Die Läufe der Pistolen mussten nach oben in den Himmel zeigen, und nur ein einziger Schuss durfte abgefeuert werden. Cuthbert musterte misstrauisch die hagere Miene von Wallingfords Quacksalber. Berücksichtigte man, wie betrunken Julian war, sollte ein zweiter Schuss nicht nötig sein.

Zu bald hatten Julian und der schlaksigere Wallingford ihre Plätze eingenommen, standen mit dem Rücken zueinander wie zwei nicht zueinander passende Buchstützen.

„Gentlemen, sind Sie bereit?", rief der Unparteiische, den der Marquis mitgebracht hatte. Als beide nickten, begann der Mann zu zählen. „Eins ... zwei ... drei ..."

Cuthbert hätte am liebsten etwas unternommen, überlegte, ob er sich zwischen die beiden Männer werfen sollte. Aber die Ehre verlangte, dass er wie erstarrt im eisigen Nordwind stehen blieb.

„... sieben ... acht ... neun ..."

Er wusste, er war ein schrecklicher Feigling und der schlechteste Sekundant, den man sich vorstellen konnte, aber er konnte sich einfach nicht dazu überwinden, zuzusehen, wie sein Freund starb, weswegen er die Augen fest zusammenkniff.

„Zehn!"

Ein Pistolenschuss zerriss die winterliche Stille. Bei dem

beißenden Gestank des Schwarzpulvers verzog Cuthbert die Nase, dann öffnete er langsam, vorsichtig die Augen. Seine schlimmsten Befürchtungen schienen sich bestätigt zu haben.

Julian lag ausgestreckt im Schnee, während Wallingford etwa vierzig Schritt entfernt stand, eine rauchende Pistole in der Hand. Seine Miene zeigte derart hämische Befriedigung, dass der gewöhnlich gutmütige Cuthbert mörderische Wut durch seine Adern strömen spürte.

Als sein Blick wieder zu der reglosen Gestalt seines Freundes zurückschweifte, brannten ihm die eiskalten Schneeflocken in den Augen. Mit gesenktem Kopf hob er eine Hand, um seinen Hut abzunehmen.

„Verfluchte Hölle."

Bei dem wüsten Fluch, von der vertrauten Stimme gesprochen, riss er seinen Kopf hoch. Unglauben malte sich auf seinen Zügen und machte ihn schneller nüchtern als eine eisige Windböe.

Als Julian sich aufsetzte und sich den Schnee aus den Augen blinzelte, verblasste Wallingfords hässliches Lächeln. Cuthbert stieß einen Freudenschrei aus und stolperte zu seinem Freund, fiel neben ihm im Schnee auf die Knie. Julians Pistole lag einen Fuß weit neben seiner Hand. Offenbar hatte er noch nicht einmal einen Schuss abgeben können. Cuthbert schüttelte den Kopf, wunderte sich über das Glück seines Freundes.

„Ich verstehe das nicht", erklärte der Marquis mit gepresster Stimme. „Ich hätte schwören können, ich habe genau gezielt."

Sein Sekundant runzelte die Stirn und wirkte ebenso verwirrt. „Vielleicht war es ein Fehlschuss, Mylord, oder vielleicht ist er genau in dem Moment ausgerutscht, als Sie gefeuert haben."

Wallingford schritt zu ihnen und starrte sie finster an, seine schmale Oberlippe gehässig gekräuselt. Sein Sekundant spähte nervös über seine Schulter, fürchtete offenbar, ihm würde irgendwie die Schuld für dieses Debakel zugeschoben werden.

Julians Lippen verzogen sich zu einem verlegenen Lächeln. „Tut mir leid, Jungs. Ich habe Frauen schon immer besser vertragen als Wein."

Cuthbert gefror erneut das Blut in den Adern, als Wallingford seinem Sekundanten die Ersatzpistole aus der Hand riss und damit geradewegs auf Julians Herz zielte. Julian musterte ihn mit müßiger Belustigung, weigerte sich, die Drohung seines Gegners mit auch nur einem Wimpernzucken zu würdigen. Cuthbert wusste instinktiv, wenn Julian sich auch nur das geringste bisschen Furcht anmerken ließe oder gar um Gnade flehte, würde Wallingford sie beide einfach erschießen und die Anwesenden bestechen, dass sie behaupteten, Cuthbert hätte die Waffe auf ihn gerichtet, nachdem der Marquis seinen Freund umgebracht hatte.

Langsam senkte Wallingford die Pistole; Cuthbert seufzte erleichtert.

Die samtige Stimme des Marquis war voller Verachtung. „Sie werden sich wünschen, tot zu sein, wenn ich mit Ihnen fertig bin, Sie pöbelhafter Bastard. Von der Annahme ausgehend, dass Sie sich nicht die Mühe machen würden, heute Morgen hier überhaupt zu erscheinen, habe ich mir erlaubt, all Ihre Schuldscheine aufzukaufen." Er zog ein etwa drei Zoll dickes Bündel Zettel aus seiner Westentasche und beugte sich vor, hielt sie Julian unter die Nase. „Sie gehören mir, Kane. Mit Leib und Seele."

Julians leises Lachen schwoll zu schallendem Gelächter an. „Da fürchte ich, kommen Sie zu spät. Der Teufel ist Ihnen bei diesem besonderen Schuldschein schon vor langer Zeit zuvorgekommen."

Seine Belustigung erboste den Marquis weiter. „Dann kann ich nur hoffen, dass er bald kommt, um seine Schuld einzutreiben, weil mir nichts lieber wäre, als zuzusehen, wie Sie eine Ewigkeit lang in der Hölle schmoren!"

Damit drehte sich Wallingford auf dem Absatz um und ging zu seiner Kutsche. Seine Gefährten folgten ihm, der Arzt wirkte fast gekränkt, seiner Arbeit beraubt zu sein.

„Ein ziemlich mürrischer Zeitgenosse, nicht wahr?", murmelte Cuthbert. „Denkst du, er leidet an Gicht oder Verdauungsstörungen?"

Als das verärgerte Läuten der Glöckchen am Zaumzeug der Pferde verklang, waren Cuthbert und Julian allein auf der wieder in gedämpfter Stille liegenden Wiese. Julian saß auf der Erde, einen Arm aufs Knie gestützt, und schaute in den Himmel. Sein ungewohntes Schweigen beunruhigte Cuthbert weit mehr als alle Vorfälle des Morgens zusammen. Er hatte angefangen, sich auf die Schlagfertigkeit seines Freundes zu verlassen, seine scharfe Zunge. Ihm selbst war es immer zu anstrengend gewesen, sich eine geistreiche Erwiderung zu überlegen.

Er wollte sich gerade räuspern und sich trotzdem daran versuchen, als der fahle Schatten eines Lächelns über Julians Züge flog. „Trotz größter Bemühungen meinerseits scheint es, als sei es mir nicht vergönnt, auf dem Duellfeld zu sterben, den Geschmack der Frau eines anderen noch auf den Lippen."

Cuthbert stand auf, legte die Pistole sorgfältig wieder in die Schatulle zurück und steckte sie sich unter den Arm, ehe er Julian auf die Füße zog. „Gib die Hoffnung nicht auf. Vielleicht kannst du ja immer noch im Schuldgefängnis Schwindsucht bekommen und daran dahinsiechen."

Cuthbert drehte sich mit ihm in die richtige Richtung, als er plötzlich einen Riss vorne in Julians schwarzem Überrock bemerkte.

„Was ist das?", fragte er, denn er wusste, dass sein Freund es mit seiner Kleidung und seiner Erscheinung wesentlich genauer nahm als mit seinen zahllosen Liebschaften.

Er fuhr mit dem Finger über die fein gewebte Wolle, wunderte sich über das gezackte Loch. Es war einen Zoll lang, und die Fäden am Rand standen hoch und waren schwarz, beinahe wie versengt.

Gerade wollte er den Finger hineinstecken, um es weiter zu erkunden, als Julian ihn am Handgelenk packte, sein Griff zwar sanft, aber unnachgiebig. „Die Pistolenkugel des Marquis muss mich gestreift haben, als ich fiel. Verfluchter Mann! Hätte ich das früher gewusst, hätte ich ihn dazu gezwungen, einen der Schuldscheine zu zerreißen. Dieser Rock ist von dem alten Weston selbst geschneidert worden", erklärte er unter Verweis auf den Lieblingsschneider des Königs. „Das wird mich mindestens fünf Pfund kosten."

Cuthbert zog langsam seine Hand weg, da ihm das warnende Glitzern in den dunklen Augen seines Freundes keine andere Wahl ließ.

Julian fasste ihn freundschaftlich am Arm, und ein Lächeln ließ seine Züge weicher erscheinen. „Komm, Cubby, mein Freund, meine Zehen sind fast erfroren. Warum besorgen wir uns zum Frühstück nicht ein paar Flaschen schönen wärmenden Portwein?"

Als er sich umdrehte und über die schneebedeckte Wiese zu schlendern begann, schaute Cuthbert ihm nach, zweifelte an seinen Sinnen. Er hätte schwören können …

Plötzlich erstarrte Julian und drehte sich mit zusammengekniffenen Augen herum. Er richtete seinen durchdringenden Blick auf eine uralte Eibe, die mit ihren knorrigen, schneebedeckten Zweigen ein paar Schritte entfernt am

Rand der Wiese stand. Seine elegant geformten Nasenflügel bebten, blähten sich, als hätte er etwas besonders Betörendes gerochen. Er zog die Lippen zurück, und einen Moment lang war etwas beinahe Animalisches, Wildes in seiner Miene, etwas, das Cuthbert unwillkürlich einen Schritt zurückweichen ließ.

„Was ist?", flüsterte Cuthbert. „Ist der Marquis zurückgekommen, um uns endgültig zu erledigen?"

Julian zögerte einen Augenblick, dann schüttelte er den Kopf, und das raubtierhafte Glimmen in seinen Augen verblasste. „Nichts, denke ich. Nur ein Geist aus meiner Vergangenheit."

Mit einem letzten Blick zu der Eibe ging er weiter über die Wiese. Als Cuthbert ihm folgte, stimmte Julian das Lied „Maid, ich muss dich lassen" mit einem so reinen Bariton an, dass er Engeln Tränen des Neides entlocken könnte.

Die Frau, die hinter der alten Eibe kauerte, ließ sich erleichtert und mit weichen Knien gegen den dicken Stamm sinken. Die Töne des Liedes verklangen allmählich, bis sie mit dem leisen Gemurmel der fallenden Schneeflocken und dem unregelmäßigen Pochen ihres Herzens alleine war. Sie hätte nicht sagen können, ob ihr Herz vor Schreck oder Aufregung schneller schlug. Sie wusste nur, dass sie sich in den vergangenen fast sechs Jahren nicht ein einziges Mal so lebendig gefühlt hatte.

Beim ersten Morgengrauen hatte sie sich aus dem Haus geschlichen und den Droschkenkutscher angewiesen, dem Marquis samt seinem Gefolge zum Park nachzufahren, hin- und hergerissen zwischen der Hoffnung, dass die Gerüchte zutrafen und dem Wunsch, dass sie nicht stimmten. Aber es war nur ein verstohlener Blick um den Stamm herum nötig gewesen, und schon war sie wieder eine unschuldige Siebzehnjährige in den Fängen einer typischen Backfischschwärmerei.

Sie hatte jeden Schritt der Duellanten mitgezählt, als zählte sie die letzten Augenblicke ihres eigenen Lebens. Als der Marquis sich umdrehte, die Pistole im Anschlag, war ihre ganze Selbstbeherrschung nötig gewesen, damit sie nicht hinter dem Baum hervortrat und eine Warnung rief. Als der Schuss gefallen war und sie zugesehen hatte, wie der Gegner des Marquis zu Boden sank, hatte sie sich an die Brust gefasst, war sicher, dass ihr Herz aufgehört hatte zu schlagen.

Aber es hatte in dem Augenblick wieder zu schlagen

begonnen, als er sich aufsetzte und sich die dunklen Locken aus dem Gesicht schüttelte. Trunken vor Erleichterung hatte sie vergessen, in welcher Gefahr sie sich befand, bis es fast zu spät war.

Sie hatte ihm nachgesehen, das Herz in den Augen, als er plötzlich stehen geblieben war und sich umgedreht hatte, sein Körper gespannt mit der sehnigen Anmut, an die sie sich noch zu gut erinnerte.

Sie hatte sich hinter den Baum geduckt, den Atem angehalten. Selbst im Schutz des mächtigen Eibenstammes konnte sie seinen Blick spüren. Mühelos durchdrang er ihre Schutzmauern, und seine suchende Zärtlichkeit ließ sie seltsam verwundbar zurück, wie nach dem Kuss, den er ihr bei ihrem letzten Zusammensein auf die Stirn gehaucht hatte. Mit fest zusammengekniffenen Augen hatte sie mit einer Hand das Samthalsband berührt, das ihren schlanken Hals umschloss.

Dann war er fort gewesen, seine Stimme verklang zu einem Echo, dann einer Erinnerung. Sie trat hinter dem Baum vor. Dicke, weiche Schneeflocken sanken wirbelnd aus dem Himmel herab, füllten die Fußspuren auf der Wiese und die Stelle, wo er gelegen hatte. Bald schon wäre jedes Zeichen verschwunden, dass dieses unheilvolle Duell jemals stattgefunden hätte.

Beinahe bemitleidete sie seinen Gefährten mit dem sandfarbenen Haar wegen seiner Ahnungslosigkeit. Sie hatte fast sechs Jahre Zeit gehabt, um zu lernen, die eigentlich unfassbare Wahrheit zu begreifen, aber sie musste dennoch ein erstauntes Keuchen unterdrücken, als seine schlanke Gestalt sich aus dem Grab im Schnee aufgerichtet hatte. Sie wusste genau, was sein Freund gefunden hätte, wenn er nicht rechtzeitig daran gehindert worden wäre. Der dickliche Finger wäre durch Mantel, Überrock, Weste und Hemd geglitten, ohne aufgehalten zu werden, bis er auf die unversehrte Haut über einem Herzen traf, das eigentlich durch die Kugel des Marquis zerfetzt worden sein müsste.

Portia Cabot zupfte den Schleier an ihrer Hutkrempe gerade. Ein leises Lächeln spielte um ihre vollen Lippen. Sie bereute keinen einzigen Augenblick ihres leichtsinnigen Ausfluges. Sie hatte herausgefunden, dass die Gerüchte mehr waren als eitles Geschwätz.

Julian Kane war heimgekehrt. Und wenn der Teufel seine Seele holen wollte, dann sollte er sich besser beeilen, wenn er ihr zuvorkommen wollte.

Lieferbar ab November 2014

Printed in Poland
by Amazon Fulfillment
Poland Sp. z o.o., Wrocław

31703324R00174